1929년 은일당 사건 기록 2

호랑이덫

부크크오리지널은 부크크의 기획출판 브랜드입니다.
여러분의 투고를 기다립니다.

1929년 은일당 사건 기록 2
호랑이덫

초판 1쇄 인쇄　　2022년 7월 11일
초판 1쇄 발행　　2022년 7월 18일

지은이　무경
펴낸이　한건희

책임편집　유관의
디자인　조은주
마케팅　유인철

주식회사 부크크
출판사등록　2014. 07. 15(제2014-16호)
주소　서울특별시 금천구 가산디지털1로 119 A동 305호
전화　1670-8316
홈페이지　www.bookk.co.kr　　**이메일**　editor@bookk.co.kr
블로그　blog.naver.com/bookcokr　　**인스타그램**　@bookkcokr
ISBN　979-11-372-8628-3 (03810)

ⓒ 무경, 2022
본 책은 저작자의 지적 재산으로서 무단 전재와 복제를 금합니다.

1929년 은일당 사건 기록 2

호랑이덫

무경 장편소설

차례

사냥꾼

1일째 1929년 6월 17일, 월요일
- 외출 ········· 13
- 목격 ········· 28

2일째 1929년 6월 18일, 화요일
- 심문 ········· 39
- 변명 ········· 55
- 의혹 ········· 65
- 악몽과 헛소문 ········· 70

3일째 1929년 6월 19일, 수요일
- 순사의 탐문 ········· 89
- 세르게이 홍의 집 ········· 102

4일째 1929년 6월 20일, 목요일
- 카페 은하수 ········· 115
- 헌책방 구문당 ········· 128
- 정호기 ········· 139

5일째 1929년 6월 21일, 금요일
- 옛 기억 ········· 149
- 다방 흑조 ········· 157
- 연주의 생각 ········· 167
- 본정경찰서 ········· 185

연결점 ··· 200
　　은일당의 사정 ··· 217

6일째 1929년 6월 22일, 토요일
　　국사당 ··· 235
　　천민근 ··· 249
　　소문의 출처 ·· 258
　　엇갈림 ··· 266
　　의심의 그림자 ··· 278

7일째 1929년 6월 23일, 일요일
　　조우 ·· 287
　　다섯 번째 가설 ·· 294
　　빗나간 추리 ·· 310
　　호랑이덫 ·· 320
　　모던 보이 탐정 돌아오다 ······························ 329
　　드러난 진실 ·· 341
　　나무 상자의 정체 ··· 358

사냥이 끝난 뒤
　　소문과 비밀 ·· 381
　　마무리 ··· 390
　　끝나지 않은 이야기 ····································· 402

작가의 말

사냥꾼

무더운 밤이다. 심장이 쿵쾅거린다.

마음껏 숨을 들이마시고 싶다. 하지만 참는다. 긴장을 놓을 순 없다.

숨을 죽이고, 녀석을 가만히 살펴본다.

녀석은 쓰러진 채다. 땅에 누운 사지가 경련한다. 하지만 몸뚱이는 꿈쩍도 하지 않는다. 흙바닥에 피가 흥건하다. 비릿한 냄새가 훅 피어오른다.

방아쇠에 걸린 손가락이 떨린다. 총의 무게가 왼손바닥 위로 묵직하다. 이 무게만큼 나는 강해졌다.

녀석이 막다른 곳에 몰린 순간, 나는 녀석에게 모습을 보였다. 그때 녀석은 깨달았을 것이다. 자신이 함정에 빠졌다는 걸. 덫에 걸렸다는 걸.

녀석은 주저하지 않았다. 녀석은 곧장 나를 향해 덤벼들었다. 예전의 나였다면 온몸을 던져오는 녀석에게 꼼짝없이 당하고 말았을 것이다.

  하지만 나는 총을 가지고 있었다. 달려드는 녀석에게 총을 겨누고, 방아쇠를 당겼다. 총이 불을 뿜었다. 녀석은 미간에 피를 뿜으며 쓰러졌다.

  손가락에 남은 묵직한 여운이 가시지 않는다.

  이 녀석은 내가 잡았다. 그렇다. 이것이 '사냥'이다.

  방아쇠를 당기는 순간 온몸에 흐르던 감각을 떠올린다. 지금까지 한 번도 느낀 적이 없는 감각. 온몸이 저릿하다. 살아 있는 것의 숨통을 끊는 것에서 오는 전율일까.

  이걸로 나는 '사냥꾼'이 된 것이다. 이야기로만 들어온, 동경해 오던 '사냥꾼'이.

  때에 맞지 않게 무더운, 마치 한여름과도 같은 밤이다.

1일째
1929년 6월 17일, 월요일

외출

"아니, 오 선생님. 설마 지금 밖에 나가시려는 겁니까?"
방에서 나온 에드가 오를 보자마자 선화가 대뜸 물었다.
"그럴 생각이네."
그는 슬쩍 자신이 입은 옷의 맵시를 뽐내듯 보였다. 청색 리넨으로 지은 세련된 정장과 삼베 재질의 여름용 고급 와이셔츠에 짙은 남색 넥타이 차림은, 그가 내지에서 직접 맞춘 일품의 물건이었다. 앞으로 여름에 외출할 때 늘 갖춰 입게 될 복장을, 경성에서는 오늘 처음으로 선화 앞에 선보이는 셈이었다.
그 기념비적인 모습을 본 선화는 눈을 몇 번 깜박거렸다.
"오늘 바깥에 용무가 있으셨던 건가요?"
선화는 에드가 오의 모던하고 세련된 여름 복장에 아무런 감흥도 없어 보였다. 못마땅한 기분에 그가 대답 없이 애꿎은 넥타이만 만지작거리는데, 그녀가 다시 물었다.

"오늘 수업이 없긴 합니다만, 오 선생님께서 어딜 나가신단 말씀 또한 못 들었는데요."

"본정으로 나가볼 거네. 갑자기 약속이 생겼거든."

에드가 오는 노란 행커치프로 꾸민 가슴께를 툭툭 쳤다. 옷 안에서 부스럭 소리가 났다.

"……아, 조금 전 그 편지입니까?"

잠깐 어리둥절한 표정을 짓던 그녀가 무엇이 낸 소리인지 알아차리고 고개를 끄덕였다.

"세루게 홍, 이라는 분이 편지를 보내셨지요."

"세루게 홍이 아니라 세르게이 홍이네."

"오 선생님처럼 희한한 이름을 쓰는 분이 또 있구나 싶어서 기억하고 있습니다."

"희한한 이름이라니. 모던한 이름 아닌가."

에드가 오는 빌끈했다.

모던을 신봉하는 그에게 서양의 발전된 모습은 조선이 본받아야 할 이상이었고, 그 때문에 그는 조선 이름 대신 '에드가 오'라는 이름을 쓰고 있었다. 그러한 이상을 공유하는 건 편지를 보낸 친구 세르게이 홍 역시 마찬가지였다.

그러나 다른 사람들은 그 이상을 이상하게 여기기 일쑤였다. 그가 하숙하는 이곳 은일당의 딸이자 그의 과외 학생인 선화 역시, 처음 만났을 때부터 지금까지 줄곧, 모던한 그의 이름을 귀신 씻나락 까먹는 소리인 양 여기는 눈치였다. 그는 그 점이 마음에 들지 않았다.

그의 반응 따윈 아랑곳하지 않고 선화가 말을 이었다.

"보내는 이의 이름은 읽기조차 어려운데, 정작 은일당이라는 이름이 쓰여 있지 않아서 배달하는 데 고생했다고, 우체부가 제게 말했었습니다."

"내가 그 친구에게 여기 주소만 가르쳐준 모양이었군 그래."

"'은일당'이라는 이름만 대면 이 근처 사람들은 다 알지 않습니까. 그러니 우체부도 건물 이름 없이 주소만 적은 편지가 올 거라고는 생각조차 하지 못하셨던 거겠지요."

우체부가 주소를 몰라 헤매었다는 건 그야말로 본말전도인 이야기였지만, 그는 그 생각을 굳이 입에 담지는 않았다.

"여기에 이사 오고 얼마 되지 않았을 때 세르게이 홍을 보았었지. 그때 나도 은일당이라는 이름이 입에 붙지 않아서 그 친구에게 주소만 가르쳐줬었거든. 술자리를 여기로 옮겼다면 그 친구도 여기 이름이 은일당인 걸 알았을 텐데……."

"오 선생님, 올봄에 그러다 크게 경 치르지 않으셨습니까?"

선화의 지적에 에드가 오는 입을 다물었다. 그는 급히 이야기를 원래대로 돌렸다.

"아무튼, 오늘 본정에서 만나자고 그 친구가 편지에 써냈기에 외출하려는 거네."

선화의 얼굴에 걱정이 떠올랐다. 평소 그가 외출할 때는 전혀 보이지 않는 표정이었다. 그래서 그는 일부러 말을 덧붙였다.

"모던은 존중이네. 상대방과 한 약속을 지키는 건 상대를 존중하는 태도의 기본이지. 편지로 한 약속이라도 그것을 지키는 게 모던을 따르는 자세 아니겠는가."

그러나 선화의 근심 어린 표정은 쉽게 가시지 않았다.

"하지만, 굳이 이런 때에 나가셔야 한단 말입니까?"

에드가 오는 벽에 걸린 시계를 보았다. 오후 여섯 시 이십칠 분. 며칠 뒤면 낮이 가장 긴 날인 하지夏至다. 당연히 아직 해는 저물지 않았다. 그러나 바깥은 이미 심상치 않게 어두워져 있었다.

"수업이 없는 날엔 종종 이 시간에 외출하기도 했었잖은가. 그때 자네가 내 외출을 말린 적은 한 번도 없었던 것 같은데."

"그건 그렇습니다만……."

여전히 걱정 어린 표정을 지은 채 선화가 말을 이었다.

"곧 비도 내릴 겁니다."

우르릉.

마치 그 말에 맞추기라도 하듯, 밖에서 천둥이 울렸다.

"비라도 맞으셨다간 그 여름 세비로[1]가 상하게 될지도 모릅니다."

선화의 지적에 에드가 오는 진심으로 움찔했다. 그가 애지중지하는 이 리넨 정장의 한 가지 문제라면, 흠뻑 젖어 버리면 볼품없이 후줄근해지고 옷감이 상하기 쉬워진다는 점이었다. 아끼는 양

---

[1] 背廣, せびろ. 양복 정장을 가리키는 일본어. 영국 런던의 고급 양복점 거리 새빌로(Savile Row)에서 유래했다고 한다.

복이 상하는 건 죽기보다 싫었다.

이걸 맞췄을 때, 양복점에서 강하게 권하던 개버딘[2] 트렌치코트도 사야 했는데. 돈을 아끼려고 페도라만 산 게 큰 실수였어.

"그래도 일단은 가봐야겠네. 서두르면 되겠지."

에드가 오는 흔들리는 자신의 마음을 다잡으려고 일부러 딱 잘라 말했다. 보통 이렇게 말하면 선화는 못마땅한 표정을 지으면서도 그를 더 막지는 않았다. 그런데 그날따라 선화는 묘하게 끈질겼다.

"그래도 외출은 미루시는 게 어떨까요. 요즘 퍼진 풍문을 오 선생님도 들으셨잖습니까."

"풍문?"

그녀가 말한 '풍문'이 무엇인지 짐작 가는 바 있었다. 그러나 그는 일부러 시침을 뚝 뗐다.

"남산 한가운데 호랑이가 나타났다는 소문 말입니다."

짐작한 대로였다. 에드가 오는 한숨을 쉬었다. 그의 태도가 달라진 건 눈치채지 못한 듯 선화가 말을 이었다.

"누군가 밤에 이상한 기척을 느껴서 남산 쪽을 보았더니, 어둠 속에서 호랑이가 시퍼런 눈으로 그 사람을 노려보고 있더라고 하지 않습니까. 그 소문이 이 마을만이 아니라 남산 주변에 널리 퍼져 있다고 들었습니다. 게다가……."

2 Gabardine. 소모사(梳毛絲)나 무명실로 짠 옷감으로 레인코트에 많이 쓰인다.

"허, 뜻밖이군."

그가 뚱하게 내뱉은 말에 무언가 더 말하려던 선화가 어리둥절한 표정을 지었다.

"선화 군, 자네도 그 허무맹랑한 소문을 믿는단 말인가? 경성 한복판에 호랑이가 나타났다니. 말도 안 되네. 있을 리도 없는 호랑이가 무서워 나더러 외출하지 말란 건가?"

에드가 오는 그 자신을 모던의 선봉에 선 지식인이라고 자부하고 있었다. 기나긴 내지 유학 끝에 제국대학을 졸업하는 동안 갈고닦은 이성과 논리로 철저히 무장하고 있기에, 어떤 말이 진실이고 거짓인지는 명명백백히 판별할 수 있다고 굳게 믿고 있었다.

그런 자신의 이성으로 냉철하게 판단했을 때, 남산에 호랑이가 돌아다닌다는 소문은 조금만 생각해 봐도 말이 안 되는 이야기였다. 일단 남산을 둘러친 조선의 성벽이 아직 여러 군데 남아 있으니 그 성벽을 호랑이가 넘어올 리 없었다. 나라가 망했다고 해서 성벽마저 제 일을 하지 못할 리 없을 터였다.

그래서 에드가 오는 어이가 없었다. 선화는 겉보기로는 전형적인 구식 조선 여성이지만 그 외양과는 달리 날카로운 이성을 갖춘 사람이라고, 그는 그녀를 높게 평가하고 있었다. 그런데 그런 평가를 부정하듯, 선화는 헛소문을 생각 없이 곧이곧대로 믿고 있는 모양이었다.

"제가 염려되는 건 오히려 순사 쪽입니다."

그러나 선화의 입에서 나온 건 전혀 뜻밖의 단어였다.

"순사라니?"

에드가 오의 되물음에 선화가 대답했다.

"어제 낮부터 순사들이 남산 주위에 서 있다고 합니다. 곧 호랑이를 수색해서 소탕하기 위해 남산을 포위하려는 모양입니다. 호랑이 풍문 때문에 갑자기 남산을 지키는 일을 하게 된 순사들이, 그 때문에 평소보다 포악하게 군다고 들었습니다. 그렇지 않아도 곧 열리는 조선박람회[3] 때문에 감시하느라 바쁜데 그런데 남산을 경계하는 일까지 더해지니, 순사들로선 기분이 좋지 않을 수밖에요."

그는 눈을 껌벅였다. 어제 그는 온종일 은일당에 머물러 있었고 그동안 바깥에서 그런 일이 있었다는 건 전혀 알지 못했다. 그런데 자신보다 더더욱 바깥출입을 하지 않는 선화가 대체 어떻게 바깥일을 저리도 상세히 알고 있는 것일까?

그 의문은 이어진 그녀의 이야기로 금방 풀렸다.

"마을 아이들 말로는 순사가 언짢은 표정을 짓고서 오늘 밤에 돌아다니는 자들은 죄다 붙잡아 들여서 문초할 거라 말하고 다녔답니다. 그래서 마을 어른들이 아이들더러, 순사에게 무슨 해코지를 당할지 모르니 밤에는 집 밖으로 다니지 말라고 일렀다더군요. 그러니 순사들을 조심하시라고 말씀드리려 했습니다."

할 말을 다 하였나 싶었는데, 선화의 말이 곧바로 이어졌다.

---

3 1929년 9월과 10월에 경복궁에서 개최된 대규모 박람회. 일본의 조선 식민통치 20년을 기념하려는 목적에서 열린 행사였다.

"하긴, 오 선생님의 말씀이 지당합니다. 호랑이는 무섭지요. 하지만 소문 속 호랑이가 무엇이 무섭단 말입니까? 말로만 떠돌아다니는 호랑이를 겁낼 이유는 전혀 없지 않습니까?"

잠깐 사이 말투에 날이 파릇하게 서 있었다. 그가 한 말을 뒤늦게 불쾌해하는 게 분명했다.

말실수했구나!

에드가 오는 황급히 생각나는 대로 주절거렸다.

"아니네. 나는 그저, 호랑이 이야기를 오늘 처음 들어서……."

선화가 손에 들고 있던 확대경을 책상 위에 달칵 놓았다. 그렇지 않아도 날카로운 그녀의 눈초리가 더 가늘어졌다. 조금 전까지 보이던 걱정 어린 표정은 온데간데없고, 차갑고 냉랭한 기운만 남고 말았다.

"처음으로 들었다 하셨습니까? 하지만 호랑이 이야기는 엊그제부터 오늘까지 몇 번이나 말씀드렸을 겁니다. 조금 전 편지를 건네 드릴 때도요."

"그랬던가. 내가 기억력이 좋지 않아서……."

아차. 말을 하고 나서야 그는 또 실언했다는 걸 깨달았다.

"아, 그렇습니까? 전혀 몰랐습니다. 오 선생님이 기억력이 좋지 않다는 걸요."

선화의 목소리조차 싸늘하게 식어버렸다. 좋지 않은 신호였다.

"요즘 오 선생님이 저녁 과외 시간을 넘겨 귀가하시는 경우가 가끔 있으셨지요. 과외를 몇 시부터 하는지를 잊어버리셨는지, 아니면 제게 과외를 한다는 것 자체를 잊어버리셨는지는 모르겠습니다만, 그것도 오 선생님의 기억력이 좋지 않아서 생긴 일이로군요?"

"아니, 그게······."

"제 과외 수업을 해주시는 조건으로 은일당에 하숙하고 계신 것도 잊으신 건 아니시지요? 오 선생님이 부재중이실 때 어머님께서 그 이유를 물어보셨다는 건 알고 계십니까? 그때마다 오 선생님이 잠시 뭘 가지러 가셨다고 얼버무렸었습니다만, 알고 보니 그런 사정이었던 거로군요. 어머님께도 말씀드리지 않으면 안 되겠습니다만······."

"알겠네! 오늘은 외출 안 하면 되지 않나!"

에드가 오는 괜히 역정 내는 척하고 방으로 도망갔다. 역정 내는 척이라도 한 건, 꼬리 말고 도망쳤다는 것을 인정하기 싫은 알량한 자존심 때문이었다.

"거참. 으르렁거리는 사냥개 같지 않은가."

문을 닫고 그는 투덜거렸다.

그러면 나는 그 사냥개에게 화들짝 놀란 고라니 아닌가.

이어진 생각은 우울하기 그지없었다.

바깥은 언제 그랬냐는 듯 고요했다. 혹시나 선화가 안채로 들어간 것일까 확인하려고 에드가 오는 열쇠 구멍으로 바깥을 몰래 훔쳐보았다. 하지만 불행히도 선화는 현관의 책상 앞에 앉은 그대로였다. 그녀는 확대경을 들고 이맛살을 찌푸린 채 신문을 읽는 중이었다. 아침에 배달되었어야 할 신문이 검열 탓에 오후에 도착했기 때문에 그녀의 그 일과도 이제야 시작된 모양이었다.

"선화 군이 요즘 부쩍 기분이 좋지 않은 것 같은데."

그녀의 찌푸린 이맛살을 보며 그는 무심코 중얼거렸다.

봄이 한창일 때만 해도 선화는 저렇게까지 뾰족하지는 않았다. 하숙을 시작할 당시에는 낯선 사람인 에드가 오를 경계했었지만, 시간이 지나고 이런저런 일도 겪으면서, 이제는 살갑게 인사 나누고 대화할 정도로 사이가 원만해졌다. 수업을 지루해하는 기색은 변하지 않았지만, 적어도 일상생활에서 그녀가 꺼리는 태도를 보인 적은 없었다.

봄의 따스함이 뜨거움으로 바뀌고 남산이 연두색에서 짙푸른 색으로 바뀌어 갈 즈음부터, 선화는 무언가 걱정이 많아진 눈치였다. 신문을 읽을 때 이마 주름은 평소보다 찌푸려져 있었고, 수업 중에도 평소보다 더 집중하지 못하고 고민에 잠겨 있을 때가 많았다. 무언가 사정이 있는 모양이었지만 짐작 가는 바가 없었다.

어쨌거나 지금은 그걸 궁금히 여길 때는 아니었다. 선화가 문 앞을 계속 지키고 있는 이상, 외출은 물 건너간 거나 마찬가지였다.

그때 그의 머릿속에 번뜩, 좋은 생각이 떠올랐다.

방법이 있지 않은가. 선화 군의 앞을 지나지 않고 밖으로 나갈 방법이.

*

에드가 오는 과감한 탈출을 결행했다. '과감한 탈출'이라 칭하긴 했지만, 사실은 창문을 열고 그리로 빠져나가는 게 전부인 일이었다. 받침 대용으로 책을 차곡차곡 쌓은 뒤 그걸 디디고 서서 창문을 넘는 도중, 뒤마[4]가 쓴 소설 《몽테크리스토 백작》의 주인공에 불현듯 감정 이입되어서, 그가 해상감옥을 탈출할 때 아마 이런 기분이었을 거란 생각으로 가슴이 두근거린 것까지는 좋았다. 하지만 그때 바짓단이 창틀에 걸려 툭 소리를 내는 바람에, 그는 그만 비명을 지를 뻔했다.

창문을 넘은 뒤 그는 급히 바지가 무사한지를 확인하려 했다. 하지만 창문에서 새어 나오는 빛만으로는 제대로 확인할 도리가 없었다. 그렇다고 다시 은일당 안으로 들어갈 수도 없었다. 이미 엎질러진 물이었고, 던져진 주사위였다.

에드가 오는 하는 수 없이 걸음을 재촉했다. 벌써 길에 어둠이 까맣게 덮여 있었다. 하늘에는 달조차 구름에 가려 보이지 않았다. 은일당의 빛은 점점 작고 희미해지다 어느 순간 사라지고 어둠이 주위를 둘러쌌다.

"을씨년스럽군그래······."

몸이 절로 부르르 떨렸다. 남산의 산그늘은 시커멓기만 해서, 저 어둠에 한 발 잘못 디디면 깊디깊은 진구렁에 통째로 삼켜질 것 같았다. 늘 시끄러운 매미 소리도 오늘따라 유독 음산하게 들렸다.

4　알렉상드르 뒤마(1802~1870), 19세기 프랑스의 소설가.

멀리서 다시 한번 천둥이 울렸다.

땀이 계속 흘러내렸다. 셔츠가 몸에 끈적끈적 달라붙었다. 옷이 무겁고 습한 공기에 젖어 축축해진 것인지, 땀에 젖은 것인지 알 수 없었다.

언젠가 에드가 오는 밤은 사랑스러운 존재이며 어둠은 공포의 대상이 아닌 신비로움의 보물창고라고 말했던 적도 있었다. 하지만 이 산 아랫길의 깊은 어둠은 도저히 그런 긍정적인 감정으로 받아들일 수 없었다. 그곳에는 에드가 알란 포의 작품 속 기괴한 공포의 배경으로 어울릴 짙은 암흑만이 가득 차 있었다.

산속에서 소리가 났다. 그는 깜짝 놀라 걸음을 멈췄다. 다시 무언가 움직이는 소리가 나더니, 새의 울음이 들렸다.

산새였군. 별것도 아니지 않나.

한숨을 한 번 쉰 그는 다시 걸음을 옮기려 했다. 하지만 발걸음이 더 떼어지지 않았다. 호랑이가 남산에 나타났다는, 이성의 이름으로 비웃은 허무맹랑한 그 소문이 밤길 한가운데에서 되살아났다. 그 소문은 어쩌면 사실일지도 모른다. 정말로 남산에 호랑이가 들어왔을지도 모른다.

1925년에 경성에 잠깐 돌아와 과외 선생 노릇을 하던 당시, 그는 창경원에서 호랑이를 본 적 있었다. 그때 본 호랑이는 덩치가 컸지만 우리 안에서 힘없이 누워 있을 뿐이었다. 저 무기력한 짐승이 뭇짐승의 왕이라는 생각은 들지 않았다.

하지만 호랑이가 얼마나 무서운 짐승인지 들은 건 많았다. 호랑이는 순식간에 산 하나를 넘나들고, 송아지 한 마리를 문 채 커다란 나무를 타오를 수 있다고 했다. 호랑이에게 정말로 그런 힘과 민첩함이 있다면 경성을 둘러싼 옛 성벽도 발톱 한두 번 찍는 것만으로 단숨에 넘어버릴지도 모른다.

만약 호랑이가 그렇게 남산에 들어왔다면? 남산 밖을 호시탐탐 엿보다가 불쑥, 산 옆을 끼고 도는 이 길 같은 곳에 모습을 드러낼지도 모른다. 거기서 사람과 마주친다면, 호랑이는 그 불운한 사람을 덥석 문 채 순식간에 산의 저편으로 훌쩍 넘어가버릴 것이다…….

산속에서 다시 부스럭거리는 소리가 났다. 그는 소리가 난 곳을 곁눈질로 바라보았다. 나무 그림자 사이에서 이글거리는 짐승의 두 눈이 자신을 바라보는 것은 아닌지, 어둠 너머로는 도무지 가늠할 길이 없었다. 포의 작품에서나 나올 법한 불길한 기운이, 어둠 속에 가득 녹아 있었다.

"……그냥 돌아갈까?"

에드가 오는 괜히 넥타이를 만지작거렸다.

따지고 보면 세르게이 홍을 굳이 오늘 만나야 할 이유는 없었다. 그 친구 역시 만나자고 일방적으로 전갈을 보냈을 뿐이지 않은가. 나중에 그를 만나서, 그날 자신이 다른 일이 있어서 갈 수 없었다고 이야기하는 걸로 충분할 터다. 그가 여행을 마치고 경성으로 돌아온 것이 불과 얼마 전이다. 굳이 오늘 만나러 가지 않더라도 당분간 그와 경성에서 계속 마주하게 될 게 분명하다. 그렇다면 지금은 귀가하는 게 올바른 선택일 것이다.

 뒤를 돌아보니, 벌써 밤안개가 길에 자욱하게 깔렸다. 뿌옇게 고인 안개 너머로 아주 잠깐 어렴풋하게 빛이 보였다. 은일당의 불빛이었다. 저 불빛 아래에서 선화가 책상 앞에 앉은 채 신문 기사를 처음부터 차근차근 읽고 있을 것이었다.

 그녀 몰래 방 안으로 들어가려면 다시 창문을 넘는 것이 정답일 터이다. 하지만 조금 전 바지에서 났던 심상치 않은 소리가 마음에 걸린다. 창문을 한 번 더 넘다가 아끼는 정장에 어떤 봉변이 더해질지 모른다.

 그렇다고 당당히 정문으로 들어가자니, 선화 앞을 몰래 지나갈 방법이 없다. 조금 전 방에 들어갔던 자신이 왜 밖에서 들어오는 건지 설명하기 궁색하다. 평소라면 어떻게 둘러대기라도 하겠지만, 하필 조금 전 선화의 심기를 제대로 건드려버린 참이다.

 불빛은 다시 안개와 어둠에 삼켜졌다. 순간, 어두운 길이 한순간 밝게 빛났다. 에드가 오는 움찔했다.

 우르릉.

 곧이어 천둥이 울었다. 산자락에 천둥 소리가 자욱하게 되울렸다. 머리 위로 물방울이 후드득 떨어졌다. 한바탕 비가 퍼부으려는 모양이었다. 번화한 곳이라면 남의 지붕 처마라도 빌려서 비를 피할 수 있지만, 이 근방은 산길뿐이다. 이런 장소에서 비를 만나서는 곤란하다. 기분 탓인지 왼손 엄지손가락도 욱신거렸다.

 "어쩔 수 없군."

이제는 당장 귀가해야만 했다. 창문을 다시 넘느냐, 아니면 당당하게 선화의 앞으로 향하느냐의 선택이 남았을 뿐······.

탕!

그때 커다란 소리가 울렸다.

목격

　에드가 오는 반사적으로 몸을 움츠렸다. 잘못 들은 것이 아니었다. 총소리였다. 소리는 산모퉁이 너머에서 났다.
　"거기 무슨 일이오!"
　크게 소리쳤지만 돌아오는 대답은 없었다. 그는 저도 모르게 곧장 그곳을 향해 달렸다.
　"무슨 일입니까!"
　그는 다시 큰소리로 외쳤다.
　모퉁이 굽이를 돌아 소리가 났을 곳이 보일 때, 그는 우뚝 멈춰서고 말았다. 길 한가운데 무언가 누워 있었다. 어둠에 덮여 그게 무엇인지는 알 수 없었다. 커다란, 누런 듯 허연 덩어리로만 보일 뿐이었다. 그 덩어리 앞에 누군가 서 있었다.
　"……칙쇼!"
　일본어로 욕을 뱉은 그자가 머리를 들었다.

에드가 오는 움찔했다. 그자의 모자 때문이었다. 어둠 속에도 그 윤곽은 눈에 익었다. 순사 모자였다.

'순사들이 남산 주위에 서 있다고 합니다.'

선화의 말이 머리를 스쳤다.

"큰소리가 나서 왔습니다. 무슨 일입니까?"

에드가 오는 정확한 발음의 일본어로 빠르게 말을 뱉었다. 과거 내지에서 겪은 일 때문에 몸에 밴, 조금이라도 부정적인 인상을 남기지 않으려는 행동이었다.

어둠에 가려 순사의 얼굴은 제대로 보이지 않았다. 하지만 그를 바라보고 있다는 건 분명했다.

"너, 봤는가?"

순사가 신경질적인, 하지만 떨리는 목소리로 내뱉었다. 에드가 오가 대답했다.

"무얼 말입니까?"

대답은 없었다. 그는 급히 말을 덧붙였다.

"아니요. 아무것도 못 봤습니다."

여전히 지금 상황을 파악할 수 없었다.

누운 채 꿈쩍도 하지 않는 누런 덩어리 앞에 서 있는 순사……. 누워 있는 저건 뭐지? 조금 전의 총소리는 무엇이었는가?

순간 비릿한 내음이 훅 끼쳤다. 문득 그는 순사의 손에 길쭉한 무언가가 들려 있다는 걸 알아챘다.

저것은 소총이 분명하다. 아, 그래. 호랑이를 사냥하기 위해 순사가 배치되어 있다고, 선화 군이 말하지 않았던가. 그러면 저기 쓰러진 건 호랑이인가? 정말로 남산에 호랑이가 숨어 있었던 건가?

그는 쓰러져 있는 무언가를 향해 조심스레 다가갔다. 순사의 손에 들린 기다란 물건이 갈피를 못 잡고 흔들거렸다.

"포수다, 포수였다!"

순사가 소리쳤다. 갑작스러운 외침에 에드가 오는 걸음을 멈추었다. 어둠에 가려 얼굴이 보이지 않는 순사가 다시 외쳤다.

"포수였다! 갑자기 불쑥 튀어나와서 총을 쏜 놈이 있었다! 그래서 이놈이……. 잠깐!"

흥분한 목소리로 두서없이 말하던 순사가, 갑자기 목소리를 낮췄다.

"저게, 저게 보이는가?"

순사가 떨리는 손을 들어 그의 어깨너머 뒤를 가리켰다.

등줄기가 서늘해졌다.

"무엇이…… 말입니까? 무, 뭐가 있습니까?"

그는 겨우 말을 꺼냈다. 목소리가 덜덜 떨렸다.

"저, 저기, 저기에 무언가 있다. 저길 봐, 봐라. 저, 저기, 저게 대체 무엇 같은가?"

순사는 여전히 목소리를 낮춘 채 빠르게, 웅얼거리듯 말했다. 순사의 왼손은 에드가 오의 등 뒤편을, 그곳에 있는 남산을, 그 한가운데 도사린 어둠을 가리키고 있었다.

그는 주저하며 고개를 뒤로 돌렸다. 순사가 보고 있는 무언가를 그도 찾아보려 했다. 하지만 산속의 어둠 사이로, 그 무언가는 꼭 꼭 숨어 있었다.

사방이 시끄러웠다. 눈앞의 산에서 나직하고 불안하게 울리는 매미의 울음, 새가 우는 소리, 순사가 내는 부스럭거리는 소리. 하지만 무엇보다도 몸속에서 울리는 심장 소리가 온몸을 옥죄어오고 있었다.

그는 필사적으로 어둠 속에 있다는 무언가를 찾으려 애썼다.

"아, 아무, 아무것도 보이지 않습니다."

순사의 대답은 없었다. 순사가 내는 부스럭 소리조차 멈췄다.

그때 저 멀리, 작지만 새로운 소리가 들렸다. 사람들의 웅성거림이었다.

"누군가, 누군가 이리 오는 것 같습니다."

그는 빠르게 말을 뱉었다. 그렇게라도 말을 하지 않으면 심장이 터질 것만 같았다. 눈앞에 일렁이는 어둠은 불길하기만 했다.

소리가 나는 방향은 마을 쪽이었다. 총소리와 그 뒤에 그가 지른 고함을 들은 마을 사람들이 오는 것이 분명했다. 사람이 온다면 일단 더는 큰일이 나지는 않을 것이다. 막연한 안도감이 몸을 감쌌다. 그는 순사 쪽을 보았다.

순간 에드가 오는 깜짝 놀라 얼어붙었다. 순사의 손에 든 소총이 겨눠져 있었다. 서 있는 그를 향해서.

"움직이지 마라!"

순사가 총을 겨눈 채 소리를 질렀다.

움직이지 말라고? 대체 누구에게 하는 말인가? 나인가? 아니면 저 어둠 뒤의 무언가인가?

흔들거리는 총구의 움직임이 유난히 크게만 느껴졌다. 그의 등 뒤편 어딘가, 지금은 그 깊은 산의 어둠 속을 노리고 있는 그 총의 끝은 너무도 불안하게 흔들렸다. 그 약간의 흔들림만으로 총구는 너무나 쉽게 자신을 향했다가 떨어졌다. 숨조차 온전히 쉴 수 없었다.

"저, 저기다! 저기 그놈이 있다!"

겨누는 자세를 풀지 않은 채, 순사가 고래고래 소리쳤다.

"포수가 있다!"

순사가 무언가를 본 것일까? 어둠에 꼭꼭 숨은 무언가를?

에드가 오는 고개를 다시 돌리고 싶었다. 하지만 그럴 수 없었다. 경솔히 움직였다가는 흔들리는 총구가 곧바로 그의 머리를 향할 것 같았다. 가슴이 쿵쾅거렸다. 숨을 들이쉴 수도, 뱉을 수도 없었다.

"저, 저, 저놈이 도망친다!"

갑자기 순사가 소리쳤다.

"거기 서라!"

순사는 득달같이 에드가 오를 향해 달려왔다. 그는 기겁해서 몸을 움츠렸다. 입에서 헉, 형편없는 소리가 새어 나왔다. 그러나 순사는 에드가 오를 거들떠보지도 않은 채 총을 앞으로 겨누고는 그의 옆을 지나쳐 달려갔다. 잠깐이지만 그는 순사의 표정을 볼 수 있었다. 공포에 휩싸인 얼굴이었다.

　에드가 오는 산속으로 달려 들어가는 순사의 모습을 멍하게 지켜보았다. 순사의 뒤를 따라가야 하나 생각했지만, 힘이 풀려버린 다리는 꼼짝도 하지 않았다. 그제야 온몸이 덜덜 떨리기 시작했다.

　순사의 모습은 어느새 어둠 너머로 사라졌다. 순사의 노한 목소리와 부스럭거리는 소리가 산의 어둠 속에서 계속 울려 퍼졌다. 하지만 그 소리마저 점점 안개가 먹어 치운 듯이 희미해졌다. 마치 어둠이 그를 먹어 치운 것만 같았다. 그리고 현실에는 아직도 쿵쿵 뛰는 심장과 축축한 목덜미의 느낌이 남아 있었다. 그 외의 나머지 일들, 그가 본 다른 모든 일은 무언가에 홀린 것처럼 아득하고 모호할 뿐이었다.

　코로 비릿한 내음이 훅 끼쳐왔다. 그의 눈앞에 정체불명의 누런 덩어리만이 흙바닥에 누운 채 남아 있었다.

　갑자기 하늘이 번쩍 밝아졌다. 그러자 누워 있는 것의 모습이 순간 환하게 보였다. 지저분한 저고리는 눈에 띄게 오른쪽 섶이 찢겨 나가 있었다. 오른쪽 어깨와 가슴은 그 때문에 맨살이 거의 다 드러나 있을 지경이었다.

　하지만 그보다 더욱 흐트러진 것은 얼굴이었다. 에드가 오 쪽으로 누운 얼굴은 크게 일그러져 있었다. 듬성듬성 희끗희끗한 수염 사이에서, 벌린 채 다물지 못하고 있는 입, 크게 부릅뜬 눈.

　이마 한가운데 커다란 점이 보였다. 아니, 그것은 점이 아니었다. 손가락 하나가 들어갈 구멍이 이마 한가운데에 나 있었다. 남자의 미간에 난 구멍과 코, 그리고 입에서 피가 울컥울컥 솟아올랐다. 일그러진 얼굴 아래의 흙은 새카맸다. 그가 흘렸을 피로 흥건하게 젖어 있었기 때문이었다.

"으, 으아, 으아! 으아악!"

에드가 오는 비명을 질렀다. 그는 그만 털썩 길바닥에 주저앉고 말았다. 다리에 더 남아 있는 힘이 없었다.

우르릉.

천둥이 크게 울렸다. 그 소리를 시작으로 하늘에서 비가 내려 긋기 시작했다. 빗소리 너머로 사람들의 웅성거림이 다가오고 있었다.

*

빗속을 뚫고 순사들이 도착했다. 에드가 오는 몰려온 마을 사람들이 시체를 둘러싸고 소란스레 떠들어대는 것을 통제하려는 순사들을 보면서 안도의 한숨을 쉬었다. 이렇게 많은 사람 사이라면 더는 위험한 일은 없을 터였다.

저 멀리 도착한 자동차에서 또 다른 순사들이 급히 내렸다.

"미야마! 여기를 맡은 녀석은 어디 간 거야! 뭐? 그 이토 놈이라고?"

귀에 익은 목소리가 들렸다. 순간 에드가 오는 벌떡 몸을 일으켰다. 그가 경성에서 두 번째로 마주치고 싶지 않은 사람의 목소리였다.

에드가 오는 어떻게든 몸을 숨기려 했다. 그러나 몸을 일으킨 그를 향해 그 사람이 고개를 돌리고 말았다. 그자와 눈이 마주친 순간, 낭패감이 온몸을 휩쌌다.

그자가 중얼거렸다.

"잠깐, 거기 너. 분명히 봄에……."

그때 순사 중 한 명이 그자에게 다가가 뭐라고 말을 소곤거렸다. 에드가 오에게 사건의 상황을 질문하던 순사였다. 그 순사가 에드가 오를 가리키자 그자는 얼굴을 찡그렸다.

불안한 예감은 틀리지 않았다.

"저자는 경찰서로 데려가. 돌아가면 내가 직접 심문할 것이다."

그 말이 끝나기 무섭게 순사 둘이 그의 양팔을 꽉 붙들었다. 에드가 오가 급히 소리쳤다.

"잠깐 기다리십시오! 남정호 순사부장님! 나는 목격자입니다! 결백한 사람이란 말입니다!"

그러나 그 외침은 그에게는 빗소리보다도 못한 소음으로 여겨진 모양이었다. 에드가 오에게는 더 눈길도 주지 않고, 퍼붓는 비를 맞으며 그는 현장 여기저기를 살피고 있었다. 에드가 오는 항변도 하지 못하고 경찰서로 끌려갔다.

2일째
1929년 6월 18일, 화요일

심문

에드가 오는 유치장 한쪽 구석에 쪼그려 앉아 있었다. 유치장의 돌바닥은 여름인데도 차갑고 축축했다. 젖은 몸이 싸늘히 식자 온몸이 덜덜 떨렸다. 어느새 스며든 공포가 다시 그의 몸을 흔들고 있었다. 자신이 저지르지 않은 죄를 뒤집어쓸지도 모른다는 황망함과 죄를 자백받기 위해 순사들이 무슨 짓을 할지 모른다는 두려움이 만들어낸 것이었다.

올봄, 그는 이상한 일에 휘말려 유치장에 갇힌 적이 있었다. 그리고 그는 그때 억울한 누명을 쓰고 고문받다가 반병신이 되거나 송장이 되어 나가는 사람들의 이야기가 실제로 얼마나 끔찍하고 무서운지를 몸소 체험하고야 말았다.

이곳 본정경찰서의 취조실에서 검은 쇠고리에 손가락을 묶인 뒤, 쇠꼬챙이로 왼손 엄지손가락 손톱 아래가 쑤셔진 기억이 아직도 생생했다. 그때 남은 손톱의 멍 자국을 마지막으로 잘라낸 것이 불과 이틀 전이었다. 하지만 아주 가끔, 손톱 아래로 묵직하고 둔한 아픔이 아른거릴 때가 있었다. 그 아픔이 찾아오면 그는 아픔이 시작된 원인인 봄에 겪은 일, 그중에서도 본정경찰서에 갇혔을 때의 일을 떠올렸다.

그때 자칫했다면 나는 영영 세상에서 낙오하고 말았을 것이다.

그런 생각을 할 때마다 그는 몸을 떨곤 했다. 그래도 설마 또 유치장에 갇히게 될 거라고는 상상조차 하지 못했다.

자신이 왼손 엄지손가락을 꽉 움켜쥐고 있다는 걸, 그는 그제야 깨달았다. 에드가 오는 눈을 질끈 감았다.

나는 사건의 목격자일 뿐이다. 내가 본 것만 그대로 전하면 된다. 하지만 대체 뭐라고 설명해야 할까? 총소리가 들려 달려가 보니 그곳에서 순사와 마주쳤고, 순사는 포수가 어쩌고 하는 이야기를 하더니 산속으로 들어가버렸다. 그리고 죽은 사람과 남겨지고 말았다. 이렇게 이야기를 하면, 경찰은 그 말을 믿을까? 사건을 목격한 나조차 지금껏 겪은 일들이 대체 무엇인지 모르고 있지 않은가.

불안한 마음을 잊으려 에드가 오는 애써 잠을 청해 보았다. 하지만 잠은 전혀 오지 않았다. 차갑고 눅눅한 습기가 감겨왔다. 산속의 불길한 어둠과는 또 다른 기분 나쁨이었다.

*

얼마나 지났을까. 짐작도 가지 않는 시간이 흐른 뒤, 순사들이 에드가 오를 불렀다. 순사들에게 이끌려 걸음을 옮길 때마다 온몸이 욱신거렸다. 구타당하지도 않았는데 벌써 잔뜩 얻어맞은 기분이었다. 창밖으로 들어오는 아침 햇살마저 무거웠다.

취조실 안에서 남정호 순사부장이 그를 기다리고 있었다. 순사부장은 비에 잔뜩 젖어 몰골이 말이 아니었다. 물속에서 갓 튀어나온 귀신을 마주 보는 것만 같았다.

지금 상황이 꿈이면 차라리 좋겠군, 악몽은 깨면 그만이니까.

아득한 머리로 드는 생각은 이 현실을 여전히 받아들이지 못하고 있었다.

그가 자리에 앉자, 책상 맞은편에 앉은 순사부장이 입을 열었다.

"이곳에 다시 오니 어떤가?"

"여길 다시 올 거라고는 꿈에서조차 상상하지 않았습니다."

책상 위의 새카만 쇠고리를 보지 않으려 애쓰며 그는 중얼거렸다. 남정호는 코웃음조차 치지 않았다. 그 눈빛이 매서웠다. 사냥감을 눈앞에 둔 호랑이의 눈이 저러할까 싶을 만큼 서늘한 눈빛이었다.

"본 걸 모두 이야기해."

남 순사부장이 말했다.

에드가 오는 숨을 가다듬고 은일당을 나섰을 때부터 이야기를 시작했다. 괜히 허세를 부린다 해서 좋을 것은 전혀 없었다. 눈앞의 순사부장은 그런 게 통할 인물이 아니었다.

그의 이야기를 듣는 동안 남정호의 표정에는 변화가 없었다. 말라서 광대가 선명하게 도드라지는 긴 얼굴은 수염 자국 하나 없이 반들반들했고, 날카로운 눈초리는 그리스와 로마의 인물을 본떠 만들었다는 석고상이 차라리 인간미가 넘쳐 보일 정도로 매서웠다. 다시 보아도 여전히 정감이 가지 않는 모습이었다.

"그래서, 그 뒤엔? 무슨 일이 있었지?"

순사가 사라진 뒤 시신을 본 장면까지 이야기를 마치자, 남 순사부장이 입을 뗐다. 에드가 오는 대답했다.

"근처 마을 사람들이 여럿 왔습니다. 그 사람들 모두 죽은 사람을 보고는 깜짝 놀라서 어찌할 줄 모르더군요. 순사님은 산으로 달려간 뒤 돌아올 기색이 없어서, 나라도 사건 현장을 지키고 있어야 할 것 같았습니다."

사실은 다리가 풀려 꼼짝하지 못한 것이지만, 남정호에게 그런 이야기는 하고 싶지 않았다. 남정호는 그저 흠, 하고 짧은소리를 낼 뿐이었다.

"마을 사람들에게 시신을 절대 건드리지 말고 그 주변에도 다가가지 말라고, 수상해 보이는 것이 있어도 절대 건드리지 말라고 말했습니다. 그리고 그들 중 한 명에게 은일당으로 가서 이 일을 알리라고 했습니다."

"은일당으로? 왜 근처 주재소[5]로 가라고 시키지 않은 거지?"

---

5   駐在所. 일제강점기 당시 파출소와 같은 역할을 한 경찰 기관.

"주재소로 가는 것보다 은일당의 전화로 경찰에 신고하는 게 더 빠를 거라고 생각했습니다. 은일당에 전화가 있는 건 아실 테지요. 그 뒤의 일은 순사부장님이 와서 보신 대로입니다."

"흠."

진술이 끝나자 남 순사부장은 의미를 알 수 없는 소리를 낼 뿐이었다. 그의 무표정한 얼굴을 보는 것으로는 그가 무슨 생각을 하는지, 에드가 오의 말을 어떻게 받아들였을지 도무지 짐작할 수 없었다. 초조해진 에드가 오는 저도 모르게 괜한 말을 덧붙였다.

"그래서 어찌하실 겁니까? 이번에도 날 잡아넣을 작정입니까? 내가 살인범이라는 억지 누명을 씌워서 말입니다."

말속에 비꼬는 감정이 실린 건 어쩔 수 없었다.

"자네가 살인범이라, 그거 재미있군."

남 순사부장이 아주 살짝 입꼬리를 올렸다.

"현장에서 자네를 보자마자 가장 먼저 한 생각이 바로 그거였거든. 자네가 그 사람을 죽인 범인이라고."

등줄기가 오싹해졌다. 에드가 오는 벌떡 자리에서 일어섰다.

"나는 사람을 죽이지 않았습니다!"

"자네는 집을 나선 뒤 산에 숨어 피해자를 기다렸지. 그리고 피해자가 오자 그를 쏘아 죽였어. 그리고 갑작스레 눈앞에 벌어진 그의 죽음에 당황해하는 내 부하 앞에 뻔뻔하게 나타나서는, 사건의 목격자인 양 행세했고."

남정호의 어조는 평탄했지만, 그 눈빛은 그새 사나워져 있었다.

"그렇지 않습니다!"

"자네가 피해자를 죽인 이유는 뭘까? 우발적 범행? 금전 문제? 치정? 원한? 악취미? 그건 조사해 보면 되겠다는 생각이었지. 아니면 자네가 직접 이야기를 해줄지도 모르고."

이대로라면 자신이 사건의 범인이 되어버리는 건 시간문제였다. 에드가 오는 다시 소리를 치려다가, 입을 다물었다. 책상 위 쇠고리가 눈에 들어온 순간 정신이 번쩍 들었다. 봄에 당했던 고문과 굴욕이 떠올랐다.

그때 이자에게 당한 것을 잊으면 안 된다. 무작정 자신이 억울하다고 외치기만 해서는, 없는 죄를 뒤집어써도 그저 당하고만 만다. 이성을 발휘하여 이 이야기의 허점을 찾아 내가 절대로 범인일 수가 없는 이유를 보여야 한다. 호랑이에게 물려도 정신만 차리면 살아남는다.

이를 악다물고 에드가 오는 자리에 앉았다. 그는 당당한 모습을 보이려 애쓰며 대답했다.

"경찰에서 압수해 간 제 소지품 중에 총 비슷한 거라도 있었습니까? 죽은 사람은 총에 맞았는데, 저는 총이 없지 않습니까. 제가 그 사람을 죽이지 않았단 건 그걸로 명확하지요. 그렇지 않습니까?"

죽은 자의 미간에 난 흔적이 그가 매달릴 단 한 가닥의 지푸라기였다. 하지만 남정호는 동요하는 기색이 아니었다. 에드가 오는 침을 삼켰다. 당당하게 처신하려 노력했지만, 마음속은 여전히 조마

조마했다. 만약 진짜 범인이 현장에 총을 버리고 갔고 그것이 발견된 뒤라면, 이번에야말로 꼼짝없이 궁지에 몰리는 것이다.

"그래, 그래서 내가 그 생각을 버렸던 거지."

멍해지고 만 에드가 오를 보며 남정호는 말을 이었다.

"현장에서도 버려진 총은 없었어. 그래서 자네가 범인이 아니라고, 생각을 바꿨던 거야."

취조실 안이 갑자기 환해진 것 같았다. 기분 나쁜 사람과 마주 앉은 진저리나는 좁은 공간인 건 변함이 없었다. 하지만 남 순사부장의 입으로 자신이 범인이 아니라는 암묵의 인정을 받은 안도감은 그만큼 컸다.

"그나저나 자네도 꽤 성급하군. 말을 다 듣지도 않고 큰소리부터 치다니. 조선말은 끝까지 들으라는 말, 들어보지 못했나?"

남정호의 이죽거리는 말을 들으며 에드가 오는 겨우 한숨을 쉬었다. 그제야 그는 자신의 몸이 떨리고 있다는 걸 알아차렸다.

만약 사건 현장에 버려진 총이 있었다면, 그리고 내가 아무 항변도 하지 못한 채 계속 범인이 잡히지 않았다면, 이자는 정말로 날 범인으로 여겼을 것이다.

온몸에 스며든 섬뜩한 차가움을 떨쳐내기 위해 에드가 오는 급히 말을 돌렸다.

"그런데 포수를 쫓아간 그 순사님은 어떻게 되었습니까? 포수를 잡았습니까?"

순사부장은 얼굴을 찌푸렸다. 좀처럼 볼 수 없는 표정 변화였다.

뭔가 물어서는 안 될 걸 물어봤나 싶어 에드가 오는 긴장했다.

"설마 그 순사, 변이라도 당한 건……."

하지만 남정호의 목소리에는 침울함이 아니라 짜증이 묻어 있었다.

"이토 그놈이 포수인가 뭔가 하는 놈을 잡았으면 내가 이런 짓도 하지 않았겠지. 한참 지나서야 빈손으로 쫄딱 젖어 돌아오는 꼴이 마치 시궁창에 빠진 쥐새끼 같더군."

"내지 사람에게 어떻게 그런 욕을……."

에드가 오는 저도 모르게 침을 삼켰다. 조선인이 순사에게 욕을 했다가 자칫 어떤 봉변을 당하게 되는지는 아주 잘 알고 있었다. 하물며 내지인 순사에게…….

남 순사부장은 핫, 신경질적인 웃음을 터뜨렸다.

"내 부하를 판단하는 기준은 무능한지 유능한지, 그것밖에 없어. 내지인이라는 이유만으로 무능한 걸 유능하다고 치켜세워줄 필요가 있나? 거기에 무능한데 오만하기까지 한 작자에게 좋은 말을 왜 해줘야 하지?"

조금 전부터 그의 말속에 짜증이 녹아 있었다. 아마도 그 순사에 얽힌 불쾌한 무언가가 있는 모양이었다. 하지만 속으로 짐작한 것을 굳이 말로 꺼낼 이유는 없었다.

"뭐, 지금은 범인을 특정해서 상부에 보고하는 게 더 중요해. 자네 증언으로 상황 확인도 모두 끝났어. 이제 죽은 이의 신원만 알면 보고서에 쓸 내용은 다 채워지는 거야."

순사부장은 책상 위에 놓인 종이를 손가락으로 툭 건드렸다.

"죽은 자가 깨끗이 죽어 그나마 다행이야. 미간 한가운데를 정확히 한 발 맞고 사망. 덕분에 얼굴이 크게 상하지 않아서 인상착의로 신원을 파악할 수 있을 테니까."

사람이 죽었는데 다행이라니, 말씀이 참 심하지 않습니까.

에드가 오는 그렇게 말하고 싶은 걸 꾹 참았다.

"그렇지. 모처럼이니 목격자의 견해도 들어볼까."

남정호가 말을 이었다. 그 시선은 여전히 날카로웠지만, 무슨 꿍꿍이를 품은 것인지 도무지 짐작이 가지 않았다.

"제 견해 따위가 순사부장님의 일에 도움이 되진 않을 것 같습니다만."

"그건 당연히 알고 있어."

괜히 빈정거렸다가 오히려 싫은 소리를 듣고 말았다. 불쾌한 기분이었지만, 에드가 오는 사건의 상황을 되새겨 보기로 했다. 그 역시 이 사건의 진상이 궁금하지 않은 건 아니었다.

"호랑이 사냥이 시작된 거라면, 그 사냥을 위해 움직인 포수 중에 범인이 있는 게 아닙니까?"

"그럴 리 없지. 오늘은 남산 주위를 지키는 인력만 배치했을 뿐이야."

"그런데 그 순사님은 산속에 숨어 있던 그자를 포수라고 부르며 뒤쫓지 않았습니까. 죽은 사람의 모습을 보면 분명 그자가 총을 가지고 있을 터인데, 남산에 그런 사람이 돌아다닌다는 건 무서운 일 아닙니까?"

"남산에 무서운 것들이 많이 돌아다니는군. 얼마 전엔 호랑이라더니, 이젠 포수라. 조선박람회 개막에 맞춰 온갖 잡귀들이 남산으로 구경 온 모양인가 본데."

남 순사부장은 쯧, 혀를 찼다.

"자네, 이 사건을 왜 그렇게 어렵게 보는지 모르겠군. 간단히 보란 말이야. 포수란 게 존재하지 않는다면⋯⋯."

그때 갑작스레 취조실 문이 열렸다. 그 탓에 하던 말을 끝맺지 못하게 된 남정호가 짜증스레 소리쳤다.

"이봐, 다카하시. 취조 중에는 함부로 들어오지 말라고 하지 않았나."

"미나미 순사부장님, 나가모리 경부님이 급히 찾으십니다."

문을 연 순사가 쭈뼛거리며 대답했다.

"나가모리 경부님이?"

남 순사부장은 이번에는 좀 더 세게 혀를 찼다.

"오덕문 선생, 일단 여기서 좀 기다리고 있어. 잠깐 다녀오지."

남정호는 그 말을 남기고 자리에서 일어났다.

텅 빈 취조실에서 에드가 오는 남정호가 돌아오길 기다렸다. 하지만 시간이 지나도 그는 돌아오지 않았다. 이런 장소에서 다르게 할 수 있는 일은 없었다. 그래서 에드가 오는 그가 목격한 사건을 좀 더 생각해 보기로 했다.

산에서 사람을 쏜 포수. 포수를 쫓아간 순사. 바닥에 쓰러진 시신. 그리고 현장을 목격한 자신.

그 밤에 본 것들을 되새겨 보다가, 그는 남 순사부장의 말을 다시 떠올렸다.

그의 말대로 이 사건에서 포수가 존재하지 않는다면, 일은 어떻게 되는가? 순사는 포수를 보았다고 했다. 하지만 포수가 존재하지 않는다면, 순사가 한 말은 거짓이 된다. 왜 거짓말을 한 것일까? 죽은 사람은 총을 맞았다. 그리고 순사는 총을 들고 있다. 즉……. 순사가 사람을 죽인 범인이다.

에드가 오는 침을 꿀꺽 삼켰다. 취조실의 공기가 돌연 싸늘하게 느껴졌다.

나는 지금 어쩌면, 알아서는 안 되는 걸 알아버린 게 아닌가?

그 순간 밖에서 인기척이 났다. 에드가 오는 귀를 기울였다. 점점 커지는 발걸음 소리와 함께 웅웅 울리는 소리가 있었다. 사람 목소리 같았지만 무슨 대화를 하는지는 알 수 없었다.

취조실의 문이 열렸다.

"그자의 행적은 즉각 조사해 보겠습니다."

남정호 순사부장의 목소리였다. 그는 표준어 억양의 일본어를 구사하고 있었다.

"빠를수록 좋습니다. 필요한 인원은 이미 배치해 두었다고 했지요?"

남정호에 이어 다른 사람의 말이 들렸다. 낭랑하고 온화한 사내의 목소리였다. 얼핏 표준 일본어 같았지만, 말끝에 살짝 사투리 억양이 섞여 있었다.

"호랑이덫을 성공시키려면 놓친 정보가 있어서는 안 됩니다. 덫을 놓아 잡으려면 먼저 호랑이의 움직임을 확실히 알아야 하는 법 아니겠어요."

"알겠습니다."

"그런데 취조실 안의 저자는 누구입니까?"

온화한 목소리의 물음에 남정호의 냉랭한 목소리가 이어졌다.

"어젯밤 남산에서 벌어진 살인사건의 목격자입니다."

"어젯밤? 아, 이토 군이 목격했다는 그 사건 말이군요."

"그렇습니다. 저자가 무얼 목격했는지 사정을 청취하던 중이었습니다."

잠깐 침묵이 흘렀다. 곧 온화한 목소리가 이어졌다.

"저자 말고 다른 목격자가 있나요? 저자뿐이라면 그 사건, 빠르게 마무리 지을 수 있지요."

남 순사부장의 말이 조금 늦게 나왔다.

"……그건 어렵습니다. 다른 증인들이 여럿 있습니다."

"그건 곤란하군요. 아무튼 그 총격 사건은, 조금 전 내 견해를 말했었지요? 그 생각대로 방향을 잡아서 결론을 지으면 될 겁니다."

"하지만, 경부님……."

"성급하게 당신 주장을 내세우지 말아요. 조선인치고 실적이 좋다는 걸 자신이 유능한 거라고 착각하지 않는 게 좋을 겁니다. 내 충고, 잘 새겨두길 바라는 바예요."

"……."

"그 포수 사건은 남 군이 마저 마무리하도록 해요."

"알겠습니다."

남정호는 경례했다. 그의 몸에 가려서 상대의 모습은 볼 수 없었다.

쿵.

취조실 문이 닫혔다. 남 순사부장이 자리에 앉자 에드가 오는 조심스레 말을 꺼냈다.

"순사부장님이 조금 전에 하셨던 말씀대로 포수라는 게 존재하지 않는다고 생각해 보았습니다. 그랬더니 진짜 범인은……."

"이봐."

남 순사부장이 불쑥 끼어들었다.

"조금 전에 내가 한 말은 잊어버려."

"하지만 말입니다. 조금 전 순사부장님이 말씀하신 대로라면 분명히……."

"포수는 존재해. 산에 숨어 있던 포수가 총을 쏜 거야. 알겠나?"

에드가 오는 황급히 고개를 끄덕였다. 남 순사부장의 얼굴에서 분노가 스멀스멀 피어오르고 있었다. 갑자기 말이 바뀐 남정호의 모습이 도무지 이해가 가지 않았다. 하지만 여기서 괜한 말로 반박했다가는 정말 큰 봉변을 당할 것 같았다.

남정호는 그 뒤로 계속 굳은 표정으로 서류를 들여다보고 있었다. 아니, 노려보고 있다고 해도 될 만큼 무서운 눈빛이었다. 에드가 오는 초조하게, 순사부장이 다시 말을 하길 기다렸다. 그가 뭐라도 말을 해야 이야기가 진행되고 조사가 끝날 터였다.

한참이 지나서야 남 순사부장이 고개를 들었다.

"하나 물어보지 않은 게 있군. 자네는 왜 그 시간에 바깥으로 나가려 했나?"

남정호는 조금 전보다 평정심을 찾은 모습이었다. 에드가 오는 그의 눈치를 보며 대답했다.

"친구를 만나러 본정에 나가보려 했습니다."

"핫."

남 순사부장은 차갑게 웃었다.

"친구를 만나러? 비 오고 해도 다 저물고, 게다가 호랑이가 돌아다닌다고 해서 다들 밖에 나서길 꺼리는 그 시간에?"

전날 저녁에도 비슷한 말을 들었더랬지.

하지만 선화의 말에는 걱정이 담겨 있었다면, 순사부장의 말에는 빈정거림이 가득했다.

"그 친구가 오랜만에 귀국해서 말입니다. 요양차 만주와 러시아를 거치며 사냥 여행을 하다가, 이제 막 경성에 돌아온 참이라고 하더군요. 들려줄 이야기가 많으니 어서 만나자고, 제게 편지를 보냈습니다."

"만주와 러시아? 팔자 좋은 자로군. 만주의 군벌이란 놈들이 러시아 군대와 요즘 한판 벌일 듯 살벌하다는데, 그자는 한가로이 사냥 여행이나 하고 왔다니."

신랄한 말투였다. 하지만 세르게이 홍의 속사정을 모르는 사람이라면 그 여행을 그렇게 평가한다 해도 할 말은 없을 터였다.

"그자, 이름자라도 들어보고 싶군."

남 순사부장의 이죽거리는 말이 이어졌다. 친구 이름은 쓸데없이 왜 묻냐고 대꾸해 주고 싶었지만, 에드가 오는 꾹 참았다.

"세르게이 홍이라고 합니다."

"……홍성재?"

남정호가 눈을 깜박거렸다. 무표정한 석고상 같던 얼굴 위로 아주 잠깐, 동요하는 표정이 스치고 지나갔다.

"홍성재가 그날, 이자와 만날 약속을……."

그는 맞은편에 앉은 에드가 오에게는 신경조차 쓰지 않고, 무언가를 곰곰이 생각하고 있었다. 불현듯 초조해졌다.

"순사부장님, 그 친구를 어떻게 아시는 겁니까?"

남정호는 그제야 에드가 오를 쳐다보았다.

"조사는 이 정도로만 하지. 돌아가도록 해."

"제가 물었잖습니까. 순사부장님이 어째서 그 친구를 알고 있는 겁니까?"

"자네 알 바 아니야. 어서 가보기나 해."

남 순사부장이 취조실 문을 가리켰다. 그의 미간에 주름이 패어 있었다. 봄에 남정호가 이곳 취조실에서 그 표정을 지은 뒤, 자신이 어떤 봉변을 겪었는지 떠오르고 말았다. 그래서 에드가 오는 더 질문을 꺼내지 못하고 자리에서 일어나야만 했다.

"충고 하나 하지."

취조실 문을 향하는 그의 등에 대고 순사부장이 말을 던졌다.

"이번 일은 그저 재수 없게 휘말렸다고 생각해. 귀가하면 어제부터 지금까지 본 것을 모두 다 잊어버려. 행여나 지난 봄처럼 괜히 여기저기 기웃거렸다간 이번엔 정말로 호되게 경을 칠 수도 있어."

그런 일은 봄에 겪은 걸로도 이미 충분합니다.

에드가 오는 그렇게 한마디 쏘아주고 싶은 것을 꾹 참고 취조실 밖으로 나갔다.

변명

 본정경찰서 시계가 아홉 시 사십 분을 가리키고 있었다. 더는 이곳에 있고 싶지 않았다. 에드가 오는 급히 발걸음을 옮겼다. 그러나 몇 걸음 걷기도 전에 저 멀리서 누군가 그를 불렀다.
 "아니, 거기, 설마 오덕문 군인가?"
 에드가 오는 우뚝 멈춰 섰다.
 "에드가 오라고 부르게."
 "오, 진짜 오덕문 군이로군. 아직도 그 이상한 서양 이름을 쓰고 있는 건가."
 "이상한 이름이 아니라 모던한 이름이네."
 그의 떨떠름한 말을 듣고서도 여전히 능글거리는 미소를 지으며, 얼굴이 둥근 사내가 다가왔다. 에드가 오는 페도라를 살짝 들어 올려 인사를 건넸다. 사내는 그의 등을 툭 쳤다.
 "자네가 경성으로 복귀한 뒤 자주 만날 줄 알았는데, 어째 드문드문 얼굴을 보는구먼. 뭐, 나도 일 때문에 여간 바쁜 게 아니지만."

"기자 일 때문인가?"

"그렇지 않고서야 내가 본정서에 무슨 좋은 일이 있다고 제 발로 오겠나?"

여전히 웃는 표정으로 송유정이 말을 건넸다.

송유정은 에드가 오의 경성 지인 중 한 명이었다. 하지만 친밀한 교우 관계와는 별개로 에드가 오는 그를 만나는 걸 껄끄러워했다. 송유정과 만나는 자리에서는 그의 입을 통해 여러 사람의 다양한 이야기를 전해 들을 수 있었다. 하지만 그 자리에서 나눈 이야기 역시 나중엔 다른 여러 사람에게 공유되곤 하였다. 그래서 송유정이 경성신문 기자로 취직했을 때, 그를 아는 사람들은 '가야 할 자리에 제대로 갔다.'라고 평할 정도였다.

"그런데 자네가 본정경찰서에는 어쩐 일인가? 좀 전에 저기서 나오지 않았나."

"일이 있어서 말이지."

"일이라니? 무슨 일? 자네가 경찰과 연 닿을 일이 있었던가?"

그를 올려다보며 송유정이 고개를 갸웃거렸다.

아차.

에드가 오는 꺼내버린 말을 후회했다. 아무래도 송유정이 관심을 가진 모양이었다. 송유정은 자신이 흥미를 느낀 일을 끝까지 집요하게 물고 늘어지곤 했다. 이것이 그가 송유정을 껄끄러워하는 또 다른 이유였다. 둥근 얼굴과 작은 키와 그 집요한 성격이 어우러져서 지인들은 송유정을 '불도그'라고 부르곤 했다. 그 별명을 처음 붙인 것은 에드가 오였고, 그렇게 불릴 때마다 송유정도 빙글빙글 웃는 표정으로 받아들이곤 했다.

그런 송유정이 관심을 가진 이상, 도망치거나 빌뺌하려 해보았자 소용없었다. 결국 어떻게든 그가 겪은 일을 알아내서, 더 귀찮게, 그리고 도망칠 수 없게, 다시 물으러 올 것이 분명했다. 이럴 때는 그냥 깔끔하게 사실을 고하는 편이 나았다.

경찰서에서 벗어난 길거리로 자리를 옮긴 뒤, 에드가 오는 어제 겪은 사건을 빠르게 이야기해 주었다. 고개를 끄덕이며 이야기를 듣던 송유정은 이야기가 끝나자 그의 등을 툭 두드렸다.

"그렇지 않아도 어제 남산 어딘가에서 누가 총에 맞아 죽었다는 사건 이야기를 들어서 본정서에 온 참이었거든. 그런데 그 일이 자네가 겪은 일이었다는 거지? 내가 오늘 운이 참 좋군. '엽기 살인 사건의 생생한 목격담'이란 제목을 붙이면 독자들이 흥미로워할 게 분명하지 않나."

"내 이름은 신문에 내지 말아주게."

그는 힘없이 중얼거렸다. 송유정이 이 이야기를 알게 된 이상, 그가 기사를 쓰는 건 이미 정해진 일이었다.

"그건 걱정하지 마시게. 오덕문이란 이름 석 자는 적지 않기로 하지."

"오덕문이 아니라 에드가 오네."

"그래그래."

"그리고 그 이름도 싣지 말고!"

그는 급히 한마디를 덧붙였다. 송유정은 손을 들어보인 뒤, 유유히 본정경찰서로 걸어갔다.

에드가 오는 한숨을 쉬었다. 경찰서를 벗어나는 게 이렇게 힘들 거라고는 생각하지 못했다.

*

에드가 오는 걷고 또 걸었다. 급하게 옮긴 발걸음이 계속 이어지고, 어느새 익숙한 전차 역이 눈앞이었다. 그 전차 역 옆에 은일당으로 들어가는 흙길이 있었다.

지금쯤이면 선화가 아침상을 들고 왔다가 내가 집에 없다는 것을 알아차렸을 것이다. 아니, 어제의 그 난리 중에 그녀는 이미 나의 부재를 발견했을 게 분명했다.

"곤란하게 되었군……."

그렇다고 다른 곳을 갈 수는 없는 노릇이었다. 원래 외출 목적이었던 친구와의 약속은 어젯밤이었다. 오늘, 그것도 이렇게 이른 시간에 약속 장소에서 만나게 될 리는 없다. 그렇다고 황금정에 있는 형님의 병원으로 가자니, 병원 일로 바쁜 형님에게 오전부터 모습을 보이기 민망했다. 결국, 은일당으로 돌아가야만 했다.

어제 사람이 죽었던 그 산길을 지나는 게 껄끄럽지만, 그 길만

눈 딱 감고 지나가면 은일당에 도착할 거고, 그걸로 우연히 말려든 이 살인사건에서 완전히 벗어날 것이다. 잠시 선화의 눈치를 보며 지내겠지만 일이 잠잠해지면 평소처럼 경성을 돌아다니는 삶, 다방과 카페와 술집을 전전하며 친구와 만나는 평온한 삶을 다시……

에드가 오는 걸음을 멈췄다. 햇빛이 전차 궤도에 반사되어 눈부시게 빛났다. 눈을 쏘는 그 빛에 그는 얼굴을 찌푸렸다.

이대로 귀가해도 되는 걸까? 무언가 미심쩍지 않은가?

문득 이런 물음이 번갈아 머릿속을 맴돌았다.

남정호는 세르게이 홍을 알고 있었다. 많고 많은 조선 사람 중에서 그 친구의 이름을, 그것도 서양식으로 지은 이름을 듣자마자 그 친구가 누구인지를 알아차린 것이다.

경찰이 세르게이 홍에 관한 정보를 알고 있다는 것은 절대로 평범한 일이 아니었다. 경찰은 항상 그들이 수상히 여기는 사람들의 이름을 기억하고 일거수일투족을 주시한다. 최근엔 조선박람회 때문에 경찰들이 수상한 자들을 평소보다 더욱 철저히 감시한다는 이야기도 들은 적 있었다.

남 순사부장이 세르게이 홍의 이름을 들었을 때 보였던 반응을 계속 머릿속으로 곱씹다가 에드가 오는 자신과 절친한 친구들이 엮였던 올해 봄의 사건을 떠올렸다. 그는 자신도 모르게 몸서리쳤다.

어젯밤에 내린 비의 흔적은 땅이 젖은 흔적으로만 남아 있었다.

맑고 화창한 하늘과 아직은 달궈지지 않은 공기가 뒤늦게 밀려오는 잠을 깨웠다.

에드가 오는 숨을 크게 한 번 들이마셨다. 지금은 돌아가서 쉬어야 할 것 같았다. 머릿속이 무거운 건 어제 겪은 일 때문에 제대로 자지 못한 탓일 거라고 결론을 내린 뒤, 그는 멈췄던 발걸음을 다시 옮겼다.

*

저 멀리 은일당의 모습이 보였다. 붉은 지붕과 하얀 칠이 된 벽의 2층짜리 근사한 문화주택의 외관은 전날 근처에서 끔찍한 사건이 있었다는 기억마저 씻어낼 만큼 훌륭했다.

은일당으로 한발 다가가려던 에드가 오는 그만 우뚝 멈춰 섰다. 은일당 문에 선화가 기대어 서 있었다, 멀리서도 그 얼굴에 어린 초조한 기색이 보였다.

그가 머뭇머뭇 은일당으로 걸어가자, 그제야 선화는 그의 모습을 알아챈 모양이었다. 그녀의 얼굴이 환하게 밝아졌다. 그러나 밝은 표정은 순식간에 싸늘하게 식어버렸다. 새빨간 제비부리댕기가 머리 뒤에서 춤추듯 날리는가 싶더니, 선화가 홱 몸을 돌려 집 안으로 들어가버렸다.

갑작스러운 상황에 에드가 오는 당황했다. 그래서 열려 있는 은일당 문 앞에 도착한 뒤에도 그는 그저 우두커니 서 있어야만 했다. 차마 문으로 들어갈 엄두가 나지 않았다.

　지금이라도 창문을 넘어서 몰래 들어가야 할까? 하지만 그다음엔 어떻게 하지?

　아무리 생각해도 제대로 된 답이 나오지 않았다. 할 수 없이 에드가 오는 그냥 문으로 걸음을 옮겼다. 제 발로 호랑이 굴에 걸어 들어가는 기분이었다.

　선화는 현관 앞 책상 앞에 앉아서 신문을 펼쳐 들고 있었다. 에드가 오가 들어오는 기척을 분명히 알아차렸을 텐데도 평소와는 달리 본체만체하고 있었다.

"다녀왔네."

　펼쳐진 신문 너머를 향해 그는 머뭇머뭇 말을 걸었다.

"퍽 요란하게 외출하셨더군요."

　신문 너머에서 선화의 말이 들렸다. 그는 우물거렸다.

"어쩌다 보니 그렇게 되었네."

"어쩌다 보니, 라고 하셨습니까?"

　신문이 확 내려왔다. 그 너머에서 선화가 그를 노려보고 있었다.

"참 대단하십니다. 그렇게나 제가 밖을 나가지 마시라 말씀드렸는데도 저 몰래 창문을 넘어서 도둑처럼 출타하시질 않나, 그렇게 나가서는 밤새 소식조차 묘연하고, 그러다가 늦게야 돌아오셔서는 하시는 말이 겨우 '어쩌다 보니'입니까? 무슨 일이 난 것인지 알지 못해서 여태껏 기다리던 사람 생각은……. 아니, 더 말하지 않으렵니다."

단단히 쏘아붙이던 그녀가 거기서 말을 끊었다. 숨소리가 거칠어져 있었다.

"아니, 그게 말이네……."

더듬더듬 아무 말이나 떼던 에드가 오는 그제야 선화의 눈자위 아래 까만 기운이 올라와 있는 걸 알아차렸다. 늘 단정하게 빗었던 머리카락도 평소와 달리 흐트러져 있었다. 화난 표정 속에 피곤함이 가득했다. 밤새 제대로 잠을 자지 못한 게 분명해 보이는 그 모습의 이유는 하나뿐이었다.

"미안하네. 괜한 말로 변명하지는 않겠네."

에드가 오는 할 수 있는 가장 정중한 태도로 고개를 숙이고 사과했다.

"미안하다면 다입니까?"

선화가 쏘아붙이는 말에 그는 다시 입을 다물었다. 정중한 사과로도 그녀의 화는 풀리지 않은 모양이었다. 여전히 화난 목소리로 선화가 말을 이었다.

"어제 갑자기 밖에서 총소리가 나서 무슨 일인지 몰라 불안해하고 있었습니다. 그런데 상덕 아저씨가 오셔서는, 오 선생님이 시체와 있었다느니 사람이 죽었다느니 경찰에 연락해야 한다느니 횡설수설하시지 뭡니까. 놀라서 급히 오 선생님 방에 가보니 방에는 아무도 없고, 창문은 열려 있고, 비바람이 방 안으로 들이치고, 그 와중에 옷은……."

"옷이라니, 무언가 젖기라도 한 건가!"

에드가 오는 외마디 비명을 질렀다.

어제 몰아친 비가 열린 창문 안으로 들이쳤다면 애지중지하던 옷이 상했을지도 몰랐다. 사과고 뭐고 당장 방으로 가려는데, 선화의 말이 그를 붙들었다.

"오 선생님이 지금 입으신 그 옷이 보이지 않았다고 말하리던 거였습니다. 창문은 곧바로 닫았습니다. 창 아래 쌓여 있던 책의 겉표지가 젖었습니다만, 그것도 닦아서 말려두었고요."

"천만다행일세."

그는 안도의 한숨을 쉬었다. 선화의 눈빛에 이제는 분노 대신 한심하다는 감정이 가득 차 있었다.

"살인사건에 말려드셨다면서요? 그런데 오 선생님은 그 큰일보다 옷이 더 소중하단 말입니까?"

"모던은 단정함일세. 단정히 옷을 정돈하는 것도 모던을 위한 일이니까……."

그는 그렇게 얼버무렸다. 선화는 다시 한숨을 쉰 뒤, 신문을 접어 확대경 옆에 내려놓았다.

"오 선생님은 참 알다가도 모를 분이십니다."

선화의 중얼거림에서 화가 난 기색이 겨우 누그러든 게 느껴졌다.

"대체 어제 무슨 일을 겪으셨던 겁니까? 여기로 돌아오신 걸 보면 오 선생님이 사람을 해한 건 아니었나 봅니다."

"정말로 내가 사람을 죽였으면 남정호가 나를 가만히 두었겠는가."

"남정호라면……. 남 순사님 말입니까? 대관절 어떤 일이 있었던 것입니까?"

그녀의 눈빛이 반짝 빛났다. 조금 전까지 화를 내던 모습은 어딘가로 가버리고 없었다.

"일단은 방에서 빠져나갔을 때부터 이야기하면 될까."

책상 옆 의자에 털썩 앉으며 에드가 오는 중얼거렸다. 선화가 대꾸했다.

"창문으로 도둑처럼 넘어가신 뒤의 일 말이지요."

"그렇게 몰아붙이지는 말게."

힘없이 대답하며 에드가 오는 지금까지 있었던 일을 머릿속으로 다시 되새겨 보았다.

의혹

　에드가 오는 그가 겪었던 일을 이야기했다. 냉정하고 논리정연하게 이야기하고 싶었지만, 기억은 여전히 혼란스럽게 남아 있어서 평소보다 횡설수설하고야 말았다. 선화가 이야기를 들으며 종종 공책에다 무언가를 끄적거리는 것을 보면 그녀 역시 제 나름대로 이야기를 정리해 보는 모양이었다.
　취조실에서 혐의를 벗은 데까지 이야기하고 나서, 에드가 오는 잠시 숨을 돌렸다. 선화는 공책을 바라보면서 중얼거렸다.
　"참으로 흥미로운 이야기입니다."
　그러다 그녀가 급히 말을 덧붙였다.
　"아, 아닙니다. 잘못 말한 거였습니다. 돌아가신 분에게는 무척 실례되는 이야기겠지요."
　에드가 오는 못 들은 척 말을 돌렸다.
　"범인은 조만간 잡히겠지. 경찰이 가만히 있을 리 없으니."

"경찰은 범인을 누구라고 생각하고 있을까요?"

선화의 물음에 그는 남 순사부장의 말을 떠올렸다.

"그러고 보면 남정호가 좀 이상했었지. 내가 혐의를 벗고 난 뒤, 누군가의 부름을 받고 취조실에서 나갔었거든. 그런데 나가기 전에는 그자가 '간단히 보란 말이야. 포수란 게 존재하지 않는다면…….'이라고 했는데, 취조실로 돌아온 뒤에는 '포수는 존재해.'라고 하더군."

"왜 갑자기 말이 바뀐 걸까요? 그 사이 무슨 일이 있었기에?"

선화가 어리둥절한 표정을 지었다. 그는 숨을 고르고 남은 이야기를 마저 했다. 이야기를 듣던 선화의 표정이 돌연 창백해졌다. 이야기가 끝나자, 선화가 한숨을 쉬었다.

"오 선생님, 다행입니다. 정말로 큰일 날 뻔하지 않으셨습니까."

"큰일이라니? 사건을 목격한 것 말인가?"

"취조실 문밖에 서 있었다던, 목소리만 들렸다는 그 사람 말입니다. 목격자가 오 선생님 한 사람뿐인지를 물었다는 것이 왠지 꺼림칙하지 않습니까?"

선화가 잠시 뜸을 들인 뒤, 조심스레 말을 이었다.

"만약 그때 남 순사님이 그 질문을 긍정했다면 그 사람은 곧바로 오 선생님을 살인사건의 범인으로 확정해버리지 않았을까요?"

"그게 무슨 소리인가?"

에드가 오는 허겁지겁 물었다. 선화가 이맛살을 찌푸린 채 대답했다.

"남 순사님은 오 선생님께 분명, 서류에 넣을 부분은 죽은 사람의 신원을 제외하면 모두 갖추었다고 말씀을 하셨습니다. 그 말은 무슨 뜻이겠습니까? 이미 남 순사님은 그즈음에 범인이 누구일지 막연히 짐작하고 있었다는 뜻일 겁니다."

"그런……."

"그러나 목소리만 들린 그 사람의 생각은 남 순사님의 생각과는 달랐을지도 모르지요. 목격자가 오 선생님 혼자뿐이었다면 그 사람은 오 선생님을 범인으로 정할 생각이었을지도 모릅니다. 만일 그때 남 순사님이 목격자가 더 있다고 거짓말하지 않으셨다면, 어쩌면 그 사람의 생각대로 일이 흘러갔을지도……."

"그러니까 남정호 그자가 나를, 내가 무고한 살인죄를 덮어쓰는 걸 보호해 줬다는 건가?"

에드가 오는 그렇게 되물었다.

갑자기 온몸이 덜덜 떨렸다. 그는 의자 등받이에 몸을 기댔다. 머리가 어지러웠다.

선화가 눈을 깜박이다가, 급히 고개를 숙였다.

"죄송합니다. 제가 섣부른 말을 했습니다. 괜한 말을 해서 쓸데없는 걱정거리만 안겨 드린 모양입니다."

선화가 난처해하는 표정으로 급히 말을 이었다.

"그저 저 혼자 어림짐작한 것일 뿐입니다. 실제로 어떤 일들이 있었는지는 전혀 모르고 한 억측일 뿐이지요."

"하지만……."

"그 사람이 목격자가 오 선생님 혼자뿐이냐고 물은 건, 목격자가 여럿일 때보다 한 사람일 때가 취조와 보고서 작성을 빠르게 할 수 있으니 그렇게 말을 한 걸 수도 있습니다. 그렇게 보는 게 더 타당하겠지요."

에드가 오는 여전히 입을 다물었다. 머리가 어지러웠다. 아무 말도 할 수가 없었다.

"요즘 제가 생각이 좀 많아서, 단순한 말을 괜히 심각하게 받아들였나 봅니다. 제가 좀 전에 한 말들은 잊어주십시오."

선화는 고개를 숙였다. 그녀의 모습에 여전히 당황해하는 기색이 역력했다.

*

에드가 오는 터덜터덜 방으로 돌아왔다. 방은 깨끗이 정리되어 있었다. 발판으로 삼으려고 창 아래 쌓아놓은 책들은 다시 제 위치를 찾아 책장에 돌아가 있었다. 비에 젖은 게 분명한 표지가 쭈글쭈글한 책 한두 권만이 탁자 위에 뒤집혀 펼쳐져 있었고, 책이 탁자에 들러붙지 않도록 천도 깔려 있었다. 새삼 선화의 마음 씀씀이가 고마웠다.

갑자기 온몸에서 힘이 풀렸다. 피로가 밀물처럼 다급히 닥쳐왔다. 어지러운 머리를 조금이라도 진정시키려면 조금이라도 눈을 붙여야 할 것 같았다.

  요도 깔지 않고 이불도 덮지 않은 채 그는 그대로 자리에 누웠다. 혼미한 머릿속으로 여러 생각이 거품처럼 떠올랐다.

  과연 살인사건의 범인은 누구일까.

  남정호가 한 말 때문에 처음엔 그 현장에 있던 순사가 범인이라고 생각했다. 하지만 남정호는 곧 그 말을 부정하고, 사건의 범인이 포수라고 말했다. 선화의 말대로 그 잠깐 사이 무언가 증거가 나와서 의견을 바꾼 것일지도 몰랐다. 그렇다면 그 증거는 무엇일까. 경찰은 범인이 누구라고 생각하고 있을까.

  내가 범인으로 의심받지 않아서, 그것만은 천만다행이로군. 어쩌면 나도 모르게 삶과 죽음 사이에서 줄타기하고 있던 건지도 모르지.

  잠이 깜박 들기 전, 그는 그렇게 생각했다.

악몽과 헛소문

 그날은 9월인데도 유독 더웠다.
 커다란 지진이 잠잠해지고 나흘이 지난 날, 형님이 잠시 자리를 비운 틈을 타 덕문은 몰래 외출해 학교로 갔다. 하숙집으로 미처 챙겨오지 못한 교재와 어렸을 적 선교사에게 선물로 받은 에드가 알란 포의 책을 가져오기 위해서였다.
 황폐해진 거리 여기저기에서 경찰과 군인들의 모습이 보였다. 덕문은 그들의 눈에 띄지 않으려 노력하면서 걸음을 옮겼다. 그들은 학생복을 입은 그에게 크게 관심을 기울이지 않았다. 중간에 한 무리의 사람들이 말을 걸었지만, 덕문의 일본어 발음을 듣고는 별다른 말없이 보내주었다.
 덕문이 다니던 구제고등학교[6]의 지진 피해는 크지 않았던 모양

---

6 舊制高等學校. 일본에서 메이지 유신 이후 1945년까지 존속했던 교육기관. 구제고등학교의 졸업자는 제국대학으로 쉽게 진학할 수 있었다.

이었다. 교실 안이 엉망진창으로 흐트러져 있을 뿐이었다. 다행히 그의 교재와 에드가 알란 포의 책도 무사히 남아 있었다. 그리고 교실에는 먼저 온 조선인 친구도 있었다.

"덕문이, 너, 용케 무사했구나."

친구는 그를 보자마자 반가운 얼굴로 말했다. 딕문은 고개를 끄덕였다. 조선인이라고 해도 그렇게까지 친한 사이는 아니었지만, 그 무서운 지진 이후 다시 얼굴을 보니 그저 반갑기만 했다.

"너도 소지품 챙기러 온 거냐?"

"그래. 지금 있는 곳에 공부할 게 아무것도 없지 뭐냐. 며칠 동안 아무것도 읽지도, 보지도 못했어."

"너도 그렇구나."

두 사람은 웃었다. 주위 상황 때문에 초조해지는 생각을 공부로나마 돌릴 궁리를 하는 것은 덕문이나 친구나 매한가지였다.

"올 때 별일은 없었고?"

"사람 눈 피해서 오느라 조심조심했지."

덕문의 물음에 친구는 멋쩍게 웃었다.

"우리 하숙집 주인이 그러더라. 밖에 도는 소문이 영 흉흉하니 조선인은 밖에 나가지 말라고. 조선인이 우물에 독을 풀었다느니 민간인을 습격한다느니 하는 소문이 나서, 조선인을 색출해서 해코지하는 사람들이 밖에 돌아다닌다더라. 경찰과 군인도 그걸 말리지 않고 못 본 척하거나, 오히려 그들이 먼저 조선인들을 끌고 가거나 폭행하기도 한다던데.[7]"

"형님도 비슷한 이야기를 했었지."

형님이 그의 외출을 막으며 신신당부한 말을 떠올리며, 덕문은 중얼거렸다.

"자경단이라는 사람들이 행인을 불러 그들이 조선인인지 아닌지 알아보려고 단어나 문장을 읽어보라고 시킨다고 해. 조선인은 똑바로 발음하지 못하는 단어라면서 '주고엔 고짓센' 같은 말을 발음해 보라고 시키고는 발음이 이상하면 조선인이라고 몰아붙이며 어딘가로 끌고 가버린다고 하던데."

"덕문아, 조금 전 그거, 다시 한번 발음해 볼 테냐?"

그렇게 묻는 친구의 얼굴에 근심이 떠올라 있었다.

덕문은 한 번 더 천천히 발음했다. 친구는 그 발음을 따라 중얼거렸다. 그의 귀에 친구의 일본어 발음은 영 미덥지 않게 들렸다.

"덕문이 너는 영어나 국어 발음은 좋았었지."

친구의 중얼거림이 괜히 불안하게 들렸다.

두 사람의 돌아가는 길은 꽤 겹쳐 있었다. 그래서 두 사람은 서로의 하숙으로 가는 길을 조심스레 동행했다. 사람들이 모여 있는 것 같으면 숨거나 일부러 돌아가기를 반복하다 보니, 그리 멀지 않은 그 길이 참으로 길기만 했다. 흐트러지고 무너진 건물과

---

7   1923년 관동 지역에 지진이 발생하였다. 혼란 속에 '조선인이 폭동을 일으킨다', '조선인이 우물 안에 독을 풀었다' 등의 유언비어가 퍼지며 수많은 조선인이 학살당하는 비극이 발생하였다.

전봇대, 어지럽게 흐트러진 기물들, 그리고 황폐한 도로. 활기차고 소란스럽던 일주일 전 내지의 거리라고는 생각되지 않는 풍경이었다.

한참을 걸어 두 사람은 덕문의 하숙집 앞에 도착했다. 친구의 하숙집은 거기서 조금 더 걸어가야 했다. 거기서 친구는 주저하며 작은 소리로 물었다.

"덕문아, 혹시 돈 몇 전만 꿔줄 수 있냐? 밖이 소란스럽다 보니, 우편환[8]을 제때 못 바꿔서……."

노을이 유독 붉었다. 붉은 노을빛을 받은 친구의 얼굴도 새빨갛게 달아올라 있었다.

"가지고 나온 게 없는데……."

거의 언제나 텅 빈 자신의 주머니를 떠올리며 그는 머쓱하게 속삭였다. 친구는 다시 멋쩍게 웃었다.

"그럼 어쩔 수 없지."

민망함에 덕문은 괜히 고개를 숙였다. 친구는 하늘을 본 뒤, 그에게 손을 흔들었다.

"곧 해가 지겠네. 난 가보련다."

"조심해서 돌아가라."

"고맙다, 덕문아. 다음에 보자."

친구는 손을 흔들며 웃었다. 두려움을 애써 덮으려는 듯한 웃음

---

8 郵便換. 원거리에서 돈을 전달하기 위한 송금 수단. 송신자는 돈을 우편환증서로 교환해 발급하고, 이걸 받은 수신자가 증서를 돈으로 교환하는 방식이다.

이었다.

　방에 돌아온 뒤 교복을 갈아입으려고 할 때, 주머니에서 십 전짜리 동전이 바닥에 툭 떨어졌다. 그도 모르게 들어가 있었던 모양이었다. 다다미 바닥을 구르는 그 동전을 보며 덕문은 후회했다.

　주머니를 뒤져보고 말했어야 했는데.

　그때 창밖에서 커다란 소음이 들렸다. 그는 깜짝 놀라 몸을 움츠렸다. 그 울림은 마치 총소리처럼 들렸다. 불안한 마음에 그는 떨어뜨린 동전을 차마 줍지 못하고 동전의 동그란 구멍을 가만히 들여다보고만 있었다.

　덕문이 학교에 다시 가게 된 것은 지진이 있고부터 몇 주가 지난 뒤였다. 지진 때문에 흐트러진 거리와 그에 못지않게 흐트러진 질서가 대략 복구된 뒤였다. 조선인에 대한 악의적인 유언비어도, 조선인을 사냥한다는 흉흉한 사람들도 어떻게든 잠잠해진 모양이었다. 그러나 친구는 학교에 나오지 않았다.

　모든 수업이 끝난 뒤 덕문은 담임교사를 찾아가 그 친구의 자초지종을 물었다. 교사는 무뚝뚝하게, 그 친구는 지진에 휘말려서 변을 당한 것 같다고 말했다.

　"그렇지 않습니다. 그 친구를 지진 이후에 만났었단 말입니다."

　그러자 일본인 교사는 침통한 얼굴로 그를 바라보았다.

　"지진에 휘말려서 변을 당한 것이다. 그렇게 알면 된다."

　더는 이야기하지 말라는, 그저 입 다물고 있으라는 교사의 눈빛을 받고 덕문은 거기서 더 말을 할 수 없었다.

새빨간 노을에 눈이 아팠다.

*

에드가 오는 잠에서 깨었다. 햇빛이 빨갛게 얼굴을 비췄다. 바깥에 노을이 지려는 모양이었다. 잠이 들고 나서 몇 시간 지나지 않은 모양이었다.

여전히 몸은 피로했다. 그는 몸을 일으킨 뒤, 멍하니 조금 전 꾼 꿈을 생각했다. 아니, 이건 꿈이 아니라, 오래전에 있었던 일의 기억이었다. 잊고 싶은, 무척 깊이 묻어둔 기억이 갑자기 거품이 솟구치듯 떠오른 셈이었다.

왜 그때 일이 갑자기 떠오른 걸까.

공기는 후끈했지만, 몸은 스산했다. 그제야 그는 얼굴이 땀범벅인 걸 알아차렸다. 아무래도 세수를 해야 할 것 같았다.

에드가 오가 방문을 열자, 바깥에서 도란도란 주고받는 말소리가 들렸다.

"선화 언니, 선화 언니. 그런데요, 그런데요, 여기 사는, 어, 모던 보이 아저씨가요, 나쁜 일을 해서요, 그래서 순사에게 잡혀갔다고 하던데 말이에요, 그거 진짜예요?"

어린아이의 목소리에 이어 선화의 목소리가 들렸다.

"그렇지 않아. 너도 알지 않니. 순사는 나쁜 짓을 한 사람을 잡아가는 걸. 오 선생님은 오늘 낮에 다시 돌아오셨어. 오 선생님께 물어볼 게 있어서 순사들이 경찰서로 데려간 것일 뿐이란다. 혹시나 누가 네게 오 선생님 이야기를 물어보면 그렇게 대답해 주려무나."

예전에도 그는 선화가 대문 앞에 쪼그려 앉아서 동네 아이와 이야기를 주고받는 모습을 종종 봐 왔었다. 아마 지금도 그렇게 놀러 온 동네 아이와 잡담을 주고받는 모양이었다.

에드가 오는 문득 두 사람이 하는 대화가 신경이 쓰였다. 어제 벌어진 사건에 자신의 이름이 엮인 이상한 소문이 돌아서 그걸 선화의 모친이 듣는다면, 그가 은일당에서 하숙하는 데 큰 문제가 생길 터였다.

"그런데요, 그런데요, 선화 언니. 지금 순사들이요, 계속 산 주위에 있잖아요? 무서운 짐승을 잡겠다고 그러면서요, 여기저기 돌아다니고 있잖아요?"

"그래서 전에 이야기해 주었잖니? 호랑이에게 해를 입을 수 있으니 밤에 혼자 나가지 말라고 말이야. 호랑이."

선화가 호랑이라는 단어를 되풀이해서 중얼거렸다. 아이가 호, 랑, 이, 라고 띄엄띄엄 말하고서는 다시 빠르게 조잘거렸다.

"그런데요, 사실은요, 순사들이 온 이유가요, 그것 때문이 아니래요. 명덕이가 그러는데요, 사실은요, 순사들이요, 사람을 잡으려고 돌아다니는 거래요."

"사람을? 누구를?"

"미친 포수라는 사람이요, 산에 돌아다니고 있대요. 그 사람을 잡으려고요, 순사들이요, 총도 들고요, 산 옆에 서 있대요."

"포수라고 했니?"

선화가 물었다. 대화를 엿듣던 에드가 오 역시 아이가 꺼낸 그 단어가 신경 쓰였다.

"네가 들은 대로 이야기해 주렴. 순사들이 미친 포수를 잡으려 한다고?"

"그렇대요. 명덕이가 이야기해 줬는데요, 옛날에 어떤 포수가 있었는데요, 그 포수가 어느 날 호랑이를 사냥하다가요, 그만 미쳐 버렸대요. 그래서 하성총으로 호랑이는 안 잡고요, 사람 사냥을 한대요."

"하성총? 아아, 그건 하성총이 아니라 화승총이라고 하는 거란다."

"순사들이 들고 다니는 총이 그건가요?"

"그렇지는 않단다. 순사들이 들고 다니는 것은 소총이라는 물건이야."

잠시 침묵이 있고 나서, 선화의 말소리가 이어졌다.

"그건 그렇고 네가 들었던 이야기 말이다, 이상한 소문이지 않니."

"그래서요, 순사들이요, 그 미친 포수를 잡으려고요, 남산 여기 저기를 찾아다니고 있대요. 그런데요, 어제 일이 있었잖아요. 그 때문에요, 이제는 동네 어른들도요, 그 이야기로 수군수군하고 있어요."

"그렇구나. 명덕이에게 그 이야기를 들었다고 했지? 그럼 명덕이는 누구에게 그걸 들었다고 하더니?"

"어……. 명덕이는요, 떨감나무집 민수에게 들었다고 했어요. 민수는요, 민수는 누구에게 들었다고 했었지……. 민수는요, 순사가요, 자기 혼내면서 그 이야길 했다고 한 것 같은데……."

에드가 오는 그만 피식 웃고 말았다.

이건 그냥 헛소문 아닌가. 사건이 벌어지면 사람들은 그에 대해 한마디씩 거들고 싶어 하고, 어떤 사람은 누구에게서 들었다면서 뜬소문을 지어내기도 한다. 그렇게 소문은 계속 흐르고 흘러, 점점 커지고 허튼 것으로 변하고 만다. 그런 헛소문에 진실이 담겨 있을 리 없다.

집중해서 엿들었던 게 아무런 쓸모가 없었다. 그래도 헛웃음이라도 터트리고 났더니 기분이 한결 나아졌다.

그는 문 쪽으로 다가가 괜히 헛기침을 크게 했다.

"어험."

"엄마야!"

여자아이가 깜짝 놀라 뒤로 주저앉았다. 쪼그려 앉아 있던 선화가 뒤를 돌아보았다. 붉은 제비부리댕기가 팔짝 튀어 올랐다.

"벌써 일어나셨습니까? 조금 전에는 주무시는 것 같았습니다만."

댕기의 움직임과는 달리, 그녀는 놀란 기색은 아니었다.

"이야기 소리 때문에 깨버리신 건 아니신가요? 죄송합니다."

"아니, 아니네. 그런데 무슨 재미난 이야기를 나누고 있는 건가?"

"영자가 흥미로운 이야기를 해주던 참이었습니다. 순사가 남산을 지키고 선 이유라거나, 동네에서 돌고 있다는 소문 같은 것 말입니다."

'흥미로운 이야기'라는 건 조금 전 엿들은 걸 말하는 모양이었다.

"그리고 죽은 사람이 누구인지도 들었습니다. 마을에 얼마 전부터 방을 빌려 사는 땜장이[9]라는 모양입니다."

"땜장이?"

에드가 오는 으음, 소리를 냈다. 선화가 마저 말을 꺼내려는데, 아이가 그를 힐끔힐끔 보며 주춤주춤 뒤로 물러서더니 후다닥 멀리 가버렸다. 낯을 가리는 것인지, 그를 무서워하는 것인지 알 수 없었다.

"그럼 가볼게요!"

"내일 다시 와서 마저 배우자꾸나. 조심해서 가렴."

멀찌감치 달려가는 아이에게 선화는 손을 흔들어주었다. 그 모습을 보며 그는 물었다.

"배우다니, 뭘 말인가?"

"글자 말입니다."

---

[9] 금이 가거나 뚫어진 그릇을 때우는 일을 하는 직업.

선화는 바닥을 가리켰다. 흙바닥에는 '호랑이', '순사', '화승총' 같은 단어가 언문으로 죽 적혀 있었다. 손에 든 나뭇가지로 단어 아래에 괜히 줄을 쓱쓱 그으며 선화가 말했다.

"동네 아이들에게 아는 대로 조금씩 가르쳐보고 있습니다. 오늘은 풍문에 나오는 단어들을 적어주었습니다."

얼굴은 보이지 않았지만 그녀의 말에서 민망해하는 기색이 느껴졌다.

"어디 잠깐 보세."

에드가 오는 선화 옆에 쭈그려 앉았다. 그는 바닥에 쓰여 있는 글자를 중얼중얼 읽어보았다.

"순사."

그는 그렇게 중얼거리고서 그 단어를 손바닥으로 쓱쓱 쓸었다.

"땜장이, 화승총."

흙바닥에 적힌 단어들이 그렇게 하나하나 지워졌다.

"왜 이러십니까, 오 선생님. 혹시 제가 글을 가르친 것이 잘못이었습니까?"

선화가 당황한 얼굴로 물었다. 그는 고개를 저었다.

"그런 건 아닐세. 계몽은 중요하지. 모던은 계몽이네. 인간이 태초의 무지몽매함을 벗어나 지식과 문물에 눈을 뜨는 것이야말로 모던이 빛나는 모습이겠지. 아이들에게 글을 가르치는 자네 행동은 잘못이기는커녕 오히려 칭찬받아야 마땅하네."

그는 그렇게 말하며 호랑이라는 단어를 마지막으로 지워 없앴다. 흙 위에는 손바닥이 쓸고 간 자국만 남았을 뿐, 글자의 흔적은 남지 않았다. 깨끗해진 바닥을 보며 그는 말을 이었다.

"단지 좀 걱정이 되는군. 이게 자칫 큰 잘못이 될지도 몰라서네."

"그건 무슨 말씀이신지요?"

선화가 어리둥절한 얼굴로 되물었다.

"내가 어제 살인사건을 목격하고 막 돌아온 상황 아닌가. 그 때문에 혹여나 순사가 날 찾는답시고 갑자기 들이닥쳤다가 이 글자들을 본다면 사건과 관련 있을지도 모른다는 괜한 의심을 가지고 자네에게 시비를 걸 수도 있어. 당분간 트집 잡힐 행동은 조심하는 게 좋겠지."

에드가 오는 몸을 일으키고 손바닥을 툭툭 부딪쳐 털었다. 선화도 그를 따라 일어섰다.

"알겠습니다. 사건이 마무리될 때까지는 조금 더 주위를 살펴야겠네요."

"가르치지 않겠다는 생각은 없군그래. 내 수업을 그런 정성으로 들어주면 고맙겠군."

"그것과 이건 다른 문제 아니겠습니까?"

그가 농담조로 한 말에 그녀가 살짝 미소 지으며 되받았다.

"오 선생님 말씀대로 경찰이 범인을 잡기 전까지는 그저 조심할 수밖에 없겠습니다."

"무엇을 조심해야 한다는 것인가, 대체?"

"일단은 순사와 포수, 둘 다 조심해야지요."

선화가 에드가 오를 보며 머뭇머뭇, 조심스럽게 말을 이었다.

"혹시나 해서 여쭙겠습니다만, 이 사건을 조사할 생각이 있으신 가요?"

"내가? 봄에 했던 것처럼 말인가?"

그는 고개를 저었다.

"그럴 생각 없네. 치기 어린 탐정 흉내를 다시 낼 이유는 없지 않은가. 탐정이라면 오히려 나보다 적격인 사람이 있기도 하고."

"실없는 말은 그만둬주시렵니까."

선화는 딱 잘라 대답했다. 그러다 그녀의 표정이 굳어졌다. 그녀의 눈은 에드가 오의 옷을 보고 있었다.

"오 선생님, 입고 계신 그 옷은 세탁해야 할 것 같습니다. 잔뜩 구겨져 있지 않습니까?"

얼굴이 화끈 달아올랐다.

모던은 단정함이고, 패션은 모던의 기본이자 완성이다. 그러니 모던을 품은 자는 옷매무새 다듬기를 생명을 아끼듯 여겨야 한다. 평소에 그렇게 힘껏 외쳐왔었는데, 그깟 피로 때문에 후줄근해진 옷을 여태껏 갈아입지도 않고 있었다니.

그는 도저히 자신이 저지른 흐트러진 행동을 인정하고 싶지 않았다. 그러나 그녀는 그가 느끼는 부끄러움을 눈치채지 못한 듯, 계속 여기저기를 살펴보았다.

"이 세비로는 재질이…… 면이지요?"

"세비로가 아니라 정장이나 슈트라고 하게. 그리고 재질은 리넨이네."

선화는 그의 말을 들은 체도 하지 않고 계속 옷을 살피며 말을 이어 나갔다.

"여기엔 흙이 묻었잖습니까. 이러다 자칫 흙 얼룩이 남을지도 모릅니다. 세탁하는 데 손이 많이 가겠네요. 아니, 여기 바짓단도 뜯긴 부분이 있습니다. 세탁이 끝나고 수선도 해야 할 것 같습니다. 세탁하기 전에 옷 전체를 자세히 봐야 하겠는걸요."

그녀의 입에서 나오는 말들이 하나같이 불길하기 그지없었다.

"저기, 그럼 이 옷은 언제 다시 입을 수 있겠나?"

"일단 세탁해 봐야 알 것 같습니다. 그러니 얼른 다른 옷으로 갈아입으십시오. 어서 세탁해야 합니다."

"어……. 알겠네. 조금만 기다리게."

"우선 손부터 씻으십시오! 오 선생님, 좀 전에 흙바닥을 만지지 않으셨나요?"

그는 시키는 대로 세면실로 들어가면서 선화에게 말했다.

"빨리 옷을 돌려줘야 하네! 당분간 외출할 일이 많네!"

"노력은 해보겠습니다."

문 너머에서 그녀의 목소리가 나직하게 들렸다. 저 말의 뜻이 요구에 대한 긍정인지 부정인지 알 수가 없었다.

에드가 오는 문득, 왜 자신이 조금 전 외출할 일이 많다고 말한 것인지 의아해했다. 그럴 생각은 전혀 없었는데, 입에서 불쑥 튀어

나온 말이었다.

"말이 씨가 되는 것 아닐까 모르겠군."

그는 고개를 털며 작게 중얼거렸다.

*

그는 꿈을 꾸었다.

그의 손에는 총이 쥐여져 있다. 한 번도 총을 쏘아본 적은 없지만, 어떻게 하면 쏠 수 있을지는 왠지 알 것 같다.

어둠이 덮인 산은 적막이 가득하다. 이 적막에는 이유가 있다. 무언가가 주변의 짐승들을 존재감만으로 윽박지르고 있다.

갑자기 등 뒤에서 부스럭거리는 소리가 들린다. 그는 몸을 돌린다. 그러나 등 뒤에는 아무것도 없다.

그가 다시 앞을 돌아볼 때, 푸른 눈이 무언가가 그를 향해 덤벼는다. 명확한 살의. 죽음이 자신을 꿰뚫으러 온다.

그는 손에 든 총을 들어 올린다. 곧장, 이글거리는 푸른 두 눈 사이로 총을 쏜다.

탕!

총소리가 울린다. 너무나도 크게 울린다.

푸른 눈을 가지고 있었을 무언가는 이제 그의 발밑에 쓰러져 있다. 그는 총 끝으로 검은 덩어리를 툭 건드린다. 덩어리가 총구에 밀려 털썩 돌아간다. 세르게이 홍의 얼굴이 보인다.

그는 놀라서 뒤로 물러서려 한다. 그러나 발이 움직이지 않는다.

세르게이 홍의 미간에는 총알이 관통한 자국이 선명하다. 십 전짜리 동전 한가운데 난 구멍 같은, 둥근 총알 자국이다. 하지만 뜨고 있는 두 눈은 여전히 푸르게 이글거린다.

머리에 구멍이 뚫린 세르게이 홍이 천천히 입을 연다.

"두 번째로 겪는 일 아닙니까."

세르게이 홍의 목소리가 아니다. 다른 친구의 목소리다. 그에게는 잊을 수 없는 목소리다.

그럴 리 없다. 어째서, 그 목소리가, 왜, 이제야, 저기서, 하필이면, 그렇게, 나에게?

푸른 눈의 무언가는 그가 하고 싶은 말을 알아차린 것 같다. 푸른 눈의 무언가가, 세르게이 홍의 얼굴로, 다른 사람의 목소리로, 그에게 말한다.

"두 번째로 겪게 될 일이지 않소."

세르게이 홍이 웃는다. 익숙한 웃음소리. 세르게이 홍이 아닌 사람의 웃음소리.

동전의 구멍을 닮은 둥근 총알 자국에서 붉은 피가 서서히 흘러내린다.

3일째
1929년 6월 19일, 수요일

순사의 탐문

헉.

숨을 삼키며 에드가 오는 잠에서 깨었다. 등 아래가 식은땀으로 축축했다. 누운 몸을 일으킬 힘도 없어서, 그는 얼굴을 찡그린 채 몸을 옆으로 돌려 누웠다. 오동나무 양복장이 눈에 들어왔다. 인두로 지져져 짙게 도드라진 새카만 나뭇결을 아무 이유 없이 눈으로 따라가면서, 그는 꿈의 불쾌한 감각을 곱씹어 보았다.

엊그제 본 살인사건은 우연히 마주한 재난일 뿐이었고, 남정호의 말마따나 이제는 잊어버려도 그만일 사건이었다. 그런데 왜 계속 신경이 쓰이는 것일까.

남정호는 세르게이 홍을 알고 있었다. 세르게이 홍이라는 이름을 듣자, 그자는 홍성재라는 조선 이름을 곧바로 입에 올렸다. 그가 관심을 보인다는 건 그 사람의 신변이 앞으로 평화롭지 않을 것이라는 예고나 다름없었다.

그 친구에게 대체 무슨 일이 있는 것일까?

문득 봄에 본정경찰서에서 겪은 고초가 다시 떠올랐다. 그때 자신이 당한 혹독한 고문을 이번에는 세르게이 홍이 당할지도 모를 일이다. 아니, 차라리 고문당하는 건 그나마 나을지도 모른다. 이전에 겪었던 사건처럼 일이 속절없이 흘러가면……. 그때처럼 일이 흘러가도록 두고 볼 수는 없었다.

"일단 그 친구 집에 가보는 게 좋겠지."

세르게이 홍을 만나서 이야기를 직접 들어보는 것이 지금 내가 할 수 있는 일이다. 그 친구가 경찰에게 책잡힐 일을 했는지를 알아보는 것, 그게 전부다.

그는 그렇게 결론을 내린 뒤 몸을 일으켰다. 입에서 절로 끙, 소리가 났다.

*

에드가 오는 아침상을 가져온 선화에게 어제 맡긴 리넨 정장이 말랐는지를 물어보았다. 외출할 때 입고 나가려는 생각 때문이었다. 하지만 그녀는 고개를 저었다.

"아직 옷이 덜 말랐습니다."

"이런 날씨면 옷이 금방 마르지 않나?"

"죄송합니다. 옷에 묻은 흙 얼룩을 빼려다 보니 시간이 걸렸습니다."

그는 뭔가 말을 하려 했지만, 선화의 말이 곧바로 이어졌다.

"그리고 아직 수선할 곳들이 있습니다."

"하지만 약간의 흠 정도는……."

"아끼시는 세비로 아닌가요? 옷을 오래 입으시길 바라는 마음에서 드리는 말씀입니다."

그녀가 지금처럼 단호하게 말할 때는 웬만해서는 양보를 하는 경우가 없었다. 그로서도 애지중지하는 정장이 상하는 건 끔찍한 일이었다.

아침을 먹는 둥 마는 둥 하고 상을 물린 뒤, 그는 잠시 고민하다가 회색 정장을 꺼냈다. 외출용으로 가진 나머지 옷 중 가장 얇은 옷이었다. 봄이나 가을에 입기 위해 맞춘 이 정장은 세련된 모양이었지만, 모직 옷감이라서 쉽게 열기가 빠지지 않을 게 분명했다. 여름에 이런 옷을 입는다는 것은 스스로 곤욕을 자처하는 거나 다름없었다. 하지만 달리 방법이 없었다.

외출 준비를 마친 에드가 오가 방에서 나오자, 선화가 대뜸 물었다.

"그 옷, 덥지 않겠습니까?"

그는 떨떠름한 표정을 지었다. 그렇지 않아도 벌써 갑갑한 기분이었다.

"집에서 입으시는 옷으로 갈아입으시지요. 이런 더운 날에는 그 옷이 더 나을 겁니다."

"그 옷은 이미 유행이 지났네. 유행에 뒤처진 옷을 입고 나가는 건 모던을 모욕하는 거지. 내가 앞서지는 못할망정 뒤처지는 모습을 하고 다닐 수는 없지 않나."

그 말은 진심이었다. 며칠 전 경성 번화가를 산책한 뒤, 그는 자신의 여름용 옷 두 벌 중 한 벌의 유행이 지났다는 결론을 내렸다. 그 정장을 외출할 때 입었다가는 안목 있는 사람들에게 비웃음을 살 게 분명했다. 그래서 피치 못하게 남게 된 외출용 여름 정장이었는데 엊그제의 봉변으로 그조차 입지 못하게 된 상황이었다.

"그래도 그렇게 입고 돌아다니시면 더위에 몸이 축납니다. 하다못해 안에 입은 조끼라도 벗으십시오. 셔츠만 입으셔도 되지 않습니까."

그런 속사정을 모르는 선화가 말했다. 에드가 오는 단호히 대답했다.

"모르는 소리일세. 정장을 입을 땐 무엇 하나 빠지지 않고 격식을 갖춰야 하네. 조끼를 빼먹고 셔츠 바람으로 외출해서 사람들에게 웃음을 산 꼴불견이 있다는 이야기는 못 들어보았는가?"

"……."

"모던한 사상과 모던한 옷차림이 어우러져 비로소 진정한 모던이 완성되는 거네. 조선의 고리타분한 옛 선비들조차 남들이 보지 않는 데서도 몸가짐을 흐트러트리지 않았다는데, 하물며 모던을 따르는 자로서 언제나 바른 몸가짐을 갖추는 것은 그야말로 기본 중의 기본……."

"저는 주의하시라고 말씀드렸습니다. 더위 먹고 길에서 쓰러지시고 나서 뒤늦게 제 탓을 하지는 마십시오."

선화가 그의 열변을 끊었다. 냉랭한 그녀의 말투에 그는 조금 전 발언을 후회했다.

조금 간단하게 설명할 걸 그랬나.

"순사를 조심하십시오."

그가 은일당을 나설 때 선화의 차갑고 짧은 인사가 뒤에서 들렸다.

*

더운 기운이 물씬 피어오르는 흙길을 밟다 보니, 어느새 사건이 벌어진 산모퉁이였다. 두 명의 순사가 사건 현장에 있었다. 순사 중 한 명은 뙤약볕 아래 똑바로 서 있었고, 다른 순사는 나무 그늘에 눕다시피 앉아 있었다. 햇빛을 받으며 서 있는 순사의 얼굴은 땀범벅이었고, 그늘의 순사는 여유로워 보였다.

에드가 오가 그들의 옆을 지나치는데, 갑작스럽게 그들 중 한 사람이 소리쳤다.

"어이, 너! 이리로 와보아라!"

사납게 들리는 일본어였다. 그늘에 앉아 있던 순사가 손짓하고 있었다.

"무슨…… 일이십니까?"

에드가 오는 일본어로 물었다. 순사가 그를 부를 이유는 이제 없을 터였다. 불안한 마음을 떨치지 못한 채 그는 주춤주춤 순사 쪽으로 걸어갔다.

"요보! 거기 멈춰라!"

별안간 순사가 크게 호통을 쳤다. 깜짝 놀라서 그는 멈춰 섰다. 머리 위로 쏟아지는 볕이 따가웠다.

"요시! 역시 요보였다 이거지."

순사는 박수를 짝, 치며 낄낄 웃음을 터트렸다.

갑자기 기분이 나빠졌다. 조선 사람들이 남을 칭할 때 '여보'라고 하는 걸 꼬투리 잡아 내지인들이 조선 사람을 '요보'라고 부르며 깔보고 비웃는다는 건 잘 알고 있었다. 실제로 그도 내지인에게 그렇게 불린 적이 꽤 있었다. 그런 멸칭 정도는 이제 무덤덤하게 한쪽 귀로 흘려넘길 수 있었다.

하지만 자기는 그늘에 편히 누워서 땡볕 한가운데 사람을 세워 두며 낄낄거리는 자라니. 뭐 이따위 놈이 다 있는가.

공교롭게도 그가 멈춰 선 곳은 나무 그늘 안으로 들어가기 직전이었다. 페도라 위로 쏟아지는 따가운 햇볕 때문에 불쾌한 생각은 한층 커졌다.

한참 낄낄거리던 순사는 웃음을 멈추고 그를 위아래로 훑어보았다.

"모자를 벗어 봐."

에드가 오는 순순히 순사의 말을 따랐다. 머리 위로 햇빛이 쏟아져 내렸다. 그의 얼굴을 본 순사는 고개를 끄덕였다.

"너, 그때 그 녀석이겠지. 그렇게 차려입었기에 내지인일지도 모른다 생각했었는데, 요보라 이거지. 이 낡아빠진 조선인 마을에서 너처럼 잘난 척 입는 자는 없어. 입는 꼴도 요보답게 차려입으란 말이야. 요보 주제에 건방지게."

시비조 말투에 짜증이 더욱 치밀었지만 순사에게 불쾌함을 드러낼 순 없었다. 에드가 오는 감정을 억누르고 물었다.

"저를 어떻게 아십니까?"

"엊그제 밤에 날 봤지 않았느냐. 요보 한 놈이 총 맞아 죽었을 때……."

그는 그제야 눈앞의 순사가 누구인지를 알아차렸다. 그때는 어둠 속이어서 얼굴을 제대로 볼 수 없었지만, 그러고 보니 귀에 익은 목소리였다. 작은 눈과 입술이 비쭉 튀어나온 얄팍한 인상의 순사가 그를 계속 훑어보는 눈길이 영 곱지 않았다.

그때 머릿속을 스치고 지나가는 것이 있었다. 취조실 안에서 남정호가 던진 말을 토대로 내렸던 결론.

포수가 존재하지 않는다면, 범인은 순사이다. 나를 불러 세운 이 사람이 바로 범인이라는 것이다.

'순사를 조심하십시오.'

은일당을 나설 때 선화가 했던 말이 머리를 스쳤다. 식은땀이 흘렀다.

여전히 누운 채 그를 한참 바라보던 순사가 입을 열었다.

"너, 그때 뭘 봤지?"

"무엇을 말입니까?"

순사는 대답 없이 노려볼 뿐이었다. 에드가 오는 조심스레 말했다.

"뭔지는 모릅니다만, 아무것도 보지 못했습니다."

"보지 못했다고? 요보, 산속에 있던 그것을 못 봤다는 거냐?"

"그거라면 혹시, 그 포수 말입니까……."

"그래! 포수가 나무 사이에 숨어 있었다. 그걸 너는 못 봤다고?"

"어두워서 잘 보이지 않았습니다."

"칙쇼……."

순사가 얼굴을 일그러트렸다.

"나는 똑바로 봤는데, 왜 네놈은 제대로 보지 못했느냐! 흰옷을 입고 총을 겨누고 있었다. 그걸 못 보았다니, 대체 제대로 볼 줄이나 아는 거야?"

순사가 칫, 소리를 냈다. 에드가 오는 대답하지 않았다.

"하여간 네놈 요보들은 눈을 두 개씩 달고서도 제대로 보는 건 없는 미개한 자들이야. 있는 포수도 제대로 못 보는 놈 아닌가. 우리 일본의 큰 은혜가 아니었다면, 너희 요보들이 사람 구실이라도 제대로 하고 다녔을지 알 수가 없어."

불쑥 솟구친 커다란 불쾌감이 두려움을 덮었다. 이자가 범인인지 아닌지는 알 수 없지만, 기분 나쁜 인간인 건 분명했다.

"나리는 사건이 어떻게 벌어진 것인지를 보셨지 않습니까? 제 흐린 눈으로는 보질 못했지만, 나리는 포수가 그 사람을 어떻게 죽였는지 똑똑히 보셨을 게 아닙니까?"

그는 순사의 말에 끼어들었다. 그래도 대놓고 면박을 줄 수는 없었기에, 어쩔 수 없이 마음에도 없는 말을 늘어놓아야 했다.

"그렇지. 네 말대로다."

말을 돌리기 위한 추켜세움에 순사의 기분이 으쓱해졌다. 감정 변화가 얄팍한 사람이었다.

등 뒤에서 부스럭거리는 소리가 들렸다. 나무 그늘에 앉은 순사가 소리를 버럭 질렀다.

"야, 요보! 똑바로 서 있질 못해?"

서 있는 순사 역시 조선인인 모양이었다.

머리 위로 느껴지는 뜨거운 태양의 빛이, 무겁고 혹독했다.

저 순사는 이 무거운 더위를 받으며 계속 저렇게 서 있었던 걸까?

"사건이 벌어진 날, 나는 이 자리를 혼자 지키고 있었지."

순사가 말을 이었다.

"날씨가 궂어서 지나는 사람이 없더군. 그때 나는 요보가 주위를 두리번거리면서 오는 걸 보았다. 그때만 해도 밤길이 어두우니 무서워서 그런 행동을 하는 것인가 생각했지. 그 요보가 내 앞을 지나서 여기 산모퉁이를 돌려는데, 그때 그 일이 벌어진 거야."

순사는 은일당이 있는 산모퉁이 쪽을 턱으로 가리켰다.

"갑자기 산 저쪽에서 뭔가가 불쑥 나타나 나도, 요보도 깜짝 놀랐지. 처음엔 산짐승인가 싶어 총을 겨누려는데, 뜻밖에 내가 방아쇠에 손을 대기도 전에 총소리가 나지 않았겠는가. 그리고 그 요보가 쓰러지고 말았지."

"산에서 나타난 그게 뭔지는 똑똑히 보셨습니까?"

"정확히 보진 못했어. 하지만 요보가 쓰러지자 그자는 다시 산속으로 숨어버렸다. 아마도 그때 네가 소리치며 달려오는 기척을 들어서였겠지."

에드가 오는 그를 뚫어지라 바라보는 순사의 시선을 받으며 당혹감을 느꼈다. 그래서 그는 급히 말을 꺼냈다.

"그런데 그자가 포수라고 하지 않으셨습니까? 저는 순사님이 그자를 확실히 보았기 때문에 그렇게 말했다고 생각했습니다만."

"포수인 게 당연하지 않은가? 총을 쏘아 사람을 죽였으니 총을 들고 있을 것이고, 그게 하얀 건지 노란 건지 그런 빛깔의 형체였으니 말이다."

"흰지 누런지 모를 형체가 총을 들고 있다고, 그게 포수라고 할 수 있단 말입니까?"

"뭘 그렇게 따지고 드는가! 요보 주제에!"

갑자기 순사가 벌컥 화를 냈다.

"너희 요보들은 전부 희고 누런 옷을 입고 다니지 않느냐! 예전에 나도 본 적이 있단 말이다! 해수구제[10]에 동원된 사냥꾼 요보 놈들이 그렇게 입고 있던 걸 봤었다! 그리고 내가 본 그것도 그런 색

---

10 害獸驅除. 조선총독부는 '사람과 재산에 위해를 끼치는 맹수를 퇴치한다'라는 명분을 내세워 일제강점기 내내 지속적으로 해수구제사업을 벌였다.

이었고!"

"노여움을 푸십시오. 제가 잘 몰라서 여쭤본 겁니다."

그는 황급히 사과했다. 괜히 순사를 화나게 해서 좋을 건 없었고, 그것도 무척 성질이 더러워 보이는 이자를 상대로는 더더욱 그러했다. 하시만 단단히 성이 난 듯, 순사는 계속 버럭버럭 소리 질렀다.

"그리고 죽은 자가 소총에 맞아 죽은 거라는 결론이 어제 저녁에 나왔지! 요보 놈 중에서 포수 말고 누가 소총을 들고 다닐 수 있단 말이냐!"

"소총이라고요?"

에드가 오는 무심코 말을 꺼냈다가, 순간 아차 싶었다. 순사가 노기등등한 눈으로 그를 노려보았기 때문이었다.

"왜 그렇게 계속 물어대는 거냐!"

"죄송합니다."

그는 급히 사과했다. 하지만 폭발해 버린 순사의 분노는 마구 뿜어져 나왔다.

"어리석고 모자란 요보 주제에, 윗사람이 하는 이야기를 얌전하게 들으려는 자세가 전혀 없어! 요보 주제에, 어리석고 미개한 족속들인 주제에, 말을 꼬투리 잡아가면서 일일이 대꾸해대다니! 천한 것들이다! 네놈도, 저놈도, 요보 주제에 윗사람처럼 행세하는 건방진 미나미 놈도, 요보 주제에!"

소리를 버럭버럭 지르는 순사의 표정은 잔뜩 일그러져 있었다.

만약 순사가 마주 서 있었다면, 당장이라도 그의 뺨을 몇 차례는 때렸을 게 분명한 기세였다. 그러나 에드가 오의 신경을 긁는 건 다른 것이었다.

미나미?

그의 머릿속에 돌덩이 같은 불쾌한 얼굴이 떠올랐다.

"미나미 순사부장님이 뭔가 잘못이라도 저지르신 겁니까?"

에드가 오가 던진 물음에 내지인 순사가 움찔 놀랐다.

"……혹시 너, 미나미 마사히로와 아는 사이냐?"

미나미 마사히로. 남정호라는 이름을 내지 식으로는 그렇게 읽었었지.

그는 얼버무리듯 말했다.

"미나미 순사부장님과는, 뭐, 예전부터 아는 사이입니다."

악연인 것은 분명하지만, 그래도 남정호 그자와 아는 사이인 건 사실이지 않은가. 그 생각은 굳이 입에 올릴 필요는 없었다.

그런데 뜻밖에 내지인 순사의 얼굴이 순식간에 새하얗게 질렸다. 후다닥 몸을 일으킨 그가 목소리를 높였다.

"너, 너 말이다, 지금까지 내가 했던 말들은 모두 비밀이다! 절대로 말해서는 안 돼! 특히 그 미나미 놈에게는 절대로!"

"절대로 비밀로 하겠습니다."

그의 대답을 듣고서도 내지인 순사는 여전히 근심 어린 표정을 풀지 못했다. 그 모습을 지켜보던 에드가 오는 속에서 끓어오르던 짜증이 조금이나마 가라앉는 것을 느꼈다.

그때 조선인 순사의 지친 목소리가 들렸다.

"저기 누가 옵니다."

"어디? 나는 안 보이는데."

내지인 순사가 고개를 돌렸다. 멀리서 오는 두 사람을 보고 에드가 오도 중얼거렸다.

"저기 검은 옷 입은 두 명이 오는군요."

내지인 순사는 몇 번이나 눈을 끔뻑거리며 중얼거렸다.

"검은 옷 입은 사람 둘이라면, 교대하러 온 자들인가 보군."

순사는 휘휘 손을 저어 보였다. 어서 가보라는 신호였다.

에드가 오는 얼른 그 자리를 떠났다. 순사가 가라고 할 때 얼른 이 자리에서 벗어나는 게 가장 뒤탈 없는 선택일 터였다.

세르게이 홍의 집

경성의 오후 공기는 더욱 뜨거워졌다. 세르게이 홍의 집까지 가기 위해 에드가 오는 망설이지 않고 전차를 타기로 했다. 하지만 전차를 타자마자 그는 그 결정을 후회했다. 전차를 타면 시원한 바람이라도 받을 수 있겠거니 생각한 게 실수였다. 사람들과 몸을 부대끼고 있는 건 오히려 걷느니만 못한 선택이었다. 푹푹 찌는 공기에 시달리니 없던 힘까지 쥐어짜이는 기분이었다.

전차에서 내리자 눈앞이 핑 돌았다. 아직 초여름인데도 이 정도라면 본격적으로 여름이 되면 얼마나 더 더워질지 아득하기만 했다. 그러나 더위는 곧 잊을 수 있었다. 저 멀리 서대문형무소가 보여서였다. 그곳에서 흘러나오는 차갑게 억눌린 공기가 사방을 덮고 있는 것 같았다.

에드가 오는 서대문형무소의 공포와 절망에 관한 이야기를 종종 들어왔다. 서대문형무소에 다녀오면 신체와 신세 둘 다 안녕하지 못하게 된다는 농담 같은 진담이 머릿속에 떠올랐다.
　이런 곳에 살면서도 늘 웃는 얼굴이라니, 참으로 이상한 사람이로군.
　그는 친구가 늘 짓는 밝은 표정이 이 무서운 장소와는 전혀 어울리지 않는다고 생각하며 걸음을 서둘렀다.
　형무소와 그 옆에 어색하게 선 독립문 맞은편으로 민가들이 옹기종기 모여 있었다. 그곳의 골목 깊은 데 세르게이 홍의 집이 있었다.
　세르게이 홍의 집은 평범한 조선식 가옥이었다. 에드가 오가 대문을 밀자 삐걱 소리를 내며 문이 열렸다. 하지만 그것만으로는 집주인이 안에 있는지는 알 수 없었다.
　세르게이 홍은 자신이 문을 잠그고 다니지 않는 게 아니라, 문을 잠그지를 못한다고 농담처럼 이야기한 적이 있었다. 문을 잠그면 왠지 집에 갇히는 것만 같아 갑갑하게 느껴져 어쩔 수 없다고 했었다. 그때는 별 시답지 않은 소리를 다 한다고 웃고 넘겼지만, 서대문형무소를 지나쳐 여기로 도착해 보니 그 이유를 알 것도 같았다.
　에드가 오는 안을 향해 크게 소리쳤다.
　"세르게이 홍. 집에 있는가?"
　대답은 없었다.
　"세르게이 홍, 자네 있는가? 나일세, 에드가 오일세."
　역시 인기척은 없었다.
　문득 불안이 엄습했다. 온갖 불길한 생각이 드는 걸 애써 무시하고 그는 얼른 안으로 들어갔다.

마당 한쪽에는 싸리 빗자루며 지게며 도끼 등이 세워져 있었고, 마루 한쪽에 놓인 개어진 얇은 이불 위에 베개 하나가 올려져 있었다. 방 옆으로 난 아궁이 입구에 시커먼 검댕이 묻어 있고 재가 그 주위를 덮고 있는 걸 보면 이 무더운 날에 온돌이라도 땐 모양새였다. 그러나 정작 세르게이 홍의 방문은 닫혀 있었다.

"이보게, 세르게이 홍. 있는가."

다시 한번 나지막하게 불러보았지만, 대답은 없었다.

괜히 침을 삼키고, 에드가 오는 조심스레 방문을 열었다.

방 안은 비어 있었다. 방의 가구는 벽 한쪽에 놓인 큰 양복장과 그 옆에 놓인 작은 탁자가 전부였다. 수십 권의 책이 탁자 위아래로 쌓여 있었다. 그 주변으로 미덥지 못하게 정리된 가재도구들의 모습은 바깥의 애매한 어지러움과 비슷했다. 하지만 바깥과는 달리 방 안에서 사람이 사는 느낌은 강하게 풍기지 않았다. 주인이 오랜 시간 집을 비우고 여행을 다녀와서일지도 몰랐다. 어쨌든 집주인은 오늘도 어딘가에 나가 있는 것이 분명했다.

대체 세르게이 홍 이 친구는 어딜 쏘다니는 건가. 이 더운 날에.

양복 안으로 집요하게 스며든 더위를 느끼며 에드가 오는 한숨을 쉬었다.

방문을 닫으려던 그의 눈에, 문 옆 구석에 아무렇게나 놓여 있는 나무 상자가 보였다. 길쭉한 널을 촘촘히 대었고 칠이나 장식은 없는 평범한 궤짝이었다. 눈대중으로 일 미터는 넘는 그 길이가 특이

할 뿐이었다.

이 상자는 뭐지?

그는 상자를 좀 더 자세히 살펴보려고 허리를 굽혔다. 그때였다.

"누굼까?"

고개를 돌려보니 웬 할머니가 뚱한 표정으로 그를 쳐다보고 있었다.

"아, 저기, 저는 수상한 사람이 아닙니다. 여기에는 볼일이 있어서……."

당황해서 횡설수설하는 그에게 할머니는 뚱하게 대답했다.

"그기 선생님, 즌에 울 도련님 따라 여기 온 적 있지 않앗슴까?"

그제야 에드가 오는 그 할머니가 누구인지 알아보았다. 할머니는 세르게이 홍의 살림을 맡아서 해주는 사람이었다.

세르게이 홍의 집안은 신분제가 철폐되기 전까지 노비를 여럿 거느렸다고 들은 적 있었다. 이 할머니도 그때 세르게이 홍의 집에서 일하던 사람이었다. 그가 경성에 왔을 때 마침 자식을 따라 경성에 와 있던 할머니와 연락이 닿았고, 할머니는 그가 집을 빌린 후 끼니며 살림을 돌봐주기 시작했다. 봉건적인 관습에 얽매일 필요는 없다고 그는 극구 사양했다지만, 할머니는 매일 여길 찾아와 그가 살아가는 모양새를 돌봐준다는 모양이었다.

"그렇습니다. 저는 세르게이 홍……. 홍성재 군의 친구입니다."

할머니가 고개를 갸웃거리는 걸 보고 그는 급히 이름을 고쳐 불렀다.

"홍 군이 러시아에서 돌아왔다면서요? 그래서 얼굴이나 볼까 해서 왔습니다."

"헛걸음 하였슴다. 울 도련님, 이른 아침부터 출타했단 말임다."

귀에 억세게 들리는 북쪽 어딘가의 사투리로 할머니가 말했다.

"어즈께였음 도련님 만났는데. 그기 선생님, 때를 잘못 맞췄슴다."

"어제요?"

"어즈껜 도련님이 왼종일 여기 있었슴다. 즌날 밤에 비가 와 방이 눅눅하담서, 여기 아궁이에다 불을 직접 지피고 계셨슴다. 근데 이런 뜨거븐 날씨에 불을 지펴싸니 방 안이 오죽 더웠겠슴까. 그래서는 마루에 이불을 깔아가즈고서는 거서 주무셨지 않겠슴까."

"그런데 이불은 여태 저기 있지 않습니까?"

그가 마루 쪽을 가리키자 할머니가 고개를 절레절레 저었다.

"그게 말임다, 그이하고 나서부텀서 여름엔 마루가 오히려 더 시원하다 그래카면서 도련님이 계속 저그이서 주무심다. 방에는 들어갈라 않는검다."

뭐라고 해야 할까, 그 친구다운 행동이 아닌가.

에드가 오는 속으로 드는 생각을 누르고 미소를 지으며 할머니에게 애써 친근하게 말했다.

"이따 홍성재 군이 돌아오거든 전해주시겠습니까? 에드가 알란 오가 물어볼 게 있어서 왔었다고요."

"이름자가 뭐 그렇슴까. 애두…… 알 낳은……."

할머니는 뚱한 얼굴로 뭔가를 중얼거렸다. 아마 그의 이름자를 기억하려는 모양이었다.

"그 친구에게 내일 이 시간에 다시 찾아올 테니 어디 가지 말고 기다리고 있으라고도 전해주십시오."

"그거이 안 될 거 같슴다. 도련님이 길게 춤타해서 모레나 되어야 올 그라고 했슴다."

"아니, 그 친구는 대체 어딜 간 겁니까?"

에드가 오는 기가 막혀서 중얼거렸다. 러시아 여행을 다녀온 게 불과 며칠 전일 텐데 또다시 이렇게 길게 외출하는 이유를 도무지 알 수 없었다.

"그걸 내가 어케 알겠슴까. 오늘 아츰에 순사님이 또 여기 와가 도련님 어디 갔냐고 물어봐쌌을 때도 내가 그케밖에 대답할 수 없었슴다."

"네? 순사요?"

에드가 오는 저도 모르게 되물었다. 어제 취조실에서 남정호가 보인 모습이 머릿속을 스쳤다. 그는 좀 더 자세한 걸 물어보려고 했다. 그러나 그보다 먼저 할머니가 말했다.

"도련님 오심 선생님 왔다꼬 말 전하겠슴다. 애두 알 낳은 선생님이라캤슴까?"

"······오덕문이 왔다 갔다고 전해주시면 됩니다."

에드가 오는 떨떠름하게 조선 이름을 말했다. 나이 많은 조선 사람에게 자신의 세련된 서양식 이름을 기억시키기는 여간 어려운 일이 아니었다. 김이 빠져버려 더는 자세한 사정을 물을 기분이 들지 않았다.

대문 밖으로 나온 뒤, 에드가 오는 골목길을 터덜터덜 걸었다. 이렇게 더운 날에 헛걸음을 한 게 썩 유쾌하지 못했다.

문득 조금 전에 본 길쭉한 상자가 떠올랐다.

그 상자는 대체 뭘까? 그 안에는 대체 무엇이 있었을까?

독립문이 보이는 곳에서 그는 걸음을 멈췄다. 아직 하늘에 해는 높았다. 은일당으로 귀가하기엔 이른 감이 있었다. 하지만 이렇게 더운 날에 괜히 경성 시내를 서성이고 싶지는 않았다.

에드가 오는 햇빛을 받아 뜨겁게 달아오른 페도라를 매만지고 넥타이 매듭도 괜히 한번 어루만지고는 걸음을 재촉했다.

*

여전히 사건 현장에는 순사들이 서 있었다. 아침에 본 두 사람과는 다른 순사였지만, 에드가 오는 잔뜩 긴장해서 그들 옆을 조심스레 지나갔다. 다행히 그들은 에드가 오를 흘끔 쳐다볼 뿐, 그에게 뭐라고 하지는 않았다. 순사들과 멀찍이 떨어진 뒤에 그는 안도의 한숨을 쉬었다.

저 멀리 은일당 문 앞에 선화가 보였다. 선화는 쪼그려 앉아서 동네 아이와 이야기를 나누고 있었다.

"그런데요, 그런데요, 소총이라는 게, 그렇게나 무서워요?"

"무섭다마다. 그게 한 번 불을 뿜으면 멧돼지도 이리도 곰도, 심지어는 호랑이도 죽어버리는걸. 사람조차 죽을 수 있는 무서운 물건이란다."

하지만 흐뭇한 모습과는 달리, 흉흉한 내용의 대화가 한창이었다.

"오 선생님, 빨리 돌아오셨네요."

에드가 오를 본 선화가 몸을 일으키며 인사했다. 동네 아이는 후다닥 그녀의 치맛자락 뒤로 숨어버렸다.

"하려던 일을 허탕치고 말았거든. 그건 그렇고, 갑자기 무슨 흉흉한 이야기인가?"

"그게 말입니다, 여기 영자가 이야기해 주었습니다."

아이가 선화의 뒤에서 고개만 빼꼼 내밀었다.

"그게요, 그게요, 미친 포수가요, 사람 사냥을 한다지 뭐예요!"

"사람 사냥?"

에드가 오는 저도 모르게 되물었다. 월요일에 본 그 끔찍한 모습이 다시 눈앞에 스쳤다.

"미친 포수가요, 소총을 들고요, 산속을 헤매면서요, 사람을 사냥한대요! 포수가 사냥한 걸요, 누가 가로챘는데요, 그것 때문에요, 그 사람을 찾아서 돌아다닌대요!"

소문은 하루 사이 그럴듯하게 부풀어 있었다.

"그래, 그래."

그는 픽 웃어버리고 말았다. 잠깐이나마 긴장했던 게 허탈했다.

"소문이 커지는 모습이 흥미롭더라고요."
선화가 덧붙인 말에 에드가 오는 다시 웃어버렸다.
"소문이란 원래 그렇게 크게 부풀어 오르는 법 아닌가."
에드가 오는 그 말을 남기고 얼른 은일당 안으로 들어갔다.

*

"뾰족한 방법이 없지 않습니까?"
 저녁에 하는 과외 도중의 쉬는 시간에 에드가 오가 그날 있었던 일들을 말하자 선화가 대뜸 대답했다. 세르게이 홍의 월요일 행적을 알 방법을 어쩌면 선화가 찾지 않을까 여겼던 막연한 기대가 어긋나고 말았다. 그의 축 처진 어깨는 보지 못한 그녀가 곧장 말을 이었다.
"그분의 입으로 직접 듣지 못한다면 마땅한 방법이 없지요. 혹시라도 그분과 만난 다른 분들의 이야기를 듣는다면 몰라도요."
"다른 사람의 이야기?"
"홍 선생님을 만난 분들과 나눈 이야기를 청해 들을 수 있다면, 그 속에서 실마리를 잡을 수 있을지도 모릅니다. 홍 선생님의 월요일 행적과 경찰이 왜 그분에게 관심을 두고 있는지를 알 실마리가요."
"그렇지. 그 가능성은 있군."
 에드가 오는 고개를 끄덕였다. 하지만 선화의 목소리는 그리 밝지 않았다. 이맛살을 찌푸린 채 펼쳐놓은 공책을 주시하며 그녀가 중얼거렸다.

"하지만 그분이 어디의 누구와 만났을지를 알 방법이 없지요. 이 넓은 경성 안에서 대체 누구와……. 아!"

갑자기 선화가 휙 고개를 돌렸다. 갑자기 눈이 마주치자 에드가 오는 당황했다. 하지만 선화는 아랑곳하지 않고 빠르게 말을 이었다.

"그렇지요, 홍 선생님은 오 선생님과 만나기로 하셨지요?"

"그건 그랬지. 하지만 그 친구를 만나지 못했잖은가. 그래서 일이 이렇게 꼬인……."

그는 우물쭈물 대답했다. 선화가 갑갑하다는 듯 곧장 대꾸했다.

"그게 아닙니다. 오 선생님, 그분과 어디에서 만나기로 하셨습니까?"

"그게 무슨……."

"홍 선생님이 약속 장소에서 오 선생님이 오시기를 기다리셨을 게 아닙니까? 혹시나 그 도중에 거기서 다른 분과 대화를 나누셨을지도 모릅니다."

"자네 말이 맞네!"

에드가 오는 저도 모르게 목소리를 높였다. 선확가 당황해서 소곤거렸다.

"목소리를 낮춰주십시오! 어머님께서 들으시면……."

그 순간 안채 쪽에서 인기척이 들렸다. 선화의 모친이 볼세라 두 사람은 황급히 수업을 재개했다. 선화가 문제를 푸는 걸 지켜보면서 에드가 오는 다른 생각을 했다.

선화 군의 말대로야. 세르게이 홍을 만나지 못한다면 그 친구가 자주 들르던 곳을 찾는 게 그다음이지. 셜록 홈스라면 그런 곳을 곧바로 이어서 수사했겠지.

그는 급히 고개를 저었다.

이제 더는 탐정 놀음을 할 생각이 없다. 나는 그저 그 친구가 어쩌다 경찰의 주목을 받고 말았는지 알아보려는 것뿐이다.

선화가 말한 대로, 세르게이 홍과 만나기로 약속한 장소에 가는 게 지금으로서는 유일한 방법이었다. 그 약속 장소는 그 친구가 즐겨 찾는 곳이기도 했고, 그곳에는 그 친구의 일거수일투족을 또렷이 기억할 사람도 있었다.

그 친구도 참, 어쩌다가 경찰에 얽혀버린 걸까.

에드가 오는 속으로 괜히 투덜거리며 내일의 일정을 머릿속으로 그려보았다. 옆에서는 선화가 여전히 이맛살을 찌푸린 채 공책을 보고 있었다. 그녀가 과연 수학 문제에 집중하고 있는지, 아니면 이 사건을 그녀 나름대로 생각중인 건지는 알 수 없었다.

4일째
1929년 6월 20일, 목요일

카페 은하수

에드가 오는 괜히 넥타이 매듭을 만져보았다. 벌써 더운 기운이 목을 죄어오는 것만 같았다. 하지만 어쩔 수 없었다. 선화가 아침 밥상과 함께 가져온 그의 여름 양복 수선이 이제 겨우 시작되었다는 소식 때문에 오늘도 계절에 맞지 않는 무더운 옷과 함께해야만 했다.

"더위 먹지 않도록 조심하십시오. 순사도 조심하시고요."

선화의 배웅을 받으며 그는 은일당을 나섰다. 날이 더 뜨거워지기 전에 본정까지 가려면 서두를 필요가 있었다.

산모퉁이를 돌자 저 멀리 사건이 벌어진 장소가 보였다. 그 장소에 가까이 다가가면서도 어제처럼 오싹한 기분이 들지는 않았다. 기억이 흐릿해져서일지도, 혹은 더위 때문에 감각이 무뎌진 것 때문일지도 몰랐다.

사건이 벌어진 곳은 여전히 순사 두 명이 지키고 있었다. 한 명은 뙤약볕에 서서, 또 한 명은 나무 그늘 아래서 잠자고 있었다. 어제 아침의 일을 떠올린 에드가 오는 빠른 걸음으로 그곳을 지나쳤다. 여기서 괜한 시간을 낭비할 필요는 전혀 없었다.

*

"어서 오세요!"
 여급이 높고 활기찬 일본어로 인사말을 건넸다. 이내 에드가 오를 알아본 그녀가 조선말로 다시 말했다.
 "오 선생님 아니세요. 이렇게 이른 시간에는 어쩐 일이신가요?"
 벽에 걸린 시계가 열 시 오십 분을 가리키고 있었다. 더위에 숨이 고르지 않았지만, 그는 애써 웃어 보였다.
 "덥지 않으세요?"
 그를 위아래로 훑어보던 메이코가 곧바로 말했다.
 "덥다네. 오늘은 유독 더운 날인 거 같으이."
 "일단 자리에 앉으셔요."
 그녀는 에드가 오를 자리로 안내해 준 뒤, 아무 말 없이 어딘가로 휙 걸어가버렸다.
 메이코는 본정1정목에 있는 카페 은하수의 여급이었다. 메이코라는 내지 이름을 쓰고 있었지만, 실제로는 조선인 처녀였다. 카페 여급들이 내지 이름이나 서양 이름을 가지는 것이 유행이어서 그녀도 메이코라 이름을 지었다는 이야기를 들은 적 있었다. 그 이름은 한자로는 '明子'라고 쓰지만, 정작 그녀의 본명은 그 글자들과 전혀 상관이 없다는 이야기 역시 들은 적 있었다. 그걸 에드가 오에게 말해준 사람이 다름 아닌 세르게이 홍이었다.

'나는 메이코의 조선 이름을 아는 몇 안 되는 경성 사람일 걸세.'
예전에 그가 의기양양하게 그렇게 말하던 기억이 있었다.

소파에 앉자마자 앓는 소리가 절로 나왔다. 카페 은하수가 자랑하는 가죽 소파는 그 푹신함으로 앉은 이의 몸과 마음을 절로 느슨하게 감싸는 마력을 가지고 있었다. 아무것도 하지 않고 이대로 여기에 기대어 잤으면 좋겠다고, 에드가 오가 눈을 감고 노곤히 생각에 잠길 때였다.

"주무실 생각이시면 선생님 댁에서 잠을 청하시는 게 낫지 않겠어요?"

눈을 뜨니 메이코가 그를 내려다보고 있었다. 그녀는 카페 은하수의 또 다른 자랑거리인 고급 흑단목 테이블 위에 흰 커피잔을 내려놓았다. 이 카페에서는 시간을 축낼 요량으로 시치미 뚝 떼고 앉은 손님들에게 무조건 커피 한 잔이 나가곤 했다.

"커피랍니다."

메이코가 뚱하게 중얼거리더니 그 옆에 얼음물이 담긴 유리잔 하나를 마저 놓았다. 지금은 뜨거운 김이 올라오는 커피보다 얼음물이 더 반가웠다.

"고맙네. 그래도 이게 소다 워터면 얼마나 좋았을까 싶군."
에드가 오는 얼른 유리잔을 집으며 중얼거렸다.

"아, 선생님이 즐겨 드시는 소다스이 말이에요? 그럼 그걸 주문하시면 되잖아요. 얼음물로 만족하질 못하다니, 얼마나 고귀한 몸이신 건가요?"

그녀의 핀잔 섞인 말은 아랑곳하지 않고 에드가 오는 은근하게 말을 이었다.

"이 한 잔은 자네의 선물로 알면 되겠나?"

"커피 한 잔 값이 얼마인지는 잘 아시지요?"

한 잔의 인정 같은 것은 없다는 소리였다. 메이코는 이러한 계산에 철저했다.

"내가 말한 한 잔은 얼음물의 정성을 가리킨 거였네만."

"냉수 먹고 속 차리시는 게 어떨까요."

에드가 오가 끈질기게 거는 장난을 메이코가 냉랭하게 쳐냈다. 더는 농을 던져볼 소재도 없어서 그는 얼음물을 쭉 들이켰다. 몸속이 상쾌하게 서늘해졌다.

에드가 오는 주변의 눈치를 살핀 뒤, 목소리를 낮추고는 말을 건넸다.

"사실은 물어볼 것이 있다네. 자네, 혹시 세르게이 홍을 보았는가?"

"홍 선생님이요?"

세르게이 홍의 이름을 들은 메이코가 곧장 대답했다. 조금 전과는 달리 상기된 목소리였다. 에드가 오는 두루뭉술하게 말을 얼버무렸다.

"어, 그러니까, 그 친구가 최근에 경성에 돌아왔다고 들었거든."

"예, 노서아와 만주를 여행하고 오셨죠. 선생님도 기억하시죠? 올 초에 홍 선생님이 경성을 떠날 때만 해도 몸도, 마음도 아프셔서 고생하셨잖아요? 그런데 여행 다녀오신 뒤에 혈색이 무척 좋아지셨더라고요. 그게 어찌나 보기가 좋았던지 몰라요."

세르게이 홍의 이야기를 하는 메이코의 표정이 유난히 밝아 보였다.

메이코는 아직도 세르게이 홍을 사모하고 있나 보군.

물론 이것은 짐작일 뿐이었다. 하지만 다른 이를 대할 때는 콧대 높이 구는 메이코가 세르게이 홍에게만 그녀의 조선 이름을 가르쳐줬다는 것을 우연히 알게 된 뒤로 그 짐작은 확신에 가까웠다. 그런 그녀라면 세르게이 홍이 무슨 이야기를 했는지를 또렷이 기억하고 있을 터였고, 그 이야기 속에서 그 친구와 경찰 사이의 불길한 연결 고리를 찾을 실마리를 찾을 수도 있을 터였다. 에드가오는 아무것도 모르는 척 질문을 이었다.

"그 친구를 만난 건가? 언제?"

"월요일 저녁에 여길 오셨어요. 그때가 여덟 시 반이었으니 밤이라고 해야 할까요?"

여덟 시 반이라면 살인사건이 벌어진 뒤, 내가 경찰서로 끌려간 때겠군.

"그 친구가 뭣 때문에 왔는지는 모르고?"

"뭣 때문이라니요? 늘 그렇잖아요. 커피나 비루 때문에 오신 거겠지요."

"비루가 아니라 비어라고 발음하게. 아니면 그냥 맥주라고 하든가."

에드가 오가 메이코의 말을 정정하였지만, 그녀는 들은 척도 하지 않았다.

아무래도 메이코는 에드가 오와 세르게이 홍 사이에 약속이 있었다는 걸 모르는 눈치였다. 그렇다면 굳이 먼저 그걸 이야기할 필요는 없을 것 같았다.

"그래서, 오랜만에 본 그 친구는 좀 어떻던가?"

"그게 말이죠, 말도 마세요. 그날은 해가 지자마자 밤새 비가 엄청나게 퍼부었잖아요? 그 유난한 빗속에서 홍 선생님이 아무것도 쓰지 않은 채로 오셨단 말이에요. 머리며 옷이며 온몸이 온통 흠뻑 젖어 있었답니다. 가엾게도요."

"그날은 오후부터 잔뜩 흐려 있지 않았던가. 그 친구는 칠칠치 못하게 우산도 안 챙기고 외출했던 건가?"

"우산이 있어도 쓰지 못할 처지셨답니다. 홍 선생님이 상자를 하나 들고 오셨거든요."

"상자?"

"예. 양손을 다 써서 들어야 할 그런 상자였답니다. 그걸 들면 우산을 잡을 수 없으니 비가 내려도 그대로 몽땅 맞을 수밖에요. 홍 선생님은 얼마나 춥고 무거우셨을까요."

감상적인 반응을 한껏 쏟아내는 메이코의 표정이 진귀한 볼거리라고 생각했지만, 에드가 오는 우선 신경 쓰이는 것부터 물어보기로 했다.

"우산도 들지 못할 정도로 큰 상자라고?"

"그럼요. 긴 상자였거든요. 그걸 얼마나 길다고 해야 할까요. 한 이 정도?"

메이코는 양손을 벌려 보였다.

"이 정도였나? 아니, 이것보다는 좀 더 긴가?"

하지만 그녀의 양손 간격은 계속해서 오락가락했다.

"길지 않은 쪽도, 관청의 장부 철 있죠? 그 정도 너비는 되어 보였답니다."

"확실히 한 손으로 들고 다니긴 어렵겠군그래."

에드가 오는 작게 중얼거렸다. 어제 세르게이 홍의 집에서 본 나무 상자가 떠올랐다. 아마도 메이코가 말하는 게 그 상자인 게 분명했다.

세르게이 홍은 왜 그걸 들고 여기로 온 거지?

문득 떠오른 의문에 마땅한 답은 떠오르지 않았다.

"아무튼 그래서 바로 홍 선생님을 빈자리로 모셔드리고 커피 한 잔과 몸 닦을 수건을 가져왔지요. 입고 있으시던 옷이 쭈글쭈글해져서 보기가 참 안쓰러웠답니다. 하필이면 그날따라 조선옷을 입고 계셨는데, 아시잖아요? 그런 옷이 젖으면 참 볼품없이 쭈글거리는 거……."

"잠깐만, 조선옷을 입고 있었다고? 다른 사람도 아니고 세르게이 홍, 그 친구가?"

이어진 메이코의 말을 들은 에드가 오는 얼굴을 찡그렸다.

세르게이 홍이 그와 죽이 맞았던 이유는 바로 양복 애호 취미 때문이었다. 몇 년 전, 경성에 잠시 돌아와 있을 때 세르게이 홍과 교분을 나누며 에드가 오는 양복 정장이야말로 서양의 모던을 대표하는 물건이라는 걸 깨달으며 모던에 새롭게 눈을 떴다. 그 당시에도 정장을 멋지게 차려입고 다니던 세르게이 홍에게, 그는 양장에 대한 지식을 적극적으로 배웠다. 세르게이 홍 역시 모던의 이상을 의복의 갖춤으로 표현한다는 그의 생각에 적극적으로 동의했었다.

게다가 세르게이 홍은 그가 본 조선 사람 중에서 양복을 훌륭히 소화해내는 몇 안 되는 인물이었다. 그 멋쟁이 차림 때문에 그는 키가 작다는 흠에도 불구하고 뭇 여성들에게 무척 인기가 높았다. 그런데 그런 세르게이 홍이 조선옷이라니……

"오 선생님도 홍 선생님이 얼마나 세비로를 깔끔하고 근사하게 입으시는지 잘 아시잖아요. 그래서 저도 처음엔 홍 선생님이신지 모르고, 넝마주이[11]가 불쑥 들어온 줄 알았지 뭐예요. 허옇고 누런 삼베옷 있잖아요? 그걸 입고 계셨던 데다 여행 도중에 기르셨다는 수염도 안 깎은 채여서, 길에서 마주쳤다면 평범한 조선 사람이라고 여겨 못 알아보고 그냥 지나쳤을 것 같거든요."

---

11 재활용이 가능한 폐품 등을 주워 모으다가 고물상에 파는 사람.

"그런 꼴을 하고서야 어디 제대로 모던을 갖췄다 할 수 있단 말인가……."

그는 그렇게 중얼거렸다가, 메이코가 샐쭉한 얼굴로 째려보는 걸 알아채고 급히 말을 돌렸다.

"그래서, 그 친구는 가게에 들어와서는 뭘 하던가?"

"상사를 옆자리 의자에 세워 걸쳐놓으셨어요. 워낙 길다 보니 바닥에 놓아두기도 뭣했거든요. 제가 커피를 드리니 홍 선생님은 그걸 드시고서는 몸이 따뜻해졌다며 고맙다고 하셨지요. 그러고 나서 평소처럼 저랑 이야기를 나누시다가 두세 시간쯤 뒤에 댁으로 돌아가셨답니다."

"그 친구, 러시아 이야기라도 안 해주던가?"

"안 그래도 그날은 여행 이야기를 주로 한 걸요. 이야기가 재미있었어요. 홍 선생님이 노서아에서 처음으로 총을 쏴본 이야기를 해주셨거든요."

"총?"

뜻밖의 단어에 에드가 오는 되물었다. 하지만 메이코는 자기 할 말만 계속했다.

"그리고 만주 쪽이 요즘 흉흉한 분위기라고 하잖아요? 그곳에서 군대며 총 든 사람들이 어떻게 흉흉하게 지나다니고 있었는지도 말씀해 주셨고요. 아, 그렇지. 여기 오신 그날 낮에 사람 싸우는 걸 보았다는 이야기도 하셨어요."

"사람 싸우는 걸 보았다?"

"낮에 홍 선생님이 청계천 어느 다리를 건너시다가, 거기서 야시장 풍물 장수가 지나가던 조선 사람과 싸우는 것을 보셨대요. 자리 문제였는지 그냥 시비가 붙은 건지는 몰라도 서로 몸을 부둥켜안고 한바탕 싸웠다지 뭐예요. 풍물 장수는 얼굴이 피투성이가 되었고, 상대방은 저고리가 반 이상 찢어져서 맨몸이 거의 다 드러나 보였다더군요. 순사가 오는 소리에 둘 다 싸우던 걸 멈추고 쏜살같이 도망갔다지요."

순간 머릿속으로 월요일 밤의 기억이 스쳐 지나갔다.

총에 맞은 이가 입고 있었던 반쯤 찢어진 저고리.

에드가 오는 애써 아무렇지 않은 척 중얼거렸다.

"그 친구도 고작 그런 잡담이나 하려고 여길 왔던 건가. 비가 그렇게 퍼붓는데도 여기엘 다 왔다기에 난 또 누굴 만날 약속이라도 있는 줄 알았네."

넌지시 떠보려 던진 말이었는데, 메이코는 뭔가를 생각하는 눈치였다.

"어쩌면 선생님 말씀대로일지도 몰라요. 홍 선생님이 출입문 쪽을 계속 신경 쓰는 기색이셨거든요. 저도 좀 이상하다고 생각은 했는데, 그래도 구태여 물어보지는 않았답니다. 홍 선생님께 그걸 여쭤본대도 대답해 주실 것 같진 않았거든요."

"그 친구, 그런 이야기는 입 무겁게 구니까."

그는 고개를 끄덕였다. 메이코가 아, 소리를 냈다.

"홍 선생님이 나무 상자를 들고 오셨다고 했잖아요? 그 안에 뭐가 들었는가를 제가 물어보기도 했었어요."

"호오, 그래서? 상자 안에 뭐가 들었다고 하던가?"

"처음에는 웃기만 하시고 말씀을 안 하려 하시던걸요. 그래서 제가 '무엇인지 알려주시면 지금 내온 커피는 제가 대접하겠어요.'라고 했더니 그제야 그 안에 사냥의 기념물이 들어 있다고 대답하셨어요."

"사냥의 기념물?"

"예. '이걸 볼 때마다 노서아에서 처음으로 사냥을 한 기억이 떠오른다.'라고 하시며 껄껄 웃으셨죠. 하지만 속에 뭐가 있는지 보여주시기는커녕 제가 손대지도 못하게 하셨고요. 좀 이상한 이야기지요?"

확실히 이상했다. 하지만 그 이상함이 무엇을 의미하는 것인지는 알 수가 없었다.

"그럼 혹시 세르게이 홍이 뭔가 남기고 간 건 없었나?"

"남긴 거라니요? 놓고 가신 물건 같은 건 없었는걸요."

"아니, 그런 것이 아니라, 편지나 쪽지 말이네. 누군가가 오면 전해주라는 식으로 맡긴 것 말이야. 아니면 언질로 남긴 거라도 좋고."

"아무것도 남겨놓지 않았답니다. 평소에도 홍 선생님은 그런 걸 빌미로 수작을 거시는 분이 아닌 건 선생님도 잘 알고 계시잖아요. 심지어 엊그제는 커피값도 외상으로 달아놓고 가셨어요. 댁에 지갑을 두고 나왔다면서요. 그런 것조차도 평소대로였네요."

정말로 세르게이 홍은 언제나처럼 시간을 보내러 나온 것처럼 보였다. 그는 떨떠름하게 입맛을 다셨다.

에드가 오는 미지근해진 커피를 단숨에 마시고, 메이코에게 펜과 종이를 청했다. 그녀가 종이를 가져오자 그는 간단하게 뭔가를 쓱쓱 쓰고 난 뒤, 종이를 반듯하게 접어서 그녀에게 건넸다. 그녀가 의아해하며 물었다.

"이건 무엇인가요?"

"이야기 들려준 답례로 주는 선물일세. 세르게이 홍이 오거든 이 쪽지를 전해주게. 간단한 안부 편지라네."

월요일의 약속을 지키지 못해 미안하다는 말과 조만간 다시 만나자는 요청을 적은 쪽지였다. 일단 쪽지라도 남겨두면 조만간 세르게이 홍과 다시 연락이 닿을지도 모른다는 생각 때문이었다. 그가 이 쪽지를 언제 볼 수 있을지는 모를 일이었지만 그 점은 굳이 생각하지 않기로 했다.

"부탁이니 이 쪽지는 자네 손으로 직접 세르게이 홍에게 건네주었으면 하네."

"어마."

메이코는 밝은 표정으로 고개를 끄덕였다. 세르게이 홍이 오면 메이코는 쪽지를 빌미로 조금 더 말을 붙여보려고 할 게 분명했다. 선물이란 의미는 거기에 담겨 있었다.

밖으로 나가려는 에드가 오를 메이코가 따라 나왔.

"평소에는 배웅 같은 거 해주지도 않았잖은가."

"아직 카페 문 연 지 얼마 되지 않았잖아요. 손님도 없으니 심심해서 그냥 하는 거랍니다."

물음에 대답하던 메이코가 아, 소리를 냈다.

"선생님, 저기 보세요, 저기."

그녀가 턱짓으로 가리키는 곳에 순사가 있었다. 순사는 아직 문을 열지 않은 주점 앞 궤짝에 우두커니 걸터앉아 있었다. 칼은 허리 옆에 차고 소총은 옆에 대충 세워둔 채 담배를 한 대 피워 무는 시큰둥한 모습이, 한눈에 보기에도 노곤해 보였다.

"왜 그러는가? 저 순사가 뭐라도 되는가?"

에드가 오는 괜히 목소리를 낮췄다. 메이코는 고개를 저었다.

"아뇨, 순사 말고요. 그게 딱 저 정도 길이였답니다."

"저 정도라니?"

그가 되묻자, 메이코가 말했다.

"홍 선생님이 가져온 상자 말이에요. 딱 저기 세워둔 총 정도 길이였답니다."

헌책방 구문당

　회중시계는 열두 시 반을 가리키고 있었다. 해가 하늘 가장 높은 곳에 머무를 때였다. 무심코 내쉰 한숨마저 뜨겁게 느껴졌다. 땀에 젖은 옷이 몸에 들러붙는 기분이 찝찝했다.
　에드가 오는 한여름처럼 강렬하게 비춰오는 초여름의 햇빛을 받으며 힘겹게 인사동을 향해 발걸음을 옮겼다. 인사동에서 파고다 공원에 맞닿은 쪽의 어느 좁고 구불구불한 골목을 굽이굽이 들어가면 헌책방 구문당이 있었다. 그의 두 번째 볼일은 거기에 있었다.

*

　모시 저고리와 바지 차림으로 분주히 부채를 부치던 노인이 얼굴을 찌푸렸다.

"오가 아닌가."

"오랜만입니다, 어르신."

에드가 오가 힘겹게 인사를 건네자 노인의 부채질하는 손이 빠르게 움직였다. 뭔가 맘에 들지 않는 일이라도 있는 듯한 태도였다.

"사람이 다 죽어가는구먼. 쯧. 여긴 왜 왔나? 책 실컷 보다가 하나도 사지 않고 갈 생각으로 온 건 아니겠지?"

"그럴 리가요. 사정이 여유롭다면 당연히 책을 사갈 겁니다."

"언제는 주머니가 두둑한 적 있었던가? 일도 하지 않고 여기저기 쏘다니기만 하는 놈이 여길 오는 것부터가 신기한 노릇 아니냔 말이야."

"그렇긴 합니다."

에드가 오는 노인의 독설에 아무렇지 않게 대꾸했다. 처음엔 저런 말을 듣고 욱한 적도 있었지만, 이제는 노인의 말버릇이 저런 것이려니 하고 웃어넘길 정도로 익숙해졌다. 그 점에선 그도 이미 구문당의 단골 자격은 획득한 셈이었다.

하지만 왜인지 오늘 노인의 말속에는 평소보다 짜증이 더 섞여 있었다. 에드가 오는 주위의 인기척을 살핀 뒤 질문을 던졌다.

"여쭤볼 게 있습니다. 세르게이 홍이 여기에 오지 않았습니까?"

구문당은 세르게이 홍이 경성에 돌아오자마자 반드시 들렀을 장소였다. 세르게이 홍은 책 구경을 즐기는 이였고, 에드가 오가 구문당을 처음 알게 된 것도 그 친구의 소개 덕분이었다. 그 친구라면 경성에 돌아온 뒤 분명 이곳에 곧바로 모습을 보였을 거라는 확신이 있었다.

"할 일 없이 노서아 여행 다녀온 홍가 말이로구먼."

노인이 퉁명스레 말을 뱉고서는 품에서 짤막한 곰방대를 꺼냈다. 노인이 연초 주머니를 연 뒤 손을 굼질굼질 놀려 연초를 대통에 채우는 걸 보고 에드가 오는 얼른 주머니에서 성냥을 꺼냈다. 그가 불을 붙여주자 노인은 담배를 한 모금 들이마셨다. 그러더니 노인이 얼굴을 잔뜩 찡그린 채 퉤, 하고 침을 뱉었다.

"원 세상에. 오늘 연초는 맛이 왜 이따위야. 곰팡내가 나잖은가."

"습한 곳에 너무 오래 놔두신 거 아닙니까?"

"이건 어제 새로 산 연초란 말이야. 설마 왜놈들이 습기 먹은 이파리로 장난친 건가."

"더위 때문에 어르신 입맛이 변해버린 것일지도 모르지요."

"그럴 리가. 사흘 전 홍가 그자가 왔을 때 태웠던 건 이렇지 않았단 말이야. 그때는 더운 데다 날도 궂어 습하기까지 했는데도 이렇게 맛이 없진 않았어. 에잇."

언제나처럼 노인은 대답을 은근슬쩍 돌려서 내놓았다.

짐작이 맞았지만, 에드가 오는 순순히 기뻐할 수는 없었다. 세르게이 홍이 구문당을 다녀간 날인 사흘 전은 공교롭게도 그가 사건을 겪은 날이자 세르게이 홍이 카페 은하수에 모습을 보인 날이었다.

"그 친구가 정확히 언제 여기 온 겁니까?"

"오가 자네, 순사라도 되는 게야? 왜 그런 걸 캐묻는 건가?"

그는 입을 꾹 다물었다. 노인의 까탈스러운 심기를 거슬렀다가는 더는 한마디도 듣지 못할 게 분명했다. 다행히 노인은 말을 그만두지 않았다.

"그게 점심 무렵이었으니까. 딱 이맘때였지. '노서아는 선선하더니 조선은 왜 이리 덥습니까?'라면서 헤벌쭉하게 웃는데, 이건 뭐 책 보러 온 건지 자기 노서아 다녀온 걸 자랑하려고 온 건지 모르겠더구먼. 조선옷 입고 수염도 덥수룩하니 길러서 길바닥의 흔한 상놈 꼴이었으면서 입으로는 외국 나간 자랑이라니, 그게 무슨 괴상한 짓이야."

"그 친구가 뭐 다른 말은 없었습니까?"

"홍가가 계속 노서아 이야기만 늘어놓더구먼. 아, 오는 길에는 만주도 밟아보고 왔다 했었나? 뭐, 재미있는 풍문도 좀 있어서 나도 한참을 듣기는 했지."

노인은 다시 담배를 한 모금 빨아들인 뒤, 얼굴을 찌푸리며 침을 뱉었다. 아무래도 노인의 불편한 심기에는 유독 맛이 없다는 담배도 한 몫 거들고 있는 모양이었다.

"그렇게 혼자 실컷 떠들다가, 한참 뒤에야 홍가가 호랑이 사냥 책을 찾아 달라더군."

"예? 호랑이 사냥 책이라고요?"

뜻밖의 단어에 에드가 오는 되물었다.

"왜놈이 조선에서 한 호랑이 사냥을 기록한 책이 있거든. 홍가가 만주에서 만난 조선인 사냥꾼이, 예전에 자기가 호랑이 사냥에 따라갔던 일이 책에 실려 있다고 말했던가 봐."

"호오."

에드가 오는 저도 모르게 중얼거렸다. 그도 그 책이 불현듯 궁금해졌다.

"그래서 내가 홍가에게 책 제목은 아느냐고 물어봤더니, 그걸 모르니 구문당에 찾아온 게 아니냐고 말하지 뭔가. 염치도 없지 않나. 제목이라도 말하고 찾아 달라고 해야지. 여기 오는 놈들은 무작정 이러저러한 내용의 책이 있냐고 묻기부터 하는데, 제 놈들이 직접 찾아볼 생각은 하지 않고 거저먹으려고만 한단 말이야."

"거참 고생이십니다."

노인이 퉁명스러운 말투에 에드가 오는 웃으며 대답했다.

구문당에 오는 사람들은 대부분 세르게이 홍 같은 이들이었다. 책을 찾아 헤매나 허당을 지던 사람들은 '인사동의 구문당 노인에게 물어보라.'라는 말을 듣고 지푸라기라도 부여잡고자 여길 찾아오곤 했다. 그들을 맞이한 노인은 그 누구도 비교할 수 없을 비상한 기억력으로 그 책이 있는지 없는지부터 책이 어떤 제목이며 내용은 어떠한지, 그 책을 언제 누구에게 샀는지를 줄줄 말하며 책을 내놓았다. 그렇게 원하는 책을 찾은 사람들은 자연스레 이 허름한 가게의 단골이 되었다. 물론 노인은 사람들의 요구를 만족시켜주면서 책값과 수고비도 챙기고, 덤으로 욕도 실컷 얹어주었다.

"홍가 그자가 '괜찮은 책이면 내 반드시 사겠습니다.'라고 말하니 찾아주기는 할 수밖에. 하여간 제멋대로란 말이야. 홍가 그자도, 오가 자네도."

"제 이야기는 갑자기 왜 꺼내십니까. 아니, 그것보다도 그 책은 찾으셨습니까?"

"어디 보자."

그가 멋쩍어하며 던진 질문에 노인이 느릿느릿 몸을 일으켰다. 노인은 길바닥에 재를 털고 발로 쓱쓱 비빈 뒤 가게 안으로 쑥 들어갔다. 책이 가득한 가게 안을 거침없이 휘적휘적 움직이는 노인의 모습이 마치 자기 굴속에서 막힘없이 다니는 두더지 같았다.

멍하니 가게 안을 바라보다가 에드가 오는 내리쬐는 강렬한 햇빛에 눈살을 찌푸렸다.

세르게이 홍이 보인 모습이 기묘하다는 생각이 다시금 머릿속을 스쳤다. 올봄에는 매일 술주정만 하다가 갑자기 러시아로 여행을 다녀온다며 훌쩍 사라져버리더니, 기껏 경성에 돌아와서는 뜬금없이 사냥에 관한 책을 찾는다는 점이 그랬다.

평소에 워낙 자기 멋대로 사는 친구이니 이런 이해할 수 없는 행적도 그러려니 하고 넘길 수도 있었다. 하지만 그 친구는 왜 하필, 사냥에 관한 책을 찾은 걸까? 산길에 숨어 사람을 쏜 '포수', 세르게이 홍의 '사냥 여행', 그리고 '호랑이 사냥'에 대한 책. 그러고 보면 본정서의 취조실에서도 '호랑이덫'이라는 단어를 엿들었었지. 이건 그저 우연일 뿐일까?

두서없는 생각이 꼬리를 물고 이어지는데, 노인이 책 하나를 들고 나타났다.
"《정호기征虎記》라는 책이야."

에드가 오는 움찔했다. 책 이름 때문에 하필 경성에서 두 번째로 마주치고 싶지 않은 인물의 이름을 떠올리고 말았다. 그의 눈치는 신경쓰지 않고 노인은 계속 말을 이었다.

"왜놈 부자가 호랑이 잡겠다고 조선 사방팔방을 들쑤시고 다녔던 걸 자랑하려 만든 책이지, 팔려고 만든 책이 아니어서 기억해내는 데 고생했어."

"그런 건 또 어떻게 구하신 겁니까?"

"책 선물 받는 사람들이 죄다 신주 모시듯 책을 다루면 이 장사는 진즉 집어치웠어야지."

노인이 펼쳐 보인 책 안에서 사진이 곧바로 눈에 들어왔다. 총을 들고 서 있는 사람들, 기념사진을 찍기 위해 우르르 모인 마을 사람들, 산과 마을의 풍경, 그리고 바닥에 널브러진 호랑이와 표범.

노인과 이야기를 주고받으면서도 호랑이 사진에서 눈을 뗄 수 없었다. 어릴 적 어른들에게 호랑이 사냥하는 이야기를 들은 기억은 있었다. 하지만 실제로 사냥당해 쓰러진 호랑이 사진을 보면서, 신기하다기보다는 왠지 처량하다는 느낌이 들었다.

그가 책을 좀 더 자세히 들여다보려는데 노인이 책을 덮어버리고 등 뒤로 책을 획 감췄다.

"뭐 하는 게야! 책 뚫어질라!"

에드가 오는 민망한 기분을 숨기려 미소를 지었다.

"고작 사진 조금 본다고 책이 상하겠습니까, 어르신."

"무슨 소리야! 선 자리에서 책을 다 보면 내가 이 장사를 할 수 있겠나? 홍가도 사진만 보고 책은 안 사가더니, 오가 자네도 그러는 건 대체 뭔가?"

노인의 말에서 문득 에드가 오는 이상함을 느꼈다.

"그것참 별일이군요. 그 친구, 자기가 찾는 책이 있어서 여기 오면 반드시 그 책을 샀잖습니까? 대체 왜 이번에는 기껏 찾은 책을 안 샀던 겁니까?"

"자신이 오늘 들고 온 짐이 많아서 그러니 며칠만 팔지 말고 보관해 달라고 하지 뭔가."

"짐이요?"

"그래. 올 때 큼직한 나무 상자를 들고 끙끙거리면서 왔었거든. 바닥에 조심스레 내려놓는 모양새가 무슨 보물이라도 든 것 같더구먼."

또 나무 상자였다.

"홍가가 상자를 가리키며 '집에서 이거 들고 여기까지 걸어오느라 힘들었습니다. 책까지 하나 더 들고 움직이는 건 힘들 것 같으니 사정을 좀 봐주십시오.'라고 말하더구먼. 하지만 나는 진짜 속셈이 무엇인지 잘 알지. 돈이 없어서 그러는 거지. 돈이 있었으면 책을 그 상자 안에 집어넣고 가면 될 것 아닌가. 쯧."

"혹 그 상자 말입니다. 장부책 하나 정도 너비에, 길이는……. 순사들이 들고 다니는 총 정도였습니까?"

그의 물음을 들은 노인의 얼굴이 찌푸려졌다.

"얼추 비슷하겠구먼. 조금 전 순사 놈이 왔을 때 그놈 총을 봤으니 확실해."

"아니, 순사가 여길 다녀갔다고요?"

에드가 오는 깜짝 놀라 되물었다.

"그러고 보니 순사 놈도 자네처럼 홍가의 행적을 묻더구먼."

"순사가 그 친구에 대한 건 왜 물으러 왔답니까?"

"난들 아는가. 나도 그걸 물어보았는데, 그놈이 묻는 건 대답하진 않고 오히려 나더러 홍가가 여기서 뭘 했는지 대답하라고 윽박지르더란 말이야. 아침부터 재수가 옴 붙은 게지. 에잇."

노인이 얼굴을 찌푸리며 큰소리로 침을 퉤 뱉었다. 그제야 그는 노인이 평소보다 언짢아 보였던 이유를 온전히 알 수 있었다.

에드가 오는 노인에게 미리 사 온 장수연[12] 한 봉을 찔러주며, 《정호기》를 사겠노라고 제의했다. 솔직히 그 책에 대한 호기심을 떨칠 수 없었다. 하지만 노인은 눈도 깜빡하지 않고, 책이 한 권밖에 없기에 건네줄 수 없다고 말했다. 한참 실랑이한 끝에 노인이 험악한 표정을 지었다.

"책을 정 가져가려거든 내가 이런 연유로 책을 사간다고 홍가에

---

[12] 長壽煙. 조선총독부 전매국에서 만든 봉초담배. 소나무와 학이 그려진 봉지 안에 담뱃잎 썬 것을 담아 팔았다. 해방 이후에도 전매청에서 1955년까지 판매했다.

게 척독[13]을 남기게."

"아직 임자가 없는 책 아닙니까?"

"며칠 후 꼭 사러 오겠다는 단골의 신용을 그깟 돈푼으로 저버려서야 되겠나? 그래도 내가 홍가와 자네 사이를 모르는 바 아니라서 경우 없는 이런 일도 해주려는 거야. 어차피 자네도 책을 다 보고 홍가에게 책을 건넬 생각 아닌가."

"아니, 그게 무슨……."

"예전에도 그랬었지? 돈 없으면 홍가나 자네 둘 중 하나가 책을 사고서는 다 읽으면 다른 자에게 건네는 식으로 돌려보지 않았었나. 쯧."

구문당 노인 모르게 해온 줄 알았던 꿍꿍이수작은 알고 보니 부처님 손바닥 안 놀음이었던 셈이었다. 당혹스러워하는 에드가 오를 보지 못한 척 노인이 새 장수연 봉지를 뜯었다.

"그러니 척독을 남기라는 거야. 그게 있어야 나도 홍가에게 미안하다고 말할 것 아닌가."

그때 문득 좋은 생각이 떠올랐다. 세르게이 홍을 찾아서 돌아다니기만 할 필요는 없다는 생각이었다. 그래서 그는 노인의 뜻대로 자신이 책을 사간다고 편지에 쓴 뒤, 책을 보고 싶거든 자신에게 연락하라는 한 줄을 일부러 덧붙였다.

노인은 편지를 받아든 뒤 그에게 손을 내밀었다. 그는 멀뚱히 그

---

13 짧은 편지.

손을 바라보았다.

"이건 뭡니까?"

"책값을 내야지."

노인이 퉁명스럽게 말했다.

생각보다 비싼 책이었다. 이 책 한 권 값이면 커피가 몇 잔이고 소다 워터가 몇 병이고 맥주가 몇 잔인가를 속으로 괜히 헤아리며 에드가 오는 구문당을 벗어났다.

이제는 은일당으로 돌아갈 일만 남았다. 아직 해도 채 저물지 않았지만, 뜻밖의 지출 때문에 다른 곳에 가서 노닥거릴 수 있는 주머니 사정이 아니었다.

이럴 줄 알았으면 어르신께 전차값 정도만 에누리해 달라고 부탁할 걸 그랬나.

더위에 점점 무거워지는 걸음을 힘겹게 걸으며 그는 씨알도 먹히지 않을 생각을 했다.

정호기

　은일당에 돌아온 에드가 오는 그의 방에 들어가자마자 얼른 윗도리와 조끼를 벗어버리고 셔츠 바람으로 털썩 주저앉았다. 머리가 핑 돌았다. 너무 오래 햇빛을 받은 모양이었다.
　몸에서 올라오던 열기가 식은 뒤에야 그는 한쪽에 팽개쳐놓은 책을 집어 들었다. 흰 말을 타고 창을 양손에 쥔 채로 달리는 검은 내지 갑옷 차림의 무사 그림이 그려진 화려한 표지의 책이었다. 그림 옆에는 '征虎記'라는 제목과 '山本唯三郎'라는 이름이 적혀 있었다.
　에드가 오는 구문당 노인이 해준 이야기를 떠올렸다. 노인의 말로는 이 책을 만든 야마모토 타다사부로는 일본에서도 돈 많기로 유명했었던 사람이라고 했다.
　"유명했었던, 이라고요?"
　"죽은 사람이니까. 지지난해 5월에 그자가 죽었을 거야."

노인이 그렇게 기억하고 있다면 아마 틀림없을 터였다.

"당시 그자가 조선 팔도의 이름난 호랑이 사냥꾼들을 불러 모아 무슨 군대인 양 꾸며서는 사냥을 다녀왔거든. 사냥 가기 전에는 총독이란 놈과 면담도 하고, 사냥 다녀온 뒤에는 잡은 호랑이 고기를 대접하는 행사까지 열었단 말이야."

"거참, 호사스럽기 짝이 없습니다."

"그자가 도중에 마을에 들르기라도 하면 동네 사람들이 그를 환영했고 개중에는 자원해서 몰이꾼으로 나서는 사람도 있었다지. 그 왜놈 눈에 잘 보이면 자기 동네에 뭔가 돈푼이나 부어주겠거니 생각한 거겠지."

노인의 말투는 퉁명스럽다 못해 가시가 돋쳐 있었다.

"그 호랑이 사냥이 언제 일이었던 겁니까?"

"황제 폐하께서 승하하시고 3월에 조선 사람들이 크게 들고 난 그해의 2년 전. 그래, 그해의 2년 전이었어."

노인은 넋두리하듯 그 말을 반복해서 중얼거렸다.

"참으로 알 수 없는 게 사람 짓거리야. 그때 그자들도 같이 들고 일어났을까. 아니면 여전히 왜놈 부자가 다녀간 걸 잊지 못하고 있었을까."

노인의 표정은 어두워진 채로 좀처럼 펴지질 않았다. 아직도 복벽이라는 덧없는 꿈을 꾸는 노인에게 그 당시의 일을 더 묻는 것은 실례일 것 같았다.

멍하니 딴생각하던 에드가 오는 책을 아무렇게나 펼쳐 보았다.

책에 가득한 사진 중 사냥한 짐승들을 앞에 늘어놓고 조선인으로 보이는 허름한 차림의 포수들과 한가운데 좋은 옷과 그럴듯한 콧수염을 기르고 근엄한 표정으로 서 있는 부자가 찍혀 있는 사진이 눈에 들어왔다. 아마도 그 부자가 떠들썩한 사냥 여행의 주인공이었을 야마모토 타다사부로일 것이다.

그가 책장을 한 장 더 넘기는데 방문이 조심스레 열렸다. 선화가 고개를 내밀었다.

"잠시 들어가도 되겠습니까?"

"내 방에 들어올 땐 노크하고 들어오라고 하지 않았나."

하지만 선화는 이미 방에 들어온 뒤였다. 그는 한마디 더 하려다가 그만두었다.

"무슨 책을 읽고 계십니까?"

"이거 말인가?"

에드가 오는 표지가 보이도록 책을 들어 보였다. 선화는 책에 곧장 관심을 보였다.

"호랑이를 정복하는 기록이라니, 신기한 제목입니다."

"일본인 부자가 조선에서 호랑이 사냥을 한 기록이라네."

"욕심 가득한 제목이군요."

평가가 직설적으로 바뀌었다.

"책 안에 사진도 많고 하여 보기에 꽤 흥미진진하네."

그의 말을 듣던 선화가 머뭇머뭇 말을 꺼냈다.

"저기, 그 책 말입니다만, 나중에 괜찮다면 제가 빌려볼 수 있겠습니까?"

"물론이네. 지금 빌려 가도 된다네."

선화의 표정이 밝아졌다.

최근 선화는 에드가 오의 책을 빌려 가는 일이 잦았다. 은일당에서 그녀가 나들이하는 모습을 본 적은 한 번도 없었다. 그런 그녀에게 신문 말고 심심풀이가 될 것은 책 정도가 고작일 터였다. 그래서 그는 그녀가 책을 빌려 달라고 청할 때마다 주저하지 않고 책을 건넸다.

그가 건넨 책을 두 손으로 받아든 선화는 책을 조심스레 펼치며 물었다.

"이건 어디서 사셨나요? 혹시 전에 말씀하셨던 구문당이라는 곳입니까?"

"용케도 기억하고 있네그려."

"언젠가 한 번 가보고 싶은 곳이라서 기억해 두고 있었습니다."

선화가 미소를 지은 채 책을 바라보고 있었다. 보기 드문, 그리고 요즘 더 보기 드물어진 그녀의 웃는 얼굴을 보다가, 그는 늘 싱글싱글 웃고 있는 세르게이 홍의 얼굴을 떠올렸다. 그래서 그는 말을 급히 덧붙였다.

"되도록 빨리 읽고 돌려주게. 조만간 내 친구에게 그 책을 돌려줘야 할 수도 있거든."

"네? 이 책, 오 선생님이 사신 책이지 않나요?"

《정호기》에 얽힌 걸 설명하는 김에 에드가 오는 그날 외출하면서 겪은 일을 이야기해 주었다. 선화는 본정에서 카페 은하수를 갔던 이야기와 구문당에서 있었던 이야기를 고개를 끄덕거리면서 귀를 기울였다.

그의 이야기를 다 들은 뒤 선화가 말했다.

"요 며칠 동안 흥미로운 이야기를 여럿 듣네요. 오 선생님이 겪은 사건도, 오 선생님 친구분 이야기도, 그리고 동네에 도는 소문도 흥미롭지 않습니까."

"그 아이가 말하던 미친 포수 소문? 그저 뜬소문 아닌가."

그는 괜히 불퉁거렸다.

"자네에겐 흥미로운 일인지 모르겠지만, 나는 이상하고 무서운 소리로만 들릴 뿐이네. 사흘 전에 목격한 살인사건만으로도 신경 쓰이는데, 그날 만나기로 한 친구는 여태 만나지도 못하고 그가 변변찮은 차림으로 경성을 돌아다녔다는 이야기가 들리질 않나, 경찰이 그 친구에 대해 묻고 다녔다질 않나. 게다가 이 동네엔 괴상한 포수 소문까지 도는 판이니, 난 혼란스럽기만 하네."

그때 문득 이상한 생각이 들었다.

기다란 소총을 든 포수. 길쭉한 상자를 든 친구. 만약 이것들이 하나의 이야기라면 어떨까? 남정호가 세르게이 홍의 이름에 이상한 반응을 보인 건, 어쩌면…….

"그러면 이 책은 빠르게 보고 바로 돌려드리겠습니다……. 오 선생님?"

선화의 목소리에 에드가 오는 생각에서 깨어났다.

"괜찮으십니까? 뭔가 생각을 깊이 하신 것 같습니다만."

그는 대답하지 않았다. 머릿속에서 뒤엉켜버린 두 개의 이야기가 신경이 쓰였다.

"그럼 저는 이만 가보겠습니다."

책을 품에 안고 방을 나가려던 그녀가 우뚝 걸음을 멈췄다.

"내 정신머리 좀 보라지. 말씀드려야 할 것이 있어서 이 방에 왔었던 건데, 그만 잊고 있었습니다. 오 선생님이 겪은 사건 말입니다."

"뭔가? 혹시 그새 범인이 잡혔는가?"

에드가 오는 급히 물었다. 범인이 체포되었다면 지금까지 펼쳤던 생각은 그냥 허튼 생각으로 끝나게 된다. 오히려 그편이 더 개운한 결말이었다. 하지만 그녀는 고개를 저었다.

"아닙니다. 오히려 아무것도 보이지 않아서 이상하다고 말씀드리려 했습니다. 그 사건을 다룬 기사가 제가 보는 신문 어디에도 실려 있지 않았거든요."

"그럴 리가! 자네, 경성신문도 보지 않나. 거기에도 기사가 실리지 않았다고?"

선화는 고개를 끄덕였다.

신문은 먼저 기사를 실으려 경쟁하는 곳이다. 그러다 보니 동네의 사소한 다툼마저 엽기적이고 패륜적인 일인 양 대서특필하고, 심지어 없던 말까지 만들어 기사로 싣는다. 그런데 기자들의 구미에 들어맞을 이 사건이 신문에 실리지 않았다?

게다가 엊그제 경성신문 기자인 송유정에게 사건의 대략을 말해 준 참이었다. 송유정은 이 사건에 크게 흥미를 보였으니 기사를 쓰지 않았을 리 없다. 그가 기사를 쓰지 못했다면, 혹은 기사를 썼지만 그게 실리지 않았다면 이유는 하나일 터였다.

"경찰서나 총독부에서 이 사건이 알려지지 않도록 검열한 걸까?"

"저도 그렇게 생각합니다."

고개를 끄덕인 선화의 얼굴이 찌푸려져 있었다.

"오 선생님, 조심하십시오. 봄에 이어서 또다시 오 선생님이 기이한 사건에 휘말리신 것이 아닌가 걱정입니다."

잠시 머뭇대던 선화는 그 말을 남긴 뒤 방에서 나갔다.

혼자 남은 에드가 오는 지금까지 보고 들은 것들을 가만히 곱씹어 보았다.

사람의 죽음, 종적을 감춘 포수, 포수를 목격했다는 순사, 침묵하는 신문. 그리고 기묘한 세르게이 홍의 행적. 그날 대체 무슨 일이 벌어졌던 것인가?

자꾸만 머릿속에서 포수 살인사건과 세르게이 홍의 일이 하나처럼 느껴졌다. 따로 생각해 보려 애써도 두 가지 일이 한 몸을 가진 뱀인 양 생각에 똘똘 감겨 들어왔다.

5일째
1929년 6월 21일, 금요일

옛 기억

　방문을 노크하는 소리가 들린 뒤, 곧장 선화가 문을 열고 들어왔다. 이불을 개고 나서도 막상 할 일이 없어 맨바닥에 다시 드러누워 있던 에드가 오가 급히 몸을 일으켰다.
　"이렇게 이른 시간에 무슨 일인가?"
　민망함을 감추며 그가 물었다. 선화는 고개를 돌린 채 말했다.
　"아닙니다. 별다른 건 아니고……."
　그녀는 흐트러진 그의 모습을 애써 못 본 척해주는 게 분명했다. 그가 급히 옷맵시를 가다듬고 헛기침하자, 그제야 그녀가 다시 고개를 그에게로 향했다.
　"어제 빌려주신 책을 다 보았습니다."
　상기된 얼굴로 선화는 책을 내밀었다. 책을 건네받으며 그는 아무 일도 없었던 척 말했다.
　"신문은 더디게 읽더니, 책은 참으로 빠르게 읽는군그래. 그 빠르기가 조선 천지에서 으뜸가지 않을까도 싶네만."

어색한 분위기를 환기하려 과장해서 말하긴 했지만, 그는 실제로 선화가 책을 빨리 읽었다고 생각했다. 어제저녁에 빌린 《정호기》를 하루, 시간만 따져보면 반나절 남짓 사이 다 읽고 돌려준 것이다. 그렇게 빨리 책을 읽을 수 있는 그녀가 왜 신문만큼은 한 자 한 자 꾸물꾸물 읽어 내려가는 것인지, 그 점은 늘 의문이었다.

"책 속의 글은 금방 읽었습니다. 하지만 흥미로운 사진이 많아서 그걸 보느라 시간을 지체했습니다. 사람들의 차림이나 사냥을 떠난 지역의 모습이 낯선 게 많아 흥미로웠지요."

감상을 이야기하던 선화가 문득 아, 소리를 냈다.

"그런데 이 책, 언제 홍 선생님께 돌려드릴 생각이신가요?"

"그 친구를 만나야 줄 수 있겠지. 대체 언제 어디서 만나게 될지는 모르지만. 워낙 종잡을 수 없는 친구라서……."

그는 얼굴을 찌푸렸다.

종잡을 수 없다. 그 점이야말로 그가 세르게이 홍을 찾는 데 가장 큰 걸림돌이었다.

"홍 선생님은 자유롭게 사시는 분 같습니다."

종잡을 수 없다는 것이 타인의 눈에는 자유롭다고 보이는 것인가.

선화의 말이 그저 태평하게만 들렸다. 그의 표정을 본 그녀가 말을 덧붙였다.

"그렇지 않습니까? 그분이 올 초에 노서아로 다녀오셨다 하셨지요?"

"노서아는 올바른 발음이 아니네. 러시아라고 하게."

"아무튼 저로선 상상하기 어려운 일입니다. 그렇게 아무 걱정 없이 훌쩍 여행을 다녀올 수 있다니요."

"아무 걱정 없다고 했나. 하지만 참으로는 어떨까. 여행을 떠나기 전까지 그 친구는 반쯤 실성하기 직전이었거든."

"실성이라니, 그건 무슨 이야기입니까?"

에드가 오의 중얼거림을 들은 선화의 표정이 어두워졌다.

"자세한 사정은 나도 모르네. 그저 짐작만 할 뿐이지."

"……."

"내가 세르게이 홍과 교분을 맺은 건 1925년에 경성에 왔을 때였네. 난 모던한 신사의 몸가짐을 가진 그 친구에게 모던한 복식을 많이 배웠지."

에드가 오는 괜히 넥타이 매듭을 만졌다. 평소 모던한 옷 이야기를 하면 떨떠름한 반응을 보이던 선화도 웬일로 가만히 그의 말을 경청했다.

"그런데 올해 초, 몇 년 만에 재회한 그 친구는 많이 달라져 있었네. 세상을 긍정적으로 보고 옷도 단정하게 입으면서 유흥에 정도正道를 잘 지키던 친구였는데 흐트러진 모습으로 매일 폭음하고 자기 몸을 스스로 상하게 하고 있지 뭔가."

"저런……."

"그 친구는 흐트러진 모습으로 고래고래 소리치거나 훌쩍훌쩍 울었네. '나는 왜 나라도 없는 조선인으로 태어난 건가? 조선인으로 태어나, 조선 땅에서 살아가면서, 시간을 축내며 썩어가는 것 말고 대관절 할 수 있는 게 뭔가?'라면서."

선화의 얼굴에 짙게 어린 근심을 보고 에드가 오는 이야기를 간략하게 매듭짓기로 했다.

"같이 어울렸던 사람들이 고생이 많았지. 나도 그 친구를 자주 만나서 달래야 했네. 은일당으로 이사 온 뒤에도 그의 술주정을 들었던 기억이 나는군."

에드가 오는 괜히 목소리를 가볍게 내었다. 그때 세르게이 홍의 주정을 감당해내며 있는 말 없는 말로 위로하면서도, 정작 그는 자신이야말로 그렇게 울고 소리 지르고 싶다고 생각했다. 그 친구가 가진 가슴의 갑갑증은 아마 그 자신도 가지고 있는 그것일 게 분명했다.

"그래서 내가 그 친구에게 조선 땅을 벗어나 여행이라도 가보라고 권했다네. 그러면 적어도 기분 전환은 될 거고, 어쩌면 여행 도중에 가지고 있던 고민의 답을 찾을 수 있을지도 모른다고 말했었지."

술에 취해 풀린 눈이었지만 세르게이 홍이 그 말을 진지하게 듣던 모습이 떠올랐다. 에드가 오는 정작, 조선 땅을 벗어나 내지로 유학을 다녀온 자신이 그곳에서 아무것도 얻지 못하고 돌아온 걸 차마 곧이곧대로 말할 수 없었다.

그리고 나서 세르게이 홍은 정말로 여행을 다녀왔다. 메이코나 구문당 노인의 말을 들어봤을 땐, 그는 여행 이전보다 한결 밝아진 모양이었다. 친구의 밝아진 모습을 이야기로 전해 들으며 에드가 오는 다행이라 생각했다.

하지만 그 감정 사이로 질투심 역시 슬며시 올라오고 있었다. 그 친구는 러시아와 만주에서 속에 가득 맺혀 있던 걸 해소할 무언가를 찾아낸 게 분명했다. 그에 비해 나는 어떤가. 동경에서 무언가를 얻기는커녕 그곳에서 도망쳐 와, 경성 여기저기를 종횡하며 시간만 흘려보내고 있을 뿐 아닌가. 앞으로 어떻게 살아갈지에 대한 기약은커녕 당장 닥쳐온 오늘에 전전긍긍하며, 모던을 지키고 산다는 생각만 간신히 지닌 채, 여전히 갑갑한 가슴 속을 애써 눈 돌리며 매일매일을 지내는 것이다.

"참으로 고생이 많으셨겠습니다."

"고생이라. 지금 조선에서는 가만히 있어도, 사방을 종횡하고 다녀도, 그 모든 것이 고생인 것만 같으이."

선화의 말에 에드가 오 나지막이 대답했다. 그녀가 바라보는 눈길이 왠지 민망하여 그는 눈을 옆으로 돌렸다. 그녀가 조용히 말했다.

"오 선생님이 옛날 일로 넋두리하시는 것은 오랜만에 봅니다."

"그러한가?"

"진지한 말씀을 하시는 것도 오랜만이고요."

그렇게 말하고 선화는 가볍게 웃었다. 괜히 좀 멋쩍어져서 에드가 오도 웃음을 흘렸다. 아무런 걸림 없는 웃음은 아니었지만, 그렇게 웃는 것으로도 분위기가 조금이나마 가벼워졌다.

"그나저나 걱정일세."

의아해하는 선화의 표정을 보고 그는 말을 덧붙였다.

"세르게이 홍과 아직 만나지 못한 것 말이네. 그 친구가 반드시 들렀을 곳을 가보았지만, 그곳에서 그 친구를 만나기는커녕 오히려 그 친구가 이상한 행동을 했다는 것만 들었거든."

애초에 에드가 오가 세르게이 홍을 찾으려던 건, 경찰이 그 친구를 주시한다는 걸 귀띔하고 경찰에게 주목받을 사정이 있는지 슬쩍 물어보려는 목적이었다. 그러나 세르게이 홍을 찾으러 돌아다니다 보니, 경찰이 왜 그를 주시하는지만큼이나 그가 그날 왜 무거운 상자를 들고서 온종일 경성을 돌아다닌 것인지 역시 의문이 들었다.

대체 그는 경성 어디를 돌아다녔던 것일까? 그 친구의 하루 일정에는 대관절 어떤 의미가 있었던 것일까? 그 일정의 마지막에 나를 만나려던 건 대체 무엇 때문이었을까?

에드가 오는 문득 선화의 의견이 궁금해졌다. 그에겐 어지럽게만 보이는 이 일들이, 선화에게는 다르게 보일지도 몰랐다.

에드가 오가 막 입을 떼려는 찰나, 노크도 없이 방문이 열렸다.

"아침을 가져왔습니다."

선화의 모친이 소반을 들고 서 있었다. 선화가 깜짝 놀라 옆으로 주춤 물러섰다.

"아침부터 어딜 갔나 했더니, 여기서 노닥거리고 있었느냐."

선화의 모친이 엄한 목소리로 말했다. 선화는 고개만 푹 숙였다.

"선화 군에게 오늘 저녁에 할 수업 내용 때문에 지시해야 할 게 있었습니다."

에드가 오는 어물거리며 거짓 변명을 했다.

"선생님 세비로에 수선할 곳이 많더군요. 빨라야 내일 돌려 드릴 수 있을 깁니다. 선생님께서 세비로에 무척 신경을 쓰신다고 알고 있었는데, 무슨 일이 있으셨던 겁니까."

선화의 모친이 바라보는 시선이 날카로웠다. 묘하게 선화를 닮은 그 시선을 받고 그는 우물쭈물 대답했다.

"그게, 여기로 돌아오는 길에 발을 헛디뎌서 꼴사납게 굴러버렸지 뭡니까……."

"얼마 전 이 근처에서 또 흉한 일이 벌어졌다 해서 혹시나 하였습니다만, 그 일 때문은 아니었나 봅니다."

그가 사건에 말려들었던 건 선화가 어떻게든 입을 다물어준 모양이었다.

"당분간 밤 외출은 삼가시는 게 어떻겠습니까? 저 앞에서 벌어진 흉한 일 때문에 순사들이 많이 오갑니다."

뭐라고 할 말이 없어서, 에드가 오는 고개만 끄덕였다. 그러자 선화의 모친이 이번에는 선화를 보았다.

"오늘은 할 일이 많다. 너도 거들어야 하니 그만 노닥거리고 따라오너라."

선화의 모친이 방을 나서자 선화도 급히 그 뒤를 따라갔다. 방문이 닫히고 나서 에드가 오는 한숨을 쉬었다. 아무래도 지금 선화에게 조언을 듣기 어려울 듯했다.

누군가에게 조언받으면 좋겠다는 생각은 여전했다. 하지만 그가 보고 들은 이야기에 적절한 조언을 해줄 사람이 떠오르지 않았다.

"어찌해야 좋을까……."

그때 그의 머릿속으로 스쳐 지나가는 한 사람이 있었다.

"그렇지. 경성에도 자문 탐정이 있지 않았던가."

에드가 오는 중얼거렸다.

다방 흑조

 다방 흑조는 본정1정목 광장에서 옆으로 빠지는 골목 깊은 곳에 자리 잡고 있었다. 가게 앞은 인적이 드물었다. 서양의 커피하우스 같은 이국적인 풍모의 가게라 사람들 눈에 띄어야 했지만, 번화한 큰길에서 살짝 벗어난 곳에 자리 잡은 탓에 통행인들의 이목이 쉽게 닿지 않는 모양이었다.
 그런 점에서 흑조는 조선은행 광장 근처의 좋은 길목에 자리 잡은 카페 은하수와 대비되는 장소였다. 은하수가 전형적인 경성의 카페라면, 흑조는 보기 드문 유럽의 다방이었다.
 유럽에 있어야 할 가게가 경성에 있으니, 경성 사람들이 이곳의 진가를 모르는 것인가.
 흑조의 문 앞에서 에드가 오는 그런 생각을 하다가, 문을 조심스레 열었다. 다방 안을 가득 채운 짙은 커피 내음 사이로 축음기에서 나오는 가벼운 재즈 선율이 흘렀다. 메이드복을 갖춰 입은 금발의 백인 여급이 그에게 인사했다. 예전에 본 적 있는 사람이었다.

"어서 오십시오. 테이블로 안내해 드리겠습니다."

여전히 올바른 문장과 이상한 억양의 일본어였다.

"아, 나는 천연주 양에게 볼일이 있소. 에드가 알란 오가 왔다고 전해주겠소?"

"기다려주십시오."

여급은 그렇게 말하고는 뒤돌았다. 느리지도 빠르지도 않은 여급의 걸음걸이를 보며, 그는 이곳이 경성에서 보기 드문 훌륭한 장소라는 걸 다시 실감했다.

그는 천장에 달린 크고 고고해 보이는 실링팬이 돌아가는 걸 멀거니 바라보았다. 훌륭한 가게 내부의 모습은 여전히 흠잡을 곳이 거의 없었다. 단 하나, 여름인데도 검은 리넨 커튼이 쳐져 있어 실내가 어두워 보인다는 점이 여전히 아쉬울 뿐이었다.

"따라오십시오."

곧 돌아온 여급은 그에게 그렇게 말하고는 다시 훌쩍 걸어갔다.

*

연주는 희미하게 빛나는 전등갓 옆 커다란 안락의자에 앉아 있었다. 히사시가미 머리에 검정이나 다를 바 없을 만큼 짙은 남색 비단 드레스 차림을 한 세련되지만 병약한 모던 걸의 모습은, 지난봄에 보았을 때와 크게 다르지 않았다.

창백한 그녀의 얼굴에 미약한 홍조가 살며시 떠올랐다.

"어서 오십시오, 선생님."

"잘 지냈는가."

연주의 복장이 더워 보였지만, 정작 당사자는 아무렇지도 않은 기색이었다. 그래서 그는 그냥 안부 인사만 건네기로 했다. 그의 인사를 받고 연주는 고개를 끄덕였다.

"덕분에 무탈하였습니다. 선생님께서도 오랜만에 여길 오셨습니다."

"어쩌다 보니 그렇게 되었네."

"야나 씨."

그녀는 여급을 불렀다. 야나라고 불린 금발의 백인 여급이 허리를 숙이자 연주는 나지막하게 그녀에게 뭐라고 속삭였다. 여급은 고개를 끄덕인 뒤 곧장 어딘가로 모습을 감췄다.

잠시 그동안의 안부를 주고받는 말이 이어졌다. 대화를 나누며 에드가 오는 그녀의 표정을 살폈다. 압화를 연상케 하는 덧없고 무기력한 모습은 봄에 본 것과 달라지지 않았다.

1925년에 에드가 오가 경성에 일 년 남짓 머물 당시 그는 연주의 과외 선생을 한 적이 있었다. 그때의 연주는 밝고 순수한, 싱그럽게 넘쳐나는 생기를 뿜내는 꽃과 같았다. 그렇게 넘쳐나던 생기는, 지금은 흔적도 찾을 수 없었다. 그 크나큰 변화를 마주보기 안쓰러워서 그는 그녀와 재회하게 된 이후에도 흑조로 선뜻 발걸음을 옮기지 못했다.

그렇지만 이번만큼은 달랐다. 연주는 에드가 오가 필요로 하는 조언을 해줄 수 있는 사람이었다. 알 수 없는 것을 마주하고 공포와 혼란에 뒤덮인 사람이 흑조에 찾아오면, 그 혼돈과 혼돈에 빠진 사람을 감상하고 나서 이성의 힘으로 그것들을 제자리에 정리하는 것이 그녀의 취미인 모양이었다. 에드가 오가 보기에 그녀는 '탐정'이었다.

남자가 수레를 끌고 왔다. 연주가 강 선생이라고 부르는 그 남자는 연주의 앞에 커피잔을 내려놓은 뒤 에드가 오 앞에도 유리잔을 내려놓았다. 잔 속 투명한 액체에 거품이 부글거렸다.

"그렇게 두꺼운 정장을 입으셨으니, 아무리 인력거를 타고 오셨다 해도 더위에 무척 시달리셨을 겁니다. 목이 마르실 것 같아서 소다스이를 준비했습니다."

연주의 목소리는 노곤하게만 들렸다.

"소다스이는 이도 저도 아닌 단어네. 소다 워터나, 차라리 소다수라고 말하게나."

"그러도록 하겠습니다."

그의 지적을 들은 연주가 미소를 지었다. 기운 없는 웃음이었다.

한 모금을 마시자 과연 더위가 저만치 물러나는 기분이었다. 정신이 맑아지자, 그제야 그는 조금 전 연주가 한 말에서 이상한 점을 알아차렸다.

"그런데 자네는 내가 여기까지 인력거를 타고 왔다는 걸 어떻게 알았는가?"

"선생님께서 이미 제게 보여주시지 않으셨습니까."

연주는 고개를 갸웃거렸다. 아무 말도 하지 못하는 그의 표정을 보며 연주가 기운 없이 웃었다.

"'Omne ignotum pro magnifico.' 탐정 셜록 홈스가 친구 왓슨 선생에게 들려준, 로마인 타키투스의 말입니다."

"'미지의 것은 모두 위대한 것'이라는 뜻이었지."

에드가 오는 연주가 인용한 라틴어의 의미를 중얼거렸다. 그는 라틴어에 대한 소양은 영어만큼 갖추진 못했지만, 그 구절만큼은 코난 도일의 소설집 《The Adventures of Sherlock Holmes》에서 접했던 기억이 남아 있었다. 조선어로는 '셜록 홈즈의 모험'이라는 제목으로 번역할 수 있을 그 책의 '붉은 머리카락에 얽힌 사건'에서 셜록 홈즈가 한 말이었던가.

"제가 본 것을 오 선생님께 말씀드리면 선생님께서 그걸 듣고 웃어버리시지 않을까 걱정이 됩니다."

"웃지 않을 테니 말해보게."

그의 재촉을 들은 연주는 미소 지었다.

"선생님의 옷이 전반적으로 깨끗한 걸 보아 오늘 갓 입으신 게 분명해 보였고, 지금은 정오도 되기 전이니 선생님께서 하숙집에서 곧장 오셨을 것으로 생각했습니다. 그런데 상의의 등과 바지의 무릎에 의자에 앉을 때 옷감이 접혀서 생기는 주름이 있는 게 눈에 띄었습니다. 선생님의 하숙집은 서양식이 아니라서 의자와 침대가 없다고 들었으니, 그 주름은 그곳에서 생긴 건 아닐 겁니다. 그러면 대체 어디서일까."

"……."

"선생님의 구두를 보니, 밑창에는 흙이 묻어 있지만 구두의 광택이 흙먼지에 덮여 사라지진 않은 게 눈에 띄었습니다. 그래서 여기까지 오는 도중 무언가를 타셨을 것이다, 라고 생각해 보았습니다. 처음엔 선생님 댁 근처에 전차 역이 있다고 들은 기억을 토대로 전차를 타고 오셨을 경우를 고려했지만, 그곳에서 이곳 본정까지 오는 노선은 아직 없습니다. 택시를 타셨을 경우도 생각했습니다만, 페도라 챙에 손가락으로 붙잡은 흔적이 있는 것을 보고 인력거 위에서 페도라가 날아가지 않도록 계속 붙잡고 계셨다는 걸 짐작할 수 있었습니다."

저도 모르게 입을 벌린 그를 보며 연주는 말을 이었다.

"제 섣부른 추측이 틀렸어도 더운 바깥에서 오신 분께는 따뜻한 커피보다는 시원한 소다스이, 아니지요, 소다 워터가 더 반가울 터입니다. 그렇지 않습니까."

에드가 오는 웃지 않았다.

이런 멋진 추리를 들으면서 어떻게 웃을 수 있단 말인가.

"자네가 추론한 그대로일세."

연주는 미소 지었다. 에드가 오는 색이 모두 빠져버린 것 같은 그 힘없는 미소를 보며 알맞은 사람을 찾아왔다는 확신이 들었다.

"자네를 찾아온 건 궁금한 것이 있어서네. 며칠 전 내가 이상한 일에 휘말렸는데……."

연주는 고개를 갸웃거렸다.

"선생님, 다시 탐정으로 활약할 생각이십니까. 봄의 일처럼 말입니다."

"탐정이라니, 티끌만큼도 그럴 생각이 없네."

크게 고개 젓는 에드가 오를 보며 연주는 미소만 지을 뿐이었다. 그는 재차 말했다.

"그래서 자네를 찾아온 것이네. 나처럼 둔한 사람과는 다르게, 자네라면 내가 겪은 일을 똑바로 보고 무엇이 진실이며 무엇이 감추어져 있는지를 알아차리겠지."

"그건 너무 후한 평가입니다. 저는 그저 재미난 이야기를 좋아하는 것뿐입니다."

그녀의 눈은 에드가 오의 앞에 놓인 소다수 잔을 향했다.

"저 소다 워터에서 솟아오르는 거품처럼, 허무한 세상 속에서 이야기의 거품이 솟아오르는 모양을 관찰하는 게 제 즐거움일 뿐입니다. 저는 자기만족밖에 되지 못하는 무의미한 연구를 하는 학자나 다름없습니다."

어두컴컴한 허무를 입에 담고 난 뒤, 연주의 시선이 그를 향했다. 그러나 정작 그녀의 눈에는 호기심이 일렁이고 있었다.

"그런데 말입니다, 선생님이 겪으신 일은 재미있는 것입니까."

"그건 자네가 판단해 보게."

에드가 오는 어물어물 대답을 넘겼다.

그는 은일당에서 몰래 빠져나왔다가 마주치고 만 살인사건, 세르게이 홍의 이름을 본정경찰서에서 듣게 된 사연, 세르게이 홍이 그와 약속이 있던 날에 보인 기묘한 행적 이야기를 거의 빠짐없이 들려주었다. '거의 빠짐없이'인 이유는, 일부러 언급을 피한 부분이 있었기 때문이었다. 선화에 관한 것이었다. 연주에게는 선화의 이름을, 선화에게는 연주의 이름을 언급하지 말아 달라는 누군가의 충고 때문이었다.

연주는 기운 없는 모습으로 이야기를 경청하며 가끔 고개를 살짝 끄덕이기도 하고, 무언가를 골똘히 생각하다가 다시 무기력한 미소를 지어 보이기도 했다. 유령을 마주 보는 것 같다고 생각하며 그는 이야기를 마쳤다.

"세상일은 참으로 알 수 없는 것입니다."

이야기가 끝난 뒤 연주는 의미 모를 말을 했다. 에드가 오가 멍하니 그녀를 보자, 그녀는 한마디를 덧붙였다.

"들려주신 이야기가 기이하면서도 복잡하다는 뜻으로 말씀드렸습니다."

"단순하게 보자면 포수 살인사건과 세르게이 홍이 온종일 경성을 쏘다닌 일, 이렇게 두 가지 아닌가. 그런데 이 각각의 일이 대체 어떻게 된 것인지, 그리고 그게 과연 '이 일'인지 '이 일들'인지조차 알 수가 없네. 마치 마구 얽힌 실뭉치 같지 않은가."

"고르디우스의 매듭[14]을 표현하시는 것 같습니다."

---

14 Gordian knot. 프리기아 왕국의 왕 고르디우스의 우마차를 묶은 복잡한 매듭을 푸는 사람은 아시아의 왕이 된다는 전설. 아무리 애를 써도 해결하기 어려운 문제를 가리킨다.

연주가 무언가 골똘히 생각하며 대답했다.

"그렇다고 알렉산더 대왕이 한 것처럼 매듭을 무작정 잘라버릴 수도 없습니다. 덩어리를 단칼에 잘라버리는 건 물질의 세계에서나 가능한 일입니다. 이야기의 세계에서 그런 해결은 가능하지 않습니다. 결국 이 이야기들을 제대로 보려면 귀찮은 일을 해야만 할 터입니다."

연주는 한숨을 나직이 쉬었다.

"이야기의 조각을 잘 나눠서 제 위치에 놓아야 합니다. 그렇게 이야기를 정리할 방법은 현재로서는 한 가지가 있습니다. 가장 명확한 이야기인 선생님의 친구, 세르게이 홍이라는 분의 이야기부터 분리하는 것이 우선일 겁니다."

에드가 오는 소다수를 들이켰다. 하지만 갑갑한 기분은 좀체 풀리지 않았다.

"그건 나도 알고 있네. 그 친구를 만나서 자초지종을 묻는 것이 가장 빠른 일이겠지. 하지만 그 친구가 대체 어디에 있는지를 모르니……"

"선생님 말씀대로입니다. 그분의 월요일 움직임에 짐작 가는 바 있지만, 지금 그분이 어디 있을지는 알 길이 없습니다."

에드가 오는 무심코 고개를 끄덕이다가, 번뜩 정신이 들었다. 그는 급히 물었다.

"아니, 잠깐만. 자네, 세르게이 홍이 그날 어딜 다녔는지를 알고 있단 말인가?"

연주가 눈을 깜박였다. 예전 과외 시절에 그녀가 자신이 무언가 실수를 한 걸 알아차렸을 때 종종 짓던 표정이었다.

"말을 잘못했습니다. 그분의 움직임을 대략 추론이나마 해볼 수 있다는 뜻으로 한 말이었습니다. 물론 제가 생각한 대로라는 보장은 없습니다."

"들려주게!"

에드가 오는 크게 외쳤다. 연주는 계속 눈을 깜박였다. 적잖이 놀란 눈치가 역력했다. 그는 얼른 작은 소리로 얼버무렸다.

"아니, 그 어떤 생각이라도 좋다네. 그저 자네의 생각이 궁금할 뿐이니, 이야기해 주게."

"제가 큰 실수를 했습니다."

연주는 무언가를 생각하듯 눈을 감고 나직이 한숨을 쉬었다.

"알겠습니다. 이건 정말로 그저 지나가는 이야기처럼 가벼이 여겨주시길 바랍니다."

배경으로 흐르던 재즈 음악이 그쳤다. 저 멀리 야나가 어딘가로 걸어가는 게 보이더니 잠시 후 다시 음악이 흘러나왔다. 무더운 여름에 어울리지 않는 잔잔하고 어두운 피아노 선율이 흑조에 퍼졌다.

연주의 생각

이 곡은 브람스[15]였지, 아마도.

피아노의 깊고 어두운 음색을 들으며 에드가 오는 연주의 말을 기다렸다.

"지금부터 제가 하려는 이야기는 머릿속으로 한 생각일 뿐입니다. 실제 그렇게 되었으리라는 법은 없습니다."

커피잔의 손잡이를 손가락으로 더듬으며 그녀의 말이 시작되었다.

"홍 선생님의 월요일 행적 중 드러난 건 둘입니다. 인사동의 고서적상은 점심 무렵, 본정의 여급은 저녁 여덟 시 반에 홍 선생님을 보았다고 증언했습니다. 눈치채셨겠지만 여기에 비어 있는 부분이 있습니다."

---

15   요하네스 브람스(1833~1897), 독일의 작곡가.

"비어 있는 부분?"

"인사동에 그분이 나타난 시각이 정오였고, 그곳을 떠난 시간이 오후 한 시라고 가정해 보겠습니다. 그렇다면 홍 선생님은 일곱 시간 반을 넘겨서 본정에 도착한 셈이 됩니다."

그녀가 무슨 이야기를 하려는 건지 알아챈 그가 말을 받았다.

"하지만 인사동에서 본정까지는 걸어서 한 시간이면 넉넉하게 닿을 거리지."

"아마도 홍 선생님은 그 사이에 어딘가를 들렀을 것입니다. 그럼 과연 홍 선생님은 어딜 들른 것일지 의문이 따라옵니다."

에드가 오는 허탈하게 웃었다.

"그걸 어떻게 알겠는가. 그 시간에 그 친구가 볼일이 있었는지 아닌지조차 알 수 없네."

"아닙니다. 볼일은 분명히 있었습니다."

연주의 대답은 뜻밖에 단호했다.

"홍 선생님은 커다란 상자를 들고 다녔지만 그 상자와 관련 있는 용건은 인사동에서도, 본정에서도 없었습니다. 만약 그분의 볼일이 그 두 군데뿐이었다면 아무 이유도 없이, 그것도 인사동에서 본정까지 긴 시간을 들여서 돌아다녔다는 말이 됩니다."

"듣고 보니 정말로 그러하군."

그는 고개를 끄덕였다. 그녀의 무기력한 표정에서 언뜻 주저하는 기색이 지나갔다.

"지금부터 제 추측을 이야기하겠습니다. 선뜻 말하기에는 망설

여지는 부분이 많습니다. 그러니 너무 귀담아듣진 마십시오."

왜인지 부끄러워하는 기색이었다.

연주는 테이블에 놓인 종을 흔들어 강 선생을 호출한 뒤, 무언가를 지시했다. 강 선생은 곧바로 종이와 만년필을 가져와 그녀 앞에 내려놓았다. 강 선생이 물러나자 연주는 왼편의 의자를 가리켰다.

"선생님, 이리로 오시겠습니까."

에드가 오의 자리에서 연주가 적는 게 보이지 않기 때문에 한 제안일 터였다. 그는 그리로 옮겨 앉았다. 연주의 곁에 앉은 것은 오랜만이었다.

그는 문득, 아련한 죄책감을 느꼈다.

몇 년 전 경성을 떠나면서 나는 유학을 마저 한다는 핑계로 연주를 모르는 척 내팽개친 건 아닐까. 어쩌면 그 당시에 연주가 이렇게 생기를 잃고 어둠에 파먹히게 될 징조가 이미 드러나 있던 게 아니었을까. 연주가 이렇게 변해버릴 걸 알아차리지 못한 내가 너무 무뎠던 건 아니었을까.

"이렇게 나란히 앉는 것도 오랜만이군."

"그러고 보니 정말로 그러합니다."

에드가 오가 괜히 꺼낸 말에 연주는 무덤덤하게 대답할 뿐이었다. 하지만 예전의 과외 선생과 학생이라는 입장이 역전된 지금은 그 아무렇지도 않음이 오히려 이상하기만 했다.

"솔직히 말씀드리자면 지금 상당히 긴장됩니다."

"긴장할 게 무엇 있는가."

"선생님께서 공책에 영어 문장을 적어가며 문법을 설명하시는 걸 옆에서 지켜보던 기억이 문득 떠오릅니다."

"그렇군."

에드가 오는 담담한 척 짧게 대답했다.

"그때처럼 과외 교습을 받는 것만 같은 기분입니다."

연주는 작게 중얼거린 뒤, 곧 펜을 움직였다. 만년필 펜촉이 긁히는 소리가 났다. 에드가 오는 종이 위에 그려지는 선을 바라보았다. 반듯하게 그어진 선이 종이 위에 가로가 조금 더 긴 직사각형을 그렸다. 거기서 펜이 멈춰 섰다.

"선생님에게 가르침 받는다는 하숙집 딸이 부럽습니다."

그 목소리는 평소보다도 더 나지막했다. 무기력함의 모래사장 한가운데에 날카로운 사금파리가 묻혀 있었다.

잠시 후 그녀의 말이 다시 이어졌다.

"이 사각형은 경성의 도성 한가운데 땅입니다."

그녀의 손이 사각형의 가운데 두 개의 세로줄을 그었다.

"이건 총독부 앞의 대로입니다. 홍 선생님의 댁은 독립문 근방에 있다고 하셨습니다."

연주는 사각형 속 왼편 윗부분에 '獨立門'이라고 썼다. 가지런하고 잘 정돈된, 많은 교정을 받았음이 분명한 글씨였다. 그의 눈에 이미 익숙한 글씨이기도 했다.

"여기가 독립문입니다. 그리고……."

그녀는 사각형 윗부분 한가운데에 '仁寺洞'이라고 썼다.

"여기가 인사동입니다. 마지막으로……."

연주는 만년필 끝을 아래로 곧게 옮겼다. 사각형 아래편 한가운데에 멈춘 만년필은 그곳에 '本町'이라는 글자를 새겼다.

"여기가 본정입니다. 카페 은하수라는 곳은 이 근처, 조선은행과 경성우편국 근처의 가게라고 하셨습니다."

"이 지도의 전체 모양이 이제 이해되는군. 이 지도대로라면 내가 사는 하숙집은 대략 여기쯤이겠지."

에드가 오는 사각형의 오른편 아래 귀퉁이를 가리키며 말했다. 연주는 고개를 끄덕였다.

"이제부터 홍 선생님께서 인사동에서 본정으로 가는 중간에 어디를 거쳤을지, 그 경로를 생각해 보려 합니다. 하지만 홍 선생님의 행적을 짐작하기에 이것만으로는 부족합니다. 그래서 저는 몇 가지 가정을 이 추론에 덧붙이고자 합니다."

"가정이라니, 대체 어떤 것인가?"

"그 전에 한 가지를 더 그려야 합니다."

연주는 사각형 가운데에서 오른편으로 뻗는 가로줄 둘을 죽죽 그었다.

"카페 은하수 여급의 이야기 중에서 홍 선생님의 동선 하나를 더 알 수 있었습니다."

가로줄 사이에 '淸溪川'이라고 적으며 연주는 말을 계속했다.

```
┌─────────┬─────────────┐
│         │    仁       │
│   獨    │    寺       │
│   立    │    洞       │
│   門    ├─────────────┤
│         │   清溪川    │
│         ├─────────────┤
│         │    本       │
│         │    町       │
└─────────┴─────────────┘
```

 "홍 선생님이 청계천의 어떤 다리에서 벌어진 싸움을 보았다는 이야기로 그분이 청계천 근방을 지나갔다는 걸 알 수 있습니다. 그리고 싸움을 벌인 두 사람의 모습이 어떠했는지 상세하게 묘사한 점으로 보아 그 시간은 날이 밝았을 때라고 짐작할 수 있습니다."

 "그렇군. 말이 되는 추측이네."

 "선생님께서 포수 사건을 목격한 시점에는 이미 해가 저물었다고 들었습니다. 하지만 그날 날씨가 궂었고 비가 크게 내렸으니, 평소보다 이른 시간에 어두워졌을 겁니다. 선생님, 그날 하늘이 언제 어두워졌는지 기억하고 계십니까."

 연주의 질문을 받고 그는 그날의 기억을 떠올렸다.

 "밖으로 나가기 전에 본 시계가 여섯 시 이십칠 분을 가리켰네. 그때는 아직 밖이 어두워지기 전이었지."

 "이제 제 가정을 덧붙이겠습니다. 첫째, 그분은 골목길을 이용하지 않았다. 그분은 주로 대로를 걸어 다녔다."

 "어째서인가?"

"상자가 커다랗다는 증언 때문입니다. 커다란 상자를 들고 경성의 좁은 골목을 누비고 다니는 것보다는 대로를 이용하는 것이 편할 것입니다."

연주가 나지막이 한숨을 쉬었다. 이 정도를 이야기하는 데도 지친 기색이었다.

"둘째, 중간에 전차나 자동차, 혹은 인력거를 타지 않았다. 이 가정은 그분이 지갑을 놓고 왔다는 증언들 때문에 붙였습니다. 무임승차나 다른 이가 편의를 제공했을 가능성도 있으니, 이 역시 무리한 가정일 수 있다는 걸 덧붙입니다."

연주의 목소리에서 주저하는 기색이 느껴졌다. 그는 무심한 척 말했다.

"그러면 자네의 생각은 어떠한가? 가장 있을 법한 일 말이네."

"이제부터 그것을 하나하나 따져볼 것입니다."

연주는 왼손을 펴 보였다. 흰 레이스 장갑 너머로 보이는 손은 얼굴처럼 창백하고 메말라 보였다. 에드가 오는 무심결에 예전 기억에 남은 연주의 곱던 손을 떠올렸다. 그의 생각을 알 리 없는 연주가 엄지손가락을 꼽았다.

"첫 번째 가설은 홍 선생님이 인사동을 들른 뒤 다시 서대문 댁에 돌아갔다가 본정으로 나왔다고 보는 것입니다."

그렇게 말한 뒤 그녀는 종이 위에 선을 그었다. 서대문에서 출발하여 인사동을 갔다가 돌아온 선은 다시 본정을 향해 그어졌다.

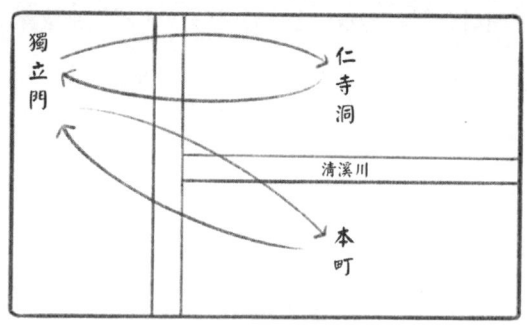

만년필을 내려놓으며 그녀가 작게 한숨을 쉬었다.

"하지만 이 가설이 참일 가능성은 무척 낮을 겁니다."

"어째서 그런가?"

연주는 대답 대신 커피를 한 모금 마셨다. 그녀의 느릿한 동작에 그는 조바심을 느꼈다. 하지만 설명은 그녀의 몫이었고 그는 기다릴 수밖에 없는 처지였다.

"세 가지 이유가 있습니다. 우선 그분이 인사동에서 책을 들고 가지 않았다는 점입니다. 만약 이후에 곧장 귀가할 작정이었다면 노인의 제안을 따라 책을 상자 안에 넣거나, 하다못해 상자에 묶어서라도 가져갔을 겁니다."

"딴에는 그렇군."

"두 번째 이유는 홍 선생님이 본정에서도 상자를 들고 있었기 때문입니다. 인사동을 떠난 이후 귀가를 하였다면, 다시 외출할 때는 그 상자를 놓고 나가는 것이 보통일 겁니다. 게다가 그 시간에는 이미 비가 올 조짐이 보였습니다. 그런 날씨를 접하고서도 무겁고 큰 상자를 들고 다시 밖으로 외출을 한다는 것은 부자연스럽습니다."

"하지만 그 상자 안의 물건이 무엇인지는 몰라도 그것을 내게 보여주기 위해서 다시 들고 온 것일 수도 있지 않은가?"

"그럴 수도 있습니다. 하지만 만약 저였다면 본정까지 상자를 들고 오기보다는, 선생님을 카페에서 만난 후에 자택으로 데려가서 상자를 보여주는 편을 택하였을 겁니다. 선생님을 자택으로 데려가는 일이 홍 선생님에게는 어색하지 않았을 겁니다. 그리고 만약 상자 속 물건을 본정에서 바로 보여주고 싶었다면 여급에게도 보여줬을 겁니다. 상자 속의 물건이 선생님에게만 보여줘야 할 것이었다면, 그런 물건을 보는 눈이 많은 카페로 굳이 들고 올 이유는 없습니다."

연주는 희미하게 미소 지었다.

"세 번째 이유는 홍 선생님이 청계천의 다리를 건넜다고 한 증언 때문입니다. 서대문에서 본정까지 걸어갔다면 총독부 앞 대로를 따라오면 됩니다. 도중에 청계천의 다리를 건너는 길은 일부러 옆으로 빙 도는 경로입니다. 굳이 그런 길을 택해야 할 이유는 없을 것입니다. 그런 이유로 이 가설은 사실이기 어렵습니다."

"일리 있군."

에드가 오는 고개를 끄덕였다. 연주는 왼손 집게손가락을 구부렸다.

"두 번째 가설은 홍 선생님이 중간에 다른 용무를 위해 다른 장소를 들렀다는 것입니다. 우선 그중에서 인사동과 본정 사이를 가장 빠르게 갈 수 있는 경로 어디에 볼일이 있었을 경우를 생각해 보겠습니다. 하지만 이 역시도 의문이 듭니다."

"어째서인가?"

에드가 오의 물음에 연주는 대답 대신 만년필로 선을 쓱 그었다. '仁寺洞'과 '本町'이라는 글자 사이로 그어진 곧은 선을 보며 에드가 오는 그녀의 말을 기다렸다.

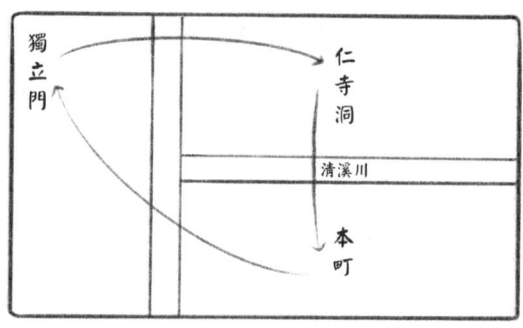

"만약 이 길을 실제로 걷는다면 어디를 지나게 되겠습니까."

연주의 물음에 그는 생각했다.

인사동에서 본정으로 가려면 우선 보신각까지는 가야겠지. 거기서 청계천을 건너야 하니까. 그런데 그 사이에 지나칠 곳이라고 한다면…….

"종로경찰서 옆을 지나는군!"

"조선박람회 때문에 최근 경찰들의 경계가 삼엄해져 있다고 들었습니다."

에드가 오의 흥분한 목소리를 받는 연주의 목소리는 나른해서, 어딘지 모르게 지루하다는 기색마저 느껴졌다.

"1923년에 종로경찰서에 폭탄을 던진 사람이 있었다는 걸 알고 계십니까.[16]"

"그 사건이라면 들은 적 있군."

"조선박람회는 총독부가 특히나 신경 쓰는 행사입니다. 박람회의 흥행 분위기를 냉각시킬 사건이 발생하지 않도록 경계가 엄중하지요. 종로경찰서엔 감시의 눈길이 몰려 있을 것이니, 그 근방에서 상자를 들고 움직이면 순사의 눈에 들 것이 분명합니다. 그 점 때문에 이 가설 역시 참일 가능성이 크지 않다고 봅니다."

그렇게 말한 뒤, 연주는 왼손 중지와 약지를 접었다.

"세 번째 가설과 네 번째 가설은 홍 선생님이 중간에 어딘가를 들렀고 그 장소는 인사동과 본정 사이의 어딘가, 그러나 종로경찰서가 아닌 쪽으로 돌아가는 곳이라는 가설입니다. 세 번째 가설은 환구단과 경성부청이 있는 방향으로 돌아갔으리라고 보는 추측입니다. 그리고 네 번째 가설은 파고다 공원과 장교를 지나는 길이라고 보고 있습니다."

그녀는 선 하나를 그었다.

---

16 김상옥(1890~1923)의 종로경찰서 폭탄 투척 의거를 가리킨다.

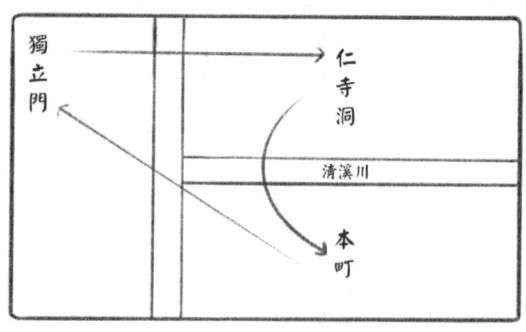

"우선 저는 세 번째 가설이 참일 가능성도 적다고 봅니다. 경성부청 근방 역시 순사는 많을 겁니다. 그리고 조선박람회는 경복궁에서 열리지 않습니까. 경성역에서 경복궁으로 가는 사람들이 근처 대로를 많이 이용하게 될 것이기에 행사장 주변을 감시하기 위해 순사들이 배치되어 있을 겁니다."

연주는 커피를 홀짝인 뒤 말을 이어 나갔다.

"또 다른 이유로 '다리를 건넜다'라는 말이 문제가 됩니다. 분명 청계천은 그 길 즈음에서 시작됩니다. 하지만 지금 그곳은 대로의 일부로 포장되어 있습니다. 물론 가까운 모전교를 건너 무교정을 거쳐 갈 수도 있을 것입니다. 하지만 청계천의 야시장은 보신각에서부터 시작되므로 모전교 쪽에서 야시장 풍물장수의 싸움을 목격했다는 건 말이 되기 어렵습니다. 그래서 세 번째 가설은 처음의 둘보다 있을 법하지만, 역시 가능성이 그리 크다고 볼 수는 없습니다."

"그럼 자네는 네 번째 가설이 가장 있을 법하다고 보는 건가? 어째서인가?"

"서두르지 마십시오. 차근차근 설명하겠습니다."

연주가 조급해하는 그를 달래듯 말했다. 그녀는 네 번째 선을 그었다.

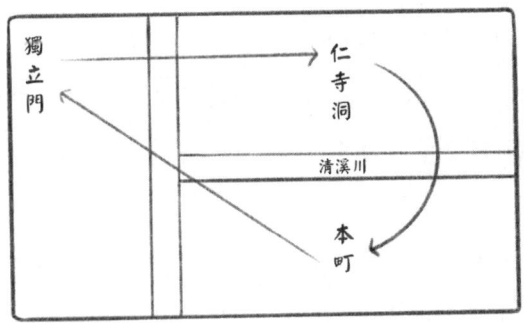

"네 번째 가설은 홍 선생님은 파고다 공원과 장교를 지나서 본정으로 가는 길을 지났다는 것입니다. 이 가설을 유력하게 여기는 이유는 사실 무척 간단합니다."

"무엇 때문인가?"

그는 그렇게 질문하다가, 문득 두 사람의 입장이 완전히 바뀌었다는 것을 확실히 실감했다.

과거의 나는 연주에게 질문을 받는 사람이었지만, 지금은 질문하는 사람이 되었다. 무언가 계기가 없다면, 이제는 이 뒤집힌 모습이 두 사람의 관계가 될 것이다. 나는 아직도 연주에게 선생님이라고 불릴 자격이 있는 것일까.

그의 생각을 깨뜨리듯 연주의 대답이 이어졌다.

"순사 때문입니다."

"순사?"

"두 번째와 세 번째 가설은 그 경로에 순사가 많이 배치되었을 것이란 추측 때문에 배제되었습니다. 네 번째 경로에 순사가 집중적으로 감시할 만한 중요한 건물은 비교적 없는 편입니다. 홍 선생님이 목격한 싸움 역시, 순사가 있었다면 그 눈치를 보아서라도 금방 흐지부지되었을 겁니다."

"과연 그럴 것 같군."

에드가 오는 조금 전에 했던 생각을 뒤로 넘기고 아무렇지 않은 척 대답했다. 연주는 작은 목소리로 말을 이어갔다.

"또한 그 길은 홍 선생님의 집과 멀리 떨어진 곳이기 때문에 상자를 들고 다녀야 할 이유도 있습니다. 다리를 건너는 곳이라는 점 역시 맞아떨어집니다."

"하지만 그곳에는 권번이나 요릿집 같은 유흥시설이 많지. 그런 곳에는 순사가 많이 돌아다니네."

에드가 오의 반론을 들은 연주가 힘없이 고개를 저었다.

"하지만 그런 곳에 순사가 주로 배치될 시간은 해가 저문 이후입니다. 대낮에 홍 선생님이 그곳을 지났다면 순사의 눈에 그리 띄지 않았을 겁니다."

연주는 잠시 사이를 두고서 다시 입을 열었다.

"물론 지금까지 제가 말씀드린 모든 이야기는 지레짐작일 뿐입니다."

"아니네. 자네의 말은 분명히 일리가 있군."

에드가 오는 고개를 끄덕였다.

그렇다면 과연 세르게이 홍은 누구를 만나기 위해 그리로 간 걸까? 그리고 그곳에서 무엇을 한 걸까?

에드가 오는 세르게이 홍이 알 만한 사람 중 그 근처에 사는 사람이 누가 있는지를 되짚어 보았다. 하지만 그 근처에 사는 사람 중에서 그 후보가 될 만한 이가 없었다.

"그리고 다른……."

연주가 손가락을 마저 굽히려다 멈칫했다. 그녀는 입을 다물고 곰곰이 생각에 잠겼다. 에드가 오는 조심스레 물었다.

"왜 그러는가?"

"……아니, 아무것도 아닙니다."

연주는 그리고 나서도 무언가를 생각했다.

"가설은 네 가지가 전부일 겁니다."

침묵을 지키던 연주는 결국 그렇게 말했다. 그녀의 검지가 계속 테이블을 만지작거리고 있었다. 하려던 말을 얼버무리는 것이 분명했다. 무언가 대답에 자신이 없음을 감추려 할 때 그녀가 보이는 습관이었다.

도대체 무슨 이야기를 하려다 만 것일까.

하지만 그녀의 생각을 읽어낼 재간은 없었다.

*

 흑조를 나온 에드가 오는 본정의 철문 앞에서 걸음을 멈췄다. 연주가 정리해 준 이야기를 되짚어 보면서 그는 어떻게 해야 할지 고민에 빠졌다. 궁금하던 것이 해소된 만큼 새로운 의문 또한 생겨나 있었다.
 세르게이 홍의 행적에 대한 연주의 추론은 흥미로웠다. 하지만 그 추론은 한계 또한 분명했다. 가장 큰 문제라면 세르게이 홍이 진실만 말했다고 가정했다는 점이다. 만약 그 친구가 자신의 행적을 거짓으로 말하였다면, 추론은 모두 헛수고가 되는 것이다.
 세르게이 홍의 이야기가 모두 진실이라 해도 문제는 남아 있었다. 이 추론만으로는 그가 상자를 들고 다닌 이유는 여전히 알 수 없었다. 상자 속 물건이 무엇이었는지에 따라 그의 볼일은 달라질 수가 있고, 그렇다면 그가 지나간 경로도 다르게 수정될 수 있다. 상자 안에 어떤 물건이 있었는지 전혀 모르는 지금, 이런 추측을 하는 것은 그만큼 허점을 각오해야 했다.
 그리고 이 추론의 또 다른 약점은 시간이었다. 세르게이 홍이 인사동에서 사라진 뒤 본정에 다시 나타나기까지 걸린 시간은 일곱 시간이 넘는다. 상자와 관련 있는 일을 보는 데 그렇게 긴 시간이 필요했던 걸까? 대체 왜?
 만약 그가 아직 날이 밝을 때 청계천을 건넜다면 늦게 잡아도 여섯 시 반부터 여덟 시 반까지, 두 시간이라는 시간이 남는다. 그 시간 동안 그는 어디에서 무엇을 했는가?

"심지어 그 정도 시간이라면 은일당에 들렀다가 다시 본정에 갈 수도 있겠지."

에드가 오는 무심코 중얼거린 뒤 피식 웃었다.

"그 친구가 은일당에 올 이유가 있을 것 같지는 않지만……."

그때 문득 생각 하나가 스쳤다.

조금 전 중얼거린 말이 사실이라면? 만약 세르게이 홍이 은일당에 왔다면? 아니, 은일당이 아니라 그 근처 산길의 모퉁이, 그러니까 사람이 죽었던 그곳까지 왔다면……. 정말로, 정말로 만에 하나지만, 살인사건과 친구의 행적이 서로 겹쳐지는 것도 가능할까?

연주가 접은 네 개의 손가락, 그것이 가리킨 가설은 넷. 그러나 접으려다 만 마지막 새끼손가락이 있었다. 그 손가락은 그저 하나가 남은 것일 뿐일까? 아니면 무언가 말할 수 없는 하나의 가설을 담고 있던 것이었을까?

세르게이 홍의 이름을 듣자 남정호 순사부장이 보인 이상한 반응이 다시 떠올랐다. 경찰은 만만하지 않다. 경성의 경찰이 조선인들을 겁박하는 데만 능하다고 뒷소리를 듣지만, 사건이 일어나면 그들은 즉시 유력한 용의자의 신상을 빠르게 파악해낸다.

어쩌면 남정호가 포수에 관한 견해를 바꾼 것도 그 때문 아닐까? 취조실 밖에서 새로운 정보를 보고받았기 때문에 자신의 견해를 수정해야만 했던 것일 수도 있다. 그리고 그 정보는 어쩌면 세르게이 홍에 대한 것일지도 모른다.

그저 이상하게만 여겼던 세르게이 홍의 행적이, 갑자기 산 그림자처럼 시꺼멓게 느껴졌다.

그 친구의 쾌활함 뒤로 미처 눈치채지 못한 어둠이 도사리고 있을지 모른다. 올해 초 그 친구가 속에 쌓아둔 우울함이 무척 깊다는 것을 직접 보지 않았던가. 그 우울함 못지않게 어둠 또한 깊을지 어찌 알겠는가. 칠흑 같은 그 어두운 감정 속에 크고 사나운 호랑이가 도사리고 있을지도 모른다. 사람을 해치는 호랑이가 푸른 눈을 번쩍거리며 사냥감을 기다리고 있을지 모른다. 아니면 그 어둠 속에는 포수가 사람을 사냥하기 위해 푸르게 빛나는 총구를 겨누고 있을지 모른다.

"쓸데없는 생각 아닌가."

에드가 오는 머리를 흔들며 혼잣말했다. 괜한 생각으로 친구를 의심하고 싶지 않았다.

결국, 의심을 해소할 방법은 하나밖에 없었다.

본정경찰서

"내가 뭘 들은 거지? 오늘 먹은 식사가 잘못된 건가?"
남정호가 눈을 가늘게 뜬 채 중얼거렸다.
"잘못된 것이 내가 먹은 것인지, 자네가 먹었던 것인지는 모르겠지만."
남정호가 노려보는 매서운 시선만으로 종잇장 정도는 갈기갈기 찢을 수 있을 것 같았다. 에드가 오는 한숨을 내쉬었다.
"다시 말씀드리겠습니다. 순사부장님, 사건의 정보를 주시겠습니까?"
"이봐, 오덕문 선생. 자신이 경찰이라도 된다고 여기는 건가? 꽤 건방지군그래."
"제가 사건의 관련자라서 부탁드리는 겁니다."
"사건의 관련자? 하!"
남 순사부장이 신경질적인 웃음소리를 냈다.

"포수 살인사건에 관해 아는 게 있다며 나를 찾는 자가 있다기에 들여보내라 했더니, 그게 자네란 말이지. 게다가 자네가 사건에 관해서 아는 걸 이야기하라고 도리어 요구하는 상황 아닌가."

"……."

"나는 자네에게 더는 이 사건에 얼쩡거리지 말라고, 사건에 대한 건 잊어버리라고 말했어. 설마 내 경고가 그렇게나 만만하게 들렸나?"

에드가 오는 남정호의 힐난에 대꾸하지 않았다. 그를 만나기 위해 둘러댄 거짓말은 딱히 변명할 부분이 없었고, 무엇보다도 지금은 더위에 지쳐 대답할 기력조차 없었다. 한 가지 큰 문제가 있다면 남 순사부장은 그가 더위에 지쳐서 하는 행동을 거만하게 군다고 잘못 받아들이고 있는 눈치란 점이었다.

"조금 전 자네를 봤을 때, 자신이 범인이라고 자백하러 온 줄 알았는데 말이야. 이왕 이렇게 된 거, 정말로 그렇다고 해버릴까?"

"총부터 구하고 나서 그런 말씀을 하셔야지요."

에드가 오는 본의 아니게 무뚝뚝하게 말했다. 남정호는 하, 다시 웃음소리를 냈다.

"사람 자극하지 마. 안 그래도 무덥고 무더운 날이야."

내가 하고 싶은 말이 바로 그겁니다.

그는 그렇게 말하고 싶었지만, 그냥 침묵을 지켰다. 몸을 감싼 열기가 가시지 않으니 말을 길게 할 수가 없었다. 남정호의 눈빛이 더 사나워졌다. 오해가 점점 커지고 있었다.

"남 군, 무슨 대화를 하는 중이오?"

그때 등 뒤에서 낭랑한 일본어가 들렸다. 어디선가 들어본 목소리였다. 남 순사부장이 벌떡 일어나 자세를 바르게 고쳤다.

"사건의 목격자를 불러서 증언을 청취하던 중이었습니다."

에드가 오가 고개를 돌려보니, 작은 키에 둥글둥글하게 생긴 중년 남자가 있었다. 둥근 얼굴과 콧수염을 짙게 기른 후덕한 얼굴이 내지인 갑부나 외국의 신사 같은 모습이었다. 하지만 그의 옷은 분명히 경찰의 제복이었다.

"목격자라고요?"

"예, 나가모리 경부님."

중년 남자가 흥미롭다는 표정으로 에드가 오를 보았다. 그는 어색하게 고개를 숙인 뒤 고개를 돌렸다.

그때 그는 그 목소리를 어디에서 들었는지를 기억해냈다. 사흘 전, 취조실 앞에서 남 순사부장과 대화를 나누던 사람이었다. 그리고 선화의 생각대로라면, 어쩌면 이자는 자신을 살인사건의 범인으로 몰아버렸을 사람이었다.

등골이 오싹해졌다.

"증언을 청취하는 것으로는 보이지 않더군요. 오히려 화를 내는 것 같았어요."

나가모리 경부의 그 온화한 목소리만으로는 에드가 오를 한순간에 지옥 밑바닥으로 떨구었을 일을 생각한 사람 같지는 않았다.

"죄송합니다. 주의하겠습니다."

남정호는 계속해서 공손한 태도를 보였다.
"이야기할 것이 있어요. 남 군, 이리로 와 봐요."
"알겠습니다."
나가모리 경부에게 대답한 남 순사부장은 에드가 오를 보았다.
"잠깐 거기 앉아 있어."
자신을 향해 으르렁거리는 말투는 여전했다.
남정호는 나가모리 경부를 따라 멀찍이 떨어진 곳으로 갔다. 두 사람을 눈으로 뒤쫓던 에드가 오는 남정호와 눈이 마주치고 말았다. 남정호의 표정이 험악해졌다. 그는 얼른 고개를 돌렸다.
마주치고 싶지 않은 남정호를 볼 각오까지 하고 굳이 본정경찰서에 온 이유는 포수 살인사건 수사에 무언가 진척이 있었는지 들어보려는 것이 목적이었다. 연주의 말대로 이야기를 잘 정리해 보려면 세르게이 홍의 행적 말고도 포수 살인사건 역시 명확하게 정리해야 했다. 스멀스멀 피어오르는 찝찝한 의혹을 떨쳐내려면 친구의 움직임과 포수 살인사건이 전혀 다른 이야기라는 확신이 필요했다.
남정호가 돌아오면 다시 정중하게 이야기를 청해야겠군.
에드가 오는 속으로 중얼거렸다.

*

남 순사부장이 자리를 비우는 시간이 길었다. 앉아 있는 자리가 점점 가시방석 같아졌다. 에드가 오는 구두 뒷굽을 바닥에 비벼보았다. 아무 의미 없는 행동이었다. 하지만 그렇게라도 하지 않으면 괜한 생각이 올라올 것만 같았다.

"홍성재를 보았다는 정보가 종로경찰서에서 들어왔어요."

그때 문득 나가모리 경부의 목소리가 들렸다. 목소리가 등 뒤 가까운 곳에서 들린 걸로 미루어 보면, 아마도 나가모리 경부와 남정호가 이리로 다가오고 있는 것 같았다.

에드가 오는 아주 잠깐, 두 사람을 다시 엿볼까 생각했다. 그러나 만약 그가 보고 있는 것을 알아차리면 남정호는 그 즉시 입을 다물어버릴 것 같았다. 그리고 어쩌면 그 뒤로 더 곤혹스러운 일들이 이어질 수도 있었다.

엿보는 것은 안 되겠지만 엿듣는 것은 할 수 있지. 퍼져나가는 소리를 막을 방법은 없지 않은가. 그래, 그러고 보면 취조실에서도 우연히 대화를 들은 거였지. 지금도 그때처럼 '본의 아니게' 들어버린 것일 뿐이야.

그는 온 정신을 귀에 집중했다.

나가모리 경부의 말이 이어졌다.

"장교 근방을 순찰하던 순사가 사흘 전 낮에 요릿집 홍옥관에서 홍성재로 짐작되는 자가 나오는 것을 봤다는 겁니다."

귀에 익은 뜻밖의 가게 이름에 에드가 오는 깜짝 놀랐다.

"홍성재인 걸 어떻게 알았다고 합니까?"

"누런 조선옷을 입은 허름한 조선인이 홍옥관 같은 비싼 요릿집에서 나오는 게 수상하다 싶어서 순사가 기억하고 있었다더군요. 언뜻 보면 평범한 조선인 같았지만, 얼굴에 덥수룩하게 난 수염이 마구 흐트러지지 않고 정돈되어 있었다더군요. 게다가 그자가 커다란 나무 상자를 들고 있더란 겁니다. 그날 홍성재가 나무 상자를 들고 다녔다는 정보는 이미 들어서 알고 있지요?"

"그자가 거길 나온 때가 정확히 언제라고 합니까?"

"네 시 반 즈음 같지만 정확한 시간은 기억나지 않는다고 해요. 그걸 정확히 기억하지 못하는 건 큰 문제라서 그자에게 엄중히 훈시하라고 전해두었지요."

세르게이 홍이 홍옥관에서 나왔다.

에드가 오는 이 정보를 가만히 되짚어 보았다. 홍옥관은 청계천 장교 근처에 있는 곳이었다. 그리고 그곳은 연주가 꼽은 네 가지 가설 중, 가장 참일 가능성이 크다고 말했던 경로에 포함되어 있는 곳이기도 했다. 즉, 연주가 들려준 추론은 헛된 이야기가 아닐 공산이 커졌다.

더욱 신경 쓰이는 게 있었다. 홍옥관은 계월이 있는 장소라는 점이었다. 계월은 홍옥관의 행수기생이었다. 에드가 오가 계월을 만난 건 올봄에 마주한 두 번이 전부였지만, 그녀가 수완가로 이름이 높다는 이야기는 익히 들어왔다. 그리고 그녀는 일을 몰래 벌이면서도 그걸 숨기고 있는 듯 수상쩍어 보이는 사람이었다. 세르게이 홍이 홍옥관에 간 이유는 분명 계월과 관련 있다는 생각이 들었다.

세르게이 홍이 계월과 만나야 할 용건이 있었던 것일까? 그 친구가 홍옥관에서 나온 시각이 네 시 반이라면, 그가 본정에 나타난 시각은 여덟 시 반이니…….

"……네 시 반 이후부터 본정에 나타난 여덟 시 반까지 홍성재의 행적이 확실하지 않군요."

남 순사부장의 목소리가 머릿속으로 하던 생각과 겹쳐서, 에드가 오는 기겁했다. 놀란 가슴을 진정시키며 그는 이어지는 대화에 귀를 기울였다.

"그러니 어서 확인해 보라는 겁니다. 그자가 만주에서 돌아온 뒤 무엇 때문에 그렇게 이상하게 움직이는지 알 수 없지 않소. 홍성재의 모든 행적을 반드시 알아내야 해요. 본정서에서 그자의 행적을 놓친 것 때문에 계획에 커다란 구멍이 났으니까요."

"그건 본정서가 아니라 종로서 쪽의 실책이라고 보고받았습니다. 제 부하들은 홍성재의 행적을 감시하기 위해 힘껏 움직였습니다. 하지만 설마 홍성재가 옷을 그렇게 입고……."

"남 군."

나가모리 경부의 목소리에서 부드러움이 사라졌다.

"이 건 때문에 당신이 견책받아 마땅하다는 건 알고 있지요? 맹수가 나타났다는 헛소문을 믿고 남산 주위에 경찰 인력을 배치해야 한다고 남 군이 강력히 건의했다지요?"

"어쩔 수 없는 조치였습니다."

남정호가 말했다. 억울함이 느껴지는, 듣기 드문 목소리였다.

"조선박람회 개최를 목전에 둔 시기에 남산에 맹수가 출몰한다면 경성 사람들이 위험해집니다. 조심해서 나쁠 건 없다고 생각했습니다."

"하지만 조선신궁과 남촌 부근의 내지인 거주지 쪽에 인원을 배치하면 충분한 것 아니었나요? 굳이 남산 동쪽에까지 순사를 배치해야 한다고 주장한 것은 남 군이었다지요? 당신도 조선 사람이니, 조선 사람까지 보호해야 한다고 생각한 건가요?"

"사람들의 보호만 고려한 건 아닙니다."

남정호의 목소리에서 답답함이 묻어났다. 이 역시 드문 목소리일 게 분명했다.

"산을 모두 둘러싸야 맹수를 확실히 잡을 수 있기에 그렇게 제안한 겁니다. 그 때문에 생길 인력 누수를 막기 위해 우리 본정서가 맡은 구역의 인원 배치는 최소한으로 했습니다. 위험을 무릅쓰고, 구역당 두 명을 배치해야 함에도 한 명으로 줄여서 세웠습니다."

"하지만 그 때문에 호랑이덫에 배치한 인원의 집중력은 줄고, 홍성재를 감시하던 그물이 느슨해지면서 결국 구멍이 나고 만 것 아닙니까? 호랑이덫에서 본정경찰서가 담당한 구역의 인원 배치권한 역시 남 군에게 전적으로 위임되었지요? 결국 이번 실책은 당신 때문에 벌어진 것이에요. 아닙니까?"

"……반성하고 있습니다."

"왜 지금 우리가 호랑이덫을 놓았다고 생각합니까?"

나가모리 경부가 남정호를 사납게 질타했다.

"조선박람회의 성공에 심력을 기울이셔야 할 총독 각하가 조명하[17]라는 조선인이 대만 섬에서 벌인 짓으로 책임 추궁을 받는 데다, 충남도청이며 미곡취인소[18] 같은 시설에 얽힌 괜한 소문으로 신경을 크게 소모하고 계십니다. 그런데 하필이면 그날 본정서 쪽 인원 상당수가 엉뚱한 곳에 배치되는 바람에 홍성재의 행적마저 놓치고 만 셈입니다. 이 모든 결과는 남성호 순사부장, 당신이 만든 거지요. 이번 실패에 당신의 책임을 물어야 마땅하지만, 경부님 때문에 이 정도로 넘어간다는 걸 잊지 말아요."

"홍성재에게는 별도로 감시를 붙였습니다. 앞으로 그를 놓치는 일은 없을 겁니다."

"남 군은 얼마 전 승진 시험을 통과했다지요?"

"……그렇습니다."

"그날 네 시 반 이후 홍성재가 어디서 무얼 하고 있었는지 어서 빨리 조사하세요. 예정된 승진이 취소되지 않으려면 말입니다. 알겠어요?"

"……알겠습니다."

잠시 후 에드가 오를 향해 다가오는 발소리가 났다. 대화는 그렇게 끝난 모양이었다. 그는 눈을 감고 조는 시늉을 했다. 의자에 털썩 몸을 던지는 소리가 들리자, 그는 잠에서 깨어 놀라는 척했다.

---

17   조명하(1905~1928). 1928년 그는 타이완에서 일왕의 장인인 육군 대장 구니노미야 구니요시의 암살을 시도했다.

18   쌀 등의 곡물을 거래하는 곳. 미곡 투기의 현장이 되기도 했다.

"어이쿠. 그만 졸고 말았습니다."

남 순사부장은 기분 나쁘다는 감정을 찌푸린 얼굴로 숨김없이 드러내고 있었다.

"하나 물어보지. 월요일 오후 네 시에서 아홉 시 사이 홍성재를 만난 적 있나?"

"예? 세르게이 홍, 그 친구를요?"

에드가 오는 일부러 눈을 껌벅였다.

"그럴 리가요. 그때 제가 어디 있었는지는 순사부장님도 아시지 않습니까?"

"……그렇지. 깜박했어. 젠장!"

남 순사부장이 돌연 거칠게 욕을 뱉었다. 감정을 숨김없이 드러내는 이 낯선 모습을 보니 나가모리 경부와의 대화에서 단단히 자존심이 상한 모양이었다.

그때 머릿속에 한 가지 생각이 번뜩였다.

"순사부장님, 세르게이 홍 그 친구가 그때 뭘 했는지 궁금하신 겁니까?"

에드가 오가 꺼낸 말을 듣고 남 순사부장이 그를 노려보았다.

"이봐, 자네, 엿들었나?"

"엿듣다니, 무얼 말입니까. 조금 전까지 졸고 있었지 않습니까."

그는 눈을 일부러 몇 번 껌벅여 보인 뒤, 넌지시 말했다.

"그런데 참 우연한 일도 다 있군요. 저도 그 친구를 얼른 만나봐야 한단 말입니다. 그 친구하고 본정에서 만나기로 한 약속도 아직 지켜지지 않은 데다가, 새 여름 정장을 맞추려면 올봄에 그 친구에게 빌려준 돈을 어서 받아야 한단 말입니다."

두꺼운 윗도리 옷깃을 매만져 보이며 괜한 거짓말을 늘어놓은 뒤, 에드가 오는 목소리를 짐짓 낮추었다.

"그래서 말인데, 제가 순사부장님 대신 그 친구에게 물어보면 어떻겠습니까?"

"대신 물어본다?"

"제가 순사부장님 대신, 세르게이 홍이 사흘 전에 뭘 했는지를 물어보겠습니다. 순사부장님이 묻는다면 그 친구가 경계할 테지만, 제가 물어보면 그 친구가 대답해 줄 테지요."

남정호의 얼굴이 다시 석고상처럼 무표정해졌다. 그의 속에서 들끓던 짜증과 분노가 에드가 오의 제안을 듣고 가라앉은 모양이었다.

그로서는 꽤 솔깃한 제안일 것이다. 어차피 나도 그 친구의 행적이 궁금한 건 매한가지 아닌가. 그렇다고 그 이야기를 듣고 나서 남정호 이자에게까지 들려줄 필요는 전혀 없지만 말이야. 뭐, 나중에 적당한 말을 만들어 들려주면 되겠지.

에드가 오는 그렇게 생각하며 말을 이어 나갔다.

"그 대신 순사부장님도 제가 목격한 살인사건에 관한 정보를 알려주십시오."

"으음……."

남 순사부장의 입에서 신음이 새어 나왔다. 고민에 빠진 남정호를 보며, 에드가 오는 이자와 알게 된 이후 처음으로 자신이 우위를 점했다는 것을 직감했다.

"좋아."

한참 침묵이 흐른 뒤, 남정호가 말했다.

"하지만 여기서 들은 것을 다른 사람에게 절대로 말해서는 안 돼. 만약 조금이라도 이야기가 새어나갔다면, 그때는 왼손 엄지손가락부터 오른손 새끼손가락까지 열 손가락을 차례대로 모두 손봐줄 거야. 잘 알아두도록."

왼손 엄지손가락이 쿡 쑤셔왔다. 에드가 오는 순순히 고개를 끄덕였다. 매섭게 그를 노려보던 남 순사부장은 결국 체념한 듯 입을 열었다.

"포수 살인사건은 아직 진전이 없어. 어제저녁에 죽은 자의 신원을 확인한 게 다야."

남 순사부장은 서류철에서 종이를 뽑아낸 뒤 종이를 보며 말을 이었다.

"이름은 김순동. 함경도에서 태어나서 몇 년 전까지 거기서 쭉 살아온 모양이더군. 나이는 오십이 갓 되었고, 여기저기 떠돌다가 작년 말에 경성에 굴러들어 온 것 같아. 최근에는 자네가 하숙하는 그 집 근처 마을에 머무는 모양이더군."

"그 마을에 지인이라도 있었던 겁니까?"

"아니. 자네가 은일당에서 하는 것처럼 그자도 돈을 주고 빈방에 몸을 의탁하고 있었어. 그자가 머물던 집의 사람들이나 마을의 다른 자들에게 물어봤지만, 그들도 그자의 자세한 신상을 모르더군. 그저 방을 빌리겠다고 돈을 낸 사람이니, 그거면 족하다는 거였지. 그래서 정보를 알아내는 게 늦어졌어."

남정호는 펜으로 종이에 동그라미를 빙빙 두르며 말을 이었다.

"김순동은 함경도에서 사냥꾼 일을 했다는군."

"사냥꾼이라니요?"

"덫이나 함정을 놓는 것에 능했고, 손재주가 좋아서 도구를 곧잘 만들고 고쳤다더군. 화승총 같은 물건의 간단한 수리 역시 곧잘 해냈다는 모양이야. 그 재주를 인정받아서 과거에도 여러 차례 큰 사냥에 동원되어 나갔었다지."

"그런데 그 사람이 어쩌다 경성으로 왔답니까?"

"그건 알 수 없어. 김순동은 경성에서 땜장이 일 따위를 하며 살아가고 있었던 것 같아. 사냥꾼이었던 시절의 기술을 그런 식으로 밥벌이를 위해 쓴 거겠지."

에드가 오는 문득 《정호기》의 내용을 떠올렸다.

"김순동이 사냥꾼이었을 때의 행적이 어쩌면 이번 범행과 연관이 있지는 않을까요? 김순동을 죽인 사람이 포수라고 하면, 과거 사냥감을 둘러싼 다툼이 있었다거나……."

"조사는 우리가 할 일이야."

남정호의 말에서 불쾌한 감정이 느껴졌다. 그래서 에드가 오는 추론을 더 말하지 않았다.

"김순동의 사건 당일 행적은 조사하셨습니까?"

"그게 확실하지 않아. 사건이 있던 날 오후에 그자로 짐작되는 자가 장교에 있었다는 이야기 하나가 전부지."

그만 입에서 헉, 소리가 나왔다. 남 순사부장이 고개를 들어 에드가 오를 보았다.

"사레가 들렸습니다."

그는 급히 헛기침을 마구 뱉으며 말을 얼버무렸다.

사건이 있던 날 오후, 세르게이 홍이 장교 근처 홍옥관에 있었다. 그리고 죽은 김순동 역시 장교에 있었다. 세르게이 홍이 보았다는 옷이 찢어진 사람. 그리고 옷이 찢어진 채 죽은 김순동. 이 둘은 같은 인물일지도 모른다.

남 순사부장의 말이 이어졌다.

"그날 오후 네 시 반경, 장교에서 조선 사내 둘이 싸운다는 신고가 들어와 순사가 출동한 일이 있었어. 싸우던 두 사람은 순사가 도착하기 직전에 도망쳤다더군. 목격자가 증언하기를, 둘 중 한 명은 땜장이고, 다른 한 명은 그에게 그릇 수리를 부탁한 야시장 장사꾼 같더라고 했지. 그 장사꾼이 무언가 불만이 있었는지 땜장이에게 돈을 내놓으라고 소리 질렀고, 땜장이는 남산 아래 어디어디가 내 거처니 찾아와서 직접 들고 가라고 오히려 삿대질했다는군. 그러다 몸싸움이 시작되었고, 둘 중 한 명의 저고리가 반쯤 찢어져 어깨며 가슴팍이 다 드러나 보일 정도였다고 해."

"……."

"그런데 사건 현장에서 김순동이 입은 옷도 딱 그러했지. 경성에서 그런 찢어진 옷을 입고 돌아다니는 사람이 여럿 있다고 보긴 어렵지. 묘한 우연이야."

땜장이의 죽음과 세르게이 홍의 행적. 두 개의 일이 겹치는 부분이 또 하나 생겼다. 이 맞물림은 무엇을 의미하는가. 그 겹침의 의미를 생각할수록 불안해지기만 했다.

남 순사부장이 에드가 오를 노려보았다.

"이야기는 여기까지야."

남정호가 말하지 않으면 더 이야기를 캐낼 방법은 없었다. 자리에서 일어선 뒤, 에드가 오는 공손히 인사했다.

"세르게이 홍의 행적을 알면 그때 다시 오겠습니다. 기대하시는 만큼의 소식을 들려 드렸으면 좋겠군요. 그럼."

일부러 과시하듯 페도라를 맵시 있게 써 보인 뒤 에드가 오는 유유히 밖으로 걸어 나갔다. 뒤에서 그를 노려보는 남정호의 눈빛이 마치 등에 칼이 꽂히는 것 같은 느낌이었다. 그래도 남정호보다 위에 서 있는 기분은 그런 눈빛 따윈 무시하고도 남을 만큼 상쾌했다.

연결점

 본정경찰서 밖으로 나가자 더운 공기가 훅 끼쳐왔다. 에드가 오는 숨을 들이쉬었다. 겨우 식힌 열기 따윈 금세 원상태로 돌릴 게 분명한 쨍쨍한 햇빛이 온 경성 천지를 달구고 있었다. 그가 마음을 다잡고 더위 속으로 다시 한 발을 내디디려 할 때였다.
 "이보게, 오덕문 군."
 등 뒤에서 능글거리는 목소리가 들렸다. 에드가 오는 뒤를 돌아보며 퉁명스레 답했다.
 "에드가 오라고 부르라니까."
 "기운이 넘치는군그래."
 그는 대꾸하지 않았다. 하필이면 지금 만나면 곤란한 사람과 곤란한 장소에서 마주치고 만 셈이었다. 웬만해서는 아무 일 없는 척 헤어지고 싶었다.
 "자네, 뭔가 재미있는 이야기를 나누는 것 같던데."

송유정이 그의 어깨를 툭 치며 말했다. 느낌이 좋지 않았다.

"재미있는 이야기라니?"

"시치미 떼지 말게. 미나미 마사히로 순사부장, 조선 이름은 남정호라고 하던가. 그자하고 자네가 살갑게 대화를 나누더군. 발 넓은 자네 형님이라면 모를까, 오덕문 군이 본정서에서도 독하기로 소문이 자자한 남정호 순사부장과 친분이 있을 줄이야. 아주 좋은 장면을 봤어."

"아니, 그건……."

"그런데 무슨 이야기를 했나? 그 무서운 자에게 자네가 의기양양하게 말하고 있던데."

송유정은 다시 어깨를 툭 쳤다. 에드가 오는 저도 모르게 혀를 찼다. 불도그 송유정이 찾아낸 물고 늘어질 거리가 하필이면 자기 다리였다.

*

"어마, 두 분 선생님."

메이코는 두 사람을 보자 인사말을 건넸다. 종종걸음으로 다가온 그녀는 방긋 웃었다.

"오 선생님께서 주신 편지는 무사히 전달했답니다."

"편지라면……."

에드가 오는 말을 꺼냈다가 급히 중단했다. 송유정이 옆에 있는

데 쓸데없는 이야기가 나오는 건 곤란했다. 그러나 메이코가 그런 눈치를 알아챌 리 없었다.

"홍 선생님에게 전달해 달라던 편지 말이에요. 그렇지 않아도 엊저녁에 홍 선생님이 오셨길래, 제 손으로 직접 전달해 드렸답니다. 덕분에 정답게 이야기도 나누었고요."

"홍 선생님이라면, 홍성재 군 말인가?"

송유정이 불쑥 끼어들었다. 메이코는 환하게 웃으며 고개를 끄덕였다.

"그렇다마다요. 어제는 말끔한 정장 차림에 면도도 깨끗이 하고 오셨거든요. 전에 입으셨던 조선옷도 멋있었지만, 역시 늘 봐오던 그 모습이 가장 멋있었지요."

"호오?"

"그 친구, 다행히 모던을 포기하진 않았군그래. 아무튼, 일단 시원한 데로 안내해 주게. 이제 겨우 6월인데 어찌 날이 이리 더운지 모르겠군."

송유정이 재미난 건수를 찾았다는 듯 눈을 반짝여서 에드가 오는 급히 화제를 돌렸다. 긴 시간 집을 비웠다는 세르게이 홍이 어제 여길 찾았다는 이야기를 좀 더 자세히 묻고 싶었지만, 송유정 앞에서 그렇게 할 수는 없었다.

"오 선생님이 덥게 입으셔서잖아요. 시원하게 입으시고 나오시면 되는 거 아니에요?"

메이코는 굳이 한마디를 덧붙인 뒤, 두 사람을 빈자리로 안내했다. 두 사람이 자리에 앉아 한숨을 돌리는 사이 메이코가 물잔을 가져왔다.

"송 선생님은 언제나처럼 커피지요?"

"잘 아는군. 은하수의 커피는 썩 훌륭하니까."

"그리고 오 선생님은 소다스이지요? 잠시만 기다리셔요."

"소다스이가 아니라 소다 워터라니까."

에드가 오가 말을 고쳤지만 메이코는 들은 척도 하지 않고 휑하니 제 갈 길을 가버렸다.

자세한 이야기를 하자며 카페 은하수로 자신을 데려온 송유정은 정작 가죽 소파에 몸을 묻은 채 나른한 표정을 짓고 있었다. 도무지 누군가에게 집요하게 달라붙는 모습을 연상할 수 없는 느슨한 모습이었다. 하지만 저런 모습으로 사람을 방심시키다가 갑자기 와락 덤벼드는 게 송유정의 특기였다. 괜한 물음이 튀어나올까 싶어 에드가 오는 급히 질문을 던졌다.

"그러고 보니 그 건은 어찌 되었나?"

"그 건이라니?"

"월요일에 내가 겪은 사건 말이네. 자네가 기사로 쓸 거라고 희희낙락했잖은가."

"아, 그 남산의 포수 살인사건."

송유정이 끙, 앓는 소리를 냈다. 얼굴에 드리우고 있던 능글거리는 미소가 사라졌다.

"그게 참으로 이상하게 되었어. 별다른 것도 아닌 사건인데 검열당했거든."

"별다른 것도 아니라니, 이보게."

그가 말을 정정하려 했지만, 송유정의 말이 먼저 이어졌다.

"살인사건을 별다른 것도 아니라고 할 수 있냐는 거지? 하긴 자네야 그런 끔찍한 일을 겪은 적 없을 테니 놀랍기만 하겠지. 하지만 내가 기자 일을 하면서 보고 들은 일들에 비하면 그 일은 평범하다고 해도 무방하거든."

송유정은 몸을 꾸물거리며 말을 이었다.

"그런데 경찰에서 그 사건 기사는 실을 수 없다고, 기껏 열심히 써서 지면에 올린 기사를 하얗게 도려내었단 말이야."

"경찰이?"

"그래. 나가모리 경부가 그러라고 지시했지. 종로서에서 최근 방첩 분야를 맡게 된 양반인데, 무척 까탈스럽게 검열해대서 기사를 통째로 삭제하는 건 아무렇지도 않게 한다더군. 하필 그 사람이 본정서에 와 있어서 내 기사가 봉변당한 거야."

송유정의 얼굴에 언짢은 표정이 떠올랐다. 그에게 자신의 집요함의 결실이나 다름없을 기사가 검열당한 건 모욕으로 느껴질 터였다.

"그래서 자네 신문에까지 그 사건 기사가 보이지 않았던 거로군."

"자, 그래서, 오덕문 군."

에드가 오의 중얼거림을 송유정이 끊었다. 이름을 정정할 틈도

주지 않고 질문이 이어졌다.

"자네, 남정호 순사부장과 어떤 인연이 있던 건가? 거기서 희희낙락하게 대화를 주고받을 정도의 인연이 대체 무엇이었는지 궁금하단 말이야."

인연이 아니라 악연이네.

그는 투덜거리고 싶은 걸 꾹 참고 조심스레 설명했다. 송유정에게 굳이 세르게이 홍의 행적을 이야기할 필요는 없었다. 일부의 진실만을 잘 추려내서 들려주는 작업은 귀찮기 그지없었다. 이야기하는 도중에 메이코가 커피와 소다수를 가져왔지만 거기에 손을 댈 겨를도 없었다.

"그러니까 그 포수 살인사건의 진상이 궁금해서 남정호 순사부장을 찾아갔다 이거지."

송유정의 정리에 그는 고개를 끄덕였다.

"자네, 참으로 간도 크군. 나라면 남정호와는 웬만하면 엮이지 않을 거네. 엮여봤자 좋을 게 없는 자야. 아무리 잘 대접한다 해도 내 편이 되어줄 일 따윈 없겠지."

송유정의 신랄한 평가에 에드가 오는 저도 모르게 동의할 뻔했다.

"자네는 그자를 잘 아나보군?"

"본정서를 들락날락하다 보면 싫어도 알게 되는 게 있거든. 그자는 조선인인데도 경찰 안에서 일을 잘한다고 높이 평가받고 있어. 뭐, 그 일이란 게 사람 들볶고 고문하는 거지만."

다시금 왼손 엄지손가락이 쿡 쑤셔왔다.

"그자 일솜씨가 무척 좋아서, 비슷한 시기에 순사가 된 치들보다 훨씬 빠르게 순사부장으로 승진했지. 그리고 그자, 조만간 다시 경부보로 승진할 거라던데."

"그자는 조선인 아닌가. 그런데 어떻게……."

내지인도 아닌데 그렇게 빠른 승진을 할 수 있단 말인가.

그는 그렇게 물으려다가 말았다. 그러나 송유정은 그가 하려다 만 질문을 알아챈 듯했다.

"남정호의 솜씨를 높이 산 일본인 경부가 있거든. 그 경부가 큰 어르신이란 말이야."

"큰 어르신? 그게 무슨 말인가?"

"조선 땅의 일본인 경찰 나리들 안에도 여러 파벌이 있는데, 남정호를 아끼는 경부가 한 파벌의 큰 어르신이야. 직책은 고작 경부지만, 그보다 계급 높은 사람들이 고개를 조아릴 정도로 인망과 실적이 크고, 동기 중에서는 이미 까마득히 높은 지위에 오른 사람도 여럿 있다지. 경부 본인도 영길리 경찰과 교류가 있고."

"영길리가 아니라 잉글랜드, 아니면 영국이라고 하게."

송유정은 그 말은 들은 척도 않고 커피잔으로 손을 뻗었다.

"뭐, 그런 사람이 평양 뜨내기 남정호가 어리바리한 순사로 경성에 갓 왔을 때부터 눈여겨본 거야. 그 경부는 유능한 조선인을 키워 일본에 충성하도록 하는 게 장래 일본에 도움이 된다고 생각한 모양이더군. 그래서 본보기로 남정호가 빠른 승진을 하게 된 거지."

"그런데 그런 뒷배가 있는 것치고는 남정호가 나가모리 경부에게 호되게 혼나던데."

송유정이 커피를 마시는 동안 에드가 오는 질문을 이었다. 공격은 최선의 방어였고, 괜한 질문을 받지 않기 위해서는 먼저 질문을 해야 하는 법이었다.

"나도 봤네. 그러다가 자네가 그걸 엿듣던 모습도 본 거고."

뜻하지 않은 반격에 그는 움찔했다. 송유정은 느긋하게 말을 이었다.

"나가모리 경부는 다른 파벌 사람이거든. 그 파벌 사람들은 전형적인 내지인이지. 조선을 자기들 이익을 채울 곳으로 여기고, 조선인을 아랫것으로 여기는 그런 사람들. 그러니 남정호를 키워주는 그 어르신의 행동을 못마땅하게 여기는 거야. 왜 열등한 조선인인 남정호를 내지인보다 먼저 승진시키는가, 이런 불만일걸?"

에드가 오는 괜히 소다수를 한 모금 들이켰다. 조선이 망한 게 대소신료들의 당파 싸움 때문이며 그것이 일본인과 조선인의 차이라는 어떤 내지인의 말이 기억났다. 하지만 정작 일본인들도 그와 같은 짓을 잘만 하는 셈이었다.

"그래도 그 경부 어르신이 워낙 거물이니까, 나가모리 경부가 어르신에게는 불만을 말하진 못하고 남정호에게 대신 시비를 거는 거야."

송유정은 다시 커피를 품위 없이 후룩거렸다.

"생각해 보면 남정호도 마른하늘에 날벼락 맞은 꼴이지. 남산 근방에 호랑이 소문이 갑자기 퍼졌단 말이야. 해수구제사업으로 호랑이는커녕 여우 한 마리도 경성에서 보지 못하는 요즘 아닌가. 그런데 느닷없이 호랑이가 숨어들었다니. 아무래도 이상하지. 게다가 그 소문에 경찰이 움직였다는 것도 이상한 일이고."

송유정이 거기서 야릇한 미소를 지었다.

"그런데 남정호가 맡은 곳에서 그 포수 살인사건이 난 거야. 자기 관할 구역에서 벌어진 사건은 자기가 책임지는 게 관료의 업보 아닌가. 나가모리 경부는 이때다 싶어 더더욱 추궁하는 거지. 그렇지 않아도 남정호가 평소 나가모리 경부 파벌에 속한 순사들에게 까칠하게 군다고 원성이 자자했으니까, 뭐, 남정호의 성정대로면 그 파벌 사람만 들들 볶아댄 건 아닐 거야. 무능하다면 자기 사람도 들볶지. 그런 건 묘하게 공평한 자거든."

에드가 오는 눈을 껌벅거렸다. 송유정이 본정서 취재로 모은 정보는 단순한 사건 사고만이 아니라 본정서의 속사정까지 망라하는 모양이었다. 송유정이 한 번 물어뜯으면 이 정도로 많은 살점이 뜯겨 나오곤 했다.

"그런데 오덕문 군."

"에드가 오라고 부르라니까."

"자네는 어째서 남정호 순사부장에게 홍성재 군의 근황을 제공하려는 건가?"

하마터면 들고 있던 유리잔을 놓칠 뻔했다. 놀란 그의 모습을 보지 못한 양 송유정은 여유로운 미소를 지었다.

"처음엔 자네가 경찰의 끄나풀이 되었나 하고 내 귀를 의심했단 말이야. 그래도 오덕문이라는 사람이 그 정도로 타락했을 리 없다 싶어서, 하려던 취재도 팽개치고 온 거야."

미소를 지은 채였지만 친구의 시선은 날카로웠다. 그제야 에드기 오는 송유정이 왜 여기까지 그를 데려와서 이야기를 들으려고 했는지 알 수 있었다. 그를 아는 사람들이 경찰서에서의 모습을 봤다면 그가 변절했다고 볼 법도 했다.

에드가 오는 소다수를 한 모금 입에 머금었다. 탄산 거품이 입 안을 따갑게 쏘았다. 겨우 소다수를 삼키고 그는 조심스레 말했다.

"사건의 정보를 구할 수 없어서 어쩔 수 없었네."

"그 포수 살인사건? 그걸 자네가 조사하기라도 할 건가?"

송유정이 미소를 지은 채 중얼거렸다. 그 미소가 이제는 그저 밝게만 보이진 않았다.

"그래서 오덕문 군, 그 살인사건 정보를 얻는 대가로 홍성재 군의 정보를 남정호에게 넘길 생각이고?"

"약속했으니 어쩔 수 없지 않나."

송유정은 으음, 앓는 소리를 냈다. 에드가 오는 황급히 말을 덧붙였다.

"오해는 말아주게. 내가 그자에게 자진해서 다 말한단 건 아니네. 적당한 이야기만 전하면 되지 않겠나. 자네 말마따나 나도 남정호와 엮이고픈 마음은 일절 없네."

송유정은 말없이 에드가 오를 보았다. 어느새 그 얼굴의 미소는 사라진 채였다. 말 많은 친구의 침묵은 그만큼 부담스럽고 거북했다.

"조심하게. 그렇게 한발 한발 들어갔다가 다시는 헤어나지 못할 진창에 빠지는 옛 친구들을 여럿 봐왔거든."

그를 한참 보던 송유정이 나지막하게 그렇게 말한 뒤 다시 으음, 소리를 냈다. 얼굴에 드리우는 미소는 여전히 돌아오지 않은 채였다.

"그나저나 아무래도 이상해. 경찰이 왜 홍성재 군을 쫓고 있는지를 모르겠어."

에드가 오는 침을 삼켰다. 그가 궁금해하던 점을 송유정 역시 의문으로 여기고 있었다.

"나도 그 친구를 만날 생각이었지. 그 친구에게 부탁해서 노서아 여행기를 받으려고 했거든. 신문 구독자들이 좋아할 법한 소재 아닌가."

송유정은 고개를 갸우뚱거리며 말을 이었다.

"그런데 경찰들 사이에서 갑자기 그 친구 이름이 오르내리더란 말이야. 나가모리 경부가 종로서에서 본정서로 파견 나온 이유가 그 친구가 자주 놀러 나오는 본정 쪽을 감시하기 위해서라고도 하던데."

감시라니, 대체 세르게이 홍에게 무슨 일이 있기에…….

불안함이 엄습했다. 에드가 오는 애써 감정을 감추고 송유정에게 괜한 질문을 던져보았다.

"세르게이 홍이 이유를 말해주지 않던가? 자네라면 그 친구를 이미 만나봤을 것 아닌가."

"무슨 소리인가. 홍성재 군을 만났으면 내가 이러고만 있겠나. 나도 여태 만나질 못했어. 자네도 알지 않나. 그 친구, 워낙 자유분방하게 돌아다니는 거."

송유정의 목소리가 불만스러웠다.

에드가 오는 속으로 혀를 찼다. 만약 송유정이 세르게이 홍을 만났다면 그가 원하는 정보는 송유정이 잔뜩 캐냈을 게 분명했다. 그랬다면 번거로운 발품을 굳이 팔지 않아도 될 터였다.

"그 친구가 홍옥관에서 나왔다고 했었지."

그는 괜히 중얼거렸다. 세르게이 홍과는 아무 관련이 없는 곳의 이름이 경찰의 입에서 나왔다는 게 새삼 불길하게 느껴졌다.

"오덕문 군은 요릿집 나들이나 기생들 쫓아다니는 취미는 없었지."

"세르게이 홍도 마찬가지 아닌가. 그런데 어째서 그 친구가 거기서 나왔다는 말이 나온 걸까."

"응? 그건 자네가 잘못 알고 있는 거네."

송유정의 대답은 뜻밖이었다. 에드가 오는 눈만 껌벅였다. 커피를 한 모금 후룩거린 뒤 송유정은 말을 이었다.

"하기야 자네는 경성에 돌아온 게 올 초라서 모를 수도 있겠군. 홍 군이 작년 말부터 요릿집 출입이 잦아졌거든. 그 친구답지 않은 행동이어서 더더욱 기억하고 있어."

그는 문득 올 초에 겪었던 세르게이 홍의 술주정을 다시 떠올렸다. 그러고 보니 무언가 갑갑해서 못 견뎌 하던 그때의 그 친구라면 요릿집도 드나들었을 법했다.

"홍 군이 명월관이나 식도원 같은 유명한 곳도 갔지만, 장교 근처의 홍옥관을 가장 많이 찾았지. 자네, 계월이라는 기생을 알고 있나?"

에드가 오는 잠시 고민하다가 고개를 저었다. 계월과는 두어 번 마주친 게 전부일 뿐이라, 굳이 이야기할 필요는 없을 듯했다.

"계월은 홍옥관의 주인인데, 아직 젊은 나이인데도 꽤 거물이란 말이야. 가창에, 가무에, 악기 연주까지 훌륭해서 요즘 그 분야에서 이름난 다른 기생들과도 견줄 수 있다더군. 게다가 천하절색이기까지 하지. 나도 먼발치에서 지나가듯 본 게 다인데, 그 잠깐 사이에도 미모가 눈에 새겨졌지. 절세가인이라는 단어가 그 사람을 위해 존재한다는 생각이 들더군."

에드가 오는 대꾸하지 않았다. 친구의 그 평가도 자신이 실제로 본 계월을 묘사하는 데는 한참 부족했다.

"하지만 그 명성조차도 겉으로만 드러난 가짜에 불과해. 계월의 진짜 명성은 그 업계 사람들 사이에서 높지. 온갖 궂은일을 맡아 처리하는 수완이 훌륭하다고 하거든. 아무래도 계월이 그냥 기생은 아닌 것 같아. 그녀가 접하는 사람이 다양해. 그래서 나도 홍옥관에 계속 관심을 두고 있어. 거길 중심으로 여러 사건이 연결되어 있고, 흥미진진하고 위험천만한 음모가 거기서 싹트고 있을지도 모른다는 감이 들더군."

"그런데 그 계월이라는 기생을 왜 말한 건가?"

에드가 오는 괜히 말을 끊었다. 그도 처음 계월을 만났을 때는 송유정이 가진 것과 같은 의심을 품었었다. 그 의심 때문에 꼬인 옛일을 굳이 떠올리고 싶지 않았다.

"그 계월이 말이야, 놀랍게도 우리의 친구 홍 군과 꽤 살갑게 지내고 있어."

송유정이 목소리를 아주 작게 낮추고 흘끗 주변을 살폈다. 메이코가 있는지 신경 쓰는 게 분명했다. 송유정 역시 메이코가 세르게이 홍에게 연심을 품었다는 것을 잘 알고 있었다. 에드가 오도 괜히 주위 눈치를 살피며 목소리를 낮추었다.

"아니, 그게 무슨 말인가?"

"그 친구가 노서아 여행 가기 전에 계월의 본명을 종종 입에 올리더란 말이야. 내가 슬쩍 물어보니까, 어떻게 된 건지는 몰라도 그 친구가 계월의 눈에 든 모양이었어. 그녀는 무척 눈이 높아 웬만한 사람은 거들떠보지도 않는데, 신기한 일이었지."

그때 에드가 오는 아주 사소한 기억 하나를 떠올렸다. 올해 초 세르게이 홍의 울분에 찬 주정을 받아주던 당시의 기억이었다.

"참으로 가련하게 되었어. 우리 옥련이가, 옥련이가."

만취해 있었지만, 분명 그는 그 이름을 중얼거렸다. 그 당시에는 옥련이 연애 관계로 발전한 어딘가의 처자인가 여기고 넘겼을 뿐이었다. 계월의 본명이 옥련이라는 것을 에드가 오가 알게 된 건 세르게이 홍이 여행을 떠나고 난 뒤였다.

이미 예전부터, 세르게이 홍은 계월을 알고 있었다.

에드가 오는 그 정보를 갈무리하며 무심코 중얼거렸다.

"그 친구, 얼굴은 반반하니까."

"얼굴이 반반하다니요?"

갑작스레 들려온 메이코의 목소리에 두 사람은 화들짝 놀랐다. 어느새 옆에 다가온 메이코가 두 사람을 미심쩍은 눈으로 보고 있었다.

"두 분, 갑자기 목소리를 낮추고 속닥거리시는 게, 설마하니 여기 여급들 외모 품평회를 열고 계셔서인 건 아니죠?"

"그게 무슨 소리인가. 송유정 군이라면 몰라도, 나는 그런 취미 없네."

에드가 오는 일부러 딴청을 피웠다. 송유정도 일부러 큰소리로 투덜거렸다.

"이 사람 보게. 어디서 생사람을 잡고 있어."

"그런 이야기가 아니라면 대체 왜 속닥거리시는 건가요? 만약 역적모의라도 하시는 거면 여기 말고 다른 곳에서 해주실래요? 두 분이 잡혀가는 거야 제 알 바 아닌데, 괜히 두 분 때문에 저까지 힘들어지는 건 싫거든요."

"어허, 그런 무서운 소리는 하지도 말게. 취재한다고 경찰서 가는 것도 겁나는데 그런 무서운 짓을 하다가 잡혀간다니, 말도 꺼내지 말게나."

송유정이 웃으며 손사래를 쳤다. 메이코는 뚱한 표정으로 다시 저 멀리 가버렸다. 그 모습과 표정으로는 메이코가 두 사람이 나눈 이야기를 들었는지 아닌지를 짐작할 수 없었다.

"아이고, 이거 참. 시간이 많이 흘렀는걸. 난 슬슬 가봐야겠어. 아직 기사를 못 썼거든."

송유정이 한 몸처럼 묻혀 있던 가죽 소파에서 몸을 일으켰다. 으음, 하는 소리를 내는 모양새가 소파에서 떨어지기 싫은 눈치였다.

"괜히 나 때문에 취재도 못한 게 아닌가?"

"걱정일랑 말아. 널리고 널린 게 기삿거리야. 하루 때울 것 정도야 눈감고도 쓸 수 있어. 뭐, 내 성에 차는 기사냐고 묻는다면 그건 아니지만."

송유정은 그렇게 말한 뒤 손을 들었다.

"나중에 재미있는 기삿거리가 있다면 언제든 신문사로 연락을 주게."

"그러도록 하지."

"요새 마누라가 단단히 뿔이 나서 당분간은 신문사에서 숙식을 해결해야 할 처지거든. 한밤중에 술을 반입해 와주면 열렬히 환영하겠네. 그때는 자네가 홍성재 군에게 무슨 편지를 보낸 건지 자초지종을 꼭 들려주게나."

그는 입을 다물었다. 그냥 넘어가고 싶었던 부분을 송유정은 넘길 생각이 없었다.

"그리고 홍성재 군 이야기를 남정호에게 들려주는 건 잘 생각해 보길 바라네. 이건 자네와의 친분 때문에 하는 충고야."

송유정은 의미심장한 말을 남기고서는 손을 흔들었다.

"또 보세, 오덕문 군."

"에드가 오라고 부르라니까."

그는 투덜거렸다. 송유정은 들은 척도 하지 않고 은하수의 문 밖으로 나가버렸다. 닫힌 문을 보며 에드가 오는 한숨을 한 번 쉬고 남아 있던 소다수를 비웠다.

송유정이 남기고 간 정보를 확인하려면 또다시 뜨거운 바깥으로 나가야만 했다.

은일당의 사정

전차에서 내려 얼마간 걷다 보니 어느새 장교였다. 에드가 오는 눈앞의 볼품없는 돌다리를 가만히 바라보았다.

이곳에서 땜장이와 풍물 장수의 싸움이 났었고, 그걸 세르게이 홍이 보았다 이거지.

청계천에서 올라오는 악취에 얼굴을 찡그리며 그는 송유정에게 들은 홍옥관과 계월의 평을 다시금 떠올렸다. 송유정이 홍옥관에 관심을 두고 있는 이유는 역시 기자다운 호기심 때문이었다. 단지 그것이 계월의 미모나 기예 때문이 아니라, 그녀가 무언가 음모를 획책하고 있는 게 아닌가 주시한다는 게 거슬릴 뿐이었다.

음모라. 계월과 잘 어울리는 단어이긴 하군.

그가 본 계월은 빼어난 미모와 함께 수상한 분위기를 감싸고 있었다. 어쩌면 계월은 그런 일과는 연관이 없는 사람인데도, 그 수상한 분위기 때문에 괜히 거짓 명성이 생겨나버린 것인지도 몰랐다.

　여러 생각을 하면서 발걸음을 옮기다 보니 어느새 홍옥관 앞이었다. 자칫 양반가 대문인가 싶을 정도로 요릿집답지 않게 수수한 홍옥관의 대문 앞에는 험상궂은 두 명의 사내가 서 있었다. 그 둘의 시선이 에드가 오를 향했다. 아무리 낙천적인 사람이라도 절대 우호적으로 여길 수 없을 험악한 눈길이었다.

"뭐야?"

　대머리 사내가 낮게 깔리는 목소리로 물었다.

"계월에게 볼일이 있어서 왔소만."

　에드가 오는 조심스레 말을 꺼냈다. 사내는 흥, 코웃음을 쳤다.

"수작 부리러 온 거라면 꺼져."

"그런 건 아니오. 계월에게 긴히 물어볼 것이 있어서……."

　대머리 사내가 에드가 오를 노려보았다. 그 시선만으로도 사람을 납작 짜부라트릴 수 있을 것 같았다. 그는 움츠러들려는 어깨를 억지로 폈다.

"아씨는 지금 안 계셔."

　조금 더 덩치가 큰 다른 사내가 퉁명스레 답했다. 그러나 아무리 봐도 귀찮은 자를 쫓아내기 위해 하는 거짓말 같았다. 그래서 에드가 오도 괜히 허세를 부렸다.

"내 여기에 계월이 있는 줄 알고 온 것이오. 급한 일이니 어서 계월을 만나게 해주시오."

"아씨는 지금 무척 바쁘셔. 나흘 전에 받은 일을 처리하시느라 영업도 하지 못하고 계시는데, 너 같은 모던 보이 나부랭이를 만날 짬 따윈 전혀 없으시다고."

대머리 사내가 으르렁거리는 말의 내용이 달라진 걸 눈치챈 에드가 오는 단호하게, 적어도 그렇게 보이려고 애쓰며 말했다.

"그럼 이 말만 전해주시구려. 에드가 오가 물어볼 게 있으니, 잠깐만 시간을 내어 달라 부탁하더라고 말이오."

사내가 눈썹을 꿈틀 움직였다. 이자라면 사람 하나 정도는 한 손으로 패대기쳐버릴지도 모른다는 불길한 생각이 드는 걸 에드가 오는 애써 무시했다.

"기다리고 있어 봐. 너는 이 녀석을 똑똑히 지켜보고."

대머리 사내가 덩치 큰 사내에게 그렇게 지시한 뒤, 휑하니 대문 안으로 들어갔다.

에드가 오는 겨우 한숨을 내뱉었다.

그는 우두커니 선 채 한참을 기다렸다. 바람에 더운 공기가 훅 밀려왔다. 따가운 햇빛을 받는 것도 여간 괴로운 게 아닌데 사내의 살벌한 시선을 온몸으로 받기까지 하니 더 힘겨웠다. 거기에 경성 특유의 구린 내음이 도로에서 스멀스멀 올라와 코를 괴롭혔고, 기분 탓인지 몸에서 땀 냄새도 나는 것 같았다.

얼마나 더 지났을까. 대머리 사내가 대문 밖으로 나왔다. 사내는 에드가 오에게 성큼성큼 다가와 으르렁거렸다.

"아씨가 오늘은 바쁘지만 내일 시간을 내어줄 수가 있다고 하셨어."

다행히 완전한 허탕은 아니었다.

"알겠소. 그러면 내일 언제 오면 되는 거요?"

"장소는 여기가 아니야. 내일 오전에 국사당에서 만나자고 말씀하셨어. 예전에 남산에 있었던, 지금은 인왕산 중턱에 있는 굿당 말이야."

남산이라는 단어를 듣자 에드가 오의 기억 속에 국사당이라는 이름이 불쑥, 그에 얽힌 이야기와 더불어 떠올랐다. 몇 년 전 일본인들이 남산 한가운데에 조선신궁을 지으면서, 원래 그 자리에 있던 국사당을 인왕산으로 옮기도록 했다는 이야기였다. 남산의 주인이었던 국사당이 나라가 망하면서 인왕산에 곁방살이 처지로 밀려난 셈이었다.

"알겠소. 내일 그곳에서 만나자고 계월에게 전해주시오."

에드가 오의 대답을 들은 대머리 사내가 주위를 흘끗 살피는가 싶더니, 갑자기 그의 멱살을 불쑥 움켜쥐었다.

"왜, 왜 이러시오?"

그가 놀라서 소리쳤다. 하지만 대머리 사내는 한 손으로 거머쥔 멱살을 더욱 바싹 잡아당겼다. 주먹이라도 날아올까 싶어 그는 얼굴을 찡그렸다.

그때 왼편 가슴께에 무언가 훅 들어오는 느낌이 났다. 사내의 다른 손이 품 안으로 빠르게 들이밀어졌다. 품 안에 무언가, 이물의 느낌이 났다.

"아씨가 주신 거야."

사내가 나지막하게 말했다. 뜻밖의 상황에 그는 목소리를 낮춰서 물었다.

"이건 뭡니까?"

대머리 사내는 남은 손으로 멱살을 마저 움켜쥐었다. 에드가 오는 쿨럭, 기침을 내뱉었다. 사내는 아랑곳하지 않고 낮은 목소리로 말했다.

"은일당의 따님에게 이걸 전하라고, 아씨께서 말씀하셨어."

그러고 보니 계월은 세르게이 홍 말고도, 뜻밖에 선화와 연주와도 아는 사이였다. 에드가 오는 예전에 선화의 편지를 계월에게 대신 전해준 적도 있었다. 지금은 그때와는 반대로 계월에게 심부름을 부탁받은 셈이었다. 하지만 그 부탁 방법은 공손하기는커녕 무척 거칠기만 했다.

대머리 사내는 밀치듯 에드가 오의 멱살을 놓았다. 그는 비틀거리며 주춤주춤 물러섰다. 엉덩방아를 찧지 않은 것만으로도 다행이었다. 사내의 험악한 시선이 이제 그에게 볼일이 없다는 뜻을 분명히 전하고 있었다. 뒤에서 바라보는 덩치 큰 사내의 입에 비웃음이 걸려 있었다. 저 멀리 행인들의 시선이 따끔했다. 그래서 그는 할 수 없이 홍옥관에서 물러나야만 했다.

한숨이 입에서 절로 나왔다. 무더운 날씨를 무릅쓰고 온종일 경성 여기저기를 돌아다닌 보람이 없었다. 이제는 은일당으로 돌아갈 일만 남았다.

"일찍 가보아야 하긴 하겠지. 전해 받은 것도 있으니."

그는 터덜터덜 걸으며 씁쓸하게 중얼거렸다.

은일당으로 가는 흙길 초입에 이르러서야 그는 비로소 사내가 준 것을 꺼내보았다. 겉봉에 아무것도 적혀 있지 않은 구깃구깃한 흰 봉투였다.

이게 무엇이기에 그렇게 거칠게 전해줘야만 했던 걸까.

양복에 주름이 졌는지 다시 한번 확인한 에드가 오는 쩝, 입맛만 다셨다.

*

"안녕히 다녀오셨습니까."

선화가 인사를 건넸다. 에드가 오는 건성으로 인사를 받고서는 곧바로 책상 옆 의자에 털썩 주저앉았다. 더위와 분주한 나들이에 몸도 마음도 녹초였다. 그의 찌푸린 얼굴을 본 선화가 넌지시 물었다.

"냉수라도 가져올까요?"

"아니, 그럴 필요는 없네. 조금 있으면 열이 식겠지……."

그는 페도라를 벗으며 중얼거렸다.

신문들은 책상 한쪽 옆에 가지런히 접혀 있었다. 배달 온 것을 이미 다 읽은 모양이었다. 선화의 공책이 그 옆에 덩그러니 펼쳐져 있었다.

"오늘 그 아이는 오지 않았는가?"

"영자라면 조금 전에 다녀갔습니다."

"오늘도 글자를 가르쳐주었나?"

"예, 그리고 영자가 재미있는 이야기를 들려주었습니다."

"그 뜬소문 말인가."

"점점 소문이 흥미로워지던걸요."

대체 선화는 뜬소문의 무엇을 흥미롭게 들은 것일까. 그로서는 알 수가 없었다.

"오늘은 어디를 다녀오신 건가요?"

이어진 선화의 질문에 호기심이 묻어 있었다.

오늘 겪었던 이야기를 모두 들으면 선화는 그 이야기를 어떻게 바라볼까. 선화라면 내가 알아차리지 못한 무언가를 발견할 수 있을까?

"잠깐 기다려보겠나. 일단 땀을 좀 식히고……."

에드가 오는 그렇게 중얼거리며 넥타이 매듭을 만졌다. 윗도리에서 부스럭, 소리가 났다.

"아, 그렇지. 잊을 뻔했군그래. 이야기하기 전에 우선……."

"웬 봉투입니까?"

그가 건넨 봉투를 건네받으며 선화가 의아해했다.

"자네에게 전할 걸 홍옥관에서 받아왔네."

"홍옥관이요? 옥련 언니가 준 겁니까? 옥련 언니가 보낸 편지는 아닌 것 같습니다만……."

선화는 봉투 여기저기를 살피며 의아한 표정을 지은 채 책상 앞에 앉았다. 그녀는 봉투를 뜯고 편지지를 꺼내어 펼쳤다.

순간 선화가 눈을 크게 떴다. 그녀의 눈동자가 빠르게 편지지를 위아래로 오갔다. 그렇게 흔들리던 선화의 눈에 왈칵 눈물이 고였다.

이게 무슨 영문인지 몰라 에드가 오가 당황해하는데, 선화가 벌떡 자리를 박차고 일어섰다. 그 서슬에 의자가 뒤로 넘어져 쿵, 소리를 냈다.

"어머님, 어머님!"

선화가 안채를 향해 부리나케 달려갔다. 그리고 다시 정적이 감돌았다. 남겨진 그는 멍하니 눈만 껌벅거려야 했다.

"……오늘은 알 수 없는 일이 계속이로군."

자리에서 일어선 그는 선화가 넘어뜨린 의자를 다시 제자리에 놓다가, 펼쳐진 공책의 글자를 보았다.

호랑이가 남산에 들어와서 사람을 해친다더라.
미친 사냥꾼이 사람을 사냥하러 화승총을 들고 산속을 어슬렁거린다더라.
미친 사냥꾼이 사람을 사냥하러 소총을 구해서 산속을 헤매고 다닌다더라.
미친 사냥꾼이 옛날에 자기가 잡은 호랑이를 가로챘던 자를 죽이려고 소총을 구해서 그를 쫓아다닌다더라.

잠시 어리둥절해하던 에드가 오는 곧 그 글귀가 무엇인지를 알아차렸다. 아이들이 가져오는 소문을 기록해 놓은 게 분명했다.

선화 군은 대체 왜 저 헛소문을 귀 기울여 듣고 있는 것인가. 아이의 엉뚱한 이야기를 굳이 공책에까지 옮겨 적다니, 무슨 생각을 하는지 모르겠군.

조금 전 일 때문에 놀란 탓인지, 그의 마음속은 괜히 불퉁거리고 있었다.

*

해가 저물 즈음, 노크와 함께 선화가 방문을 열었다. 개다리소반을 들고 방으로 들어오는 선화의 모습은 언뜻 보아서는 평소와 다르지 않았다. 하지만 에드가 오는 그녀의 눈이 새빨갛고, 목소리도 평소보다 잠겨 있는 걸 알아차렸다.

"자네, 괜찮은가?"

소반을 받아들고 나서 그는 조심스럽게 선화에게 물었다.

"……부끄럽습니다."

그녀는 고개를 숙이며 중얼거렸다.

편지에 대해 모른 척해야 할까 망설여졌지만, 평소와 다른 그 모습이 마음에 걸렸다.

"그 편지, 대관절 무엇이란 말인가?"

'편지'라는 단어를 들은 선화는 고개를 돌렸다.

"아버님께서 편지를 보내셨습니다. 몇 년 동안 기별이 끊겼다가, 겨우 오늘 이렇게……."

그녀의 목소리가 젖어 들었다. 그녀는 옷소매로 얼른 눈가를 훔쳤다.

그제야 에드가 오는 선화가 편지를 받고 보인 모습을 온전히 이해할 수 있었다. 예전 봄에 형님을 통해서 듣게 된 그녀의 가정사가 머릿속을 스쳐 지나갔다.

*

"선화의 부친?"

형님은 에드가 오의 질문에 고개를 갸우뚱거렸다.

"덕문이 네가 갑자기 그 어르신 일을 묻는 이유를 모르겠구나."

"여자 둘만 은일당에 살고 있다는 점이 불안하지 않습니까. 얼마 전 시끄러운 일이 있었기도 해서 걱정이 됩니다."

"설마 그걸 물어보려고 내 병원에까지 찾아왔던 거냐."

에드가 오의 말을 듣고 형님은 미소를 지었다.

"사실 내가 너를 은일당에 하숙 살도록 주선한 것도 그 때문이긴 하다. 무슨 일이 있으면 몸 던져서라도 네가 거기 사람들을 지킬 거란 생각이 있었다. 너도 그런 건 곧잘 하더구나."

"농담 마십시오. 저는 그 집의 바깥어른이 어디 가셨는지, 그게 궁금할 뿐입니다."

형님은 마호가니 책상 위에 놓인 '의사 오덕형'이라고 적힌 명패 뒤에서 담뱃갑을 집어 들었다. 형님이 성냥을 찾아 두리번거리는 걸 보고 에드가 오는 주머니에서 성냥갑을 꺼내 건넸다.
"덕문이 너, 담배는 피우지 않잖느냐."
"그래도 성냥 정도는 들고 다니는 게 좋다고 예전에 충고를 들었었습니다."
형님은 더 묻지 않고 그에게 성냥갑을 건네받았다.
"그 어르신은 만주로 떠나셨지. 그분이 남기고 간 편지에는 그렇게 적혀 있었다."
연기가 피어오른 후, 나지막하게 형님이 말을 꺼냈다.
"은일당이 새로 다 지어진 날 밤, 그 어른은 훌쩍 경성을 떠나 만주로 가버렸지. 가족에게도 전혀 알리지 않고."
"어째서입니까? 새로운 집이 지어졌는데, 그 집에서 하루를 온전히 살지도 않고 바로 먼 길을 떠나다니요."
형님이 연기를 후, 한숨을 내쉬는 것처럼 불었다.
"을축년의 큰 홍수는 너도 기억하겠지. 그때 우리 둘 다 경성에 있었지 않았더냐."
1925년의 대홍수를 잊을 리 없었다. 연이은 엄청난 폭우로 조선 전 지역에 홍수가 발생했었고, 경성 역시 피해가 막심했었다. 한강에서 넘친 물이 용산을 덮고 남대문 앞까지 들이닥쳤다는 신문 기사를 보고 어안이 벙벙했던 기억도 있었다.
"그 홍수로 은일당 이전의 옛집이 큰 피해를 입었다. 안채는 수리로 해결할 수 있었지만, 사랑채와 행랑채는 거의 다 허물어질 판이었지. 그래서 선화의 부친이 그곳을 헐고 새로이 집을 짓기로 했을 때 아무도 반대하지 않았다."

그제야 에드가 오는 은일당의 기이한 구조를 온전히 이해할 수 있었다. 문화주택이 바깥채 역할을 하고 옛 조선식 기와집이 안채로 있으며 두 건물을 담벼락이 둘러싼 그 기이한 구조는, 홍수의 피해로 손상이 간 부분만 새로 문화주택으로 지은 것이었다면 가능할 법했다.

"그런데 어째서 새집은 조선식으로 짓지 않은 겁니까? 그 경성답지 않은 동네에 서양식 건물이라니, 정말로 보기 드물게 훌륭한 집이긴 합니다만……. 이질적이지 않습니까?"

사는 사람들은 전형적인 조선 사람들이면서 은일당이란 건물은 교외 별장 같은 모던한 신식 건물인 점을, 에드가 오는 항상 의아하게 여겼었다. 물론 그는 그 모던하다는 점 때문에 은일당에 하숙하기로 굳게 마음먹었던 터였다.

"그 어르신이 뜻하던 것이 있었기 때문이다."

"뜻하던 것이라니요?"

에드가 오가 되물었다. 집을 신식으로 짓는 이유에 걸맞은 대답은 아니었다.

형님은 자리에서 일어나서 진료실의 문을 잠그고 커튼을 닫았다. 형님의 갑작스러운 행동에 그가 어안이 벙벙해져 있는데, 형님은 조금 전보다 낮은 목소리로 말을 꺼냈다.

"지금부터 하는 이야기는 누구에게도 말하면 안 된다. 알겠느냐?"

에드가 오는 고개를 끄덕였다.

"그 어르신은 조선이 처한 현실을 늘 근심하시는 분이셨다."

아차. 버거운 이야기를 들어버리게 생겼군.

그 한마디로 뒤에 이어질 이야기의 대강을 짐작할 수 있었다.

"그 현실을 타개할 방법을 모색하던 그 어르신은 결국 큰 결심을 하셨지."

형님은 거기서 입을 다물었다. 무언가 골똘히 생각하는 모습이, 할 말을 신중히 골라내는 것 같았다. 에드가 오는 잠자코 형님의 말이 이어지기를 기다렸다.

"조선의 독립을 위해 그분 자신과 그분이 가진 재산을 바치기로 하셨던 거다."

"아."

"그 결심을 위해서는 자금이 필요하였지. 그 어르신의 가문은 대대로 그 동네의 유지였던 터라 재산도 꽤 가지고 있으셨다. 하지만 타인의 이목을 피해 큰 자금을 만들기는 쉽지 않은 일이었지. 그런데 홍수로 집이 무너진 사고가 그 어르신에게 도리어 좋은 기회가 된 게야."

형님은 담배 연기를 후, 불었다.

"그 어르신은 이참에 새로 튼튼한 집을 지어야 한다며 공사를 시작했다. 최신식 문화주택을 지으려면 많은 돈이 든다며 전답 등을 상당히 처분했지. 그 핑계로 타인의 이목을 피해 자금을 확보하셨던 게다."

"……."

"은일당이 다 지어진 건 1927년의 첫 달이었다. 그날 밤, 그 어르신은 편지 한 장만을 남기고 만주로 훌쩍 떠나셨지. 나도 다음날 전화를 받고 나서야 그걸 알게 되었다."

형님은 다시 담배 연기를 후, 불었다. 아니, 이번엔 한숨을 쉰 것이 분명했다.

"솔직히 나는 아직도 그 어르신의 생각을 온전히 이해할 수가 없다. 뜻한 바가 있어 가족을 놔두고 만주로 떠난 거겠지만, 그렇지 않아도 그 직전에 선화가 그토록 힘든 일을 겪은 참이었는데……."

"힘든 일이라니요? 선화 군이 말입니까?"

에드가 오는 무심코 물었다. 형님은 입을 다물었다.

"내가 너무 많은 이야기를 했구나. 이야기는 이 정도로만 하자."

형님은 그를 외면하며 중얼거렸다.

평소였다면 형님을 재촉해서 그때 선화에게 무슨 일이 있었는지를 마저 들으려고 했을 것이다. 그러나 형님은 드물게도 상당히 화가 난 표정을 짓고 있었다. 그래서 그는 입을 다물었다.

언제나 온화하던 형님은 그날따라 표정을 쉽게 풀지 않았다.

*

"저녁이 식겠습니다. 어서 드셔야지요."

선화가 평소보다 부산스레 몸을 움직였다.

"그럼 가보겠습니다."

선화는 그렇게 중얼거리고서는 급한 걸음으로 방을 나갔다.

닫힌 문을 바라보며 에드가 오는 생각에 잠겼다. 최근 선화가 기분이 언짢아 보였던 이유를 이제야 알 것 같았다. 신문에는 최근 만주에서 중국 군벌과 러시아군 사이의 충돌이 격해지고 있다는 기사가 꾸준히 실렸다. 에드가 오에게는 먼 곳의 불안한 정세로만 보고 넘길 기사였다. 하지만 선화에게 만주란 지명은 단순한 땅 이름이 아닌, 느닷없이 떠나버린 아버지가 있는 곳이었다.

갑자기 아버지가 모습을 감추었을 때 그녀는 과연 무엇을 생각했을까? 아버지가 그녀와 가족을 버렸다고 생각한 건 아닐까? 오늘 편지를 받고, 그녀는 지금까지 해오던 생각에서 무엇을 더하고 뺐을까?

에드가 오는 천천히 밥을 한술 떴다. 밥을 삼키며 조금 전까지 했던 그 생각도 같이 삼켜버리려 했다. 오늘 저녁 찬은 괜히 짜다는 생각이 들었다.

6일째
1929년 6월 22일, 토요일

국사당

새벽이었다. 하늘이 채 밝지 않았다. 피곤함의 무게는 묵직하게 에드가 오의 몸을 누르고 있었다.

"잡귀가 달라붙은 건지도 모르지."

곧 그는 자신의 말을 비웃고 싶어졌다. 모던의 시대에는 모든 것을 이성적으로 설명할 수 있다. 서낭당이니 마마신 따위 이야기는 미신이고 비이성일 뿐인, 자신이 갈고 닦아온 모던 앞에서는 신기루나 다름없는 존재이다.

그런 내 입에서 잡귀 같은 소리가 나올 줄이야. 잡귀가 정말로 내 몸에 달라붙었다면, 국사당 굿 소리를 듣자마자 후다닥 도망쳐 버리겠군.

괜한 생각을 하며 그는 겨우 몸을 일으켰다.

*

"죄송합니다. 하루만 더 기다려주시겠습니까?"

아침상을 가져온 선화에게 양복의 수선 진척을 묻자, 그녀의 얼굴에 민망해하는 기색이 떠올랐다.

"아니, 무엇 때문에……."

에드가 오는 그렇게 묻다가 이유를 곧바로 깨달았다. 어제의 편지 때문인 게 분명했다. 그는 급히 말을 돌렸다.

"꼼꼼하게 봐주면 나야 고맙지. 그래도 빠르게 수선해 주면 좋겠네."

"내일은 반드시 수선을 끝내겠습니다."

선화의 표정에서 어제 보였던 흔들림의 흔적은 찾아볼 수 없었다.

결국, 외출할 때 입을 옷은 또다시 때에 맞지 않는 모직 양복이 될 수밖에 없었다. 하지만 리넨 정장이 없는 지금은 어쩔 수 없는 선택이었다. 더위 죽더라도 꼴불견으로 손가락질받는 것보단 나았다.

은일당을 나서는 에드가 오에게 선화가 인사를 건넸다.

"조심해서 다녀오십시오. 반드시 해지기 전에 돌아오셔야 합니다. 더위 먹지 않도록 조심하시고, 순사를 조심하시고요."

"지난번에도 그리 생각하였네만, 순사를 조심하라는 건 인사치고 이상하지 않나."

그가 웃으며 말했다. 선화가 대꾸했다.

"조심해서 나쁠 건 없지 않습니까?"

문을 열자 뜨거운 공기가 훅 얼굴로 끼쳐왔다. 갑자기 현기증이 밀려왔다. 어지러움이 가시자 에드가 오는 문 바깥의 뜨거운 공기를 각오하며 한숨을 내쉬었다. 선화가 웬일로 문가까지 따라 나와주었다. 그는 걱정 어린 표정으로 바라보는 그녀를 향해 손을 한 번 쓱 들어 보였다.

흙길은 며칠 사이 요전에 내린 비의 흔적을 찾아볼 수 없을 만큼 메말라 있었다. 딛는 걸음마다 바닥의 흙이 풀썩 피어올랐다. 에드가 오는 맑고 화창한 하늘을 보며 얼굴을 찌푸렸다. 오늘은 일년 중 가장 해가 길다는 하지였다. 이미 공기가 달아오르고 있었다. 오늘도 날씨가 단단히 더울 모양이었다.

*

국사당에 도착한 에드가 오는 걸음을 우뚝 멈추고 숨을 몰아쉬었다. 가파른 오르막길을 걸어오느라 땀은 이미 온몸에 흥건했다. 게다가 머리가 어지럽다 못해 찌르듯 아팠다. 이 두통의 원인 절반쯤은 국사당을 가득 채우는 시끄러운 소리 때문이었다.

국사당은 옛 조선 왕실에서 자격을 준 굿당이었고, 조선의 첫 왕을 모신 곳이라고 했다. 그러한 건물이면 크고 찬란해야 할 터였지만 정작 그곳에는 절간의 법당을 연상케 하는 아담한 건물이 서 있을 뿐이었다. 저 멀리 보이는 과거 국사당 자리에 들어선 남산의 조선신궁은 희고 긴 계단부터 기세등등한 위용을 자랑하고 있었다. 그 모습에 비교하면 국사당은 참으로 초라하기만 했다.

하지만 그 좁은 곳에서는 이미 굿이 한창이었다. 격렬히 움직이는 무당의 손에서 짤랑짤랑 울리는 방울 소리, 경을 읽는지 주문을 외우는지 알 수 없는 목소리, 그리고 북과 장구와 징 소리가 뒤섞여 시끄럽게 울려 퍼졌다. 사당의 금단청과 벽에 걸린 산신 그림들, 제단의 제물들, 그리고 무당들의 오색 현란한 복장까지 어우러져서, 눈앞이 화려하게 어지러웠다.

굿 구경을 하러 잔뜩 모인 사람들 너머에서 이 혼돈을 사진에 담는 사람이 보였다. 그 모습을 보고 있으려니 별걸 다 찍는다는 불퉁거리는 생각이 괜히 울컥거렸다.

사람들을 헤치고 커다란 바위 앞으로 물러나서야 에드가 오는 한숨을 돌렸다. 잠시 숨을 가다듬으며 그는 아픈 머리가 나아지길 기다렸다. 빨리 정신을 수습하고 나서 계월이 어디 있는지를 찾아봐야 했다.

에드가 오는 이마에 고인 땀을 닦으려다가 팔꿈치로 옆에 서 있던 여인을 툭 건드리고 말았다. 그는 쓰개치마를 덮어쓴 여인에게 급히 사과했다.

"미안하오! 그만 실수로……."

"딴에는 오 선생님이 제게 수작이라도 거시는 건가 했습니다만, 그건 아니었군요."

익숙한 목소리였다. 쓰개치마 아래에서 계월이 미소 짓고 있었다.

"제가 이런 차림을 하여서 놀라셨습니까, 오 선생님?"

에드가 오는 눈을 껌벅이다가 정신을 차렸다.

"어, 그러니까……. 솔직히 좀 많이 놀랐소."

그는 더듬더듬 대답했다. 계월은 소리 내어 웃었다.

"이렇게 차려입으면 어느 여염집 처녀처럼 보이지 않습니까? 수수한 옷차림 속에 세상 풍파에 닳고 닳은 천한 기생 계집이 있을 거라고는 아무도 생각지 않겠지요."

옷차림은 옛날 양반댁 여식이 외출할 때처럼 몸을 꼭꼭 숨기고 있는 데다, 평소와는 달리 짙은 화장도 하지 않은 모습이었다. 그러나 그 옷 아래 숨은 도드라지게 빨간 입술과 정갈하게 오뚝 솟은 코, 크고 또렷한 눈은 그녀의 아름다움을 여지없이 드러내고 있었다.

"그래서, 어떠했습니까?"

"……무엇이 말이오?"

그는 당황해서 되물었다. 계월은 미소를 거두지 않았다.

"선화에게 건네 달라고 오 선생님께 서찰을 건넸었지 않습니까."

"아, 그 편지……. 귀가하자마자 전달했소. 그런데 선화 군이 그걸 보더니……."

"울었습니까?"

계월이 정곡을 찔러 물었다. 어쩔 수 없이 에드가 오는 고개를 끄덕였다.

"그럴 것 같았습니다."

그녀는 마치 아무렇지도 않은 일인 듯 대답했다. 하지만 에드가 오에게는 별일이 아니라고 넘길 일은 아니었다. 아찔한 현기증을 참고, 그는 겨우 질문을 꺼냈다.

"어떻게 그 편지를 손에 넣은 거요? 선화 군의 부친은 지금 먼 곳에 가 있다고 들었는데, 경성에 있는 사람이 그분의 편지를 전해 주니 참으로 이상한 일 아니오."

"요릿집에는 다양한 사람들이 오가니, 그런 이들의 손을 거쳐 그 편지가 제게 닿은 거라고 아시는 것은 어떨지요."

에둘러 표현했지만, 그 대답 자체는 수긍이 갔다. 다양한 사람들이 다양한 일을 들고 홍옥관에 간다고 하니, 그 와중에 편지 또한 오갈 수 있을 터였다.

"그것보다도 저 역시 오 선생님께 묻고 싶은 게 있습니다."

계월의 말투에서 더는 자세한 이야기를 하고 싶지 않다는 뜻을 읽을 수 있었다.

"어제 친히 홍옥관을 찾아오셨다지요. 저에게 볼일이 있으셨다고 전해 들었습니다."

"그랬소. 어제는 분주하였나 보오."

"굿 준비를 살피느라 바빴답니다. 도저히 오 선생님을 만날 시간이 나지 않았지요."

"아니, 이 굿판을 당신이 직접 준비했다는 거요?"

"그렇습니다. 홍옥관 단골 한 분이 특별히 부탁하셔서 굿할 장소며, 무당의 섭외며 필요한 온갖 물건 준비며, 그런 자질구레한 걸 했습니다. 무당을 주선하는 걸로 제 역할이 끝날 줄 알았는데, 어쩌다 보니 무당패와 손님 양쪽의 뒤치다꺼리까지 도맡게 되었습니다. 홍옥관 사람들마저 모두 여기 매달리게 되어서 도저히 평소처럼 영업할 수 없었지요."

저 멀리 벌어지는 난장판을 보며 계월이 대수롭잖게 말했다.

말이야 간단하다. 하지만…….

굿당에서 춤을 추고 악기를 연주하는 무당패와 무언가를 빌고 기원하는 사람들 사이로 물건을 나르느라 분주한 여인이며 장정들은 홍옥관에서 온 사람들일 터였다. 보기에는 작아 보여도 그 뒤에 들어갔을 정성과 인력이 만만치 않아 보이는 만큼, 이 굿판은 일을 처리하는 지시가 바르지 않으면 엉망이 될 공산이 커 보였다.

그 혼란한 일을 도맡아 하고 있는 것이 계월이었다. 계월은 선화나 연주에게 언니라고 불리지만, 에드가 오보다는 나이가 어릴 터였다. 그런데도 이 일을 그녀가 주도하여 치러내고 있다는 것으로 그녀의 수완을 짐작할 수 있었다.

"한데 이 굿판은 무엇을 위해 벌인 것이오?"

그의 질문을 듣고 그녀는 알 듯 모를 듯 묘한 미소를 지었다.

"이 굿은 호환을 막고자 치르는 것입니다. 오 선생님도 요즘 남산에 출몰하였다는 호랑이 소문은 알고 계실 터입니다."

아차 싶었다. 세르게이 홍 일로 머릿속이 복잡해서, 정작 그 일의 시작에 놓여 있던 호랑이 소문은 미처 신경 쓰지 못하고 있었다. 계월은 그의 눈치는 신경조차 쓰지 않고 말을 이었다.

"호랑이 소문 때문에 순사들이 남산 주위를 삼엄하게 지켜 섰다지 않습니까. 제 손님 댁이 용산인데, 소문이 그곳에 돌아버렸던 겁니다."

"그 소문, 은일당 쪽으로도 번졌더구려. 선화 군이 내게 그 소문을 말해주었소."

"선화라면 그런 이야기에 솔깃해하겠군요."

에드가 오는 선화가 공책에 기록해 둔 헛소문을 새삼 떠올렸다.

"그러고 보면 오 선생님과 선화가 있는 동네도 남산자락이었지요. 용산에서 그곳까지는 거리가 꽤 있다고 알고 있습니다만."

"산만 없다면 그럭저럭 가까운 거리 아니오. 소문이 산을 타고 넘어간 걸 수도 있지 않소."

"발 없는 말이 천 리 길 가는 것으로도 모자라 산도 타 넘는 모양입니다."

갑자기 커진 꽹과리 소리 때문에 대화가 잠시 끊겼다. 얼굴을 찌푸린 채 에드가 오가 말했다.

"그래도 유난스럽지 않소? 소문만 무성할 뿐 아직 호랑이는커녕 승냥이조차 잡히지 않았는데, 이 굿을 벌이기로 한 사람도 과하게 야단법석이다 싶단 말이오."

"제 손님의 생각은 저도 조금이나마 짐작하고 있습니다. 아마도 손님의 사업과 관련이 있을 겁니다."

"사업?"

그의 물음에 계월이 미소를 지었다.

"손님께서 함경도에서 광산 사업도 하십니다. 그곳에서는 호랑이가 돌아다닌다는 풍문이 돌면, 사람들이 바로 포수들을 모아 사냥에 들어간다더군요. 그리고 거기선 사냥 말고도 호환을 막겠다고 무당을 불러 굿을 크게 벌이기도 한답니다. 호랑이가 내려왔다는 소문만으로 그런 일을 벌이는 건 그 지방의 사람에게는 당연한 일일 겁니다."

"그렇다곤 해도 여긴 경성 아니오. 고작 소문만으로 이런 굿을 벌이다니, 그 사람도 호들갑이구려."

그의 말을 들은 계월의 눈초리가 가늘어졌다.

"그게 꼭 소문만은 아닌 모양입니다. 저도 무당을 찾아달란 그분의 요청이 이상해서, 어떻게 된 것인가 사정을 들어보았었습니다. 그랬더니 손님께서 그러시더군요. 그분의 아흔이 넘은 자당[19]께서 한밤중에 남산에서 파랗게 이글거리는 두 눈을 보았다고 말씀하시더란 겁니다."

에드가 오는 저도 모르게 침을 삼켰다. 그를 짓누르는 열기 사이로 오싹한 기운이 감겨 들어왔다.

"손님도 요즘 정신이 온전치 못하신 자당께서 헛것을 본 것이 아닌가 의심하셨지만, 일단 경찰에 그 일을 신고하였답니다. 제 손님이 경찰도 함부로 대하지 못하는 분이시기도 했고, 게다가 박람

---

19 慈堂. 남의 어머니의 존칭.

회 도중에 짐승 일로 문제가 생기면 곤란하니, 일단 해수구제 명분으로 남산에 순사들을 동원했었다지요. 그 와중에 어째서인지 호랑이 소문이 퍼진 것 같았습니다."

계월은 나직이 한숨을 쉬었다가 급히 미소를 고쳐 지었다. 그녀의 얼굴에서 피로한 기색이 다시 언뜻 나타났다가 사라졌다.

"엉뚱한 이야기가 길었습니다. 그래서 말인데, 오 선생님은 어떤 용무로 절 찾으셨습니까?"

에드가 오는 조심스레 질문을 던졌다.

"세르게이 홍을 알고 있소? 내 친구인데."

"홍성재 선생님 말씀이지요? 잘 알고 있습니다."

계월이 웃으며 대답했다. 세르게이 홍의 이름을 듣자마자 그의 조선 이름이 바로 나오는 것을 보면, 그녀의 말은 거짓이 아니었다.

"내가 어제 홍옥관을 찾은 건, 그 친구가 월요일에 그곳에 갔는가를 알아보려던 거였소."

뭔가를 생각하듯 살짝 얼굴을 찌푸린 계월이 곧 다시 미소를 지었다.

"예, 그날 홍 선생님이 홍옥관엘 들르셨지요. 오랜만에 오셨기에 반갑게 맞이했던 기억이 납니다. 제가 이 일로 바쁘지만 않았어도 좀 더 깊은 곳에 담아둔 회포까지 풀 수 있었으련만, 그게 못내 아쉬웠더랬지요."

말에 담긴 은근한 느낌에 당황했지만, 그는 애써 그걸 감추고 물었다.

"그 친구가 홍옥관에는 무슨 볼일이 있었던 거요?"

"러시아와 만주 여행에서 구경한 것들을 이야기하러 오셨지요."

겨우 그런 이유라니, 황당한 기분이 들었다.

"덕분에 재미나 이야기를 많이 들었습니다. 기나긴 기차 여행 이야기며, 사냥 이야기며, 입에 맞지 않던 음식 이야기며……. 이야기가 흥미로워서 저도 예정했던 시간보다 더 오래 그분 말씀을 듣고 말았었지요. 제 일 때문에 시간을 더 내지 못하는 게 아쉬웠습니다."

"그 친구가 언제쯤 나간 거요?"

"대략 네 시 반 즈음이었지요."

본정경찰서에서 엿들었던 세르게이 홍의 행적과 일치하는 증언이었다.

"제가 이르게 자리를 파한 탓에 홍 선생님은 전전긍긍하셨습니다. 저녁에 약속이 있으신 모양이었는데, 그전까지는 홍옥관에 머무를 생각을 하셨던 게지요. 전 그때까지 편하게 계시라고 권했습니다만, 홍 선생님은 주인이 바쁜데 손님이 있는 건 실례라면서 굳이 나가려 하시더군요. 미안해서 제가 '영화관에 가셔서 영화를 보시는 것도 좋지 않겠습니까?'라고 권했습니다."

"영화?"

"홍 선생님이 그 말에 솔깃하셔서, '영화라, 그것 괜찮군. 요즘 어떤 영화를 하는가?'라고 하시더군요. 사실 그날 영화를 보려고 미리 표를 사두었었는데 굿판 준비로 보러 갈 수 없던 참이라 홍 선생님께 제 표를 건네드렸지요. 홍 선생님이 기뻐하면서 '지갑을 놔두고 온 참이었는데 이거 잘 되었군. 옥련이가 날 생각해서 준 이 표로 영화 보러 가야겠네.'라고 말씀하셨던 기억이 납니다."

세르게이 홍의 행적이 구체적으로 언급되었다. 과연 이 증언은 사실일까.

생각에 잠긴 에드가 오를 본 계월은 재미있다는 듯 웃었다.

"그런데 뜻밖입니다. 오 선생님이 홍 선생님과 친분이 있으실 줄은 생각지도 못했습니다."

"나와 세르게이 홍은 모던의 이상을 공유하고 함께 나아가는 동지요. 그것이 그렇게 이상해 보이오?"

"말을 실수하였습니다. 부디 노여움을 푸시지요."

계월이 웃으며 사과했다. 입으로만 미안함을 담는 사과였지만, 그 역시도 언성을 높인 척한 것이라서 문제가 될 건 없었다.

"그러고 보니 올봄에도 홍옥관을 대뜸 찾아와 제게 이것저것 물어보셨지요? 이번에도 무언가 급한 사정이 있으신 겁니까?"

이어진 계월의 질문에 에드가 오는 목소리를 낮춰 대답했다.

"경찰이 그 친구를 찾는 것 같던데, 혹시 아는 바가 있소?"

"경찰이 말입니까? 설마 지금까지 제게 물으신 건……."

계월이 에드가 오를 지그시 바라보았다. 날카로운 눈빛은 무언가를 가려내려는 사람의 것이었다. 하지만 그녀는 곧바로 웃음을 보였다.

"아니, 아닙니다. 제가 괜한 말을 꺼냈습니다."

얼굴에 지어진 미소는 아름다웠지만, 지어낸 것이 분명했다.

북과 장구와 징 소리가 점점 크게 울려 퍼졌다.

"하나 더 묻겠소. 세르게이 홍이 나무 상자를 들고 갔을 거요. 그 안에 뭐가 있는지 봤소?"

그 질문을 던지며 에드가 오는 계월을 보았다. 조금 전까지 그녀의 얼굴에 감돌던 웃음기가 사라졌다.

"상자 안의 물건 말입니까. 그건……."

그때 등 뒤에서 누군가 불쑥 말을 걸었다.

"계월이, 지금 바쁜가."

그 목소리를 듣는 순간 에드가 오는 숨을 삼켰다. 몸이 돌처럼 굳어지고 말았다. 이 자리에서 만나리라고는 전혀 생각하지 못한, 그러나 귀에 익은 사람의 목소리였다.

"무언가 용건이 있으십니까, 센다 사장님?"

그의 뒤를 바라보며 계월이 낭랑하게 물었다. 목소리의 주인이 대답했다.

"자네가 불러온 어린 무당 계집 말인데, 제법 반반하더군. 그래서……. 아니, 잠깐."

목소리의 주인은 점잖은 체하는 목소리로 말을 이었다.

"거기 때에 안 맞는 정장을 입은 건 설마, 오덕문 군인가?"

젠장. 저자가 알아차리지 않기를 바랐는데.

에드가 오는 속으로 탄식했다. 그는 침착함을 유지하려 애쓰며 뒤로 돌아보았다.

"오랜만입니다. 천 사장님."

"센다 사장이라고 부르게. 자네가 내지에 가 있던 사이에 센다 민타로라고 이름을 바꿨거든. 조선이 서양처럼 발전하려면 일본을 따르는 게 가장 빠른 길 아닌가. 그 실천의 시작은 이름부터여야 한다는 생각이 들었지."

에드가 오는 이를 악물었다.

"어떤가, 내 이름. 이 경성에 닥칠, 모던한 시대에 걸맞은 이름이 아닌가?"

연주의 아버지인, 그리고 에드가 오가 경성에서 가장 마주치고 싶지 않은 사람인 천민근이 미소를 지었다. 그럴듯한, 하지만 꼴 보기 싫은 미소였다.

천민근

 천민근은 에드가 오가 마지막으로 보았던 때와 달라진 것이 거의 없었다. 그가 입고 있는 맵시 있는 군청색 정장은 서양의 최신 유행을 그대로 따른 게 분명한 세련된 모양새였다. 게다가 그 정장은 에드가 오도 처음 보는 옷감으로 지어져서, 매끄럽고 우아한 비늘처럼 반들거렸다. 정장 깃에 장식한 둥근 루비 브로치와 셔츠 소맷부리에 단 터키석 커프스. 그가 손에 든 검고 굵은 단장은 조선은커녕 일본 동경에서도 비슷한 것을 찾을 수 있을까 싶은 드문 물건이었다.
 기억 속에 남아 있는 모습에서 단 하나 달라진 것은 수염이었다. 천민근은 1925년엔 멋진 카이저 콧수염을 기르고 있었다. 그러나 지금 그는 콧수염 대신 온 얼굴을 뒤덮는 길고 덥수룩한 사자 갈기 같은 수염을 가지고 있었다. 하지만 그 덥수룩함은 잘 정돈되어 위풍당당함을 자랑했다. 천민근은 아직도 경성에서 '수염 남작'이란 별명으로 불리고 있을 게 분명했다.

"그런데 뜻밖이군. 뜻밖이야."

천민근이 손가락으로 그를 가리켰다.

"마지막으로 봤던 때, 분명 자네는 내지 유학을 마저 하고 온다고 했었지. 그래서 나는 자네가 4, 5년은 내지에 있을 것으로 생각했는데. 경성에는 잠깐 들른 것인가?"

"아닙니다. 대학교는 졸업했습니다."

그는 나직하게 대답했다. 천민근은 정작 그 대답에 관심 없어 보였다. 조금 전 질문도 의례적인 것이 분명했다.

"그래서, 지금은 경성에서 뭘 하고 있나?"

천민근의 눈이 에드가 오의 차림을 쓱 훑어 내려갔다. 곧 그의 입에서 비웃음 소리가 새어 나왔다.

"오덕문 군, 마침 수행 비서 자리가 비어 있어. 내일부터 일하도록."

에드가 오는 반사적으로 대답했다.

"죄송합니다. 지금은 다른 곳에서 일하고 있습니다."

"음? 자네, 고등유민이 아니란 건가?"

에드가 오는 얼굴이 찌푸려지는 걸 간신히 참았다. 천민근은 고개를 갸웃거렸다.

"그럼 무슨 일을 하는가?"

"그……. 과외 일을 하고 있습니다."

"과외? 예전 자네가 아카네의 과외 일을 곧잘 했지만, 자네가 그

토록 누굴 가르치는 걸 좋아할 줄은 몰랐군. 좋아, 그러면 아카네의 공부도 돌보도록 해. 이전에 했던 것처럼 하면 돼."

연주와 처음 재회했을 당시, 에드가 오는 그녀가 내지 이름으로 개명했다는 걸 들은 적 있었다. 하지만 몇 년 만에 여기서 갓 만난 에드가 오가 그런 사정을 모를 수도 있다는 걸 고려조차 하지 않는 건, 지극히 천민근다웠다.

"그건 곤란합니다."

"그래? 지금 과외 하는 곳에서 돈을 많이 주나?"

"살 곳도 제공하고 있습니다."

에드가 오는 일부러 거창한 척 말을 꾸몄다. 천민근이 그 말을 듣고도 그에게 일을 시키려고 한다면, 그때는 그 말을 거절할 방법을 찾는 게 무척 어려울 게 분명했다.

다행히도 천민근은 더는 그 용건에는 관심을 두지 않았다.

"그런데 자네는 아무래도 멋을 좀 더 배워야 할 것 같군."

그의 눈길이 에드가 오를 다시 한번 훑었다. 뱀이 몸을 휘감는 듯한 불쾌한 시선이었다.

"허울 좋아 보이는 옷만 입었다고 멋이 나는 게 아니지. 이 여름 날씨에 그런 두꺼운 옷감이라니, 복식을 전혀 알지 못하는 차림 아닌가."

천민근은 손가락으로 그를 가리키며 말을 이었다.

"자네는 모양이 그럴듯하다는 이유만으로 그런 걸 입는 모양이지. 하지만 때에 맞지 않는 옷감은 입은 사람을 꼴사납게 보이게만 할 뿐이네. 옷의 재질과 모양은 시절과 시기에 맞는 용도가 있어서 선택된 것이야, 때에 맞지도 않게 그럴싸한 척하는 옷을 입었기에 나는 자네가 돈 없는 고등유민인가 생각했거든. 그런데 자네는 그저 모던 보이 같은 수준 낮은 자들 흉내나 내려고 입은 거였군."

전후 사정 같은 건 들어볼 생각은 하지 않고 자기 생각만이 진짜인 양 단정 지어 사람을 다루는 게 천민근이 아랫사람을 대하는 태도였다. 천민근 따위에게 이런 소리를 더 듣기 싫어서 에드가 오는 급히 말을 돌렸다.

"그런데 센다 사장님. 이런 굿판에는 어쩐 일로 오셨습니까?"

"오늘 굿을 의뢰하신 분이 센다 사장님이십니다."

뜻밖에도 계월이 대답을 했다. 천민근이 키득키득 웃었다.

"왜, 놀라운가? 하기야 자네가 보기엔 미신이나 믿는 내 모습이 꼴사납다고 생각하겠지."

사이비로 모던을 추구하는 사람 같으니, 라고 속으로 생각하던 에드가 오 정곡을 찔려서 움찔했다. 그의 모습은 아랑곳하지 않고 천민근은 말을 이어 나갔다.

"하지만 굿이라는 건 선전할 볼거리로는 충분하니까."

"그건 무슨 말씀이신지……."

"이봐, 오덕문 군. 내지 유학까지 다녀온 사람치고는 생각이 짧지 않나. 호랑이를 몰아내기 위해 굿을 한다, 자네처럼 좀 배운 게 있다는 사람들에게는 이게 미신으로만 보이겠지. 하지만 조선 팔도 대다수를 차지하는 건 어리석은 자들이야. 그들이 보기에 굿은 호랑이 문제를 해결할 그럴듯한 방법일 테지."

천민근은 턱수염을 쓱 쓸며 미소를 지었다.

"굿이라는 건 눈에 띄는 모양새만으로도 충분히 볼거리야. 게다가 이 굿의 목적은 호환을 막기 위해서가 아닌가. '흉흉한 민심을 달래기 위해 센다 민타로가 기꺼이 굿을 벌였다.'라는 미담이 되는 거지. 그래서 특별히 이 굿의 기록을 남길 사람도 섭외해 놨고."

에드가 오는 조금 전에 본 사진사를 떠올렸다. 장소에 어울리지 않던 그 사람은 천민근이 데려온 사람인 모양이었다.

"하지만 남산에 정말로 호랑이가 있어서 사람을 해친다면 어찌하실 겁니까?"

"그건 더더욱 좋은 일이지."

"……예?"

천민근의 대답에 그는 저도 모르게 되묻고 말았다.

"사람이 호환을 입었다면 내가 포수들을 섭외하여 호랑이를 토벌하는 무리의 가장 앞에 나서야겠지. 그렇게 사냥한 호랑이는 조선박람회 최고의 볼거리가 될 거야. 야마나시 총독도 흡족해할 전시물이 되겠지."

에드가 오는 문득 《정호기》의 내용을 떠올렸다. 천민근은 《정호기》에 나온 부자처럼 행동하려는 모양이었다. 천민근은 대수롭지 않다는 듯 말을 이었다.

"일주일 전에 어머니가 남산에서 수상한 불빛들을 보셨다며 범이 아닐까 무섭다고 말씀하시더군. 어머니가 헛것을 본 게 분명해서 처음엔 무시하려고 했어. 그런데 문득, 그게 정말로 호랑이면 이야깃거리가 되겠다는 생각이 들더란 말이야. 그래서 관청과 경찰에 부탁해서 해수구제를 요청했지."

그 '부탁'이라는 건 분명 많은 돈이 오가는 그런 것이 아니었을까.

에드가 오가 머릿속으로 어떤 생각을 하는지 아는지 모르는지 천민근은 수염을 쓰다듬으며 말을 이었다.

"그리고 이참에 경성 사람들에게 호랑이가 나타났다는 풍문도 널리 퍼트렸지."

"그건 무슨……."

"사방에 퍼진 호랑이 소문 때문에 사람들이 불안해할 때, 그 호랑이를 잡으려고 이 센다 민타로가 크게 힘을 썼다는 이야기를 얹으면 나의 이름을 알릴 수 있지."

그제야 에드가 오는 호랑이 소문이 어떻게 사방에 퍼진 것인지 알 수 있었다. 천민근이 자신의 선전을 위해서 일부러 소문을 퍼트린 것이었다. 사람들이 혼란스러워하는 것 따윈 아랑곳하지 않고 헛소문을 여기저기 옮겼다는 게 이 일의 진상이었다.

천민근은 손으로 턱수염을 쓰다듬으며 느긋하게 말했다.

"소문이라는 건 참으로 편한 거야. 화전을 일구려고 숲에 불을 지르는 것과 같아. 불이 잘 붙을 자리에 소문이라는 불씨만 툭 던져놓기만 하면 되거든. 불이 한번 제대로 붙으면 그 뒤론 내가 꼼짝하지 않아도 불길은 알아서 번져 나가지. 그렇게 되면 누가 그 소문을 퍼트렸는지 알기도 어렵고, 혹여나 왜 그런 소문을 퍼트렸냐고 추궁받아도 '나는 한마디 꺼낸 것뿐이다. 그게 그렇게 퍼져나갈 줄은 누가 알았겠는가.'라고 대답하면 그자가 감히 더 뭐라고 할 것인가."

에드가 오는 아무 말도 하지 않았다. 아니, 아무 말도 할 수 없었다. 눈앞에 붉은색이 스쳐 지나갔다. 몇 년 전 내지에서 본, 붉은 노을의 색이었다.

무책임하게 퍼져 나간 소문으로 사람이 목숨을 잃기도 한다는 것을 천민근은 알고 있을까? 아니, 천민근은 그런 걸 알면서도 신경조차 쓰지 않을 것이다. 이자는 돼먹지 못한 자니까.

주먹을 꽉 쥔 손에 힘이 더 들어갔다.

"이번에 사람 하나가 남산에서 죽었다는 이야기를 들었는데, 그게 호랑이 때문은 아니라더군. 참으로 아까운 일이야. 호랑이 때문에 죽었다면 그자가 호환을 당한 이야기를 크게 퍼트린 뒤에 호랑이를 사냥해서 뭇사람들의 주목을 모을 것 아니겠는가."

천민근은 그렇게 말하며 미소를 지었다. 밝은 미소였다.

공기가 뜨겁고 습했다. 짜증으로 더운 것인지, 그냥 날이 뜨거워진 것인지 알 수 없었다.

"계월이, 나중에 굿이 다 끝나면 내가 말한 그 무당을 따로 데려오도록 하게."

천민근은 에드가 오에게 관심이 사라진 눈치였다.

"알겠습니다."

계월은 미소를 지었다. 아름다운, 그러나 꾸며 지은 게 분명한 미소였다.

"어머니는 지금 어디 계시는가?"

"사당 뒤편에 쳐놓은 천막에서 주무시는 걸 보았습니다."

계월의 대답을 들은 천민근은 곧장 등을 돌려 사람들 사이로 걸어갔다. 에드가 오는 눈을 질끈 감았다. 머리에 피가 쏠려 어지러웠다.

"저도 이제 일 때문에 가봐야 합니다."

계월의 목소리가 들렸다. 그는 현기증을 참으며 겨우 대답했다.

"나 때문에 시간을 내줘서 고맙소."

"별말씀을요. 날도 더운데 조심히 돌아가십시오."

계월은 안도하고 있는 것 같았다. 이래서는 상자에 대해 더 캐물을 수 없었다.

"나중에 세르게이 홍을 만나거든 내가 만나고 싶어 하더라고, 꼭 좀 전해주시구려."

"잘 알겠습니다."

그가 건넨 작별 인사를 계월은 미소를 지으며 받았다. 그녀는 주위를 둘러본 뒤, 조금 더 낮은 목소리로 말했다.

"혹 나중에 연주와 만나실 일이 있으시다면 오늘 이곳에서 센다 사장님과 만났던 건 비밀로 부탁드리겠습니다."

그는 고개를 끄덕였다. 확실히 조금 전에 나눈 몰상식한 대화는 차마 다른 이에게 전할 수 있는 내용이 아니었다.

계월은 쓰개치마로 얼굴을 가린 뒤 사뿐하게 발걸음을 옮겼다. 에드가 오는 계월의 뒷모습을 우두커니 바라보았다.

중요한 것을 알아내기 직전에, 눈앞에서 놓치고 말았다. 게다가 경성에서 가장 마주치고 싶지 않은 사람을 대면한 것도 모자라 불쾌한 이야기까지 듣고 말았다. 기분이 엉망이었다.

그는 발걸음을 옮기려다가 걸음을 멈추었다. 발밑이 흔들렸다. 다리의 힘이 풀려서였겠지만, 그건 마치 예전의 그 크고 무서웠던 지진의 흔들림 같았다. 깊은 곳에 품고 있던 기억이 순간 다시 그의 앞을 스쳤다. 그는 현기증을 이를 악물고 겨우 참아냈다.

굿판은 여전히 시끌벅적했다.

소문의 출처

"뜻밖이로군. 이렇게 빠르게 뭔가를 알아 올 거라고는 기대하지 않았는데."

남정호는 눈썹을 꿈틀거렸다. 무표정한 얼굴에 놀란 기색이 보였다.

"자네가 정보만 얻고 도망갈지도 모른다 싶어서, 조만간 자네 하숙집에 친히 가보려고 생각했었어. 쓸데없는 수고를 덜었으니 다행이군."

자신을 무시하듯 내뱉는 남 순사부장의 말투를 에드가 오는 꾹 참아 넘겼다. 말투가 마음에 들지 않는다고 해서 순사에게 따지고 들 수는 없었다. 그것도 본정경찰서 한가운데에서라면 더더욱 하면 안 될 짓이었다.

"그 친구는 그날 낮에 홍옥관을 들렀고 네 시 반경에 거기서 나갔다고 합니다."

"그건 홍성재가 직접 한 이야기인가?"

"아닙니다. 홍옥관의 기생 계월에게 들은 이야기입니다."

남 순사부장은 침묵했다. 그는 계속 말을 이었다.

"그녀 말로는, 세르게이 홍에게 이후 시간에 영화라도 보러 가는 것이 어떻겠느냐고 이야기하며 때마침 자신이 보려고 끊었다가 시간이 나지 않아 볼 수 없게 된 영화표를 그 친구에게 주었다 합니다. 여기서부터는 제 추측입니다만······."

에드가 오는 머릿속으로 연주가 해준 이야기를 떠올리며 입을 열었다.

"영화를 한두 편 보고 나면 얼추 서너 시간이 흐르지 않습니까? 아마도 그 친구는 영화관에서 영화를 실컷 보고 난 뒤에 본정의 카페 은하수로 간 겁니다. 그곳 여급에게 자세한 이야기를 들을 수 있었습니다."

"여급의 이름은?"

"본명은 모르고, 거기서는 메이코라고 부릅니다. 메이코 말로는 그 친구가 저녁 여덟 시 반 즈음 그곳에 모습을 보였다고 합니다. 홍옥관에서 나온 시각 이후의 행적은 극장과 카페를 다녀온 것으로 설명이 됩니다. 그 친구가 그 외에 다른 일은 하지 않았을 겁니다."

"말은 되는군."

남 순사부장은 중얼거렸다. 하지만 그렇게 말하는 그의 표정은 정작 그리 만족스러워 보이지 않았다.

"하지만 홍성재가 영화관에 갔다는 걸 증명하긴 어려워."

"어째서입니까?"

"사람이 많이 오가는 영화관에서 홍성재의 인상착의를 기억하는 게 쉽지 않아. 게다가 영화관은 어두운 공간이니 더더욱 사람 모습이 눈에 띄지 않지. 그러니 홍성재가 실제로 그곳에 있었는지 아닌지 그 증언만으로는 믿기 어려워."

"그래도 이 정도 정보라면 어느 정도는 도움이……."

"내가 원하는 것은 추측이 아니라 사실이야."

남 순사부장은 에드가 오를 노려보았다.

"내가 자네에게 기대한 것은 홍성재를 직접 만나서 이야기를 들어오는 거였어. 증언 따위를 모아서 어설픈 추측이나 해오라는 게 아니었단 말이야."

이거 야단났군.

지금까지 그는 남정호와의 거래에서 자신이 유리한 입장에 서 있다고만 생각했었다. 하지만 남정호에게 제공해야 할 정보를 얻기는 쉽지 않다는 걸, 그는 그제야 깨달았다.

"난 이미 자네가 원하는 걸 줬어. 하지만 난 베풀기 좋아하는 자선가가 아니야. 준 게 있으면 반드시, 강압으로라도 받아내야만 직성이 풀리는 사람이지."

에드가 오는 침을 삼켰다. 남정호가 집요한 사람이라는 것은 몸서리치게 잘 알고 있었다. 남정호가 낮게 말했다.

"나와 약속한 것, 잊지 마. 그렇지 않으면 자네 손가락은 무탈하지 못할 거야."

마치 호랑이의 으르렁거림처럼 들리는 무거운 압박이었다. 왼손 엄지손가락이 쿡 쑤셔왔다.

"하나 더. 홍성재를 만나면 그가 들고 다닌 상자 안에 무엇이 있었는지 알아 오도록 해."

"그건 왜입니까?"

에드가 오는 질문을 던졌다. 상자 속 물건의 정체는 그도 역시 신경 쓰였다. 하지만 경찰이 신경 쓰고 있다는 건 전혀 다른 문제였다. 그리고 당연히, 그건 좋은 이유일 것 같지는 않았다.

"그걸 내가 자네에게 이야기해야 할 이유가 있나?"

"그래도 정보는 주셔야지 않습니까?"

"자네가 원한 건 땜장이가 죽은 사건의 정보 아닌가. 그 사건과는 관계없는 정보야."

남 순사부장이 에드가 오를 노려보았다. 그는 아무런 대꾸도 할 수 없었다.

*

아침에는 그나마 조금 선선했던 공기가 정오가 되자 이미 후끈하게 달아올라 있었다. 입고 있는 정장이 사람의 몸을 더위 속에 가두는 감옥처럼 느껴졌다.

끔찍한 일이 벌어졌던 그 산모퉁이는 여전히 두 명의 순사가 지키고 서 있었다. 아니, 두 순사 중 보초를 서는 건 순사 한 명뿐이었다. 사건을 함께 목격했던 내지인 순사는 나무 그늘에 드러누운 채로 세상모르게 곯아떨어져 있었다.

에드가 오는 그들을 모른 척하기로 했다. 자는 순사를 굳이 깨울 이유도 없었고, 깨워봤자 또다시 조선인이 열등하다는 소리나 들을 게 분명했다. 더위로 머리가 어지러운 와중에 굳이 '요보 주제에' 같은 기분 더러워지는 이야기를 자청해서 들을 이유는 없었다.

그러나 이번에는 다른 순사가 에드가 오를 가만히 두지 않았다.

"이봐, 형씨."

햇빛을 받으며 서 있던 순사가 조선말로 나지막하게 그를 불렀다. 내지인 순사에게 괴롭힘당하던 조선인 순사였다. 작은 소리로 부른 건 그 역시 자는 자를 깨우기 싫어서인 모양이었다. 에드가 오가 걸음을 멈추자 순사가 히죽 웃었다.

"담배 가진 거 있으면 하나 주게."

"죄송합니다만 제가 담배를 피우지 않아서……."

"그래?"

조선인 순사가 입맛을 쩍 다셨다. 뒤편에서 으음, 하는 신음이 흘러나왔다. 내지인 순사가 몸을 뒤척이며 몇 번인가 더 소리를 냈다. 조선인 순사가 고개를 절레절레 저었다.

"저기 누워 계신 순사님 말입니다. 순사님의 윗사람인 건가요?"

그가 작게 던진 질문을 듣고 조선인 순사의 표정이 찌푸려졌다.

"무슨 소리인가. 계급도 같고, 심지어 저자보다 내가 이 일을 더 오래 했어."

"하지만 지난번에는 저 순사님이 순사님을 아랫사람 부리듯 하지 않았습니까."

조선인 순사는 침을 퉤, 뱉었다.

"입 다물고 있는 게 나아. 형씨도 당해봤잖은가. 자기가 내지인이라는 이유만으로 얼마나 위세를 떠는지, 괜히 건드려봤자 피곤해질 뿐이거든."

매미 우는 소리 사이로 코 고는 소리가 들렸다. 조선인 순사가 얼굴을 더욱 찡그렸다.

이러다 이 순사가 나에게 괜한 분풀이를 할지도 모른다. 호랑이보다 무섭다는 순사 아닌가. 순사가 고약하다는 점은 조선인이나 일본인이나 매한가지 아니던가.

그래서 에드가 오는 조선인 순사를 살살 달래기로 했다.

"어떻게 그럴 수 있습니까? 순사님이 열심히 일하시는 걸 저도 똑똑히 보았단 말입니다."

조선인 순사가 고개를 절레절레 저었다.

"어처구니없지? 나는 땀 뻘뻘 흘리며 망보는데 저자는 누워 자지를 않나, 동네 꼬마 애들을 윽박질러 불러서는 훈계하듯 쓸데없는 헛소리를 늘어놓지를 않나, 아주 돼먹지 않았어."

"동네 꼬마에게요?"

에드가 오는 선화에게 종알종알 헛소문을 전하던 어린 여자아이를 떠올렸다.

"저자가 애들을 붙잡고 미친 포수가 산속에서 총을 들고 돌아다니고 있다느니, 사람을 사냥하고 다니고 있다느니 하는 이야기를 태연히 하는 거야. 순사가 사건 이야기를 함부로 발설하는 것부터 이미 자질이 안 된 거야. 게다가 전혀 터무니없는 이야기를 하는 건 또 무슨 심보냐고."

선화가 흥미롭게 모으고 있던 이야기의 출처가 저 내지인 순사란 말이지.

에드가 오는 여전히 잘만 자는 내지인 순사를 보았다. 한심한 자라는 생각이 더욱 커졌지만, 굳이 그걸 입 밖으로 내지는 않았다.

"아직 이 사건의 용의자도 확실하지 않고, 호랑이인지 뭔지가 있는지도 알 수 없지 않나. 그런데 저자는 가당찮은 이야기나 지어대며 퍼트리며 혼란을 더 키우고 있으니……. 그게 순사로서 할 짓인가. 저자는 내지인이라는 것 말고는 아무 장점도 없는 놈이야."

조선인 순사가 침을 다시 한번 퉤 뱉었다. 그가 질문을 던지려는데, 순사가 먼저 말했다.

"너무 오래 이야기했군. 어서 가 봐."

필요 없는 말은 길게 듣고 정작 중요한 이야기 앞에서 끊겨버린 기분이었다. 에드가 오의 그런 생각을 알 리 없는 순사가 주머니를 뒤적거리다가 그를 보았다.

"아 참, 그 전에 담배 있으면……."

"절 불러 세운 이유가 그거 아니셨습니까."

"아, 그랬었지."

조선인 순사가 투덜거렸다.

"이럴 줄 알았으면 그냥 조금 전 지나가던 뽀이에게 담배를 빌릴 걸 그랬군."

"뽀이라니요?"

"모던 뽀이 말이야. 자네처럼 서양 옷 입고 돌아다니는 남자. 좀 전에 저 산모퉁이 안쪽으로 들어갔다가 얼마 지나서 다시 나오더군."

조선인 순사가 가리키는 방향은 산모퉁이 저편, 은일당이 있는 곳이었다. 에드가 오는 멍하니 은일당이 있는 쪽을 보았다.

에드가 오는 문득 강렬한 현기증을 느꼈다. 왜인지 심장이 마구 쿵쾅거렸다. 다리의 힘이 풀리려는 것을 억지로 버틴 그는 뛰듯 은일당으로 향했다.

엇갈림

　은일당 안으로 비틀거리며 들어온 에드가 오를 보고 선화가 벌떡 자리에서 일어났다. 그녀의 눈이 동그래져 있었다.
　"아니, 벌써 돌아오셨습니까?"
　"자네는 내가 벌써 돌아오는 것이 못마땅한가."
　어지러움에 속이 메슥거려서 저도 모르게 나온 대꾸를 듣고 선화가 당황해했다.
　"아니, 그런 뜻이 아닙니다. 오 선생님이 일찍 들어오실 줄 알았다면 그냥 그분 뜻대로 해드릴 걸 그랬나 싶어서……."
　"그분이라니?"
　퉁명스레 대답한 것을 사과하려다가 선화의 말이 이상해서 그는 다시 물었다.
　"삼십여 분 전에 오 선생님을 찾아오신 손님이 있었거든요. 오 선생님처럼 양복을 멋지게 차려입으신 분이셨는데, 누구시냐고 여쭤보아도 오 선생님의 친구라고 하시면서 웃기만 하셨습니다."

"내 친구라고 말했다고?"

"네. 오 선생님이 출타 중이라 말씀드렸더니, 그분께서 '그러면 그 친구 올 때까지 기다릴까.'라고 하셨습니다. 하지만 누군지 모르는 분을 여기서 무작정 기다리게 할 수는 없지 않습니까? 그래서 '오 선생님은 저녁에야 오실 것 같으니 다음에 다시 찾아오시는 게 어떠십니까?'라고 말씀드렸더니, 알겠다고 하시고서는 돌아가셨습니다. 조금만 더 그분을 머무르게 했더라면 좋았을 텐데, 제 생각이 짧았나 봅니다."

책상 위에 놓인 접힌 종이를 건넸다.

"그분께서 오 선생님께 전하라고 맡기신 겁니다. 제게 종이를 빌려 달라고 하시더니, '받은 쪽지도 있으니, 나도 돌려줘야 마땅하겠지.'라고 중얼거리시더군요."

설마…….

떨리는 손으로 쪽지를 펼친 에드가 오는 낯익은 필체를 보자마자 소리쳤다.

"역시 그 친구였네!"

"그 친구라니요?"

"세르게이 홍! 자네가 만난 그 사람이 내 친구 세르게이 홍이네!"

선화는 눈을 깜박거렸다. 그는 다시 쪽지를 보았다.

에드가 알란 오에게

자네가 부재하여 이번에는 내가 쪽지를 남기네.

메이코에게 남긴 쪽지도 보았고 구문당의 어르신께도 자네 이야기를 들었네. 게다가 미정 어멈도 자네가 내 집까지 찾아왔다고 말하더군. 문득, 이번엔 내가 먼저 자네를 찾아가야겠다는 생각이 들지 뭔가. 그래서 일부러 이른 시간에 찾아왔네. 하지만 이번엔 내가 아닌 자네가 경성을 종횡하는 중인가 보군. 우스운 일 아닌가. 같은 경성 안에 있으면서도 이렇게 만나기 힘드니.

자네가 산 책은 내일 점심에 찾으러 오겠네. 원래 내가 먼저 사기로 한 것 아니었던가? 물론 자네에게 줄 돈도 챙겨가겠네. 순순히 책을 내놓지 않으면 큰일이 날 걸세.

세르게이 홍

쪽지 위의 낯익은 글씨를 보며 에드가 오는 탄식했다. 조선인 순사의 이야기를 들으면서 꺼림칙하던 그 느낌대로였다. '모던 뽀이'라 불릴 양복 차림을 한 사람. 그리고 이곳에 직접 올 이유가 있을 법한 사람. 그가 아는 사람 중 그런 사람은 세르게이 홍뿐이었다.

선화가 풀이 죽어 중얼거렸다.

"저도 혹시나 했었습니다만, 차마 그분을 더 붙들 수가 없었습니다. 제가 어떻게든 조금만 더 그분을 앉혀두었더라면……."

"아니네. 이미 지난 일 아닌가."

그는 그녀를 달랬다. 하지만 안타까운 마음은 가시지 않았다.

"하지만 큰일이군. 순사를 조심하라고 그 친구에게 이야기해 줘야 하는데."

"순사를 조심……이라고 하셨습니까?"

선화가 되물었다. 그녀의 얼굴에 의아함과 그걸 덮을 만큼의 호기심이 드러나 있었다.

"일단 내가 겪은 일들을 알아야 자네도 내 말뜻을 이해할 것 같군."

에드가 오는 의자에 앉아서 어제오늘 있었던 일들을 들려주었다. 길고 힘든 이야기였다. 더위는 몸에서 가셨지만, 그 대신 몽롱함이 스며들었다. 이야기하다 자칫 졸지 않을까 걱정이 되었다. 그래서 그는 더욱 이야기에 힘을 실어 말했다.

연주의 이름을 선화 앞에선 언급하지 말아 달라던 계월의 예전 부탁 때문에, 그는 연주와 만나 그녀의 추론을 듣던 부분만큼은 더욱 조심스레 이야기했다. 하지만 이야기를 들으며 고개를 연신 갸웃거리는 선화의 찌푸린 얼굴 때문에 그는 혹시 이야기하다 실수한 게 있는 것인지 혼란스러웠다.

"……이야기는 이 정도일세."

그는 겨우 모든 이야기를 마쳤다. 이야기를 끝내자 피로감과 현기증이 파도처럼 몰려왔다.

"지금 생각해 보면 자네 말이 맞았네. 내가 또다시 이상한 사건에 말려든 것이 아닌가 걱정된다던 자네 말대로 되어버린 것 같아. 이런 이유도 모를 이상한 일에 또 말려버리다니."

"저는 조금 다른 생각입니다. 이상한 일은 이상해야 할 이유가 있기에 이상해 보이는 것입니다."

무언가 생각하던 선화가 뜻밖의 대답을 했다. 선화가 무언가 흥미로운 이야기를 할 때면 꺼내는 말이었다.

"예컨대, 어제 홍옥관 문지기가 오 선생님의 멱살을 잡으며 거칠게 편지를 전달했다고 하셨지요. 하지만 그 이상해 보이는 행동도 나름의 이유가 있었을 겁니다."

"이유라 하면?"

"우선 가장 간단하게 생각해 보면 오 선생님께 협박을 가하려던 것일지도 모릅니다. 겁을 주어서 다시는 함부로 접근하지 못하게 하려고요. 하지만 제 생각에는 그분들이 일부러 그렇게 크고 거친 행동을 한 것처럼 보입니다. 만약 사정을 모르는 사람이 그때 그 광경을 보았다면, 어떤 상황이라 생각할까요?"

"그자가 나를 위협하려는 것으로 보였겠지. 무엇 때문에 그러는지야 모르겠지만."

"그렇지요. 적어도 그게 편지를 전달하는 것으로는 보이지 않을 게 아니겠습니까?"

에드가 오가 아! 하고 탄식을 내뱉었다. 선화의 말이 이어졌다.

"그렇다면 문지기가 그런 시늉까지 하면서 편지를 전달하는 모습을 감추려 했던 이유는 무엇이었을까요? 다시 말해, 누구에게 이러한 모습을 보이지 않으려 한 것일까요? 아무리 편지를 보내신 아버님의 신변을 들키지 않으려고……."

거기서 그녀는 말을 멈추고 에드가 오의 눈치를 살폈다. 그는 못 들은 척 딴청을 피웠다.

"문지기가 과장된 행동을 한 이유는 감시하는 눈을 피하기 위해서라고 설명할 수 있을 겁니다."

선화는 말을 얼버무렸다. 마음 같아서는 얼버무린 부분 역시 듣고 싶었지만, 지금은 굳이 그러지 않는 게 좋을 것 같았다.

"그런데 여기서 다른 의문이 듭니다. 문지기는 왜 남의 눈을 피하려 한 것일까요?"

이어진 선화의 물음에 에드가 오는 곧바로 대답했다.

"편지의 내용 때문 아닌가?"

"하지만 그건 이상합니다. 어제 제가 편지를 건네받았을 때 겉봉에는 아무것도 적혀 있지 않았고 밀봉이 잘 되어 있었으며, 누가 중간에 뜯어본 흔적 또한 없었기 때문입니다."

"잠깐만. 중간에 뜯어본 적 없다는 건 어떻게 안 건가?"

"편지 속지의 구김과 봉투의 구김이 일치해서였습니다. 만약 누군가 겉봉을 뜯어서 속 내용을 본 후 새로운 봉투에 넣었다면, 속지의 구김보다 겉봉의 구김이 덜할 것이고, 그 구겨진 모양 또한 서로 다를 것 아니겠습니까? 그리고 만약 원래 봉투에 넣어 다시 봉했다면 봉투엔 누군가 뜯은 흔적이 남았겠지요. 그렇기에 그 편지는 오 선생님께 전달될 때까지 아무도 뜯어보지 않았다고 볼 수 있는 거지요."

그는 고개를 끄덕였다. 선화가 말을 이었다.

"밀봉 상태로는 문지기는 고사하고 옥련 언니조차 편지의 내용을 알 수 없었겠지요. 그렇다면 편지를 전할 때 굳이 눈속임 행동을 할 필요는 없는 겁니다."

"딴에는 그렇겠군."

"이로 미루어보면 옥련 언니는 편지의 내용은 몰라도, 이 편지를 누군가의 눈을 피해 전할 필요가 있다는 건 알았다는 이야기가 되지요. 그렇다면 옥련 언니는 홍옥관을 감시하는 사람의 눈이 있다는 걸 이미 걱정하고 있었다는 거고요."

"감시라……."

그는 문득 남정호 순사부장과 나가모리 경부가 나눈 대화를 기억해냈다.

세르게이 홍이 홍옥관에서 나온 걸 목격한 순사가 있다고 했었지. 그 순사처럼 홍옥관 근처에 상주하고 있는 감시자가 있을지도 모른다. 그렇다면 설마, 그 감시자의 눈을 피해?

"하지만 홍옥관을 경찰이 계속 감시한다는 것도 뭔가 이상합니다. 물론 요릿집이 유흥의 장소이니 우범지역이라고 볼 수 있지요. 하지만 거짓 행동을 꾸며 편지를 전달해야 할 정도로까지 감시받을 장소는 아니지 않습니까?"

거기서 선화는 잠시 머뭇거렸다가 말을 이었다.

"그래서 홍 선생님의 행적을 추론해 주었다는 그분의 이야기가 신경 쓰였습니다."

에드가 오는 깜짝 놀랐다. 선화의 입에서 연주의 추론이 갑자기 언급될 줄은 미처 예상하지 못했다.

"그분의 흥미로운 추론대로라면 그 시간에 순사가 많지 않아서 홍옥관 쪽으로 간 홍 선생님을 목격하지 못했다고 했었지요. 그거 문지기 역시 알고 있었을 겁니다. 그런데 문지기는 사람의 눈을 의식하는 행동을 했지요. 이상하지 않습니까?"

"그렇다면 최근에 감시가 새로 생겼다는 거로군."

그는 아무것도 모르는 척 말을 받았다. 그의 속마음을 알 리 없는 선화의 말이 이어졌다.

"혹은 그새 그러한 감시를 우려할 만한 일이 옥련 언니 주위에서 있었을지도 모릅니다. 옥련 언니가 무언가 감시받을 만한 일을 했던 걸까요? 하지만 언니는 며칠 전부터 굿을 준비한다고 바빴다고 하였잖습니까? 그 굿 때문이 아니라면, 감시의 원인은 옥련 언니가 아니라 언니에게 편지를 전달해 준 사람에게 있을지 모른다고 짐작해 볼 수 있습니다. 이런 식으로 이상한 일은 이상해야 할 이유가 있기에 이상해 보이는 것입니다."

선화는 그렇게 말하고 나서 황급히 덧붙였다.

"물론 전부 짐작일 뿐입니다. 정말로 일어난 일은 제 짐작과 전혀 맞지 않을 수도 있지요."

"자네가 무슨 이야기를 하고 싶은지는 알겠네."

에드가 오는 등받이에 몸을 뒤로 기대고 혼잣말하듯 중얼거렸다.

"자네가 받은 그 편지의 앞뒤 사정은 나도 궁금하네. 하지만 나는 지금 자네가 추론한 것보다 더욱 신경 쓰이는 것이 있다네. 솔직히 나는 지금 당장 세르게이 홍을 만나보고 싶네. 대체 그 친구가 나와 만나자고 청한 그날 온종일 어디를 어떻게 다녔는지, 그걸 직접 듣고 싶네."

내가 세르게이 홍을 만나보려는 이유는 바로 그 포수 살인사건 때문이네. 그 친구를 만나면, 과연 자네는 이 사건과 관련이 있는 것인가, 라고 묻고 싶네.

이것이 진짜 속마음이었지만, 차마 이 이야기까지 할 수 없었던 에드가 오는 그대로 입을 다물었다.

몸을 일으킨 순간 어지럼증이 일었다. 온몸을 감싸는 오싹한 기분을 추스르며 애써 몸을 가눈 뒤 그는 천천히 숨을 들이쉬었다. 그를 바라보는 선화의 표정에 걱정이 깃들어 있었다. 하지만 그녀는 아무 말도 하지 않은 채, 그저 그를 바라보기만 할 뿐이었다.

"그 친구는 경성 여기저기를 다니고 있지만, 아직 내 앞에는 나타나지 않았지."

에드가 오는 속에 있는 말을 모두 꺼내지 않고, 그렇게만 중얼거렸다.

"누군가의 모습을 보지 못하는 건 이리도 불안한 것이로군."

"그렇지요. 분명히 그러합니다."

선화의 대답 속에 깊은 감정이 서려 있었다.

*

옷을 갈아입는 게 힘들었다. 셔츠는 땀에 젖어 몸에 달라붙어서 벗기 쉽지 않았다. 몸이 자신의 것 같지 않았다. 마치 붕 떠 있는 듯한 기분, 혹은 다른 사람의 몸을 빌린 기분이었다.
"기어이 더위를 먹었나."
옷을 다 갈아입고 나서, 에드가 오는 바닥에 드러누워 눈을 감았다. 눈을 감으나 뜨나 머리가 어지러이 빙글거리는 건 마찬가지였다.
누군가의 모습을 보지 못할 때의 불안함을 내지에서도 겪었었지.
눈앞에 그때의 새빨간 노을이 아른거리는 것만 같았다. 떠올리고 싶지 않은 옛 기억이 국사당에서 붙어온 잡귀인 것처럼 그의 머릿속을 떠돌았다. 그는 그 당시의 불안했던 기억을, 바깥이 어떻게 돌아가는지 알 수 없어 초조하던 감정을, 이미 깊이 묻어버린 줄만 알았던 그것들을 애써 무시하려 했다. 그러다 그는 깜박 잠이 들었다.

*

그는 꿈을 꾸었다.

그는 산속 어둠에 있다. 어둠은 전혀 두렵지 않다. 그는 보호받고 있다. 어둠은 그를 숨겨주는 친구이다.

눈앞에 산길이 보인다. 산길에는 시커먼 무언가가 서 있다. 서 있는 자는 순사이다. 순사는 그가 거기에 있는 줄 모른다.

저 멀리서 길을 따라 무언가 온다. 비틀, 비틀, 비틀. 흐느적거리면서 걸어오는 무언가. 걷는 자의 윗도리가 꼴사납게 찢어졌다. 드러난 어깨가 흐느적거리며 걸음 따라 들썩인다.

그자는 순사를 지나친 뒤, 픽 쓰러진다. 멀리서도 그자의 얼굴이 보인다.

그자의 이마엔 큰 구멍이 나 있다. 그는 그 구멍이 무엇 때문에 생긴 것인지 알고 있다. 총알 때문이다.

"제대로 맞았군."

갑자기 소리가 들린다. 쓰러진 자의 옆에 세르게이 홍이 서 있다. 그는 쓰러진 자를 보며 경쾌하게 말한다.

"솜씨가 훌륭하군."

세르게이 홍은 고개를 들어 그를 바라본다.

"자네도 사냥꾼의 소질이 있어."

내가 쏜 게 아니네. 나는 총을 가지고 있지도 않아.

그는 그렇게 말하려 한다. 그때 그는 자기 손에 무엇이 들려 있는지를 깨닫는다. 커다란 소총이다.

갑자기 길에 서 있던 순사가 그를 바라본다.

"저, 저, 저놈이 도망친다! 거기 서라!"

순사가 산속으로 뛰어들어 그에게 덤벼온다. 그는 허겁지겁 도망친다. 산속으로, 깊고 깊은 어둠 속으로.

어둠이 바스락거리며 밟히고, 어둠이 풀썩 흙냄새를 풍긴다. 어둠이 무릎을 아프게 채고, 어둠이 얼굴을 날카롭게 긁는다. 어둠이 윙윙 울어댄다. 어둠이 온몸을 흥건하게 적신다

뒤를 쫓아오는 발소리가 점점 가까워진다.

의심의 그림자

 눈을 떴을 때, 눈앞에 새빨간 노을이 펼쳐져 있었다. 에드가 오는 눈을 껌벅였다. 잘못 본 게 분명했다. 천장은 평소와 다름없는 색깔이었다. 창밖으로 고개를 돌렸지만, 그곳에도 노을은 없었다. 구름이 하늘 여기저기를 뒤덮고 있었다.
 벽시계는 오후 다섯 시 사십 분을 가리키고 있었다. 얼마간 잠을 잤는데도 몸은 피로했고 머리도 여전히 무거웠다. 어지러움은 가셨지만, 기분은 얼어붙은 호수처럼 묵묵했다.
 꿈을 따라 머릿속에서 여러 기억의 조각들이 하나의 모양으로 조립되었다. 완성된 모양은 그에게 이것이 사건의 진짜 모습이라고 외치고 있었다. 그는 우두커니 앉은 채 생각을 정리해 보았다. 하지만 생각을 정리해서 나온 결론은 그의 마음을 지치게 하기 충분했다.
 이 결론은 진실인가? 아니면 나의 억지 상상일 뿐인가?

에드가 오는 누군가와 이야기하고 싶었다. 그가 생각해낸 사건의 진상을 들은 뒤, 그것을 평가해 줄 누군가를 간절히 원했다. 그러나 선화는 현관 옆 책상 앞에 없었다. 주인 없는 책상을 보며 에드가 오가 우두커니 서 있는데, 안채에서 선화의 모친이 모습을 드러냈다. 그녀는 그를 보자 곧장 말했다.

 "마침 말씀드리려던 게 있었습니다. 선화가 지금 절 도와서 급한 일을 하고 있습니다. 그러니 선화의 오늘 수업을 다른 날로 미뤄야 할 것 같습니다."

 잠깐만이라도 좋으니, 선화 군과 이야기할 수 없겠습니까?

 에드가 오는 그렇게 묻고 싶었지만 입이 차마 떨어지지 않았다.

 "알겠습니다."

 그는 그렇게 대답할 수밖에 없었다.

*

 그는 벗어둔 회색 모직 정장을 다시 입고 은일당을 나왔다. 하지의 기나긴 해도 저물려 하고 있었다. 당장이라도 세르게이 홍을 찾아 일의 자초지종을 듣고 싶었다.

 그는 서대문으로 향했다. 그러나 세르게이 홍은 집에 없었다.

 "도련님은 오늘 일찍부터 바깥에 나갔습다."

 그 집을 돌봐주는 할머니가 말했다. 그는 할머니에게 인사하고 다시 걸음을 옮겼다.

그는 인사동으로 향했다. 그러나 세르게이 홍은 구문당에 없었다.
"홍가? 엊그제 《정호기》를 다시 사러 왔다 허탕 친 뒤로는 코빼기도 보이지 않았어."
구문당의 노인은 그렇게 말한 뒤 담뱃대를 입에 물었다.
그는 장교로 향했다. 그러나 세르게이 홍은 홍옥관에 없었다.
"오늘 홍옥관은 영업하지 않아."
홍옥관의 대머리 문지기는 으르렁거렸다. 그는 계월에게 이야기를 청하려 했으나 사내들은 들은 체 만 체 그를 쫓아냈다.
그는 본정으로 향했다. 그러나 세르게이 홍은 카페 은하수에 없었다.
"홍 선생님은 아직 안 오셨는걸요? 여기서 기다리실래요? 조금 이따 오실지도 모르죠."
메이코가 에드가 오를 보며 방긋 웃어 보였다. 하지만 은하수의 가죽 소파에 계속 앉아 있어도 세르게이 홍은 나타나지 않았다.
세르게이 홍이 갈 만한 곳을 떠올려보았지만 다른 곳은 도무지 생각나지 않았다.
해는 이미 지고 밤은 점점 어두워졌다. 세르게이 홍의 행방은 도무지 알 수가 없었다. 그에게 직접 그날의 행적을 물어보려던 생각도 어그러지고 말았다.
여덟 시 오십 분. 아홉 시가 가까워지고 있었지만 이제 갈 곳은 생각나지 않았다. 세르게이 홍을 찾지 못한다면 적어도 자신의 생각을 평가해줄 만한 사람에게 가야겠다고, 그는 몽롱한 머리로 생각했다. 그걸 위해 마지막으로 가봐야 할 곳이 있었다.

다행히 흑조는 아직 문을 닫지 않았다.

"이렇게 늦은 시각에 선생님을 뵐 줄은 몰랐습니다."

침침한 조명 아래에서 연주가 미소를 지었다.

"그리고 설마 하루 만에 선생님을 또 뵐 거라고도 생각하지 못했습니다. 매일 과외를 받던 그때가 떠오릅니다."

덧없는 그녀의 미소를 보면서 에드가 오는 온몸을 휘감고 있는 피곤함을 묵직하게 느꼈다.

그가 자리에 앉자 그를 안내해 준 여급 야나는 자리를 떠났다. 곧 강 선생이 테이블에 다가와 그의 앞에 커피잔을 내려놓고 곧바로 종종걸음으로 자리에서 물러났다. 테이블에는 두 사람만이 남겨졌다.

"늦게 여길 찾아와 미안하네. 하지만 달리 이야기를 할 곳이 없었네."

에드가 오는 조심스레 말했다.

"내가 파악한 사건의 진상이 옳은지 그른지, 누군가에게 의견을 물어야 할 것 같았네."

"얼마 전 겪으셨다는 그 살인사건 이야기입니까."

커피잔 손잡이를 어루만지며 그녀가 나직이 물었다. 그는 고개를 끄덕였다.

"선생님이 지금 여길 찾아오셨다는 건, 저와 만나고 난 뒤 사건의 진상을 알아차릴 만한 일들을 좀 더 겪으셨다는 말일 겁니다."

연주는 커피잔을 들어 커피를 한 모금 홀짝였다. 잔을 내려놓고서 그녀는 말을 이었다.

"어제부터 지금까지 겪으신 일을 모두 이야기해 주시길 바랍니다."

이런 요구를 받게 될 것이란 점 때문에, 그래서 결국은 선화에 관한 이야기나 천민근을 만난 이야기를 언급할지도 모른다는 위험 때문에, 연주에게는 가능한 이 사건에 대한 조언을 받지 않고 싶었다. 그러나 그에게 남은 선택지는 이것밖에 없었다.

에드가 오는 모든 것을 이야기했다. 이야기하지 않은 것은 선화의 이름과 천민근의 이름뿐이었다. 이야기가 끝나자 연주는 별다른 말을 하지 않고 그를 바라보았다. 그는 초조한 마음으로 연주의 반응을, 그녀가 어떤 감상을 보일지를 기다렸다.

연주의 첫 마디는 질문이었다.

"선생님, 국사당에서 아버님을 만나셨던 겁니까."

그는 뒤늦게 변명하려 했다. 그러나 그녀의 말이 곧장 이어졌다.

"이제는 선생님이 생각한 사건의 진상을 들을 차례입니다."

에드가 오는 한숨을 쉬었다.

"지금까지 있었던 일들을 정리하면서, 나는 이 복잡한 일들을 설명할 수 있는 가설을 떠올렸네."

마음속으로 몇 번을 망설이다가 에드가 오는 겨우 말을 꺼냈다.

"나는 포수 살인사건의 범인이 세르게이 홍이라고 생각하네."

스스로 꺼냈지만, 낯설게 들리는 말이었다. 말로 꺼낸 그 생각은 더욱 처참하게 느껴졌다.

"이야기를 계속해 주시겠습니까."

잠시 이어진 침묵을 기다리고 있던 연주가 재촉했다. 창백하고 무기력한 그녀의 표정만으로는 그가 한 말이 그녀에게 어떻게 들렸을지 전혀 짐작할 수가 없었다.

조명이 은은하게 빛났다. 가게 안 사물과 사람들은 그림자를 드리우고 있었다. 그림자는 에드가 오의 마음속 색깔처럼 짙고 어두웠다.

7일째
1929년 6월 23일, 일요일

조우

"오 선생님, 어제 술을 드셨던 건 아니었나요?"

문을 열고 들어온 선화는 자리에 가만히 앉아 있는 에드가 오를 보고 눈을 깜박거리다가, 결국 그렇게 물었다.

"늦도록 오지 않으셔서 분명 그때까지 술을 드셨나 생각했습니다만."

"일이 있어서 귀가가 늦었던 것뿐이었네."

에드가 오는 간단하게 대답했다. 선화는 무언가 묻고 싶은 눈치였지만, 그의 표정을 보고는 더 말하지 않기로 생각한 모양이었다. 대신 그녀는 손에 들고 온 옷가지를 내밀었다.

"세비로 수선이 끝났습니다."

그는 정장을 건네받았다. 구김과 얼룩 같은 것이 깔끔하게 사라진 게 눈에 들어왔다. 올이 풀어진 곳이나 깃이 흐트러진 흔적도 전혀 찾을 수 없는 완벽한 모양새였다.

"고맙네. 말끔하게 되었군."

그의 대답을 듣던 선화는 어리둥절한 표정이 되었다.

"오 선생님, 뭔가 평소와는 다르신 것 같습니다. 혹시 옷에 무언가 문제라도……"

"그런 건 아니네. 좀 생각할 게 있어서 말이지."

그는 애써 밝게 미소를 지었다.

"그렇지 않아도 오후에 이리로 손님이 오니 깔끔한 옷이 필요하던 참이었네. 때맞춰 잘 마련해 주었군."

"어제 여기 오셨던 친구분 말씀이시지요?"

선화는 여전히 의아한 표정을 지우지 않았지만, 더는 자세한 걸 묻지 않았다.

"곧 아침상을 가져오겠습니다."

그녀는 그렇게 말한 뒤 방에서 나갔다.

에드가 오는 선화가 가져온 리넨 정장을 입었다. 셔츠와 바지와 넥타이, 조끼와 윗도리를 모두 갖춘 뒤, 여름의 중요한 외출을 위해 아껴둔 파나마모자도 꺼내서 써보았다. 옷이 바뀐 것만으로도 상쾌한 기분이 들었다. 그는 자기 모습을 거울로 보며 양복의 구김 따위를 세심히 점검한 뒤 괜히 중얼거렸다.

"침착하자, 침착. 긴장하지 말고."

넥타이의 매듭을 어루만지는 손이 떨리고 있었다. 떨림은 쉽사리 가라앉지 않았다.

오늘 세르게이 홍이 이곳에 온다.

*

　문을 두드리는 소리가 났다. 의자에 앉아 초조하게 파나마모자의 챙만 만지작거리던 에드가 오는 벌떡 몸을 일으켰다. 그가 문을 열자, 바깥에 서 있던 키 작은 남자가 반갑게 소리쳤다.
　"에드가 알란 오! 이게 대체 얼마 만인가!"
　"세르게이 홍! 자네, 용케도 살아서 돌아왔군!"
　"이 친구도 참, 내가 러시아의 설원에서 피를 토하며 쓰러지기라도 할 걸로 생각했나?"
　"그런 비장하고 극적인 최후가 자네에게 너무 과분하다고 생각하지 않는가?"
　에드가 오의 대꾸에 세르게이 홍은 대답 대신 호쾌하게 웃었다.
　봄에 마지막으로 보았을 때와 마찬가지로 세르게이 홍은 콧수염을 단정하게 기르고 있었다. 짙은 눈썹과 수려한 이목구비에 어울리는 검붉은색 정장에 짙은 붉은색 넥타이를 맵시 있게 매고 회색 띠를 두른 검은색 페도라를 쓴 그럴듯한 차림새였다.
　그 차림새보다 더욱 눈에 띄는 건 표정이었다. 싱글거리는 얼굴에 근심이라곤 없어 보이는 미소. 얼핏 보기에도 친구는 예전의 좋았던 모습을 되찾은 것처럼 보였다.
　그렇게 한가득 내어놓던 울분은 만주와 러시아에 내려놓고 온 것일까.
　세르게이 홍의 턱에 파르라니 남은 면도 자국을 보며 에드가 오는 괜히 불퉁거렸다.

"자네를 찾아 경성 여기저기를 돌아다니느라 고생했다네. 알고 있나?"

"알다마다. 자네가 날 찾더란 말이 사방팔방에서 들려서 깜짝 놀랐네. 자네가 옷 입는 것에만 관심이 큰 줄 알았지, 이렇게 활동적인 사람인 줄은 미처 몰랐네."

"그러니 키를 부쩍 키우게. 키가 콩알만 하니, 그렇지 않아도 사람 가득한 경성에서 자네를 찾기가 더더욱 어려운 일이지 않은가."

에드가 오가 건 농담에도 세르게이 홍은 언짢아하는 기색 없이 웃었다.

"부모님께서 주신 몸이니 내가 지금 와서 뭘 어찌하겠는가. 내 후손에게는 큰 키를 줘야 하니 그 점은 좀 걱정이네만."

"그러면 유전의 법칙을 따라 키 큰 아가씨와 연애 결혼을 해야겠군그래."

"연이 닿는다면 키가 크고 작은 것조차 따지지 않고 하는 게 진정 자유연애 아니겠나."

"하지만 얼굴만은 천하절색이어야 하고?"

"그렇다마다!"

세르게이 홍은 환한 얼굴로 거침없이 말했다. 그러다 그는 옆을 향해 고개를 돌렸다.

"죄송합니다. 인사가 늦었지요? 어제에 이어 또 뵙겠습니다."

"아, 안녕하십니까."

조금 전부터 두 사람의 대화를 옆에서 멍하니 듣고만 있던 선화가 깜짝 놀라 고개를 숙였다.

"죄송합니다. 어제 누구신지를 알고 제대로 인사드렸어야 했는데……."

"저야말로 허락도 없이 찾아온 객이었지 않습니까. 제 소개를 제대로 해야겠지요? 저는 세르게이 홍이라고 합니다. 부모님께는 홍성재라는 이름을 받았습니다. 어느 쪽이든 편하신 대로 불러주시면 됩니다."

소개를 들은 선화는 더욱 당황한 기색이었다. 세르게이 홍은 들고 있던 상자를 보였다.

"그런데 이거, 여기 잠깐 둘 수 있겠습니까?"

"예, 여기 빈 곳에……. 여기 두시면 됩니다."

선화는 급히 신문 뭉치를 옆으로 밀어 자리를 만들었다.

에드가 오는 놀란 기색을 드러내지 않으려 애썼다.

그 상자다. 사건이 있던 그날, 세르게이 홍이 들고 다녔다는 그 상자.

세르게이 홍은 상자를 빈자리에 내려놓고 나서 한숨을 쉬었다.

"이제 좀 살겠군. 이놈의 상자, 들고 다니는 것만으로도 고역이거든."

세르게이 홍이 손수건을 꺼내 땀을 닦았다. 재질 모를 검붉은 원단으로 만든 정장은 세련되어 보였지만, 더위에는 쥐약일 게 분명했다. 이런 더위에 저런 옷까지 입고, 저 무거워 보이는 상자까지 들고 온 친구의 모습에서 어제까지 자신이 차려입은 모습이 떠오르고 말았다.

"마실 거라도 내어오겠습니다. 조금만 기다려주시겠습니까?"

그 말을 남긴 뒤 선화는 부리나케 집 안으로 사라졌다. 현관에는 이제 에드가 오와 세르게이 홍, 둘만 남았다.

"꾸미면 꽤 그럴듯할 아가씨로군. 눈매가 강하고 뭔가 근심이라도 품은 것처럼 얼굴이 밝지 않지만 말이야. 저 아가씨는 누구인가?"

세르게이 홍이 나지막하게 물었다. 그도 목소리를 낮춰 답했다.

"이 하숙집 주인댁 여식이라네. 왜, 관심이 동하였나?"

"그건 오히려 내가 물어야 할 것 같은데. 자네가 저 아가씨에게 연애 작업을 하고 있는지."

"연애 작업이라니. 이보게."

"저 아가씨도 모던의 세례를 받으면 경성의 숱한 모던 걸들 사이에서 당당하게 고개 들고 다녀도 될 법한걸. 그런 아가씨와 함께 사는데, 자네가 연애 작업에 돌입했는지 어떤지 궁금해지는 게 당연한 거 아닌가."

"허허."

대답 대신 그는 그냥 웃고 말았다. 선화가 모던 걸 차림을 하고 다니는 건 여태 한 번도 상상해 본 적이 없었다. 하물며 연애 작업은 말할 필요도 없었다.

웃음이 가라앉은 뒤, 에드가 오는 오랜만에 만난 친구를 진지하게 마주 보았다.

"제대로 다시 인사해야겠군. 정말로 오랜만일세."

세르게이 홍이 손을 내밀었다. 그는 그 손을 맞잡았다.

"자네, 경성을 떠나 있는 동안 많은 일을 겪었겠지."

"그 말대로네. 자네는 상상도 못 할 일을 겪고 왔지."

그렇게 말하며 세르게이 홍은 잡은 손을 흔들었다. 오랜만에 나누는 친구와의 악수였다. 조금 전 허탈한 웃음으로 풀어졌던 긴장감이 다시 몸을 뒤덮었다. 심장이 쿵쾅거리고 있는 걸 금방이라도 들킬 것만 같았다.

어제 흑조에서 세르게이 홍에 관해 주고받은 이야기가 몸을 조여왔다.

다섯 번째 가설

　흑조의 조명은 평소보다 밝았다. 그러나 에드가 오에게는 여전히 침침하고 암울하게만 보였다.
　"내가 말려들어버린 포수 살인사건 이야기를 했을 때, 난 세르게이 홍의 행적은 그 사건과는 별개의 문제라고 생각했었네. 그래서 자네에게 세르게이 홍의 행적만을 물었지."
　"그랬었습니다."
　"그런데 그 친구를 찾으러 다니면서, 이 두 일이 서로 관련이 있을지도 모른다는 생각이 서서히 싹트더군. 그 생각이 처음으로 구체적인 모양을 갖춘 것은 자네에게 들은 조언을 되짚어 보면서였네."
　연주는 힘없이 미소 지었다. 에드가 오는 오른손을 들어 네 손가락을 펴 보였다.
　"자네는 네 가지 가설 중 가장 있을 법한 것이 세르게이 홍이 서

대문에서 인사동을 간 뒤, 장교 쪽을 거쳐 본정으로 갔다는 가설이라고 말했었지. 그리고 실제로 그 친구가 장교 근처의 홍옥관에 간 사실이 확인되었네. 하지만 그가 홍옥관에서 나온 네 시 반부터 본정에 나타난 여덟 시 반까지, 그 네 시간 동안의 행적은 여전히 어둠 속에 숨어 있지. 나는 이 비어 있는 네 시간이 신경 쓰였네."

연주는 별다른 반응을 보이지 않았다. 하지만 그녀의 눈빛에는 무언가 재미난 것을 듣고 있을 때 보일 법한 호기심이 아른거리고 있었다. 저런 눈빛은 선화에게서도 본 적이 있었다.

에드가 오는 남아 있는 손가락을 마저 펴 보였다.

"그때 난 다섯 번째 가설을 떠올렸지. 자네가 그때 이야기하려다 말았던 가설 말이네."

연주는 침묵했다. 그의 눈엔 그녀가 일부러 모르는 척하는 것만 같았다.

"다섯 번째 가설. 세르게이 홍이 홍옥관에서 나온 뒤 전혀 뜻밖의 장소에 들렀다가 카페 은하수로 갔다."

"하지만 선생님, 조금 전에 홍 선생님이 홍옥관에서 나온 뒤 영화관으로 갔을 거라는 옥련 언니의 말을 전하지 않으셨습니까."

"남정호 순사부장은 영화관에서 그 친구를 목격한 사람은 아직 나오질 않았다고 했네. 그 친구가 영화관에 가지 않았다면 목격자가 나오지 않는 게 당연하겠지."

에드가 오의 말에 연주는 미소를 지었다. 마침 강 선생이 수레를 끌고 와 두 사람 앞에 커피를 내려놓았다. 강 선생이 물러나자 그녀는 잔을 바라보며 작게 속삭이듯 말했다.

"이야기를 계속해 주시겠습니까."

"그러지. 그다음 문제는 세르게이 홍이 과연 어딜 갔는가이네. 이야말로 '경성에서 김 서방 찾기'나 다름없지. 그런데 여기서 나는 문득 포수 살인사건을 떠올렸네. 포수가 산속에서 땜장이 김순동을 쏜 뒤 순사의 추격을 피해 도망친 그 사건 말이네."

에드가 오는 잠시 뜸을 들인 뒤 말을 이었다.

"그리고 기이한 생각이 떠올랐다네. 살인이 벌어진 내 하숙집 근처와 이곳 본정은 멀리 떨어져 있는 듯하지만, 실은 그렇게 먼 거리가 아니란 거였지. 도로로 이동한다면 멀리 돌아가야 하지만, 두 장소를 직선으로 잇는 길, 다시 말해 남산 한가운데를 타 넘는다면 훨씬 빠르게 도착할 수 있지."

국사당에서 계월과 나눈 대화에서 그는 이 생각을 떠올릴 수 있었다.

"난 이 점을 떠올린 뒤 세르게이 홍이 포수일 가능성을 짚어보았네."

입이 썼다. 이런 이야기를 하는 것이 내키지 않았지만, 이미 시작한 걸 멈출 수는 없었다.

연주는 여전히 대답이 없었다.

*

"그런데 자네, 대체 어딜 그렇게 돌아다니는 건가?"

에드가 오의 타박을 들은 세르게이 홍은 싱글싱글 웃는 얼굴로 되물었다.

"그러는 자네야말로 왜 그리 분주히 날 찾아다녔나? 메이코나 미정 어멈이 자네 이야기를 한 것까지는 그렇다고 쳐도, 어제 옥련이까지 자네 이야기를 하지 뭔가."

"옥련? 계월 말인가? 자네, 홍옥관에 갔었나?"

"여길 들렀다 나온 김에 설렁설렁 가보았지. 옥련이가 낮에 굿판을 다녀와서 피곤하다는 핑계로 손님을 받지 않더군. 덕분에 둘이서 길게 이야기를 나눌 수 있었지."

"허."

"정말로 깜짝 놀랐네. 에드가 알란 오가 성실한 사람인 건 알고 있었는데, 이렇게나 부지런한 사람이었나, 라고 말이야. 덕분에 자네를 다시 보게 되었다니까."

세르게이 홍은 씩 웃어 보였다. 그 장난기 어린 웃음을 보며 에드가 오는 한숨을 쉬었다.

"나야말로 놀랐네. 나는 내가 자네를 찾아가는 것만 생각했지, 자네가 여기 은일당까지 직접 찾아올 거란 생각은 하지도 못했단 말이야."

"은일당? 이 집 이름이 은일당인가?"

"이 사람 보게. 은일당이란 이름도 모르는 사람이 여긴 용케 찾아왔군."

"그게 무슨 소리인가. 여기 주소를 자네가 가르쳐준 건 잊어버렸나? 주소를 아니까 자네에게 은하수에서 만나자고 편지도 보냈지."

그러고 보니 그렇군.

그가 속으로 그렇게 생각하는 걸, 세르게이 홍은 다른 의미로 받아들인 모양이었다.

"설마 내게 언제 주소를 가르쳐준 건지도 기억나지 않는 건가? 올 초에 자네와 그 누구더라, 그렇지, 권삼호 군과 박동주 군과 함께 피맛골에서 술을 마신 적 있지 않았던가."

"……."

"자네가 그때 '새로 마련한 내 모던한 하숙집에서 술을 더 마시자!'라며 기고만장하게 부르짖었잖나. 하숙집으로 가는 길을 물어보니, 거기까지 가다가는 술도 흥도 다 깨고 몸도 얼어붙겠다 싶어서 난 그냥 집으로 갔었지만, 그때 여기 주소와 오는 길을 알게 된 거지. 난 여길 자네 하숙집이라고만 들었지, 은일당이라는 이름이 붙어 있다는 건 조금 전에야 알았네."

세르게이 홍이 술에 잔뜩 취해 있던 기억은 에드가 오의 머릿속에 남아 있었다. 하지만 설마 친구도 자신이 취해서 횡설수설하던 걸 기억하고 있으리라고는 미처 생각하지 못했다.

"그땐 갓 하숙을 시작해서 여기 이름이 입에 안 붙었더랬지."

에드가 오는 멋쩍게 중얼거렸다.

"그나저나 이 건물 이름이 은일당이라. 거참, 재미있는 일이군."

세르게이 홍은 건물의 여기저기를 둘러보며 중얼거렸다. 거기서 대화의 흐름이 끊겼다.

화제를 이을 궁리를 하며 주위를 두리번거리다, 그는 책상 위를 다시 흘끗 보았다. 선화의 책상 위에 놓인 긴 나무 상자가 그의 시선을 계속 빼앗고 있었다.

*

"내가 품은 이 생각에 문제가 있다면, 범행에 사용된 무기가 소총이라는 점이었네."

에드가 오는 재차 말을 이었다. 연주는 여전히 기운 없는 미소만 짓고 있을 뿐이었다.

"권총은 품에 넣는 걸로도 숨길 수 있지. 하지만 소총은 그 길이 때문에 몰래 소지하기 어려운 무기네."

연주가 커피잔을 들어 홀짝였다. 그는 그녀가 잔을 내려놓길 기다린 뒤 말을 이었다.

"여기서 나는 세르게이 홍이 들고 다녔다던 나무 상자를 떠올렸네."

"나무 상자 말입니까."

긴 침묵 끝에 연주가 말했다. 무언가를 잔뜩 기대하고 있는 목소리였다.

"그 나무 상자 안에는 과연 무엇이 들어 있었을까? 내가 세르게이 홍의 집에서 본 기다란 상자, 목격자들이 소총의 길이 정도가 된다고 말했던 그 상자 안에 말이네."

"질문 속에 답이 들어가 있지 않습니까. 수수께끼는 그렇게 내면 안 됩니다."

연주의 대답에 불만이 가득했다. 하지만 그 나직한 말조차 지금은 무겁게 느껴졌다. 그는 그만큼 버거운 해답을 생각하고 있었다.

"나는 그 상자 안에 소총이 있다고 생각했네. 소총을 들고 돌아다니면 모두의 이목을 끌 수밖에 없어. 하지만 상자 안에 넣었다면 사람들의 눈길을 피할 수 있지."

*

"그 상자는 왜 들고 온 건가? 안에 보물이라도 들었나?"

에드가 오가 퉁명스럽게 한 말을 듣고 세르게이 홍은 알 듯 모를 듯 묘한 미소를 지었다.

"아니, 설마 정말로 보물인 건가?"

"당연히 아니네. 물론 이것을 구하느라 들인 돈을 생각해 보면 금은보화나 진배없지만."

세르게이 홍은 손으로 상자 위를 쓰다듬었다.

"사냥의 추억을 기념할 겸 해서 조심스레 들고 왔다네. 이걸 당당하게 들고 오면 자칫 세간의 설화에 오를 것 같더군. 그런데 자네, 사냥해 본 적 있나?"

에드가 오는 고개를 저었다. 세르게이 홍은 의기양양한 미소를 지었다.

"러시아에서 우연한 기회에 사냥을 처음 경험했네. 그런데 그게 뜻밖에 무척 인상 깊었지. 사냥감과 마주하면 총을 겨누고 방아쇠를 당기네. 탕! 그 소리와 함께 사냥감이 쓰러지는 순간, 바로 그 순간을 잊을 수 없더군. 삶과 죽음이 손가락 움직임 하나로 찰나에 바뀌고 만 게 아닌가. 아직도 그때를 떠올리면 검지가 묵직해지는 기분이야."

세르게이 홍은 오른손을 들어 검지를 까딱까딱 굽혀 보였다.

"조선에 돌아온 뒤에도 그 기억을 잊을 수가 없다네. 그 정도로 강렬한 경험은 경성에서는 할 수 없지. 경성에서 그로를 입에 담는 자들이야 많지만, 목숨이 오고 가고 피 냄새가 흩뿌려지는 걸 실제로 본 사람은 얼마나 되겠나? 그걸 겪는 것이야말로 진짜 그로테스크한 체험이지."

에드가 오를 보며 세르게이 홍은 진지하게 말을 이었다.

"사냥하면서 배운 것이 하나 있었네."

"무엇을?"

"사냥감은 쉽게 모습을 드러내지 않아. 사냥꾼은 사냥감이 남긴 흔적을 쫓아 계속 뒤를 밟아 나가야 하네. 혹 사냥감을 목격했다 해도 그 자리에서 곧바로 총을 겨누기 힘들 때도 있지. 사냥꾼은 단 한 발의 총알을 쏴 맞출 찰나의 순간을 위해 사냥감을 끈질기게 뒤쫓아야 하네. 보이지 않던 사냥감이 보이고 총을 쏠 기회가 오는 그 순간까지 말이야. 그리고 그 순간이 오면, 찰나에 모든 것을 결착 지어야 하지."

"……"

"목표를 끈질기게 뒤쫓아라. 그 잠깐의 성공을 위해 길고 끈질기게 버텨라. 내가 러시아의 울창한 숲을 헤매면서 배운 것이었어."

세르게이 홍의 눈에 때에 맞지 않는 서늘한 기운이 돌았다.

*

"이제 내가 생각한 그날의 진상을 이야기해 보겠네."

잠시 머뭇거리다가 에드가 오가 말했다. 말을 꺼내기 힘들었지만 말해야 했다.

"세르게이 홍은 아침에 소총을 넣은 나무 상자를 들고 집을 나섰네. 인사동을 들른 이유는 알 수 없지. 하지만 김순동이 예전 함경도에서 사냥꾼을 했고, 그날 세르게이 홍이 인사동에서 찾던 책 《정호기》에 내지인 부호가 함경도에서 남긴 사진 기록이 있는 걸 확인했네. 세르게이 홍은 그 책에서 김순동의 정보를 찾으려 했던 건지도 모르네."

그는 연주의 반응을 살폈다. 하지만 그녀는 그저 이야기에 귀를 기울일 뿐이었다.

"그리고 세르게이 홍은 장교에서 김순동을 목격하였네. 그는 김순동이 벌인 싸움을 몰래 지켜보았고, 그 와중에 김순동의 거처가 어디인지를 알게 되었네. 그곳으로 가려면 남산 옆의 인적 드문 산길을 반드시 지나야 한다는 걸 깨달은 세르게이 홍은 김순동이 귀가하기 전에 먼저 그곳에 숨어 있어야겠다고 생각했지. 아무리 남산에 호랑이가 숨어들었다는 소문이 돈다 해도 김순동은 그 길을 지나야만 그의 거처로 돌아갈 수 있기 때문이니까."

"선생님이 거주하는 집으로 가는 길이 하나뿐이라는 이야기는 전에 들은 적 있습니다."

연주는 그렇게 말한 뒤 커피잔을 들었다. 커피를 홀짝이는 그녀를 보며 그는 말을 이었다.

"세르게이 홍은 재빠르게 움직여 남산 속, 김순동의 귀갓길 옆으로 몸을 숨겼지."

에드가 오는 눈을 감았다. 며칠 동안 그를 괴롭힌 악몽들이 감은 눈 속 어둠으로 다시 스멀스멀 기어올랐다. 그 악몽들은 형태를 갖추어 하나의 이야기를 외쳤다. 감은 눈 너머로 악몽을 마주 보며 그는 말했다.

"상자에서 소총을 꺼내고 김순동이 오기를 기다린다. 날은 어둡고, 곧 비가 올 것이다. 기다림이 길어 초조해졌을 때 김순동이 길을 걸어오는 모습이 보인다. 어떻게 그인 걸 알았을까? 심하게 찢어진 김순동의 옷과 드러난 어깨는 쫓던 사냥감이라는 표시였지."

"……"

"사냥감은 인기척을 깨닫지 못하고 점점 가까이 다가오네. 총구를 사냥감을 향해 겨누고 숨을 가다듬지. 확실하게 목숨을 끊을 거리가 될 때까지 기다리고 기다린 끝에 방아쇠를 당기지. 탕, 소리가 울려 퍼지고 사냥감은 쓰러지네."

에드가 오는 눈을 떴다.

"하지만 여기서 세르게이 홍이 생각지도 못한 문제가 셋 발생하였네."

연주는 희미한 미소를 지은 채 이야기를 귀 기울여 듣고 있었다.

"첫 번째는 순사였네. 계획대로였다면 총소리는 빗소리나 천둥소리에 묻혔거나, 혹 누가 총소리를 들었다 해도 호랑이를 쫓던 순사의 것이라 여겨 수상히 듣진 않았을 거네. 그러면 시체만 처리하면 모든 것이 끝났을 테지. 그러나 호랑이 소문 때문에 길에 배치되어 있던 순사가 계획을 어그러트렸네."

"……"

"두 번째는 순사가 산속에 숨은 그를 발견하고 만 것이었네. 게다가 순사는 직접 산속으로 뒤쫓아 오기까지 했었네. 가장 위험한 순간이었겠지. 결국 산속을 한참 달리고 뒤에서 자신을 향해 쏜 총소리까지 들으면서도 세르게이 홍은 순사의 추적을 어떻게든 따돌릴 수 있었네. 그리고……"

에드가 오는 한숨을 쉬었다.

"세르게이 홍은 남산을 벗어났네. 아마도 산길을 타고 조선신궁 쪽으로 도망쳐 거기서 본정으로 내려왔을 거네. 그는 카페 은하수에서 나를 만나기로 한 약속을 증거 삼아 은일당 근처 산길에서 일어난 사건과 본정에 있던 자신은 전혀 관련이 없다는 것을 보이려 했겠지."

"……."

"하지만 세 번째 문제가 생겼지. 사건이 일어난 직후 사건 현장에 도착한 사람이 나였다는 거네. 이건 세르게이 홍도 미처 몰랐겠지. 그로서는 다행히도 그날 나는 결국 카페 은하수에 갈 수 없었지. 하지만 만약 내가 그 사건을 목격하고 곧장 카페 은하수에 갔다면 그 자리에서 세르게이 홍이 사건과 연관이 있다고 의심했을지도 모르네."

미소를 지은 연주를 보며 에드가 오는 이야기의 마무리를 지었다.

"여기까지가 그날의 사건을 재구성한 추측이네."

그는 자신 앞의 커피잔을 집어 들었다. 갈증을 참을 수 없었다. 커피잔에 김은 올라오지 않았다. 커피는 어느새 식어 있었다.

"그런데 말입니다."

침묵을 깨트린 것은 연주였다. 그녀는 탁자 위에 올려놓은 왼손 검지를 까딱거리고 있었다.

"홍 선생님이 살인자라는 생각이 선생님을 왜 그렇게 당황케 하는 것입니까."

평소와 다름없는 연주의 말투가, 에드가 오에게는 차가운 얼음 조각이 서린 것처럼 들렸다. 만약 그가 연주를 가리키며 '살인자는 자네일세.'라고 말해도 그녀는 똑같은 어조로 대답할 것만 같앉다.

"여태 말한 것처럼 나는 그 친구를 의심하고 있네. 눈을 감으면 그 친구가 산의 어둠 속에 숨어서 사람을 향해 총구를 겨누는 모습이 보이네."

에드가 오는 중얼거렸다.

"과연 세르게이 홍이 정말로 그런 짓을 했을까? 나의 감정은 여전히 그걸 믿지 않네. 그 친구가 아무런 이유 없이 사람을 죽일 리 없네. 하지만 나의 이성은 계속 그를 의심하네. 만약 그 친구가 정말로 사람을 죽였다면? 죄를 범한 자는 벌을 받는 것이 세상의 이치니, 그는 그 죗값을 치러야만 하겠지."

에드가 오는 한숨을 쉬었다. 말로 꺼내 형태를 갖추게 된 생각은 암담하기만 했다.

"그렇다면 나는 이제 어떻게 해야 하나? 이게 내 고민일세. 어쩌다 그만 호랑이 꼬리를 잡아버린 사람처럼, 이러지도 저러지도 못하고 있네."

비통한 감정을 곱씹으며 그는 계속 말을 이었다.

"세르게이 홍이 내일 나를 찾아오면 그 친구에게 김순동을 죽인 이유를 들어봐야겠지. 하지만 그때 자칫하면 위험한 일이 생길 수도 있네. 그러니 적어도 하숙집 사람들에게는 미리 말해두어야겠지. 그 친구가 도착하면 경찰에게 연락하고, 순사가 올 때까지 몸을 숨기고 있으라고. 그동안 나는 그 친구와 이런저런 이야기를 하며 시간을 끌어야겠지."

마음을 달래기 위해 커피잔을 잡으려 했지만, 그는 곧 그만두었다. 손이 떨리고 있었다. 떨리는 자기 손을 바라보며 에드가 오는 중얼거렸다.
"그렇게 하면 그곳 사람들은 지켜낼 수 있을 테지. 어떻게든 말이야. 어떻게든……."

*

여전히 안채 쪽에 인기척은 없었다. 에드가 오는 그곳을 흘끔 살피고는 다시 친구를 보았다.
"마지막으로 자넬 본 그때보다 보기 좋아졌군."
세르게이 홍은 피식 웃음을 터트렸다.
"아무려면 그때보다는 나아져야지. 그 당시의 나는 내가 생각해도 참 엉망진창이었으니까."
"사냥이 자네에겐 참 좋았나 보군."
에드가 오의 말에 세르게이 홍은 고개를 저었다.
"사냥은 거기서 겪은 일 중 하나일 뿐이네. 물론 총을 쏴본 건 참 인상 깊었지만."
"뭔가 다른 좋은 일이라도 있었던 건가?"
"좋은 일이라고 할 수도 있으려나. 내가 해야 할 일을 드디어 찾아냈고, 그걸 여기서 용케 해치웠다는 그런 기분이거든."
"자네가 해야 할 일을 해치웠다? 대체 무슨 일을 벌인 건가?"

에드가 오는 진지하게 물었다. 하지만 그 물음에 세르게이 홍은 말없이 미소만 지었다. 그 미소는 밝게만 보여서, 무언가를 숨기고 있는 걸로는 보이지 않았다.

"그런데 이 집 아가씨는 대체 어딜 간 걸까. 들어간 지 꽤 되지 않았나."

안채 쪽을 보며 세르게이 홍이 말했다.

"다른 급한 일이 생긴 모양이지. 모친의 심부름을 하는 것일지도 모르고."

에드가 오는 아무 일도 아니라는 듯 대답했다. 그는 괜히 기지개를 켜며 말했다.

"잠깐 밖에 나가도록 할까? 여기에만 있으려니 좀 갑갑한 듯도 싶군."

"그러지. 나도 그게 좋을 것 같으이."

세르게이 홍은 흔쾌히 대답했다.

은일당 바깥은 어느새 뜨겁게 달아올라 있었다. 비가 올 것처럼 잔뜩 낀 하늘의 구름 때문인지 공기는 뜨겁고 습했다. 세르게이 홍은 은일당 앞 나무 아래 너럭바위에 앉고, 에드가 오는 리넨 정장에 구김이 갈까 싶어 우두커니 그 옆에 섰다. 그럴듯한 자세로 품속을 뒤적거리던 세르게이 홍이 담뱃갑을 꺼냈다.

"이거, 러시아에서 산 물건이네. 이게 마지막이야."

"그 담배, 구문당 어르신이 좋아하시지 않을까 싶군."

"그분이라면 이 담배 맛있게 피우시고서는 조선 것보다 맛이 쓰다느니 하며 흠을 잡으실 것 같은데."

"하긴 그 어르신은 뭐든 조선 것이 최고라고 말씀하시겠지."

"그분이라면 그러시겠지. 이제 세 개비 남았구먼."

세르게이 홍은 담뱃갑 안을 보며 중얼거렸다.

에드가 오는 주머니에서 성냥갑을 꺼내 친구에게 건넸다. 세르게이 홍은 선뜻 성냥갑을 받아들었다. 불을 붙이는 친구의 모습을 보다가, 그는 길 저편으로 고개를 돌렸다.

슬슬 시간이 된 것 같은데, 아직 아무런 낌새가 없었다.

*

"선생님."

연주의 부름에 에드가 오는 깜짝 놀라 고개를 들었다.

연주의 얼굴은 평소보다 더 굳어 있었다. 무언가를 꾹 참고 있을 때 짓는 표정이었다.

"지금 해주신 이야기 말입니다, 그 이야기가……."

"그 이야기가?"

"그것이, 전혀……."

연주는 말을 채 맺지 못했다. 갑자기 그녀의 입에서 웃음이 터져 나왔기 때문이었다.

빗나간 추리

에드가 오는 아무 말도 하지 못하고 연주를 바라봐야만 했다.
고개를 푹 숙인 채 그녀는 소리 내어 웃었다. 한 번 터져 나온 웃음은 마치 둑이 터지기라도 한 것처럼 멈출 것 같지 않았다.
"아니, 자네. 왜 이러는가, 갑자기?"
한참을 웃던 연주는 겨우 고개를 들어 그를 보았다. 눈가에 눈물이 그렁그렁 맺혀 있었다.
"죄송합니다, 선생님. 제가 그저 흥미 위주로 한 이야기에 그렇게까지 신경을 쓰고 계셨던 겁니까."
에드가 오는 여전히 영문을 몰라서 중얼거렸다.
"아닐세. 자네 이야기가 큰 도움이 되었네. 덕분에 난 이 사건의 진상을 알게 되었단……."
"그렇지 않습니다."
연주가 그의 말을 끊었다. 그녀의 입에서 쿡, 웃음소리가 다시 새어 나왔다.

"선생님께서 허무맹랑한 생각을 그렇게 진지하게 하고 계실 줄은 몰랐습니다."

"……허무맹랑?"

"말도 안 되는 이야기를 어쩜 비극 배우라도 된 것처럼 태연히 말하실 수 있단 말입니까. 그야말로 한 편의 코미디 같았습니다."

그렇게 말하고 나서 연주는 다시 어깨를 들썩거리며 고개를 푹 숙였다. 그 모습을 보고 있으려니 속에서 온갖 감정들이 뒤섞여 올라왔다. 민망함, 어리둥절함, 의아함. 그리고 그 사이로 어느새 기대가 싹터 있었다.

"내 이야기가 말도 안 된다고?"

"그렇습니다. 참으로 좋은 걸 보았습니다. 선생님께서 이런 뜻밖의 모습을 보일 거라고 어찌 알았겠습니까. 제가 생각한 진상을 바로 이야기하지 않길 잘했습니다."

"자네가 생각한 진상? 아니지, 아니야. 그보다도 우선, 자네, 진정하게."

에드가 오는 허둥지둥 말했다. 지금 연주의 입에서 나온 '진상'도 궁금했지만, 그보다는 다시 웃음을 터트린 그녀가 더 문제였다. 여전히 눈물이 그렁그렁한 채 키득거리는 그녀를 둔 채 그는 우왕좌왕했다.

"진정하게, 진정해. 자네가 진상을 밝혀준다면 정말로 고맙겠네. 자네의 추론이 합당하면 나로서는 친구를 더 의심하지 않아도 되니까."

 때마침 강 선생이 테이블로 다가왔다. 그는 연주와 에드가 오의 커피잔에 커피를 채운 뒤 연주를 잠시 바라보다가 자리에서 물러났다. 저 멀리서 야나도 우두커니 선 채 테이블 쪽을 보고 있었다. 이 당혹스러워하는 반응들은 아마도 조금 전 연주가 터트린 폭소 때문인 게 분명했다.

 연주는 커피를 한 모금 마시고 나서야 겨우 진정했다. 다시 침착한 표정을 찾은 그녀는 에드가 오를 보았다.

 "흐트러진 모습을 보이고 말았습니다."

 그녀의 얼굴에서 더는 웃음기를 찾아볼 수 없었다.

 "아니, 미안해할 필요는 없네. 나는 그 친구가 살인을 저질렀다는 생각으로 무척 괴로웠네. 그러니 자네 입으로 내 생각이 그저 어리석은 망상에 불과했다고 나를 일깨워주게. 나는 그 말을 기쁘게 들을 것이네."

 에드가 오의 말을 들은 연주는 고개를 숙였다.

 "선생님께 사과드려야겠습니다. 저는 선생님 덕분에 재미있는 구경을 했다고 즐겁게 여겼을 뿐, 선생님께서 이렇게 진지하게 생각하실 줄은 미처 헤아리지 못했습니다."

 에드가 오는 연주의 말을 기다렸다. 그의 눈을 가린 미혹의 안개를 걷어낼 빛이, 그녀가 이제부터 시작할 비평 속에서 드러날 터였다.

 연주의 창백한 얼굴에서 반짝, 눈이 빛났다.

"선생님의 생각은 틀렸습니다. 제 생각대로라면 포수 살인사건의 진범은 세르게이 홍 선생님이 아닙니다."

*

세르게이 홍이 담배를 피우는 동안 에드가 오는 우두커니 산모퉁이 쪽을 보았다. 짙게 하늘을 뒤덮은 구름 너머로 해가 뜨겁게 타오르고 있을 것이다. 하지만 조금만 지나면 그 해도 저물 것이다.
"아직인가."
그는 중얼거렸다. 세르게이 홍이 되물었다.
"뭐라고 하였나?"
"혼잣말이네. 그러고 보니 최근에 알게 된 다방이 있는데 그곳 여급이 러시아인 같더군."
에드가 오가 아무렇게나 꺼낸 말을 들은 세르게이 홍이 호오, 소리를 냈다.
"러시아인이라고? 적백내전 때문에 조선으로까지 도망쳐 온 러시아인들이 있다는 이야기는 들었네. 그 여급도 그런 사람인가 본데."
"그럴지도 모르지. 이름이 야나라더군."
"야나라. 노서아에서는 흔한 이름이로군."
"노서아가 아니라 러시아네. 자네는 외국의 모던한 문물도 앞장 서서 받아들이는 사람이면서 외국어 발음은 가끔 다른 조선 사람들 하듯 엉망으로 하니, 그 이유를 대체 모르겠군."

"그거야 내 마음이지."

세르게이 홍은 그렇게 중얼거리며 두 개비째의 담배를 꺼냈다.

그때 멀리서 산을 울리는 소리가 들렸다. 자동차의 굉음이었다.

"차가 오는군."

산모퉁이 쪽을 바라보며 에드가 오는 중얼거렸다.

"오, 정말로 그러하군."

담배를 입에 문 채 세르게이 홍이 대답했다.

산모퉁이 길에서 나타난 차는 은일당으로 다가와 두 사람 앞에 멈춰 섰다. 세르게이 홍이 물고 있던 담배를 입에서 떼었다.

"순사들 아닌가?"

그의 얼굴에서 웃음기가 사라졌다.

에드가 오는 속으로 중얼거렸다.

아니. 아직이다, 아직.

*

"어째서 그러한가? 세르게이 홍이 포수 살인사건의 범인이라는 내 생각은 말이 되지 않는가."

에드가 오가 마음을 추스르고 물었다. 연주는 고개를 저었다.

"전혀 그렇지 않습니다. 우선 제가 다섯 번째 가설을 언급하려다 말았던 것부터 이야기하겠습니다. 선생님의 생각대로 그때 저는 오후 네 시 반 이후 홍 선생님의 행적에 관한 이야기를 하려고 했었습니다. 그러나 제가 거기서 이야기를 멈춘 건 정말로 아무것도 모르기 때문이었습니다."

"아무것도 모른다니?"

"말 그대로입니다. 그 시간 동안의 홍 선생님의 행적은 그야말로 백지나 다름없습니다. 텅 빈 종이 위에는 그 어떤 그림도 그릴 수 있습니다. 홍 선생님이 영화를 보고 나왔다는 그림도, 홍 선생님이 흉악한 포수가 되는 그림도, 심지어는 홍 선생님이 저와 만나서 은밀하게 일을 도모할 계획을 세웠다는 그림도 말입니다. 그래서 저는 거기서 더 이야기하면 안 되겠다고 생각했습니다. 어떤 가설을 이야기한다 해도 억측일 뿐이기 때문입니다."

"하지만 그렇다고 해서 내 추론대로 네 시 반 이후 세르게이 홍이 사건 현장에 갔을 수도 있다는 걸 부정하지는 못하지."

에드가 오는 반박을 입에 담았다. 하지만 그는 이 주장이 깨어지기를 간절히 바라고 있었다.

"그렇지 않습니다."

그리고 연주는 그의 기대대로 고개를 저었다.

"선생님의 추론을 들으면서 그 그림만은 그릴 수 없다는 걸 확신했습니다. 선생님께서 직접 그 추론이 사실이 아닌 이유를 제시하셨지 않습니까."

어리둥절해진 에드가 오를 보며 연주가 미소 지었다.

"조급해하지 말고 천천히 생각을 정리해 보십시오. 이야기의 조각을 잘 나눠서 정확한 위치에 놓아 보십시오. 그러면 알아차리실 겁니다."

지금까지 지어온 무기력한 미소가 아니라, 장난기가 섞인 미소였다. 그는 그 미소의 이유를 잘 알고 있었다. 조급해하지 말라는 말은 그가 과외 선생이던 시절 그녀를 가르치며 입버릇처럼 해온 말이었다.

"먼저 그날 사건 현장에 순사가 있었다는 점을 떠올려보십시오."

여전히 그가 말이 없자 드디어 연주가 설명을 시작했다.

"평소 그 길은 순사가 없다고 들었습니다. 하지만 호랑이가 출몰하였다는 소문 때문에 그날은 임시로 순사가 배치되었다고 하지 않습니까."

"그랬었지."

"홍 선생님이 순사의 눈을 피해 산으로 들어갈 가능성도 있지만, 순사가 있다는 것만으로도 그 가능성은 무척 낮아집니다. 제가 홍 선생님의 행적을 추론했을 때, 순사의 눈을 피하는 길을 택했던 걸 떠올려보십시오. 다음으로 저는 카페 은하수의 여급이 한 증언이 마음에 걸렸습니다."

"메이코가 무언가 중요한 말을 했었나?"

"아닙니다. 오히려 선생님의 추리대로라면 반드시 나왔어야 할 말이 나오지 않았습니다. 만약 홍 선생님이 산속을 헤집고 도망쳤다면, 그분의 옷이 어떻게 되었겠습니까."

"아······. 나뭇가지며 흙 따위가 묻어서 지저분해졌겠지!"

그가 소리쳤다. 연주는 희미하게 미소 지었다.

"비가 억수같이 퍼부어서 옷도 젖어 있으니 산속을 헤매고 다닌 흔적을 옷에서 털어내기는 어려웠을 겁니다. 혹여나 어떻게든 흙 따위를 털어내었더라도 옷 어딘가에 뜯어지거나 찢어진 부분이 남았을 터입니다. 하지만 여급은 홍 선생님의 옷이 젖어서 안쓰러웠다고만 말했을 뿐입니다. 만약 홍 선생님이 산길을 타고 넘은 뒤였다면 옷에 생긴 흠 역시 이야기했을 터입니다."

"그렇군! 하지만 만약······."

에드가 오가 반론을 하려는데, 연주가 말을 가로챘다.

"상자 안에 갈아입을 옷이 있을 가능성도 있다고 말씀하시려는 겁니까."

그는 하려던 말을 잃고 고개만 끄덕이고 말았다. 그녀는 커피를 다시 한 모금 홀짝였다.

"사실 그 상자야말로 선생님의 추론이 모순투성이임을 밝히는 증거입니다."

"어째서인가?"

"홍 선생님이 김순동을 장교에서 목격하고 그의 거처를 알게 된 뒤 귀갓길에 숨어 있다가 그를 죽이기로 생각했다는 대목을 되짚어 보십시오. 그렇다면 아침에 소총이 든 상자를 들고 외출한 이유는 대체 무엇입니까. 김순동을 죽이기 위해서라고 한다면, 홍 선생님은 예언자처럼 훗날 있을 일을 미리 예견하여 행동한 셈이 됩니다. 하물며 그 속에 갈아입을 옷까지 미리 넣어두었다는 것은 더더욱 말이 되지 않습니다."

"그렇지, 자네 말이 맞네."

내놓았던 추측이 하나하나 부서졌다. 어둠이 부스러지면서 눈이 점점 환히 트여왔다.

"저는 이런 이유로 홍 선생님이 포수 살인사건의 범인이 아니라고 생각했습니다."

에드가 오의 추론을 간단한 몇 마디로 산산이 부서트린 뒤, 연주는 힘없이 미소 지었다.

조금 전까지 어두컴컴해 보이던 다방 안이 환하게 보였다. 눈에 살짝 물기가 맺혔다. 이건 눈부신 조명 때문만은 아니었다. 그러나 머릿속에서 또 다른 걱정거리가 슬며시 떠올랐다.

"하지만 경찰들은 여전히 세르게이 홍의 행적을 주시하고 있네. 살인사건의 진범도 누구인지 확실하지 않은데, 그 친구가 경성 여기저기를 수상한 모양새로 쏘다녔으니……. 이러다 그 친구가 체포당하지 않을까 걱정이네. 그들이 나처럼 그 친구가 살인사건의 범인이라고 의심한다면 낭패 아닌가."

"경찰이 홍 선생님을 체포할 생각인 건 분명합니다."

연주가 나직이 입을 열었다.

"하지만 선생님의 생각과는 달리, 살인사건 때문에 체포하려는 건 아닐 것입니다."

"그 친구를 체포할 생각이지만, 살인사건 때문이 아니라니?"

에드가 오가 급히 되물었다. 초조한 그를 앞에 두고, 연주는 잠시 침묵을 지켰다.

"이 역시 제 짐작일 뿐이지만 말씀드리겠습니다. 선생님께서는 지금 무척 터무니없는 사건에 말려들고 마셨습니다."

그녀는 커피를 한 모금 홀짝인 뒤 잔을 내려놓았다.

탁.

잔이 받침에 부딪히는 소리가 크게 울렸다.

호랑이덫

 에드가 오와 세르게이 홍은 두 대의 차에서 내리는 순사들을 보았다. 순사들은 곧바로 두 사람에게 다가왔다. 예닐곱 남짓한 순사들 가운데 뜻밖에도 그에게 낯익은 사람이 넷이나 있었다.
 남정호 순사부장은 언제나처럼 딱딱한 표정이었다. 산길을 지키고 섰던 내지인 순사와 조선인 순사도 남정호의 뒤에 있었다. 내지인 순사는 남정호를 불만이 가득 찬 눈으로 노려보고 있었고, 조선인 순사는 눈을 껌벅거리면서 불안한 표정을 짓고 있었다. 그리고 둥근 얼굴의 나가모리 경부가 그 행렬의 가장 뒤에 있었다. 그는 온화한 미소를 짓고 있었지만, 그의 눈은 세르게이 홍을 주시하는 채였다.
 "자네가 홍성재인가?"
 남정호는 에드가 오를 본 척도 하지 않고 곧장 세르게이 홍에게 물었다. 세르게이 홍은 고개를 끄덕였다.

"그렇습니다. 그런데 선생은 누구십니까? 어떻게 저를 알고 있으신지요?"

"나는 본정경찰서의 미나미 마사히로 순사부장이다. 네가 여기 있다는 신고를 받고 왔다."

"조센징. 여기에 나무 상자를 들고 왔지요? 어디에 있습니까?"

나가모리 경부가 대화에 끼어들었다. 세르게이 홍은 순사들을 보며 고개를 갸웃거렸다.

"대체 무슨 일입니까? 저 같은 선량한 사람에게 순사님들이 친히 찾아올 거라고는 생각지 못했는데요. 무엇 때문에 제 물건에 관심을 보이시는지 이야기해 주시겠습니까?"

"이봐, 홍성재. 자네와 말장난하려고 여기 온 게 아니야. 대답이나 해."

남 순사부장이 세르게이 홍을 쏘아보았다. 나가모리 경부가 주위의 순사들에게 손짓하자, 두 명이 세르게이 홍에게 다가가 양팔을 붙들었다. 그의 담배가 바닥에 툭 떨어졌다.

"이게 무슨 일입니까?"

항의하는 세르게이 홍을 보며 나가모리 경부가 이죽거렸다.

"무슨 일인지 차차 설명해 주지요. 그러니 상자가 어디 있는지부터 말해요, 조센징."

점잖게 들리는 그의 말끝이 세르게이 홍을 날카롭게 노리고 있었다.

아직이다, 아직.

주먹을 꽉 쥔 채, 에드가 오는 속으로 중얼거렸다.

*

"선생님의 이야기 속에서 신경 쓰이는 것이 있었습니다."
"신경 쓰이는 것?"
"호랑이덫이라는 단어입니다."
에드가 오는 눈만 껌벅거렸다. 몇 번인가 들은 적 있었지만 어떤 의미인지 알 수 없는 단어였다.
"선생님께서 해주신 이야기를 토대로 그 단어의 의미를 추측해보았습니다. 그러자 흥미롭고도 무척 과감한 이야기가 하나 나왔습니다."
연주는 손가락을 세 개 들어 보였다.
"이 사건에는 크게 세 가지 이야기가 얽혀 있습니다."
하얀 장갑에 싸인 손가락이 하나 접혔다.
"첫 번째, 세르게이 홍 선생님의 움직임입니다. 선생님께서 제게 물어보셨고, 제가 무모한 상상을 펼쳐본 그것입니다."
다음 손가락이 접혔다.
"두 번째, 포수 살인사건입니다. 저는 그 사건의 범인을 짐작하고 있습니다."
연주의 말에 그는 그만 벌떡 일어설 뻔했다. 그를 괴롭히던 온갖 의심들은 바로 그 의문의 살인사건으로부터 시작한 게 아닌가. 그런데 그녀는 그 사건의 범인이 누구인지 알겠다고 말한 것이다. 그가 입을 열려는데 연주가 마지막 손가락을 마저 굽혔다.

"그 두 사건을 분리해내었더니 사건이 하나 남아 있었습니다. 이 세 번째 사건을 호랑이덫이라고 부르겠습니다. 이 호랑이덫이 노리는 사냥감은 홍 선생님입니다."

그는 깜짝 놀라 외쳤다.

"세르게이 홍을? 대체 누가?"

"당연히 경찰입니다. 경찰들의 입에서 그 단어가 오갔고 순사들이 동원되어서 홍 선생님의 일거수일투족을 감시하고 있다는 이야기도 나왔지 않습니까. 하지만 호랑이덫과 관계있는 것은 경찰만이 아닌 것 같습니다. 선생님께서 본정경찰서에서 들었다는 대화로 짐작해 본다면 상당히 높은 지위의 사람들까지 움직이고 있다는 의심이 들었습니다."

"높은 지위? 대체 어떤 사람들이……"

연주는 거기서 잠시 침묵을 지켰다. 잠시 후 그녀는 목소리를 낮춰, 조심스레 말을 이었다.

"과감하게 말해보자면 산리반조 씨도 이 계획과 관계되었을 수 있습니다."

"산리반조가 아니라 야마나시 한조라고 부르는 것이……. 아니, 잠깐."

습관적으로 이름을 정정하려다가, 에드가 오는 흠칫 놀랐다.

"설마, 조선 총독 말인가!"

그는 저도 모르게 소리를 높였다.

남정호와 나가모리 경부의 대화를 엿들었을 때, 분명 총독이 언급되었었다.

"아니, 대체 그 호랑이덫이라는 게 무엇이란 말인가!"

그는 소리쳤다. 연주는 눈 하나 깜박하지 않고 대답했다.

"호랑이덫은 크고 흥미로운 계획을 칭하는 단어일 겁니다. 저로서는 계획의 윤곽, 그것도 아주 약간만 가늠해 보는 것이 고작입니다만."

그렇게 말한 뒤, 연주는 강 선생을 불렀다. 강 선생이 오자 그녀는 귓속말로 그에게 무언가를 말했다. 에드가 오는 초조하게 그 모습을 지켜봐야만 했다.

강 선생이 물러나고 난 뒤, 연주는 미소를 지었다. 피로해 보이는, 그러나 이야기에 걸맞지 않게 즐거워 보이는 미소였다.

"선생님은 신문의 정치 기사를 눈여겨보십니까."

그는 고개를 저었다. 만약 선화라면 이 질문에 다른 대답을 했을 거란 생각이 불쑥 들었다. 연주는 나른한 미소를 지었다.

"야마나시 총독은 최근 곤경에 처해 있습니다. 가장 큰 논란은 부정부패 혐의입니다. 총독이 충남도청 이전을 대가로 돈을 받았단 이야기가 구설에 오르고, 경성의 미두취인소 설립 허가와 관련해 그가 착복한 자금이 있다는 이야기 역시 퍼지고 있습니다. 그 와중, 작년 대만 섬에서 천황의 장인이 조명하라는 조선인에게 습격당해 올해 사망한 사건도 있었습니다. 내지에서는 조선인의 관리를 소홀히 한 조선 총독이 책임을 져야 한다는 말이 나온다고 합니다."

에드가 오는 얼굴을 찌푸렸다. 차마 함부로 대꾸할 수 없는 커다란 내용이 연주의 입에서 나오고 있었다. 연주가 이야기한 사건들과 관련 있는 단어를, 분명 나가모리 경부가 남정호를 다그치면서 언급했었다.

"이러한 일들로 야마나시 한조 씨가 조선 총독에서 물러나야 한다는 말이 커졌다고 합니다. 이 흐름대로라면 야마나시 현 총독이 전 총독이 되는 것은 시간문제일 터입니다. 그리고 당연히 그것을 싫어할 사람들이 있을 겁니다."

그녀는 다시 커피 한 모금을 홀짝였다.

"야마나시 총독 자신부터 불명예 해임 당하는 것을 꺼릴 것입니다. 총독의 측근들도 마찬가지입니다. 특히 조선 여기저기서 이권을 챙기던 자들은 총독이 사라지길 원치 않을 겁니다. 본인의 영달 때문일지, 혹은 처벌을 받는 걸 두려워해서일지는 모르겠습니다만."

터무니없이 커다란 이야기를 펼쳐 보이는 연주의 표정은 여전히 태연자약했다.

"만약 그러한 자들이 뜻이 맞는 경찰 고위층과 입을 맞춰 일을 계획한다면 총독의 해임 이야기를 무효로 돌리거나 적어도 얼마간 지연시킬 수 있을 겁니다."

"어떻게 말인가?"

"가령 이런 건 어떻습니까."

에드가 오의 물음에 연주가 나른하게 말을 이었다.

"조선 독립을 외치는 반역 도당이 경성에 최신식 저격 소총을 반입해 들여왔다. 그들은 그 소총으로 조선박람회 개회식이 열리는 날 조선 총독과 고위 정치인들, 그리고 황족을 살해하려고 하였다. 조선총독부는 그 첩보를 입수한 후 야마나시 한조 총독의 진두지휘하에 경찰과 합동으로 조사를 진행해 주동자 한 명을 구속하였다. 조선총독부와 경찰은 유례를 찾아볼 수 없는 이 음모의 배후 세력을 색출하는 중이다."

입술이 바짝 말라붙었다. 그녀가 하는 말이 또렷한 형상이 되어 그의 머릿속에 그려졌다.

"이런 사건이 세간에 공표된다면 어떻게 되겠습니까. 조선 통치를 위협하는 조직이 드러나려는 때에 그 조직의 소탕 작전을 총지휘하는 조선 총독을 해임하면 안 된다는 여론을 만들 수 있을 겁니다. 야마나시 총독을 해임하라는 주장은 잠깐이라도 수그러들 터입니다. 만약 체포한 자에게 원하는 대답을 끌어낼 수 있다면 더 좋을 겁니다. 물론 그러기 위해서는 무자비한 폭력이 동원될 게 분명합니다."

연주의 말은 나지막했지만, 그 어느 때보다도 서늘하게 들렸다.

"거기서 세르게이 홍이라는 사람이 등장합니다. 불온한 인물들이 숨어 있는 러시아와 만주에 갔다가 갓 귀국한 자. 그리고 귀국길에 수상한 상자를 가지고 온 자."

"아니, 설마……."

"상자 속 물건이 소총이 아니라 해도 상관없습니다. 어딘가에서 총을 구한 뒤, 그 총이 상자 속에 있었다고 주장하면 되는 일입니다. 세르게이 홍이라는 범인은 이미 정해졌고 범인이 저지른 범죄 역시 정해졌습니다. 이걸로 어떤 이야기를 꾸며 나갈지는 그야말로 작가의 마음대로 아니겠습니까."

에드가 오는 벌떡 일어섰다.

"난 가보겠네!"

그는 그렇게 외치고 발걸음을 떼었다. 아니, 그러려고 했다.

"기다려보십시오, 선생님."

연주가 낮은 목소리로 그를 멈춰 세웠다. 피로해 보이는 미소를 지은 채 그녀가 질문했다.

"홍 선생님을 찾아가시려 한다는 건 잘 알겠습니다. 하지만 그러고 나서 대체 무엇을 하실 생각입니까."

"경찰이 노리고 있으니 당장 경성에서 몸을 피하라고 전해야지! 만주건 러시아건, 일단 당장 조선에서 벗어나라고 말해야 하지 않겠나!"

"만약 제가 경찰이라면 홍 선생님이 그러한 움직임을 보이는 즉시 그분을 체포할 겁니다. 지금 홍 선생님을 가만 놔두고 있는 이유는 그분이 누구와 접촉하고 있는지를 살펴 그분이 내통하는 세력을 명확히 만들어내기 위해서일 터입니다. 그런 와중에 홍 선생님이 도망치려 한다면 경찰은 주저하지 않고 그분을 체포할 겁니다."

 "그러면 대체 어찌해야 하는가! 그가 경찰에게 체포되는 걸 그저 지켜봐야만 하는 것인가?"

 에드가 오가 소리쳤다. 연주의 얼굴에 나른한 미소가 떠올랐다. 그녀는 잠시 뜸을 들인 뒤 말을 이었다.

 "선생님, 아가사 크리스티라는 소설가를 아십니까."

모던 보이 탐정 돌아오다

붕.

조금 전보다 어둑해진 산자락 저편 멀리서 나지막한 기계의 울림이 들렸다. 또다시 자동차 소리였다. 드디어 행동할 시간이 되었다는 걸 알리는 신호이기도 했다.

에드가 오는 심호흡을 한 뒤, 한 발 앞으로 나섰다.

"잠깐 기다려보십시오!"

일부러 큰 목소리를 내며 그는 소란 속으로 끼어들었다. 남 순사부장이 그를 노려보았다.

"상관없는 자는 빠져."

"내가 이 일에 상관이 없다니요?"

에드가 오는 일부러 억울한 표정을 지었다. 때마침 은일당의 앞에 자동차 여러 대가 멈춰 섰다. 가장 앞에 선 고급 자동차를 따라 택시며 자동차들이 순사들이 세워둔 자동차를 둘러싸듯 멈춰 섰다. 그리고 곧바로 차에서 사람들이 내렸다.

　갑작스레 벌어진 일에 순사들이 웅성거렸다. 순사들은 에드가 오와 자동차에서 내린 스무 명 남짓한 사람들을 번갈아 쳐다보았다. 당황해하는 기색이 역력했다.

　남 순사부장은 그들을 흘끗 쳐다본 뒤 다시 에드가 오를 보았다. 표정의 변화는 없었다.

　과연 이자도 당황하고 있을까?

　그는 속으로 한 생각을 얼른 지워버렸다. 지금은 다른 할 일이 있었다.

　"나는 포수 살인사건의 진범을 알고 있습니다!"

　은일당 앞에 모인 많은 사람을 향해 에드가 오는 크게 소리쳤다. 그 자리에 있던 모두의 이목이 그에게 모였다.

　"포수 살인사건의 진범?"

　남 순사부장이 중얼거렸다. 에드가 오는 다시 큰소리로 외쳤다.

　"경찰 여러분이 잘못 생각한 겁니다! 그 사건의 범인은 세르게이 홍이 아닙니다!"

　순사들은 불안한 표정으로 웅성거렸다. 지금 어떤 일이 벌어지고 있는 것인지 그들로서는 도무지 짐작할 수 없을 터였다.

　차에서 내린 사람들 사이로 둥글둥글한 남자가 나와 에드가 오에게 손을 흔들었다.

　"이보게, 오덕문 군."

　"에드가 오라고 부르게!"

그는 짜증스레 대꾸했다. 그러나 그 사람은 아랑곳하지 않았다.

"자네가 말한 살인사건, 얼마 전 이 근처에서 땜장이가 총에 맞아 죽은 사건 말이지?"

"그렇다네. 내가 지금부터 사건의 진상을 낱낱이 밝히려 하네. 흥미롭지 않은가?"

"기사로 쓸 만큼 흥미로울지는 이야기를 들어봐야 알지. 그 사건을 다룬 내 기사가 검열당해 버렸거든. 웬만큼 재미난 이야기가 아니면 기사를 썼다가 또 검열당하고 싶지 않아."

그 사람은 느긋하게 대꾸한 뒤, 여전히 붙들려 있는 세르게이 홍을 보고 손을 들어 보였다.

"오, 거기에 있는 건 홍성재 군 아닌가. 노서아 여행 잘 다녀왔다고 들었는데, 나중에 우리 신문에 여행기를 연재해 볼 생각 없나?"

"기자 양반, 오랜만이네. 그 제안은 지금 이 일을 어떻게든 마무리 짓고 하면 안 될까?"

붙들린 채로 대답하는 세르게이 홍의 목소리에서 어처구니없어 하는 기색이 느껴졌다.

"잠깐만. 당신, 대체 뭐 하는 사람이오?"

결국, 참지 못하고 나가모리 경부가 끼어들었다. 송유정이 싱글거리며 대답했다.

"절 기억하지 못하십니까, 나가모리 경부님? 저는 경성신문 기자 송유정입니다. 얼마 전 제 기사를 백지로 돌려놓으신 적 있으시지요? 저는 그 일 때문에 경부님을 기억하고 있는데요."

"하필 저 독종이……."

나가모리 경부가 얼굴을 찌푸렸다. 송유정은 에드가 오를 가리키며 말을 이었다.

"오덕문 군이 어제 날 찾아와서는 이 시간에 여길 오면 놀라운 특종을 잡을 수 있을 거라고 하더군요. 저 친구가 어찌나 강권하던지 속는 셈 치고 와봤는데, 경부님이 여기 계실 줄은 몰랐습니다. 이거 참 뜻밖이군요."

"나도 특종감이 있단 소문을 듣고 왔소."

"나도 마찬가지입니다."

다른 사람들이 말했다. 개중엔 카메라를 든 사람도 있었다. 이들도 기자인 모양이었다.

에드가 오는 눈을 깜박였다. 송유정을 부른 건 그였지만, 다른 기자들은 어떻게 온 것인지 알 수가 없었다. 저들을 송유정이 부른 것인지 연주가 섭외해 준 것인지 짐작할 수 없었다.

순사들은 또다시 웅성거렸다. 이 남산 구석에 기자들이, 그것도 경찰들보다 많은 숫자가 모인 이 상황을 이해하지 못하는 게 분명했다.

나가모리 경부가 에드가 오를 노려보았다. 마음 같아서는 다시 심호흡하고 싶었지만 그는 나직이 한숨을 쉬는 것으로 참았다.

무대는 갖춰졌다. 여기서 실수하면 안 된다.

경찰들과 기자들 앞에서 그는 다시 한번 외쳤다.

"다시 말하겠습니다. 월요일에 남산에서 벌어진 포수 살인사건의 진범은 세르게이 홍이 아닙니다!"

세르게이 홍이 멍하게 에드가 오를 바라보았다. 그가 이 상황을 이해하지 못할 거라는 것쯤은 잘 알고 있었다. 사실 에드가 오 자신도, 어젯밤까지는 자신이 사람들 앞에서 이런 짓을 하고 있을 거란 상상조차 하지 못했었다.

*

"아가사 크리스티? 이름은 들어본 작가이긴 하네만."

에드가 오는 우물쭈물 대답했다. 그는 그 이름에 대해 알고 있는 것을 되짚어 보았다. 그러나 그의 머릿속에는 갑작스레 실종되었다 발견된 사건으로 온 영국을 떠들썩하게 만든 여류 추리소설 작가라는 이야기 외에 다른 지식은 없었다.

"선생님께서 크리스티 여사의 소설을 아직 읽어보지 않으셨다면 책을 빌려드리겠습니다."

연주의 그 말을 기다리기라도 한 것처럼 강 선생이 책 한 권을 들고 왔다. 에드가 오의 앞에 책을 놓은 뒤 강 선생은 다시 자리에서 물러났다. 책 표지의 'The Mysterious Affair at Styles'란 글씨가 눈에 들어왔다. 조선어로 번역하면 '스타일스 저택에서 벌어진 괴상한 사건'쯤이려나. 'Agatha Christie'라고 적힌 이름을 보며 그는 속으로 중얼거렸다.

"이 표기대로라면 아가사가 아닌 애거사가 좀 더 본래 발음에 가까울 걸세. 아무튼 갑자기 이 소설을 권한 이유는 무엇인가? 여기에 그럴듯하게 사람을 탈출시키는 방법이라도 적혀 있단 말인가?"

"탈출 같은 방법은 쓰지 않을 겁니다."

그 순간 연주의 얼굴에서 미소가 사라졌다.

"지금부터 제가 말씀드리려는 계획은 열에 아홉은 실패할 게 분명할 정도로 무모한 것입니다."

그녀의 목소리는 비장했다. 에드가 오는 자세를 바로잡았다.

"호랑이덫을 통째로 없앨 수는 없습니다. 제 계획은 호랑이덫에 작은 흠집을 내어 고장 나게 하려는 시도일 뿐입니다. 하지만 그렇다고 해서 이 일이 총독부를 상대로 개인이 벌이는 저항이란 건 달라지지 않습니다. 성공할 가능성은 무척 낮습니다."

"……"

"이 계획이 실패한다면 홍 선생님은 무사하지 못할 겁니다. 그리고 자칫하면 홍 선생님뿐만 아니라 이 계획을 논의한 선생님과 저 역시도 무사하지 못할 겁니다. 그렇기에 미리 말씀드립니다. 선생님의 안위를 지키시려면 여기서 제 계획을 더 듣지 않으셔야 합니다. 일부러 호랑이 꼬리를 밟는 일이나 다름없는 일이기 때문입니다. 그러니……"

"그렇지만 뭐라도 해야 하지 않겠나."

굳은 표정으로 무언가 더 말하려던 연주가 입을 다물었다. 에드가 오는 재차 말했다.

"밟아야만 한다면 호랑이 꼬리가 아니라 그보다 더 무서운 것도 밟아야 하지 않겠나. 세르게이 홍을 구할 가능성이 아주 조금이라도 있다면, 자네가 하라는 건 뭐든 하겠네."

그는 욱신거리는 왼손 엄지손가락의 감각을 무시하고 연주에게 애써 미소를 지었다.

"그리고 만약 일이 실패한다 해도 자네에게는 절대로 해가 가지 않을 거네. 경찰에게는 모든 것이 내가 꾸민 일이라고 말할 거네."

"하지만……."

"자네는 내 부탁 때문에 하지 않아도 좋았을 일을 괜히 한 셈이야. 그런 자네가 경찰에 핍박당하는 일은 겪지 않도록 하는 게 당연하지."

잠시 침묵이 흘렀다. 에드가 오를 물끄러미 바라보는 연주가 무슨 생각을 하는 것인지, 어두운 조명에 비친 표정만으로는 알기 어려웠다.

"선생님은 여전하십니다."

한참 뒤에야 그녀는 나직이 속삭였다.

"남의 일을 그냥 두고 보지 못하시는 건 예전과 달라지지 않으셨습니다."

연주의 얼굴에 떠오른 희미한 미소를 보며, 에드가 오는 이어질 그녀의 말을 기다렸다.

"제가 크리스티 여사의 소설을 언급한 이유는 그 소설 속 탐정이 추리를 선보이는 방식 때문입니다. 탐정은 사건의 관계자들을 모은 자리에서 자신의 추리를 하나하나 극적으로 드러냅니다."

"극적으로?"

"그렇습니다."

연주는 고개를 끄덕였다.

"저는 크리스티 여사의 소설처럼 일을 꾸밀 생각입니다. 구체적으로는 경찰들 앞에서 한 편의 떠들썩한 연극을 벌일 생각입니다."

"연극이라니, 대체 무얼 할 생각인가?"

그는 거기서 연주가 고보에 다니던 때에, 고보의 연극부 활동에 흥미를 보이던 그녀가 이런저런 것들을 천진난만하게 물어보던 기억을 떠올렸다. 연극이란 단어를 말하는 그녀의 눈에서 잠깐이나마 그 당시의 순진함이 비친 듯도 했다. 말하는 내용은 순수함과 거리가 멀다는 생각이 이어졌지만, 그는 그 생각을 얼른 떨쳐내었다.

"경찰들은 홍 선생님을 체포하고 그분과 연루된 조직을 모두 색출한 뒤, 그 사실을 극적으로 밝히고 싶어 할 겁니다. 그 연출을 위해서 가장 중요한 것은 기밀입니다. 마치 사냥꾼들이 덫을 보이지 않게 숨기듯, 호랑이덫의 전모를 발표하기 직전까지는 모든 것이 숨겨져야 합니다."

"……"

"그런 계획을 세운 경찰들에게 홍 선생님을 체포하는 자리에 많은 사람의 눈길이 모이는 건 달가운 일이 아닐 겁니다. 그 체포 장면을 기자들이 목격하고 경찰에게 홍 선생님을 체포하는 이유를 묻는다면 더욱 곤란해집니다. 경찰로서는 어떻게든 기자들을 입 막음하려 들 겁니다. 하지만 기자들이 집요하게 사건의 이모저모를 파악하려 들면 은밀하게 진행되던 공작이 공개되어 버릴지도 모릅니다."

연주는 미소를 지었다. 의미심장한 미소였다.

"여기에 하나 더, 만약 홍 선생님을 체포하려는 현장에서 '홍 선생님을 체포하면 안 된다.'라고 외치는 사람이 있다면 어떻겠습니까. 그리고 그 사람이 '나는 포수 살인사건의 진범을 안다, 그러니 경찰은 홍 선생님을 체포하는 것을 그만둬야 한다.'라고, 마치 탐정처럼 큰소리를 낸다면."

"아니, 그건······."

에드가 오는 뭐라고 말을 이으려 했다. 하지만 입에서 말이 나오지 않았다.

커피잔을 들고 홀짝이는 연주의 모습은 느리고 여유로워 보였다.

"기자와 탐정. 이들을 홍 선생님이 체포되려는 현장에 투입하는 게 제 계획의 요지입니다."

그녀는 에드가 오를 응시했다.

"그래서 여쭙겠습니다. 혹시 선생님의 지인 중에 기자 일을 하는 사람이 있습니까."

"있다마다!"

에드가 오는 송유정의 둥근 얼굴을 떠올리며 소리쳤다. 무슨 생각을 하는지 늘 미덥지 못한 친구이지만, 이 계획에서 꼭 필요한, 소문을 널리 퍼트릴 마당발 같은 인맥과 소문을 끝까지 물고 늘어질 집요함을 갖춘 기자이기도 했다.

"그러면 다음은 탐정 역할을 할 사람인데……."

연주는 말끝을 흐렸다.

탐정은 자네가 해야 하지 않나.

그는 그렇게 물으려다 그만두었다. 그녀가 다음에 어떤 말을 할지 짐작할 수 있었다.

"탐정은 선생님께서 하십시오."

"그건 거절하겠네!"

예상대로의 제안에 에드가 오는 단호히 말했다.

"조금 전에 뭐든 하겠다고 말씀하지 않으셨습니까."

연주는 미소를 지은 채 대꾸했다. 장난기가 스며든 예전의 미소가 잠깐 보인 것 같았다.

*

"당신, 이름이 뭐지요?"

그렇게 묻는 나가모리 경부의 눈빛이 호의적이지 않았다. 에드가 오는 넥타이를 바로잡았다. 손에 맺힌 땀은 더워서 생긴 건 아니었다.

"에드가 알란 오라고 합니다. 에드가 오라고 부르셔도 됩니다."

"우리가 당신의 탐정 놀음 이야기를 들을 이유는 없어요."

나라고 탐정 놀음을 하고 싶어서 하는 줄 아십니까.

에드가 오는 그렇게 대꾸하고 싶었지만, 꾹 참았다. 그는 그 대신 준비한 대로 말을 꺼냈다.

"이건 탐정 놀음이 아닙니다. 살인사건의 진범을 잡기 위한 겁니다."

"어중이떠중이가 경찰이 하는 일에 끼어들 자격은 없어요. 당신이 근거 없이 늘어놓는 헛소리를 들을 여유는 없습니다."

"헛소리가 아닙니다. 세르게이 홍이 받는 혐의는 전혀 근거가 없습니다. 제가 지금 이야기하려는 사건의 진상을 들어보십시오. 그걸로 진범의 정체가 백일하에 드러날 겁니다."

"쓸데없는 이야기예요."

나가모리 경부가 에드가 오의 말을 끊었다. 그때 남정호가 경부를 불렀다.

"나가모리 경부님."

남정호는 순사들 뒤에 선 기자들을 가리켰다. 송유정은 수첩을 꺼내 들었고, 사진기를 든 기자는 언제라도 사진을 찍어댈 기세였다. 다른 기자들 역시 흥미로운 얼굴로 이 상황을 기록할 준비를 하고 있었다.

"홍성재를 그냥 끌고 가면 저자가 기자들에게 이상한 소리를 늘어놓을 겁니다. 기자들이 저자의 헛소리를 기사로 내면 괜한 말이

퍼질 겁니다."

"기사야 내지 못하도록 명령하면 되는 겁니다."

"저자가 언급하는 포수 살인사건 기사를 내지 말라고 경부님께서 직접 명령하셨잖습니까."

남정호는 목소리를 낮춘 채 말을 이었다.

"그 당시 왜 그 사건 기사를 내지 못하냐면서 기자들의 불만이 컸습니다. 저들을 이대로 무시했다가는 자칫 저자들이 반항해서 계획에 차질이 올 수 있습니다."

무언가를 생각하던 경부는 에드가 오를 보았다.

"좋아요, 당신의 이야기를 들어봅시다. 살인사건의 해결 또한 중요하니까요. 조센징, 시간은 오 분이면 충분하지요?"

나가모리 경부는 주머니에서 회중시계를 꺼내 들었다.

"허튼소리를 자랑스럽게 떠벌였다면 당신은 경찰의 수사를 방해한 게 됩니다. 그땐 내가 친히 당신을 서대문형무소로 보내줄 겁니다."

경부는 미소를 지었다. 하지만 그의 눈은 웃고 있지 않았다.

에드가 오는 이마에 흐르는 땀을 손바닥으로 슬쩍 훔쳤다. 여름의 눅눅한 공기가 뜨거웠다. 곧 비가 쏟아질 것 같았다.

드러난 진실

사람들의 시선을 받으며 에드가 오는 입을 열었다.
"저는 김순동 씨가 살해당한 현장을 목격한 목격자입니다. 그 사건을 경찰에서는 '포수 살인사건'이라고 부르고 있다고 들었습니다."
"포수 살인사건 기사를 내려다가 전에 검열당했었네. 거기는 어땠나?"
"말해 뭐 하나. 검열이 우리 신문만 피해 가지는 않아."
수군거리는 기자들의 말 속에 불만이 섞여 있었다. 그들 옆에서 에드가 오를 보는 송유정은 당장이라도 많은 것을 물어보고 싶은 눈빛이었지만, 그걸 꾹 참고 있는 게 분명했다. 어떤 일이 벌어질지 모르는 지금은 평소답지 않은 친구의 그런 배려가 고마웠다.
"김순동 씨가 살해당하고 난 직후의 모습을 목격한 저는 이 사건에 얽히고 말았지요. 그리고 어떤 경찰 나리가 저를 사건의 용의

자로 의심했습니다."

에드가 오는 남정호에게 고개를 돌렸다. 남정호는 별다른 표정 변화를 보이지 않았다.

"제 혐의는 금방 풀렸습니다. 하지만 억울한 누명을 썼기 때문에, 저는 이 사건의 진실을 알아야겠다고 생각했습니다. 그리고 제가 얼마 전까지 살인사건의 범인으로 의심한 사람이 있었습니다."

에드가 오는 순사들에게 붙들려 있는 세르게이 홍을 보며 말을 이었다.

"그리고 경찰 역시 저와 같은 사람을 의심하고 있습니다. 제 친구 세르게이 홍이 범인이다, 경찰은 그렇게 생각하고 있는 겁니다."

모두의 시선이 세르게이 홍을 향했다.

"아니, 이보게!"

세르게이 홍이 어처구니없어하며 소리쳤다.

나가모리 경부의 속마음은 찌푸린 표정으로 드러나고 있었다. 남정호 순사부장의 얼굴은 언제나처럼 무표정해서 무슨 생각을 하는지 읽을 수 없었다.

"제가 세르게이 홍을 의심한 가장 큰 이유는, 저 친구가 사건 당일인 6월 17일 월요일의 행적이 묘연했기 때문입니다. 저 친구가 장교의 요릿집을 나와서 본정의 카페에 다시 모습을 나타내기 전까지, 즉, 오후 네 시 반부터 여덟 시 반 사이의 행적을 알 수 없었지요."

"이보게, 자네가 지금 무슨 이야기를 하는지는 모르지만, 그때 나는 영화를 보고 있었네!"

세르게이 홍이 다급히 말했다. 남 순사부장이 곧바로 말을 받았다.

"홍성재, 그 말을 증명할 수 있나? 하다못해 영화표라도 보여야 할 것 같은데."

"그날 비가 엄청나게 왔지 않소. 그 때문에 옷이 모두 젖어서 영화표도 죽이 되어버렸소."

"결국 증거는 없다는 소리로군."

남정호가 싸늘하게 말했다. 세르게이 홍이 당황해서 소리쳤다.

"이보시오!"

이러다가 엉뚱하게 시간이 낭비될지도 몰랐다. 에드가 오는 급히 끼어들었다.

"일단 결론부터 말씀드리자면, 저 친구는 범인이 아닙니다."

"이유는?"

"설명하자면 깁니다. 제게 주어진 시간 오 분으로는 진짜 범인이 누구인지를 지목하기에도 아슬아슬하거든요."

그는 나가모리 경부를 흘끔 쳐다보았다. 그 모습을 지켜보던 남정호는 입을 다물었다.

"진짜 범인이 누구인지 궁금했지만, 사건이 워낙 얽혀 있어서 진상은 꼭꼭 숨어 있었습니다. 그때 제게 조언해 준 사람이 있었습니다. 이야기의 조각을 잘 나눠서 제자리에 놓으라고요."

"3분 30초 남았어요."

나가모리 경부가 이죽거렸다.

"그래서 저는 사건이 일어난 밤에 있었던 일을 처음부터 다시 생각해 보았습니다. 내가 정말로 본 것과 들은 것은 무엇인지를 말입니다."

이야기를 늘어놓으며 에드가 오는 머릿속으로 사건 당시의 상황과 어젯밤에 들었던 연주의 추리를 돌이켜 보았다.

"마침 여기에는 당시 사건의 또 다른 목격자가 계십니다."

그렇게 말하며 그는 내지인 순사를 가리켰다. 모든 사람의 시선이 자연스레 그에게 쏠렸다. 순사는 깜짝 놀란 표정으로 불안하게 주위를 두리번거렸다.

"순사님의 성함을 말씀해 주시겠습니까?"

"……이토 코이치라 한다."

순사가 우물쭈물 대답했다.

"감사합니다."

그렇게 말한 뒤 에드가 오는 기자들을 보았다.

"그러면 우선 이토 순사님이 제게 들려준 목격담을 제가 대신 이야기해 보지요."

"어째서 내가 할 말을 요보 네놈이 말하는가!"

이토 순사가 발끈한 얼굴로 소리쳤지만, 남 순사부장의 눈초리가 곧바로 험악해졌다.

"입 다물고 있어."

"경부님!"

이토 순사는 나가모리 경부를 보며 외쳤다. 그러나 경부는 미소를 지은 채 말했다.

"코이치 군, 잠자코 있어요. 일단은 저자의 헛소리를 듣기로 했으니까요."

이토 순사는 무언가 더 말하려 했다. 하지만 남정호의 눈초리가 험악했다. 그는 눈치를 보면서 그저 우물거릴 뿐이었다. 그 틈을 타서 에드가 오는 빠르게 말을 이었다.

"김순동 씨는 사건이 있던 날 저녁 귀가하기 위해 저 앞 산길을 걷고 있었습니다. 길에서 이토 순사님을 지나친 직후, 김순동 씨는 누군가 산속에서 쏜 총에 맞아 죽고 말았습니다. 잠시 후 총소리를 듣고 제가 현장에 도착했습니다."

"……."

"그때 이토 순사님은 제가 서 있던 뒤편 산속에 무언가 숨어 있다는 걸 알아차렸습니다. 그 하얗고 누런 형체는 총을 가지고 있었고 아마도 그 총으로 김순동 씨를 쏜 것이 분명했습니다. 그래서 순사님은 그 형체에 총을 겨누었고, 그가 도망치자 산속으로 그를 쫓아갔습니다. 그를 잡기 위해 총까지 쏘았지만 범인을 놓치고 말았습니다."

에드가 오는 이토 순사를 보았다.

"이게 제가 이토 순사님께 들은 이야기의 요약입니다. 제가 한 말에 틀린 점이 있습니까?"

"없다."

이토 순사의 대답에 못마땅해하는 기색이 역력했다.

"2분 30초."

나가모리 경부가 짧게 말했다. 에드가 오는 기자들 쪽으로 몸을 돌렸다.

"이제 제 목격담을 말할 차례로군요. 저는 세르게이 홍에게 편지를 받고 그를 만나러 여기 제 하숙집에서 외출하던 중이었습니다. 그런데 저편 산모퉁이에서 총소리가 들리지 뭡니까. 저는 거기 무슨 일이 났느냐고 외치며 그리로 달려갔습니다."

열심히 이야기를 받아 적는 기자들을 보며 그는 말을 이었다.

"현장에 가보니 어두운 길 한가운데에 누운 무언가와 그것을 바라보던 이토 순사님이 있었습니다. 무슨 일이냐고 제가 묻자, 이토 순사님은 '너, 봤는가?'라고 되물었습니다. 저는 영문을 몰라 아니라고 대답했지요. 그러자 이토 순사님은 '총을 쏜 것은 포수다.'라고 다시 말했습니다. 그러다 갑자기 제 등 뒤편을 가리키며 그곳에 무엇이 있는 것 같다고 했습니다. 저도 몸을 돌려 그쪽을 보았지만, 아무것도 볼 수 없었지요. 그때 멀리서 근처 마을 사람들이 오는 소리가 들렸습니다."

"……."

"다시 이토 순사님 쪽을 보니 순사님은 제 쪽을 향해, 제 등 뒤의 산으로 총을 겨누고 있었습니다. 그러더니 무언가가 도망간다며 총을 겨눈 채 산속으로 달려갔습니다. 순사님이 사라지고 난 뒤 그제야 전 누워 있는 게 총을 맞은 김순동 씨의 시체인 걸 알았습니다. 곧 마을 사람들이 왔고, 다른 경찰들도 사건 현장에 도착했습니다. 저는 경찰서로 가서 아는 것을 모두 이야기했고요."

그는 잠시 뜸을 들였다가 이야기를 계속하였다.

"그런데 이토 순사님, 순사님은 어떻게 그자가 포수라는 것을 아셨던 겁니까?"

"총을 들고 있는 요보는 포수밖에 없지 않으냐!"

"그렇다면 그 포수가 조선인인 것은 어떻게 아셨습니까?"

"희고 누런 옷 때문이다! 요보들이 입는 옷 말이다!"

순사가 초조하게 대꾸하였다.

"아하."

에드가 오는 일부러 과장되게 소리를 냈다.

"과연 그렇군요. 그런 색의 옷을 입은 자라면 어두컴컴한 산속에 숨었다 해도 모습이 쉽게 감춰지지는 않을 게 분명합니다. 그래서 순사님이 그자를 목격하셨던 것이로군요?"

"그렇다."

"그런데 저는 우연히 꽤 흥미로운 사실 하나를 알게 되었습니다."

"1분 30초."

"얼마 전 이토 순사님과 이야기를 나눈 적이 있었습니다. 사건의 목격담을 서로 주고받고 순사님 주변 사람들의 인물평이 오갔었지요."

남정호를 흘끔거리며 안절부절못하는 이토 순사를 모른 척하고 그는 계속 말을 이었다.

"그런데 마지막에 있었던 작은 일이 지금 생각해 보면 인상적이었습니다. 그때 그 자리에 있던 다른 순사님과 저는 멀리서 교대하러 온 순사 두 분이 다가오는 것을 보았는데, 이토 순사님은 같은 곳을 보면서도 거기에 무엇이 다가오는지 제대로 알아보지 못하시더군요."

사람들의 시선이 이토 순사를 향했다.

"이상하지 않습니까? 사건이 있던 날 밤, 저는 산에서 아무것도 보지 못했습니다. 아무것도요. 하지만 이토 순사님은 제가 아무것도 보지 못한 그곳에서 무언가를 보았고 그 형체를 쫓아가기까지 했습니다. 낮에는 먼 곳을 보지 못하던 순사님의 눈이 밤에는 갑자기 빛났던 것일까요?"

이토 순사는 입을 벌린 채 무언가를 말하려 했다. 그러나 그 입에서 말은 나오지 않았다.

"이토 순사님이 저보다 시력이 좋지 않다면 순사님도 당연히 산에서 아무것도 보지 못했을 겁니다. 환한 대낮에도 잘 알아보지 못하셨으니까요. 만약 그렇다면 순사님은 왜 산속에서 무언가를 보았다고 했을까요? 이 점을 생각해 보다가 저는……."

"자, 오 분이 다 되었어요."

거기서 나가모리 경부가 말을 잘랐다.

"이야기는 잘 들었어요. 당신, 흥미로운 이야기를 지어낼 줄 아는군요. 마땅한 직업이 없다면 앞으로 소설가 같은 걸 하면 좋을 것 같아요."

"경부님, 이제 조금만 더 이야기하면 사건의 진상이……."

에드가 오는 초조하게 외쳤다. 나가모리 경부가 말한 오 분이 지나려면 아직 시간이 남아 있었다. 그러나 경부는 그의 말을 대뜸 끊어버렸다.

"남 군. 가봅시다. 홍성재에게 들을 이야기가 많아요."

에드가 오는 주먹을 꽉 쥐었다.

이야기를 더 해야만 한다. 어떻게든…….

그때였다.

팡!

사진기를 든 기자의 조명 전구에서 커다란 소리가 났다.

"계속 말해보게. 이거 원, 생각보다 더 재미난 이야기 아닌가."

입가에 영 믿음직스럽지 못한 미소를 걸친 송유정이 말했다.

"늘 모던 타령만 하던 자네가 이렇게 재미난 이야기를 들려줄 거라고는 생각지도 못했어. 경찰들이 자네 말을 더 안 듣고 가버려도 이야기는 끊지 말게. 우리에게 남은 이야기를 마저 해주면 되니까."

송유정은 나가모리 경부를 흘끗 보며 신나게 말을 이었다.

"아니, 차라리 경찰 나리들이 얼른 떠나버리는 게 더 좋겠군. '명백하게 드러난 살인사건의 진상을 경찰 간부가 외면'이라는 기사 제목을 달면 독자들에게 큰 화제가 될 것 같거든."

"그래서, 그다음엔 어떻게 되는 거요?"

"어서 이야기해 주시오, 선생!"

옆에 있던 다른 기자들도 이구동성으로 말했다.

"지금은 이야기를 더 들어야 할 것 같습니다."

창백해진 이토 순사를 흘끗 보며 남 순사부장이 나가모리 경부에게 나지막하게 말했다.

"저자의 헛소리를 계속 들을 필요가 있단 말이오?"

"경부님은 저자의 말을 헛소리라 생각하십니까? 저자는 근거가 있어서 저런 이야기를 하는 것 같습니다만."

"조센징 하나가 죽은 사건이 무엇이 대수란 말이지요? 그보다는 호랑이덫이……."

"조심하십시오. 기자들이 들으니……."

남 순사부장이 황급히 말했다.

"기자들 때문에라도 일단 이 자리는 저자의 이야기를 다 들은 뒤에 정리하여야 할 것 같습니다. 홍성재 건은 어차피 이 사건과는 무관하니, 일단은 조금 더 참으셔도 되지 않습니까."

나가모리 경부가 남정호를 노려보았다. 하지만 경부는 더 말하지 않았다. 남정호는 에드가 오를 보며 말을 이었다.

"뜻밖에 이야기가 재미있군. 남은 이야기를 좀 더 해 봐. 시간은 오 분 더 주면 되겠나?"

"고맙습니다."

그는 얼떨떨한 표정으로 고개를 숙여 보였다.

생각지도 못한 도움 덕분에 연주와의 예행연습에서 예상했던 고비 하나는 무사히 넘을 수 있었다. 이제는 남은 이야기를 풀어내기만 하면 되었다.

*

"홍 선생님과 점심에 만나기로 하셨는데, 그게 대략 언제일지 짐작이 가십니까."

"그 친구가 '점심'이라고 하면 열두 시 정각을 말하는 거였지."

에드가 오의 말을 듣고 연주는 고개를 끄덕였다.

"그럼 저는 그 시간에 맞춰 경찰에 신고하겠습니다."

이어진 연주의 나른한 목소리에 그는 깜짝 놀랐다.

"이 해결책은 경찰과 기자를 한 자리에 모아야만 실행 가능합니다. 홍 선생님이 경찰에게 체포당하는 모습을 기자들이 보아야 합니다. 그러고 나면 선생님께서 나설 차례가 옵니다."

연주는 무언가 이야기를 하려다가 비어버린 그녀의 커피잔을 보았다. 그녀가 작은 종을 흔들자 곧바로 강 선생이 자리로 왔다.

"커피를 가져다주십시오. 그리고 선생님께는 소다수를 갖다 드리십시오."

강 선생은 자리를 떠났다. 그가 사라지자 연주는 나른하게 이야기를 이었다.

"여기서 선생님께서는 첫 고비를 넘으셔야 합니다."

"첫 고비?"

"앞서 말씀드린 대로 선생님은 경찰과 기자들 앞에서 탐정이 되시는 겁니다. 선생님은 사람들 앞에서 경찰이 홍 선생님을 체포하려는 목적이 포수 살인사건 때문이라고 오인한 척하면서 포수 살인사건의 진상을 이야기하셔야 합니다. 이토 순사의 증언과 선생님의 목격담 사이의 모순점을 지적하고 정말로 벌어진 일이 무엇이었는지, 일단 거기까지는 이야기가 끝나야 합니다."

연주는 작게 한숨을 쉬었다.

"그렇게 되면 흐름이 만들어질 것입니다. 되돌릴 수 없는 흐름을 만들기 위해 어떻게든 포수 살인사건 이야기를 끝낸다. 이것이 선생님께서 처음으로 넘으셔야 할 고비입니다."

에드가 오는 고개를 끄덕였다.

"그 자리에 기자들이 있다면 그건 어렵지 않을 거네. 미궁에 빠진 사건을 한 조선인이 경찰 앞에서 해결하려 든다는 그림은 훌륭한 기삿거리가 될 게 아닌가."

"동감하는 바입니다."

강 선생이 다가와 그의 자리에 소다수 잔을 가져다주었다. 그는 소다수를 한 모금 마셨다. 톡 쏘는 거품이 지금은 시원하게 느껴졌다.

"어쩌면 경찰이 그 흐름을 억지로 끊으려고 들지도 모릅니다. 그땐 거기 있는 사람들이 어떻게든 이야기를 계속하라고 재촉하도록 유도하거나, 선생님께서 무리해서라도 이야기를 계속해야 하실 겁니다."

연주는 강 선생이 새로 커피를 채운 잔을 보며 말을 이었다.

"만약 그 이전에 경찰이 홍 선생님을 끌고 간다면 계획은 거기서 실패하고 맙니다. 더는 선생님의 힘만으로 극복하기 어려운 상황이 되는 겁니다."

"그런 일이 생기지 않길 바랄 수밖에 없겠군."

"동감입니다."

연주는 조심스레 커피를 홀짝였다.

"이런 위태하고 허술한 계획을 짜는 건 처음입니다."

투덜거리는 말과 달리 연주의 얼굴에서 즐거워하는 기색이 엿보였다.

*

"지금까지는 사건 현장에 정체불명의 포수가 있다고 생각하며 이야기했습니다. 하지만 포수는 정말로 존재하는 걸까요?"

남정호가 취조실에서 내게 이 말을 했을 때 내가 계속 제대로 생각했다면, 어쩌면 지금까지의 고생을 하지 않았을까?

에드가 오는 그때의 기억을 떠올리며 속으로 자조했다.

"그 포수가 남긴 흔적은 너무나 희박했어."

웬일로 남 순사부장이 그의 말을 받았다.

"물증은 비 때문에 찾을 수 없고, 소총을 소지하고 있으며 흰 빛깔에 가까운 노란 옷을 입고 있다는 목격담만이 있을 뿐, 범인의 흔적은 보이지 않았어. 허깨비나 다름없을 만큼."

남정호는 분명 이 사건의 처음부터 포수의 존재를 의심하고 있었다. 그런 그가 이런 말을 하는 건 어쩌면 그 나름의 도움이 아닐까 하는 괜한 생각을 하며, 에드가 오는 말을 이었다.

"그런데 말입니다, 만약 정말로 포수가 허깨비였다면 어떨까요? 포수가 현장에 존재하지 않았다면 그 상황은 어떻게 볼 수 있을까요?"

나가모리 경부가 날카롭게 노려보는 눈빛, 창백하게 질린 이토 순사의 얼굴, 다른 순사들의 불안해하는 표정, 기자들의 흥미로워하는 표정들을 훑어보며 그는 이야기를 시작했다.

"사건이 있던 밤, 김순동 씨는 밤길을 걷고 있었습니다. 평소와 달리 순사가 길을 지키고 서 있는 게 신경쓰였을 겁니다. 하지만 그건 최근의 호랑이 소문 때문이라고 여기고, 김순동 씨는 서둘러 걸었겠지요. 김순동 씨가 그의 옆을 지나치고 몇 걸음을 더 떼는데 뒤에서 갑자기 누군가 자신을 불렀습니다. 김순동 씨가 뒤를 돌아보는 순간, 그를 노리던 총이 불을 뿜었습니다."

"거짓말이다! 거짓말이야!"

이토 순사가 사색이 되어 소리쳤다. 에드가 오는 아랑곳하지 않고 말을 이었다.

"총을 쏜 자는 발아래 떨어진 탄피를 주워서 주머니에 넣은 뒤 쓰러진 김순동 씨에게 다가갔습니다. 죽은 자의 시신을 은닉하기 위해서였지요. 인적이 드문 밤이고 날도 험해서, 총소리를 듣고 누가 온다 해도 시간이 꽤 걸릴 것으로 생각했을 겁니다. 하지만 그자가 생각지 못한 일이 벌어졌습니다. 그때 현장 근처에 제가 있었던 겁니다. 산모퉁이 저편에서 제가 외치는 소리를 듣고 그자는 당황했습니다."

이토 순사가 다시 뭐라고 외치려 했지만, 남 순사부장이 노려보자 침묵했다.

"그자는 짧은 찰나에 여러 생각을 했습니다. 제가 사건을 목격했는지 아닌지를 확인하는 것이 먼저였습니다. 그자가 제게 '너, 봤는가?'라는 알쏭달쏭한 질문을 던진 것은 그 때문이었습니다. 그 질문은 총을 쏜 '누군가'를 보았는지를 물어본 것처럼 들렸지만, 사실은 '자신이 총을 쏜 것'을 보았느냐고 물어본 것이었지요. 그리고 저는 보지 못했다고 답했습니다."

웅성거리는 소리를 들으며 에드가 오는 계속 말을 이었다.

"제가 살인 현장을 보지 못했다고 여긴 그자는 제게 총을 쏜 포수가 있었다고 급히 둘러댔습니다. 그런데 그때 그자의 머릿속에 한 가지 생각이 스쳤습니다. 이런 변명 따위 할 필요 없이, 눈앞에 서 있는 저자도 쏴 죽이면 되는 것 아닐까."

"……"

"하지만 제가 마주 보고 있는데 총을 쏘기는 부담스러웠을 겁니다. 그래서 그자는 제 등 뒤를 가리키며 무언가가 움직인다고 외쳤습니다. 제가 뒤를 돌아보자 그는 제게 총을 겨누었습니다."

그때 나는 생사의 갈림길에 서 있던 거였지.

기억을 떠올리며 에드가 오는 몸서리를 치고픈 걸 꾹 참았다.

"그런데 그때 또다시 그자가 생각하지 못한 일이 벌어졌습니다. 멀리서 사람들이 오는 소리가 들렸던 겁니다. 그 자리에서 저를 쐈다간 이번에야말로 살인을 들켰을 겁니다. 그래서 그자는 제게 제 뒤편 산속에 숨은 포수에게 총을 겨누었다고 거짓말했습니다. 그러고 나서 그자는 더는 자신이 감당할 수 없는 사건 현장에서 도망치기로 했습니다."

그는 숨을 깊게 들이쉰 후 말을 이었다.

"그자는 수상한 것이 도망간다고 외치며 산속으로 도망쳤습니다. 천둥 번개가 치는 빗속에서 그자를 쫓아가며 총을 쏘았지만 놓쳤다고 거짓말하기로 마음먹으면서 말입니다."

우르릉.

때마침 저 멀리서 천둥소리가 울렸다. 하지만 그 소리에 귀 기울이는 사람은 없었다. 사람들의 시선이 한 곳을 향하고 있었다.

"어떻습니까. 이 설명대로라면 허깨비 같은 포수가 없더라도 사건이 설명됩니다."

그는 이토 순사를 보았다.

"이토 순사님, 제 설명이 사실과 다른 점이 있습니까?"

"너……!"

이토 순사가 죽일 듯이 에드가 오를 노려보았다. 그는 이토 순사를 가리키며 외쳤다.

"이토 순사님, 당신이 이 살인사건의 범인입니다!"
팡!
사진기 소리가 들렸다.

나무 상자의 정체

포수 살인사건의 진상을 풀어낸 뒤 연주는 나지막이 말을 마무리했다.

"포수 살인사건의 범인은 이토 순사라는 게 제 생각입니다. 어떻습니까, 선생님. 추론에 이상한 점이 있습니까."

에드가 오는 고개를 저었다.

"아니네. 자네 말이 맞네."

"다행입니다."

연주는 그렇게 말한 뒤 작게 한숨을 쉬었다. 같이 한숨을 쉬고 싶은 걸 참고, 에드가 오는 말을 이었다.

"내가 취조실에서 처음 했던 생각이 착각이 아니었군. 그때 내가 좀 더 잘 생각했다면 그 뒤에 괜한 오해를 하지 않고, 자네에게 민망한 꼴도 보이지 않았겠지……. 아니, 그보다도 순사가 살인범이라는 추론을 경찰 앞에서 내놓는다면 어떤 일이 벌어질지 모르겠군."

"사건 현장에서 즉석으로 거짓말을 지어낸 범인입니다. 아마 그 자리에서도 범인으로 지목당한 걸 부정하기 위해 다양한 변명을 할 겁니다."

연주는 커피잔을 바라보며 중얼거렸다.

"그때 나오는 여러 변명을 맞받아쳐 무력화시키는 것. 이것이 선생님께서 넘으셔야 할 두 번째 고비입니다. 과연 어떤 변명이 나올지는 지금부터 선생님과 예상해 보면 될 겁니다."

"예상되는 문제를 미리 대비한다니, 이건 마치 시험을 대비해서 받는 과외 수업 같군."

"그러고 보니 정말로 그렇습니다."

반쯤 진담으로 던진 에드가 오의 농담을 듣고 연주는 희미하게 미소를 지었다.

*

"거짓말이다! 저 요보 놈이 거짓말을 하고 있다!"

이토 순사가 고함을 질렀다. 얼굴은 새하얗게 질렸지만, 분노가 이글거리는 눈에는 핏발이 새빨갛게 서 있었다.

"나가모리 경부님, 도와주세요! 저 요보 놈이 거짓말로 모함하고 있어요!"

그는 황급히 나가모리 경부에게 호소했다. 경부가 당황한 표정으로 이토 순사를 보았다.

"경부님과 경부님 지인들께, 제가 조선 땅에서라도 순사를 할 수 있도록 도와 달라고 성의를 보였잖아요? 한 번만 더 도와주세요! 저 요보가 절 해치려 하잖아요!"

이토 순사는 나가모리 경부에게 절박하게 외쳤다.

"코이치 군, 자네……!"

경부의 얼굴에서 어느새 웃음기가 사라졌다. 이토 순사는 여전히 순사들에게 붙들려 있는 세르게이 홍을 가리켰다.

"그래, 저놈, 저놈이 범인이에요!"

갑자기 지목받은 세르게이 홍이 화들짝 놀랐다. 이토 순사는 계속 소리 질렀다.

"저놈이 산속에 숨어 있다가 요보를 쏴 죽인 것이라고요! 저놈이 그 시간에 뭘 했는지를 경찰의 높으신 분들이 조사하고 있다고 하셨잖아요! 그 이유는 바로 살인사건 때문인 거라고요! 그 시간에 저놈이 총으로 사람을 쏘았기 때문에, 높으신 분들이 저놈을 수상히 여긴 거잖아요!"

"코이치 군!"

나가모리 경부의 당황한 목소리를 무시하고, 에드가 오는 짐짓 의아해하는 표정을 지었다.

"그런데 세르게이 홍이 산속에서 총을 쏘았다는 주장은 말이 되지 않습니다."

"어째서지?"

남 순사부장의 물음에 그는 곧바로 대답했다.

"제가 김순동 씨의 시신을 보았을 때, 그는 제가 온 방향으로 머리를 향한 채 드러누워 있었습니다. 하지만 산속에서 포수가 총을 쏜 거라면 김순동 씨는 그와는 반대 방향으로 쓰러져야 했을 겁니다. 제가 온 쪽을 향해 머리를 두는 자세로 넘어지는 자세는 부자연스럽지요. 물론, 김순동 씨가 이토 순사님의 부름을 듣고 뒤를 돌아보았다면 제가 목격한 모습으로 쓰러졌겠지만요."

"그, 그건……. 내가 쓰러진 요보를 일으켜 세우려고 몸을 잡고 흔들다가 누운 방향이 바뀐 거다!"

이토 순사가 울부짖듯 외쳤다. 하지만 이 역시 예상했던 변명이었다.

"제가 현장에 도착했을 때, 이토 순사님은 시체에서 떨어진 곳에서 몸을 굽힌 채 시체를 바라보고만 있었습니다. 몸을 흔들고 난 뒤, 다시 떨어져서 시체를 바라보았다는 겁니까? 그건 부자연스럽지 않습니까?"

"그, 그게, 그러니까……."

"그리고 무엇보다도, 세르게이 홍이 대체 어떻게 산속까지 총을 들고 숨어들 수 있었단 말입니까? 사건이 벌어진 날, 순사님들이 남산 주위를 지키고 서 있지 않았습니까? 게다가 민간인이, 하물며 조선인이 총을 들고 경성 시내를 활보할 수는 없다는 걸 순사님께서 더 잘 아시지 않습니까?"

이토 순사가 무언가 우물거렸다. 하지만 그의 입에서 제대로 된 설명은 나오지 않았다. 그는 급히 나가모리 경부를 바라보았다.

"도와주세요, 경부님! 저는 경부님과 동향 사람이지 않습니까! 동향 사람끼리 서로 도와야 한다고 늘 말씀하셨잖아요!"

"조용히 하게!"

"경부님! 제가 경부님께 보인 성의를 생각해서라도……."

이토 순사의 외침은 절박했다.

"나가모리 경부님, 계속 성의란 말이 나오는데, 그 성의라는 게 대체 뭡니까?"

상황을 지켜보던 송유정이 불쑥 끼어들었다.

"설마하니 총독님이 최근 곤란해하신다는 의옥 사건 같은 일을 경부님도 하고 계셨다는 건가요? 그러고 보니 경부님도 총독님과 동향 사람이셨지요?"

"입 다물어, 조센징!"

나가모리 경부가 버럭 소리를 질렀다. 송유정은 입을 다물었지만, 입가에는 여전히 여유로운 미소가 걸려 있었다.

"이봐, 거기 너, 조센징."

나가모리 경부는 고개를 휙 돌려 에드가 오를 노려보았다.

"네가 지금까지 한 말들은 모두 지어낸 헛소리에 불과해."

경부의 말에서 기이한 존대가 사라졌다. 그도 이 난장판에 손을 집어넣기로 한 모양이었다. 에드가 오는 환호성을 지르고 싶은 걸 겨우 참았다. 예상했던 여러 상황 중 세르게이 홍을 구할 가장 빠른 길이, 지금 막 열리려 하고 있었다.

"선생님께서 이토 순사의 변명을 모두 봉쇄한다면 그는 더더욱 당황할 겁니다."

연주의 말이 이어졌다.

"정상적인 판단력을 가진 책임자라면 이토 순사를 체포할 겁니다. 물론 홍 선생님도 같이 연행할 겁니다. 애초에 그들이 온 목적은 그 때문이었으니 말입니다. 하지만 일단 그것만으로도 홍 선생님을 극비로 체포하려는 계획에는 흠집이 가니, 이 계획은 일단 성공합니다."

"……."

"홍 선생님은 고초를 겪으실 겁니다. 그러나 총독의 측근들이 계획했던 것처럼 꼼짝도 하지 못하고 모든 죄를 뒤집어쓰는 일은 피할 가능성이 생깁니다."

커피잔을 내려보는 그녀의 눈빛은 깊고 어두웠다.

문득 그는 창경원에서 본 호랑이의 모습을 떠올렸다. 무기력하게 그저 가만히 있어야만 하는 호랑이. 아마도 연주의 계획이 성공한다면 세르게이 홍은 목숨을 잃지 않을 것이다. 하지만 그 뒤 그 친구를 기다리는 건 창경원의 호랑이같이 꼼짝도 못하고 형무소에 갇히거나 경찰에게 늘 감시당하는 삶일지도 모른다.

내가 할 수 있는 모든 것을 다 한다고 해도, 그 친구를 구할 방법은 이게 전부인가?

에드가 오가 떠올린 암담한 생각은, 이어진 연주의 말로 끊어졌다.

"하지만 만약 그 자리에 이토 순사와 연줄이 닿은 고위직 인물, 가령 나가모리 경부라고 하는 사람이 와 있다면 일은 다르게 흘러갈지도 모르겠습니다. 다만 그가 이토 순사를 거들고 나선다면 호랑이덫을 부숴버릴 수 있습니다."

"호랑이덫을 부순다고?"

"그렇습니다. 조선 속담대로라면 '다 된 밥에 재를 뿌리는' 길이 열립니다."

"어떻게 말인가?"

에드가 오가 되물은 말에 연주는 자그맣게 중얼거렸다.

"두 이야기를 하나인 양 착각하셨던 선생님 덕분에 재미있는 생각이 떠올랐습니다."

어리둥절해하는 그를 보며 연주는 힘없이 웃었다.

"선생님이 포수 살인사건의 진상을 밝히면서도 계속 호랑이덫과 포수 살인사건이 하나의 사건인 것처럼 이야기하는 겁니다. 경찰은 곤란할 겁니다. 선생님의 이야기를 긍정한다면 그들이 홍 선생님을 체포할 이유가 궁색해집니다. 그렇다고 해서 그 둘을 별개의 것이라고 부정한다면, 호랑이덫이라는 이름 아래 극비리에 진행되던 계획을 기자들의 앞에서 노출해야만 합니다. 분명 기자들이 가만히 있지 않을 테니 말입니다. 감춰지지 않은 덫은 더는 덫이 되지 못합니다."

그녀는 계속 커피잔을 내려다보고 있었다. 그녀의 눈에 커피의 표면이 비치고 있는 것인지, 혹은 그 너머로 알지 못하는 다른 광경이 보이는 것인지, 그로서는 도무지 알 수 없었다. 마치 서양의 옛이야기 속 위험한 마녀처럼, 그녀의 모습은 오싹하기까지 했다.

"경찰이 홍 선생님을 당당히 체포하지 못할 정도로 반론을 제시하고 경찰이 호랑이덫을 더 이상 감출 수 없게 유도한다면 계획은 완전히 성공합니다. 기자들 앞에서 호랑이덫의 실체가 드러나 그 주범으로 지목하려던 홍 선생님을 체포할 명분을 잃는다면 호랑이덫은 더는 실행하기 어려워집니다. 그렇게 호랑이덫이 부숴지는 겁니다."

연주가 커피잔을 매만지며 말을 이었다.

"하지만 이 이후부터는 일이 어떻게 펼쳐질지 모르겠습니다. 가장 좋은 상황은 경찰인 이토 순사나 나가모리 경부의 입에서 직접 호랑이덫 계획의 전모가 발설되는 겁니다. 하지만 그렇게 어리석은 일을 벌일 정도로 그들이 무지할 리는 없습니다."

"그건 알 수 없는 일 아닌가. 조금 전까지의 나처럼 무언가에 홀리게 되면 잘못된 생각을 태연하게 하고야 마니까."

"선생님의 말씀대로입니다."

에드가 오의 반론을 들으며 연주는 힘없이 웃었다.

"자네가 짠 이 계획은 무모하고 위험하기 그지없군."

그는 연주의 계획을 그렇게 평가했다.

"그 말씀대로입니다."

연주는 잔을 들어 커피를 홀짝였다. 잔을 내려놓으며 그녀는 중 얼거렸다.

"그래서 이런 위태로운 계획을 짜고 싶지 않았습니다."

그녀의 말속에 실린 불만과 즐거워하는 듯한 미소 사이의 거리감을 에드가 오로서는 도무지 이해할 수 없었다.

*

나가모리 경부는 여전히 순사들에게 붙들려 있는 세르게이 홍을 가리켰다.

"만약 그 사건의 범인이 홍성재라면 이토 군의 말이 사실일 수도 있다. 홍성재가 그날 가지고 다녔던 상자야말로 이 사건의 핵심이기 때문이다."

"나가모리 경부님!"

남 순사부장이 소리쳤다. 하지만 경부는 들은 척도 하지 않았다.

"그 나무 상자가 사건의 핵심이라고요?"

에드가 오는 곧바로 되물었다. 나가모리 경부가 쏘아붙였다.

"그렇다! 그 안에는 홍성재가 몰래 조선 땅으로 들여온 소총이 들어 있었다! 상자에 감춰둔 소총으로 사람을 죽이고는 시치미를 떼는 거란 말이야!"

걸려들었구나!

에드가 오는 속으로 환호성을 지르며, 천연덕스레 질문했다.

"경부님은 세르게이 홍이 상자 속에 넣어둔 물건이 소총이라는 걸 어떻게 확신하시는 겁니까? 저는 도무지 그 이유를 모르겠습니다."

그 질문에 나가모리 경부가 대답하려고 했다. 그러나 남 순사부장이 급히 끼어들었다.

"잠깐 기다리십시오, 경부님! 그걸 여기서 말씀하시려는 겁니까? 그러면 계획이……."

"어차피 곧 공표해야 할 일이다! 그 시간이 조금 앞당겨지는 것뿐이다!"

"상부의 지시 없이는 곤란합니다. 다시 생각해 보셔야……."

"모든 책임은 내가 진다!"

"나가모리 경부님!"

남정호가 다시 외쳤다. 그러나 그가 더 말하기 전에 나가모리 경부가 그에게 다가갔다.

짝!

그 순간 나가모리 경부가 남정호의 뺨에 따귀를 날렸다. 남정호의 고개가 옆으로 돌아갔다.

"조센징 주제에 대들지 마라!"

그를 노려보며 나가모리 경부가 소리쳤다.

"다시 한번 말한다! 모든 책임은 내가 진다! 그러니 너는 입을 다물어!"

"……알겠습니다."

남정호는 순순히 대답했다. 하지만 에드가 오는 남정호의 눈빛이 사납게 빛난 걸 눈치챘다.
　나가모리 경부는 주위를 둘러싼 기자들을 노려보았다.
　"지금 이야기하는 것은 중대한 기밀 사항이다."
　송유정이 뭐라고 말하려 했지만 경부의 말이 먼저였다.
　"거기 조센징 기자 놈들, 너희들이 어느 신문사 놈들인지 알고 있다. 이 건을 멋대로 기사로 내려 들었다가는 윤전기가 어떻게 고철로 변하는지, 너희 신문사 사람들이 어떻게 반송장이 되는지 두 눈으로 똑똑히 보게 될 거다."
　기자들은 불만 가득한 표정을 지은 채 침묵했다. 나가모리 경부가 말을 이었다.
　"지난달, 영국산 저격용 소총을 경성에 밀반입하려는 자들이 있다는 첩보가 들어왔다. 그 소총을 조선박람회 때 요인을 저격하기 위해 들여왔을 것으로 본 총독부와 경찰은 그 일을 획책한 반역도들을 소탕하기 위해 불령선인들을 감시하던 중이었다. 그들이 모습을 드러낼 때 일망타진하기 위한 덫을 놓으려 한 것이다."
　호랑이덫.
　에드가 오의 머릿속으로 그 단어가 스쳐 지나갔다.
　"그때 홍성재가 만주에서 돌아왔다. 상부에서는 홍성재가 반도와 접촉한 인물이라고 보아 행동을 감시했고, 마침 저자가 지난 월요일에 수상한 상자를 들고 여기저기를 돌아다녔다는 목격 정보를 입수했다. 그리고 저자가 다시 상자를 들고 이리로 향했다는 신고에 경찰이 출동한 것이다. 지난 움직임은 홍성재가 가져온 소총을 반도에게 확인시키기 위한 것이었고 이번 접촉으로 확실히 소총을 건넬 것으로 보았다."

"경부 나리, 저는 그런 일을 한 적 없습니다."

세르게이 홍이 말했다. 나가모리 경부가 으르렁거렸다.

"닥쳐라! 네놈은 여기에 소총을 건네러 온 거겠지? 보기에만 멀쩡한 이 문화주택이야말로 실은 흉악한 반역도의 본거지 아니냐!"

생각지도 못한 갑작스러운 말에 에드가 오는 당황했다.

"이 집이 생긴 거야 모던하지만, 사는 사람들은 그저 평범할 뿐입니다. 그런데 반역도라니요. 어찌……."

그러나 경부가 그의 항변을 끊었다.

"홍성재! 네가 들고 온 상자에서 소총이 나온다면 모두 반역죄로 체포될 거다! 그리고 홍성재 네 놈은 반역죄뿐만 아니라 살인죄로도 처벌받게 될 것이다! 조센징을 총으로 쏴 죽였으니까!"

"내게 무고한 죄까지 뒤집어씌우려는 거요?"

"시끄러워! 자, 상자는 어디 있지?"

나가모리 경부는 세르게이 홍을 노려보았다.

"이보시오!"

세르게이 홍도 경부를 마주 노려보았다.

우르릉.

천둥 소리가 조금 전보다 크게 울렸다. 하늘은 점점 새카만 잿빛으로 물들었다.

에드가 오는 당황했다. 예상했던 것과 다른 일들이 이어지고 있었다. 세르게이 홍이 오는 것은 당연히 예상했던 바였다. 하지만 그가 여기까지 상자를 들고 오리란 건 예상하지 못한 일이었고, 나가모리 경부가 상자에 얽힌 계획을 기자들 앞에 털어놓으면서까지 세르게이 홍을 범인으로 지목하려 드는 이 상황 역시 실제로 벌어질 것이라곤 생각하지 못했다.

게다가 아직 그 상자 안에 무엇이 있는지 모르는 상황이었다. 정말로 만에 하나, 상자 안에 소총 비슷한 게 들어 있다면, 세르게이 홍과 자신뿐만 아니라 선화와 그녀의 모친까지 없는 죄를 덮어쓰고 마는 것이다.

어떻게 해야 할까? 이 상황을 해결하려면, 대체 어떻게……

그때 등 뒤에서 큰 소리가 났다

"상자는 여기 있습니다."

모두의 눈이 은일당의 문을 향했다. 문 앞에서 선 선화가 양손으로 나무 상자를 부둥켜안고 있는 모습이 보였다.

"선화 군, 자네……!"

에드가 오가 소리쳤다. 나가모리 경부도 소리쳤다.

"그래, 저 상자다! 저 안에 총이 있다!"

세르게이 홍은 깜짝 놀란 얼굴로 선화와 그녀가 안은 나무 상자를 보았다.

선화는 꿍, 소리를 내며 나무 상자를 바닥에 내려놓았다. 무언가에 홀리기라도 한 듯, 그 누구도 꼼짝하지 않고 그녀를 바라보고 있었다.

"죄송합니다, 오 선생님. 어쩌다가 안에서 모든 이야기를 엿듣고 말았습니다."

몸을 일으키고 나서 선화가 말했다. 그녀의 눈과 마주친 순간, 에드가 오는 갑자기 안도감이 들었다. 선화의 얼굴은 평온했다. 이 상황을 온전히 이해한 사람의 얼굴이었다.

"상자 이야기가 나와서, 염치없지만 주인인 홍 선생님의 허락도 없이 가지고 나왔습니다."

선화는 사람들을 향해 일본어로 또박또박 말했다. 그녀가 일본어를 하는 모습은 본 건 이번이 처음이었지만, 그녀의 발음은 그럭저럭 들어줄 만했다.

아무도 대꾸하지 않았다. 모두 지금의 상황에 몸이 굳기라도 한 것 같았다. 사람들의 모습은 신경 쓰지 않고 선화는 계속 말했다.

"상자 안에 무엇이 있는지 저도 궁금했습니다. 그러나 상자에 걸쇠가 걸려 있더군요."

선화는 쪼그려 앉은 뒤 상자의 뚜껑을 잡아당겼다. 하지만 덜컥거리는 소리만 날 뿐, 뚜껑은 꼼짝도 하지 않았다. 그녀는 다시 몸을 일으켰다.

"열쇠가 있어야 상자를 열 수 있을 것 같습니다. 홍 선생님, 열쇠를 가지고 계시지요?"

"어, 그렇소만……."

세르게이 홍이 당황하여 머뭇머뭇 중얼거렸다.

그때였다. 나가모리 경부가 잽싸게 상자로 달려들었다. 선화가 주춤 뒤로 물러났지만, 그에 아랑곳하지 않고 경부는 상자 뚜껑을 덥석 붙잡고 힘을 주었다. 하지만 상자는 열리지 않았다. 세르게이 홍을 붙들고 있던 순사가 당황한 목소리로 물었다.

"이자에게 열쇠를 빼앗을까요?"

"그럴 필요 없다!"

나가모리 경부는 나무 상자를 번쩍 치켜들어 올렸다. 의기양양한 표정으로 그가 소리쳤다.

"자, 봐라! 이 안에 범행의 흉기가 들어 있다!"

경부는 나무 상자를 힘껏 바닥에 집어 던졌다.

콰직!

바스러지는 소리와 함께 나무 파편이 여기저기로 흩어졌다. 파편 사이로 시커먼 형체를 가진 무언가가 모습을 드러냈다. 그리고 침묵이 흘렀다.

팡!

돌연 사진기 소리가 났다.

"……이게 흉기란 말입니까?"

남 순사부장이 침묵을 깨트렸다. 석고상 같던 얼굴에 비웃음이 배어 나와 있었다.

에드가 오는 상자 속 물건을 보고 눈을 몇 번이나 깜박였다.

"아니, 이게……. 대체 무언가?"

"노서아에서 일부러 가져왔다네. 신기하지 않은가?"

세르게이 홍이 말했다.

"이 생물은 해달이네. 그러고 보니 경찰 나리께서 상자를 부수는 모습이 꼭 해달을 닮았군. 해달은 조개를 딱딱한 곳에 부딪쳐 껍데기를 깨트려 속살을 꺼내 먹거든."

의기양양하게 말하는 친구의 얼굴에 웃음이 돌아와 있었다.

에드가 오는 바닥에 누워 있는 동물의 박제를 보았다. 상자 파편이며 흙에 더러워지긴 했지만, 검고 긴 몸뚱이를 가진 귀여운 모습이었다. 정신없는 은일당 앞의 상황과는 전혀 동떨어진, 평화롭고 느긋한 모습이기까지 했다.

그는 고개를 들어, 어느새 얼굴이 땀으로 범벅이 된 나가모리 경부에게 물었다.

"이게 범행의 흉기입니까?"

"아니, 그게 아니라……."

"이 녀석의 입에서 총알이 발사되었다는 겁니까? 탕, 하고요?"

누군가 풋, 웃음소리를 냈다. 기자가 낸 것인지 순사가 낸 것인지는 알 수 없었다.

"오, 그거야말로 기상천외한 기삿거리군. 내 맘 같아서는 제발 그랬으면 좋겠는걸."

송유정의 느긋한 목소리가 들렸다. 그러자 나가모리 경부는 당황한 기색으로 소리를 질렀다.

"저 상자 안에는 소총이 있어야 해! 저 계집이 바꿔치기한 것이 분명하다!"

"저는 분명히 상자가 잠겨 있어서 열 수 없었다고 말했습니다. 조금 전 제가 상자를 열지 못한 걸 보셨지요?"

선화에 이어 세르게이 홍도 덩달아 대꾸했다.

"제 바지 왼편 호주머니에 상자 열쇠가 있습니다. 상자의 잠금쇠에 넣어서 확인해 보시지요."

"게다가 나가모리 경부님도 상자가 잠긴 것을 확인한 뒤 상자를 부수셨지요."

에드가 오가 단호하게 말했다.

"상자 안에 소총은 없었습니다. 경부님의 주장이 틀린 겁니다."

"아니, 그런데, 나가모리 경부님."

송유정도 질세라 끼어들었다.

"그렇다면 그 소총 이야기는 대체 어떻게 되는 겁니까? 요인을 암살하려고 들고 왔다는 이야기로 홍성재 군에게 거짓 누명을 씌울 생각이라도 하셨던 겁니까? 대체 뭣 때문인가요?"

"경부님, 대답해 주시겠습니까?"

"이게 대체 죄다 어떻게 된 일입니까? 궁금합니다."

기자들의 목소리가 높아졌다. 나가모리 경부는 여전히 땀을 뻘뻘 흘리며 멀거니 서 있었다.

우르릉.

소란 속에서 커다란 천둥 소리가 울렸다.

투둑.

그리고 빗방울이 하나둘, 땅을 적셨다.

그때였다.

"요보 놈들이……!"

이토 순사의 외침이었다.

"요보 주제에! 악랄한 요보 주제에 감히! 내지인인 나를! 날 해치려고!"

갑자기 이토 순사가 소총을 번쩍 들어 올렸다. 소총의 총구가 에드가 오를 향했다. 총구가 파르르 떨렸다.

순식간에 벌어진 일이었다. 놀라 얼어붙은 에드가 오는 한 발짝도 움직일 수 없었다.

"나는 잘못이 없다! 저 요보 놈이 날 죽이려는 음모란 말이다!"

점점 내리긋는 빗방울 사이로 보이는 시뻘건 얼굴과 흔들리는 소총의 총구는 이전에도 본 기억이 있었다.

그날 밤에도 총구가 내게 겨누어졌었지. 내 목숨을 없애기 위해. 그날 밤 실패한, 목격자인 자신을 죽이려는 시도를, 저자는 다시 하려는 것이다. 그날 밤 사람을 사냥했던 것처럼, 저자는 나를 쏠 것이다.

선화의 얼굴이 창백하게 질린 게 보였다.

내가 총에 맞는 걸 선화 군이 보면 안 되는데.

문득 스친 생각이었다.

탕!

큰소리가 터져 나왔다. 그러나 그보다 먼저, 남정호의 발길질이 소총을 위로 쳐냈다. 걷어차여 버린 총을 붙든 이토가 허우적거리는 틈에 남정호가 곧장 목덜미를 손으로 강하게 가격했다. 컥, 소리를 내며 그가 픽 쓰러지자 남정호는 곧장 그의 몸을 덮쳐 누른 뒤 팔을 꺾어 제압했다. 총이 털썩, 소리를 내며 떨어졌다.

"멍청한 놈."

남정호가 으르렁거렸다. 그제야 다른 순사들이 급히 이토에게 모여들었다. 이토는 혼절하였는지 그저 축 늘어져 있을 뿐이었다.

에드가 오가 털썩 주저앉고 만 것과 거의 동시에 선화가 급히 달려왔다. 그녀는 비에 젖는 것도 아랑곳하지 않고 그의 몸 여기저기를 살펴보았다. 여전히 순사에게 붙들린 채인 세르게이 홍은 넘어진 그를 보며 뭔가를 말하고 있었다. 떨어지는 빗방울을 피하려 애쓰며 무언가를 열심히 수첩에 적는 송유정 옆에서 계속 사진기 소리가 났다.

"이놈을 서로 끌고 가. 살인미수 현행범이야."

다른 순사들에게 명령한 뒤, 남정호는 멍청히 서 있던 나가모리 경부에게 고개를 돌렸다.

"나가모리 경부님. 모든 걸 책임지신다고 하셨지요."

정중하지만 오싹한 목소리였다. 나가모리 경부의 얼굴이 흙빛이 되었다.

"차에 오르십시오. 이제부터 해명하셔야 할 게 있으시지 않습니까?"

경부는 땀을 뻘뻘 흘리면서 순순히 지시를 따랐다. 조금 전까지 남정호에게 기세등등하게 명령을 내리던 모습은 온데간데없었다.

"이봐, 홍성재. 자네에게도 물어볼 게 몇 가지 있어. 날 따라오는 게 어떻겠는가."

남정호가 세르게이 홍에게 한 권유는 마치 협박처럼 들렸다. 하지만 세르게이 홍은 미소를 지으며 고개를 끄덕였다. 그는 에드가 오 옆에 쪼그려 앉은 선화에게 말했다.

"제가 돌아올 때까지 저 해달 박제를 맡아주실 수 있겠습니까?"

선화는 당황해하며 고개를 끄덕였다. 조금 전 당당하게 사람들 앞에 나타나 나무 상자를 보이던 모습은 볼 수가 없었다.

그 모습들을 멍하니 보면서, 그제야 에드가 오는 자신이 총에 맞지 않았다는 걸 실감했다. 얼굴에 떨어진 차가운 빗방울에 마음이 놓였다.

"제가 뭐라고 했습니까. 순사를 조심하라고 말씀드렸잖습니까."

옆에서 선화가 책망하는 소리를 들으며 그는 겨우 안도의 한숨을 내쉬었다.

계속 내리긋는 빗줄기를 뚫고 경찰들이 철수하는 것에 뒤이어 기자들도 타고 온 차에 올라탔다. 송유정은 수첩을 주머니에 집어넣은 뒤, 여전히 주저앉은 에드가 오에게 말했다.

"홍성재 군을 따라가면 더 재미있는 게 나올 것 같군. 오덕문 군, 그럼 난 가보겠네."

"그 이름 말고 에드가 오라고 부르라니까."

에드가 오는 퉁명스레 말했다.

"나중에 좀 더 자세한 이야기를 들려주게. 그럼 이만."

그렇게 말하며 송유정은 손을 흔들어 보였다.

차에 타는 송유정의 모습을 눈으로 좇던 에드가 오는 문득 가장 고급으로 보이는 차의 창문이 조금 열려 있는 걸 보았다. 이 모든 소란 속에서도 여태 아무도 내리지 않은 차였다.

그 창문 틈으로 연주의 하얀 얼굴이 보였다. 연주는 그가 있는 쪽을 보고 있었다. 그녀의 얼굴은 창백했다. 평소보다도 더 창백한, 차가운 얼음장이 하얗게 질린 것 같은 표정이었다.

"아니……."

에드가 오는 저도 모르게 소리를 냈다. 옆에서 그를 살피던 선화가 고개를 돌렸다. 그리고 선화가 숨을 들이쉬었다. 그녀가 주춤, 한 발 뒤로 물러섰다. 무언가를 피하려던 것처럼, 갑작스럽고 의미를 알 수 없는 행동이었다.

에드가 오는 다시 연주를 보았다. 하지만 자동차 창문은 어느새 닫혀 있었다. 연주가 탄 자동차는 곧장 산모퉁이로 빠르게 달려갔다.

선화는 빗줄기 너머로 저 멀리 사라지는 자동차를 멍하니 바라보았다. 그녀의 하얗게 질린 얼굴은 연주의 창백한 얼굴을 그대로 옮겨 온 것 같았다.

사냥이 끝난 뒤

소문과 비밀

"자네가 어제 은일당에 온 건 일이 어떻게 진행되는지를 지켜보려던 거겠지."

소동이 있던 다음날 흑조를 찾아간 에드가 오는 자리에 앉자마자 연주에게 대뜸 물었다.

"제가 계획한 일이니 제가 살펴봐야 할 게 당연하지 않습니까. 계획했던 대로 일이 잘 마무리되어서 다행입니다, 선생님."

그녀는 덧없는 미소를 지어 보였다. 그는 고개를 저었다.

"난 자네가 일러준 말대로 했을 뿐이지. 그러니 이건 모두 자네 공이네."

"하지만 결국 탐정 역할은 선생님께서 거의 다 하셨습니다."

잠시 무언가를 생각하던 연주가 나직이 한마디를 덧붙였다.

"그리고 가장 중요한 장면에서 선화가 도움을 주었습니다. 선화가 상자를 들고 나와주었기 때문에 거기서 모든 일이 허사로 돌아가지 않을 수 있었습니다."

"자네는 선화와……."

어떤 인연이 있는 것인가.

에드가 오는 그것을 물어보려 했다. 하지만 연주의 표정을 본 그는 말을 끝까지 잇지 못했다. 선화의 이름을 말한 그 잠깐 사이 그녀의 얼굴을 스쳐 지나간 짙은 어둠 때문이었다.

강 선생이 커피를 가져왔다. 그는 잔 하나를 연주의 앞에, 그리고 다른 잔 하나는 에드가 오의 앞에 내려놓았다. 연주는 잔으로 손을 가져가다가 문득 깨달았다는 듯 말했다.

"그 옷입니까."

"무엇이 말인가."

"지금 입으신 옷 말입니다. 사건이 있던 날 상해서 고생하셨다는 그 옷 아닙니까."

그녀가 이제야 옷의 정체를 알아차린 게 뜻밖이었지만, 에드가 오는 그냥 고개를 끄덕였다.

"선생님께 참 잘 어울리는 옷입니다."

"모던하기도 하지."

연주의 말에 그는 그렇게 대꾸했다.

커피를 한 모금 마시고 나서야, 그 말이 거북한 화제를 돌리려는 의도였다는 것을 에드가 오는 뒤늦게 눈치챘다. 하지만 이야기를 다시 돌리기엔 이미 늦은 뒤였다.

그 뒤로 연주의 입에서 그날의 이야기는, 그리고 선화의 이름은 다시 나오지 않았다.

*

"자네는 순사가 범인인 걸 이미 예전부터 알고 있었던 거로군."

그날 저녁 과외 시간에 에드가 오가 문득 말했다. 선화의 펜이 우뚝 멈췄다. 그녀는 눈을 몇 번 깜박거린 뒤 고개를 끄덕였다.

"그래서 오 선생님이 외출하실 때면 말씀드렸잖습니까. 순사를 조심하라고요."

처음 선화가 순사를 조심하라고 인사한 것은 수요일, 사건이 벌어지고 고작 이틀이 지나서였다.

에드가 오는 안채 쪽을 슬며시 살핀 뒤 나직이 말했다.

"들려줄 수 있겠나? 자네가 어떻게 범인을 알아차렸는지를 말이네."

선화의 목소리도 자연스레 낮아졌다.

"제가 처음 범인의 정체를 의심한 건 아이들에게 돌던 소문 때문이었습니다."

그는 선화가 아이와 두런두런 이야기를 나누던 모습을 떠올렸다. 그때는 그저 그녀가 무료함을 달래기 위해 저러는 것이라고만 생각했었다. 그런데 그때 무슨 일이 있었던 걸까?

"처음엔 저도 그 소문이 그냥 아이들 이야기라고 생각했었습니다. 그런데 소문이 커지는 모습이 이상하더군요."

"소문이 커지는 건 당연한 게 아닌가? 원래 수박씨만큼 작은 내용이 수박덩이만큼 커지는 게 소문이지 않은가."

"그러나 수박씨에서 자란 넝쿨에 포도가 열리는 건 있을 수 없는 일이지요."

"그건 무슨 소리인가?"

그의 질문에 대답하는 대신 선화는 공책을 넘겼다. 무언가를 찾던 그녀의 손이 멈추었다.

"이걸 봐주시겠습니까? 오 선생님이 경찰에게 들은 정보를 기록했었습니다."

선화는 공책을 에드가 오 앞으로 내밀었다.

"'산길에서 발견된 시체', '산속으로 도망친 사람 그림자', 이건 처음에 사건이 벌어졌을 때 제가 기록한 겁니다. '소총을 든 사람', 이건 살인의 무기가 정확히 밝혀졌을 때 적은 것이고요. '피해자는 맹수 사냥에 동원된 적이 있음', 이 이야기도 그때 나온 말이지요."

선화가 공책에 적힌 글씨를 하나하나 짚으며 읽어 나갔다. 에드가 오는 그 손가락을 눈으로 따라가면서도 의아할 뿐이었다. 그가 선화에게 이야기한 것은 경찰들 사이에서 비밀리에 오가던 것이었다. 하지만 그중 범인을 알아내는 데 유용한 정보는 몇 개 되지 않았을 터였다.

"그리고 이게 제가 들은 아이들의 소문입니다."

그녀는 공책을 한 장 뒤로 넘겼다. 에드가 오는 공책을 보았다.

호랑이가 남산에 들어와서 사람을 해친다더라.
미친 사냥꾼이 사람을 사냥하려 화승총을 들고 산속을 어슬렁거린다더라.
미친 사냥꾼이 사람을 사냥하려 소총을 구해서 산속을 헤매고 다닌다더라.
미친 사냥꾼이 옛날에 자기가 잡은 호랑이를 가로챘던 자를 죽이려고 소총을 구해서 그를 쫓아다닌다더라.

누구?

가지런해 보이려 애쓴 선화의 글씨는 아무래도 잘 썼다고 말하기 힘들었다. 가장 아랫줄의 '누구?'라는 글자에 쳐진 밑줄을 보며, 에드가 오는 그녀가 이맛살을 찌푸린 채 줄을 긋는 모습을 떠올리며 중얼거렸다.

"소문이 이렇게 점점 커지고 허황하게 변하는 건 당연한 거네."

"그렇지 않습니다. 소문이란 것은 이렇게 커지는 게 아닙니다."

선화의 목소리는 단호했다. 그는 얼결에 고개를 들었다.

"만약 이것이 정상적인 소문이었다면 포수가 천 리를 달릴 수 있다거나, 포수가 감쪽같이 모습을 감추는 은둔술을 쓴다거나, 포수에게 사냥당하지 않으려면 어떤 주문을 외워야 한다거나, 이런 식으로 현실과 별개의 모습으로 자라겠지요. 하지만 그때 들려온 소문은 그렇지 않았습니다. 소문이 현실의 증거와 발을 맞추어 커지고 있었던 겁니다."

"증거와 발을 맞추다니?"

"살인이 벌어진 직후 퍼진 소문에서는 포수가 화승총을 쓴다고 했지요. 그런데 무기가 소총이라고 밝혀진 후, 소문 역시 포수가 소총을 들고 있다고 바뀌었습니다. 그리고 죽은 사람의 신원이 밝혀진 뒤, 소문은 그 즉시 '과거에 있었던 사냥에서 생긴 원한 때문'이라는 동기가 붙었습니다."

"분명 이상한 모습이로군."

선화는 '누구?'라는 글씨를 손가락으로 짚었다.

"한 번이라면 우연일 수도 있겠다 싶었지만, 두 번이나 반복되니 의도가 있다는 생각이 들었지요. 그래서 저는 소문을 퍼트린 자가 누구인지 궁금해졌습니다."

에드가 오는 고개를 끄덕였다. 선화의 말이 이어졌다.

"그런데 이 정보의 출처를 생각해 보니 뭔가 이상했습니다. 무기가 소총이라거나 피해자가 과거에 사냥꾼이었다는 점은 일반인이 알기 어렵지요. 게다가 이 사건은 신문 기사조차 나지 않을 정도로 철저히 비밀에 싸여 있지 않았습니까. 그 정보를 아는 일반인은 아마도 오 선생님과 오 선생님이 그 이야기를 전했을 사람이 다일 것입니다."

그는 연주의 무기력한 모습을 떠올렸다. 선화는 말을 이었다.

"오 선생님이 소문을 퍼트리지 않았다면 그 기밀을 알고 있을 나머지 사람은 경찰뿐이지요. 그런데 기밀을 누설하지 말아야 할 경찰이 사건의 내용을 바깥으로 전하고 있었다면? 그것도 소문이라는 형태로, 사건의 진상을 특정한 방향으로 몰고 가는 말을 퍼트리고 있다면? 그 이유는 무엇 때문일까요?"

"자신의 범행을 숨기려고?"

그의 대답에 그녀는 고개를 끄덕였다.

"아마도 그러할 것입니다. 사람들이 포수가 존재한다고 믿어야 범인은 자신에게 쏠릴 의심에서 벗어날 수 있었겠지요. 그래서 저는 만약 포수가 존재하지 않는다면 과연 범인이 누구일지 생각해보았고 범인은 사건 현장에 있던 순사라고 짐작했습니다."

"과연 그런 거였군."

"그 순사는 자신이 범인으로 의심받을 수 있는 위치에 있었기 때문에 더더욱 범인으로 몰아갈 제3의 존재를 만들기 위해 소문을 열심히 퍼트렸을 겁니다. 옛말에도 있지 않습니까? 여러 사람의 입에 오르내리면 없던 호랑이도 있는 것처럼 여기게 된다는 말 말입니다."

"삼인성호 말이로군."

에드가 오의 대답을 들은 선화는 고개를 끄덕였다.

"더 궁금하신 게 있으신지요, 오 선생님?"

그 말은 그가 수업이 끝날 때 꼭 붙이는 말이었다.

궁금한 점이라면 하나 더 남아 있었다. 토요일 오후 선화가 책상 앞을 비우고 있었을 때, 그녀의 일이 끝나기를 기다려 조언을 구했다면, 선화는 그 자리에서 살인사건의 진범을 지목했을 게 분명했다. 그리고 어쩌면 그녀는 호랑이덫에 대한 것도 눈치챘을지 모른다. 그랬다면 선화는 세르게이 홍을 호랑이덫에서 끄집어낼 수 있었을까?

토요일 밤에 연주에게 찾아간 것이 가장 좋은 선택이었을지, 혹은 선화가 다른 방법으로 이 사건을 해결할 방도를 찾았을지, 에드가 오는 그것이 궁금했다. 하지만 그는 그걸 선화에게 묻지 않았다. 그런 건 묻지 않는 것이 좋을 것 같았다.

  추론을 모두 이야기하고 나서도 한참이나 무언가를 골똘히 생각하던 선화가 조심스레 물었다.

  "일요일에 벌이셨던 그 일 말입니다. 오 선생님께서 직접 계획한 겁니까?"

  에드가 오는 대답을 망설이다가 말없이 고개를 저었다.

  "과연, 그렇군요."

  그녀가 깊게 한숨을 쉬었다. 그는 조심스레 말을 꺼냈다.

  "과거에 내가 과외 수업을 해주었던 사람에게 도움을 청했었는데……"

  "긴 이야기는 하지 않으셔도 됩니다."

  선화가 그의 말을 끊었다.

  "결과적으로는 모든 것이 연주의 계획대로 잘 흘러갔으니 말입니다."

  그녀의 목소리는 나지막했다. 에드가 오는 뭐라고 말해야 좋을지 알 수가 없었다.

  "그날 낮에 어머님께서 외출하신 것이 천만다행이었습니다."

  잠시 이어진 침묵을 깬 것은 선화였다.

  "어머님이 계실 때 그 소동이 벌어졌다면 이번에야말로 오 선생님은 하숙에서 내쳐지셨을 게 분명합니다. 그렇게 왁자지껄하게 사람들이 소란을 피웠으니, 시끄러운 걸 질색하시는 어머님께서 가만있지 않으셨겠지요."

"그건……."

에드가 오가 뭐라고 대답을 하려는데 집 안쪽에서 인기척이 들렸다. 두 사람은 황급히 과외 선생과 제자의 모습으로 돌아갔다. 선화의 모친은 두 사람의 옆을 지나면서 잠시 그들의 모습을 보았지만 별다른 말은 하지 않았다. 결국 대화는 그렇게 마무리되었다.

마무리

"나는 그저 범인을 제압한 것뿐이야. 딱히 자네를 구하려던 것은 아니었어."

남정호가 무뚝뚝하게 말했다.

"그래도 깜짝 놀랐습니다. 저는 그때 꼼짝없이 이 세상을 하직하겠구나, 라고 생각했단 말입니다. 대체 그런 건 어디서 배우신 겁니까?"

남정호가 보인 재빠른 몸놀림을 떠올리며 에드가 오가 물었다.

"쓸데없는 건 묻지 마."

남정호는 그렇게 말하고는 입을 꾹 다물었다. 응접실에는 다시 정적이 감돌았다.

에드가 오는 책상의 주인이 언제 돌아올지를 초조히 기다렸다. 갑작스레 은일당에 찾아온 남정호를 어쩌다 혼자서 맞이한 지금 상황이 껄끄러웠다.

햇빛이 강렬한 바깥은, 며칠 전 일요일에 내리던 비의 흔적은 사라지고 그저 쾌청했다. 그래서 더더욱 은일당 안에 불쑥 들이닥친 남정호가 어둡고 불길한 그림자처럼 보였다.

"이토 순사는 어떻게 되었습니까? 범행의 동기는 뭐라고 합니까?"

정적을 견디지 못하고 꺼낸 질문에 남 순사부장이 냉랭하게 말했다.

"다이쇼 12년[20] 관동 지역에 큰 지진이 있었던 걸 아는가?"

갑작스러운 이야기에 에드가 오는 표정을 숨기려 애썼다. 직접 겪었던 그 지진과 그 이후의 기억은 잊으려 해도 잊을 수 없는 일이었다. 하지만 그는 애써 남 일인 양 말을 돌렸다.

"그러고 보니 그때 그런 일이 있었지요."

"그때 조선인들이 많이 죽었던 것도 알고 있나?"

남 순사부장의 질문이 이어졌다. 에드가 오는 침묵했다.

돈을 빌려 달라던 친구의 모습을, 그때의 붉은 노을을, 그는 기억하고 있었다. 어쩌면 그도 그 뒤로 만나지 못한 친구처럼 희생자 중 한 명이 되었을 수도 있었다.

"지진 이후 그곳에서 '조선인들이 폭동을 일으켰다.', '조선인들이 우물에 독을 타서 내지인들을 죽이려 한다.' 같은 헛소문이 돌았다더군. 그 소문이 커지자 내지인들은 무리를 지어 행동했지. 야

---

20 1923년.

만적인 조선인으로부터 자기 몸을 지킨다는 이유로 자경단을 이룬 거야. 그리고 그 무리는 조선인을 '토벌'했다더군. 수상한 자를 붙잡고 내지인인지 아닌지를 시험한 뒤, 내지인이 아니라는 게 밝혀지면 잡아 가두거나 폭행하고, 심지어는 무참히 죽이기까지 했다지."

주고엔 고짓센.

에드가 오는 그 잊을 수 없는 말을 속으로 중얼거려 보았다. 내지인인지 조선인인지를 구분하기 위해 그들이 발음하게 했던 말이었다. 그때 그의 발음이 좋지 않았다면, 그 역시 강물에 처박힌 싸늘한 몸뚱이로 변해 있었을지도 몰랐다.

발음 하나가 사람의 생사를 가른 일을 겪은 뒤, 에드가 오에게는 다른 이의 서툴고 어색한 발음을 지적하고 마는 좀처럼 떨어지지 않는 습관이 생겼다. 어쩌면 그때의 일로 받은 충격 때문에 내지를 막연히 동경하던 마음에 금이 갔던 것이, 그가 모던을 외치며 경성으로 돌아오게 된 발단일지도 몰랐다.

그의 속을 알 리 없는 남 순사부장은 이야기를 계속했다.

"이토 코이치는 그 지진의 피해자였네. 그때는 아직 경찰도 아니었고, 갑작스러운 재난을 당한 일반인에 불과했어."

"그런 끔찍한 피해를 겪은 사람이 다른 이에게 해를 가한다는 겁니까?"

에드가 오는 애써 무심하게 말했다. 남정호는 무뚝뚝하게 중얼거렸다.

"누군가 과거에 피해자였다고 해서 그가 선한 사람이라고 섣불리 생각하면 안 돼. 내가 경찰 일을 하면서 본 바로는, '피해자'라는 말 뒤에 숨어서 더욱 큰 가해를 정당화시키는 자도 나오거든. 무고한 사람을 해치면서도 자신은 피해자였다고 외친단 말이야."

"……무서운 이야기로군요."

여전히 다른 사람의 이야기인 것처럼, 그는 애써 무덤덤하게 말했다.

"이토 코이치는 자경단 활동을 하던 그때, 처음으로 사냥을 했다고 하더군."

"사냥…… 이라고요?"

"아직도 그때 일을 기억한다더군. 초가을이지만 여름처럼 무더웠던 밤에, 어딘가에서 총이 공급되어서 그도 총을 쥐게 되었다는 거야. 그는 그 총을 들고 조선인을 쫓았다더군. 자경단을 피해 도망치다가 궁지에 몰리자 자신을 향해 자포자기로 덤벼들던 조선인의 미간에 총알을 한 발 먹여주었고, 그때 자신은 늘 동경해 오던 사냥꾼이 되었다더군."

"우리 조선인들이…… 짐승이라는 말입니까?"

에드가 오는 자신의 목소리가 떨리고 있다는 걸 알아차렸다. 분노와 슬픔과 억울함, 그리고 여러 알 수 없는 감정이 섞여서, 애써 꾸미고 있던 평정심을 지키기 어려웠다.

"그자는 애초부터 정말로 그렇게 생각하고 있었던 모양이야."

남정호는 무뚝뚝하게 대답했다. 그의 말투에서 여전히 감정 변화는 느껴지지 않았다.

"'조선인들은 짐승과 다를 바 없다. 이상한 음식을 먹으며 불쾌한 냄새를 풍기는 게으르고 무식한 자들을 황국 신민으로 만든다니, 이는 황국의 격을 떨어트리는 짓이다. 대일본의 영토는 순수한 일본인의 것이어야 한다. 해수구제사업을 제대로 하려면 조선 반도의 조선인들을 모두 다 없애야 한다. 조선인도 해로운 짐승 아닌가. 그 일이 끝나야 조선 반도를 온전한 일본의 땅으로 삼을 수 있다.' 뭐 이런 이야기를 열을 내며 이야기하더군. 한마디로 개소리였지."

남 순사부장이 덧붙인 마지막 말에 짜증이 섞였다.

"이토 코이치가 조선 땅에 온 것은 나가모리 경부의 추천 때문이었어. 본토에서 사고를 여러 건 내서 더는 순사를 계속하기 어렵게 되었을 때, 나가모리 경부가 동향 사람인 그를 조선으로 불러들였던 거야. 뭐, 그 와중에 이토가 경부와 주변인에게 돈푼깨나 준 것 같더군."

"……"

"조선에 오고 나서도 그자가 일을 엉망으로 처리하는 건 매한가지여서 내가 많이 혼냈지. 그 때문에 그자가 분해 어쩔 줄 모르고 있었던 모양이야. 자기가 일을 제대로 하지 못해서 혼난 것을 왜 그렇게 비틀어 생각하는 건지 대체 모르겠어."

남 순사부장의 말에 짜증이 점점 짙어졌다.

"그러던 중에 내가 그자를 남산을 감시하라며 외진 길에 배치한 것 때문에, 무척 화가 난 모양이더군. 그전에는 나가모리 경부 같은 동향 사람들이 그자를 편한 곳에 있도록 힘써주었는데, 내가 편성을 바꾸면서 꼼짝없이 거기 서서 지내야 했던 거지."

내가 그자의 총에 죽을 뻔했던 것은 당신 때문이었던 거로군요.

에드가 오는 한마디 하고 싶었지만, 그냥 참았다.

"날이 어두워진 밤길에서 그자가 분노를 부글부글 끓이고 있을 때, 김순동이 길을 지나갔지. 그 순간, 이토 코이치는 조선인을 사냥하던 옛 기억이 문득 떠올랐다고 해. 쌓여 있던 분노가 폭발했고 그 자리에서, 탕."

"충동적으로 벌인 짓이란 겁니까?"

"그자는 '호랑이나 조선인이나 짐승의 무리이니 해로운 짐승을 박멸한 것이지 않으냐. 내가 한 짓은 나라를 위한 일이다.'라더군. 경찰이 큰 실수를 한 거지. 그런 불량하고 위험한 자가 경찰이 되어 총을 들고 있었다는 게."

"······."

"솔직히 그 누가 순사가 범인일 거라고 감히 의심할 수 있느냐 말이야."

남 순사부장이 다시 씹어뱉듯 중얼거렸다. 에드가 오는 대꾸하지 않았다.

그런데 감히 순사를 의심한 사람이 있었지.

그는 속으로 중얼거렸다.

"그래서, 이토 순사는 어떻게 됩니까?"

에드가 오의 질문에 남정호는 무뚝뚝하게 대답했다.

"그자는 곧 본토로 송환되어 재판받을 거야. 아마도 정신이상자가 벌인 우발적 범행이었다고 처리되겠지. 신문에도 그자의 범행은 실리지 않을 테고."

"어째서입니까?"

그는 되물었다. 남정호가 이미 재판 결과까지 알고 있다는 듯 말하는 이유를 알 수 없었다.

"9월부터 조선박람회가 열리는 것은 알고 있겠지? 그 행사를 앞두고 내지인 순사가 조선인을 사냥감 취급하여 총으로 쏴 죽였다는 이야기가 퍼진다고 생각해 봐."

"……."

"그 소문이 도화선이 되어서 박람회를 보러 모인 조선인들이 무언가 일을 저지를 수도 있다고 총독부와 경찰의 높으신 분들이 우려하고 있어. 이미 10년 전 3월에도, 3년 전 6월에도 그런 일이 있었으니 그저 공상이라고만 치부할 수는 없겠지."

"……."

"게다가 며칠 전 야마나시 총독이 내지에서 비리 혐의로 구속되었어."

"예?"

"중요한 행사를 앞두고 조선 총독 자리가 공석이 될 상황이야. 그런 와중에 호랑이덫……. 총독 측근들이 저들의 위기를 모면하려고 꾸민 계획이 포수 살인사건과 얽히고 말아서, 이토 놈의 일을 공개적으로 다뤘다간 일을 감당할 수 없을지도 모른다고 높으신 분들이 걱정하고 계셔."

남정호가 에드가 오를 보며 말을 이었다.

"그래서 총독부에서 다음과 같은 지시가 내려왔어. 범인은 내지로 바로 송환하고 사건은 절대 비밀로 할 것. 이 일을 다른 이에게 발설하지 말 것."

"하지만 이미 자초지종을 제게 말하고 계시지 않습니까."

"사건의 진상을 알고 있는 자들을 철저하게 입단속 시키라는 명령 또한 받았어. 그래서 지금 나는 그 경고를 사건의 관계자에게 전하러 온 거야."

"……."

"무슨 소리인지 알겠나? 그 일이 아니면 내가 여길 무슨 이유가 있어서 왔을 것 같은가?"

남 순사부장이 날카롭게 덧붙였다. 그의 표정은 다시 예전처럼 굳고 사나워져 있었다.

"손님이 오셨습니까?"

그때 안채 쪽에서 선화의 목소리가 들렸다. 에드가 오는 깜짝 놀라서 고개를 돌렸다. 안채에서 나오던 선화가 우뚝 걸음을 멈췄다. 남정호도 의자에서 몸을 일으켰다.

"잠깐 실례하고 있었소."

"남 순사님, 안녕하십니까."

선화가 조심스레 인사했다.

"죄송합니다. 순사님이 오신 것도 몰랐습니다. 잠깐만 기다려주시겠습니까? 물이라도 내어오겠습니다."

"그럴 필요 없소. 오 선생에게 볼일이 있어서 온 것뿐이고, 이제 돌아가려던 참이었소."

남정호의 대답은 무뚝뚝했다.

"그런데 자네, 그 옷은 대체 무엇인가?"

에드가 오는 조금 전부터 신경 쓰이던, 달라진 선화의 옷차림에 관해 물었다.

언뜻 봐서는 평소의 흰 저고리에 검은 치마 차림이었지만, 옷감부터 은은하게 윤이 나는 고급 소재였고 옷의 맵시도 훨씬 꼼꼼하게 마무리되어 있었으며, 머리에 맨 제비부리댕기도 훨씬 붉고 뚜렷한 색이었다. 더구나 그녀의 손에는 작은 가방까지 들려 있었다.

"시내로 외출하려던 참이었습니다."

"……지금 뭐라고 했는가?"

뭔가 잘못 들었나 싶어서 에드가 오는 다시 물었다.

"어머님께 허락받아서 옥련 언니에게 다녀오려던 참입니다."

선화가 다시 대답했다. 기분 탓인지 목소리가 평소보다 훨씬 밝았다.

"옥련 언니라면, 홍옥관에 가려는 건가?"

에드가 오의 물음에 그녀는 고개를 끄덕였다. 은일당에서 벗어나 경성 시내를 돌아다니는 그녀의 모습이 상상으로도 도무지 떠오르지 않아, 그는 그저 눈만 깜박거렸다.

"가는 곳이 홍옥관이라고 했소?"

남 순사부장이 갑자기 이야기에 끼어들었다.

"내가 타고 온 차로 거기까지 데려다주겠소. 여기서 그곳까지 걸어서 가는 게 수월하지 않을 테니."

"경찰차에 태워주신단 겁니까?"

눈을 깜박거리던 선화가 얼굴에 미소를 지으며 대답했다.

"경찰차는 한 번 타보고 싶었습니다."

경찰차는 한 번이라도 타길 꺼려야 하는 것 아닌가.

에드가 오는 속으로 딴죽을 걸었다. 그는 괜히 책상 위에 놓인 해달 박제를 쓰다듬으며 마음을 가다듬었다. 해달 박제를 본 남정호가 말했다.

"잊을 뻔했군. 홍성재는 조사받은 다음날 귀가했어. 마침 극장에서 그자를 본 목격자도 나왔지."

"목격자를 찾기 어려울 거라고 하셨지 않습니까? 뜻밖이군요."

"그 상자가 어지간히도 눈에 띄었던 거지. 목격자도 의자에 기대놓아서 자리만 차지하던 상자 때문에 그를 기억하고 있었다고 증언했으니까."

에드가 오는 안도했다. 친구는 드디어 덫에서 풀려나 자유를 찾은 모양이었다.

"홍성재가 조만간 그 박제를 찾으러 오겠군. 그자가 들기 좋도록 미리 상자라도 마련해 놓는 게 좋을 거야. 아가씨는 조금 있다가 나오시오. 차의 시동을 걸어야 하니."

남정호는 그렇게 말하고서는 휙 나가버렸다.

"그렇네요. 상자를 하나 더 준비해야겠군요……."

해달 박제를 바라보며 골똘히 생각에 잠긴 선화의 모습을 보다가, 그는 갑자기 그녀를 놀려주고 싶어졌다. 그래서 그는 일부러 엄숙히 말을 걸었다.

"자네, 세르게이 홍을 직접 보지 않았나. 그 친구, 꽤 미남자 아니던가."

생각에 잠겨 있던 선화가 건성으로 대답했다.

"그랬었지요."

"그래서 어떠하던가, 그 친구는?"

"예?"

그제야 선화가 어리둥절한 표정으로 그를 보았다. 그는 짐짓 진지한 척 말을 이었다.

"그 친구, 키는 좀 작지만 얼굴 반반하고 사람도 괜찮지. 그만하면 좋은 신랑감 아닌가."

"어머나!"

선화의 얼굴이 빨갛게 달아올랐다. 에드가 오는 짓궂게 말을 이었다.

"자유연애와 자유결혼은 한때의 유행을 지나 모던의 풍속으로 자리 잡았지. 그러니 자네가 그 친구를 맘에 들어 한다면 내 기꺼이 선남선녀의 만남을 잇는 칠석날 까막까치가 되겠네. 머리 밟히는 괴로움 정도야 웃으며 참아 넘겨주지."

"연애 같은 건 전혀 생각한 적도 없습니다. 그런 말씀은 말아주시겠습니까?"

선화가 골이 났다는 표정을 지어 보였다. 하지만 에드가 오는 그녀가 진짜 화가 났을 땐 어떤 표정을 짓는지 알고 있었다. 그는 짐짓 능청을 떨어가면서 말했다.

"자네도 생각은 있다고 알고 있겠네. 나중에라도 마음에 동하는 바 있으면 이야기해 주게."

"오 선생님!"

선화의 외침을 뒤로 하고, 그는 히죽 웃으며 방으로 도망치듯 돌아갔다. 조금 더 자극하면 자칫 선화가 진짜로 화낼지도 모른다. 뭐든지 적당하게 하는 것이 좋은 것이다.

아마도 선화는 골이 잔뜩 난 표정으로 그의 방을 보다가, 남정호 순사부장이 기다리는 차로 종종걸음으로 가겠지. 뭐, 그런 식으로 외출을 시작하는 것도 나쁘지는 않을 것 같군. 나는 낮잠이나 자야겠다. 나쁜 꿈은 당분간 꾸지 않겠지.

에드가 오는 속으로 그렇게 생각했다.

끝나지 않은 이야기

"처음에 이야기를 전해 듣고서는 깜짝 놀랐단다."

온갖 기물로 화려하게 꾸며진 방 한가운데에서 계월이 입을 열었다.

"선화 네가 경찰차에서 내려서 나를 만나고 싶다고 말을 전했다기에, 네가 기어이 무슨 큰일을 저질렀구나 싶었지."

"'기어이'라니요. 이상한 말씀을 하시네요."

계월의 방을 장식하는 물건들을 신기하게 구경하던 선화가 대꾸했다.

"제가 일을 저지를 만한 사람이 못 되는 건 옥련 언니도 잘 아시잖아요?"

"내가 다른 건 몰라도 사람 보는 눈은 바르다고 자평한단다. 다른 사람이 경찰차를 타고 왔다면 이런 이야기도 하지 않았겠지."

"농담이 심하십니다."

"그래서, 너는 어찌하여 경찰차를 타고 온 것이냐?"

"본정경찰서의 남정호 순사님이 은일당에 볼일이 있어 오셨다가 돌아가는 길에 태워주신 것뿐입니다."

그녀의 대답을 듣고 계월이 엷게 미소 지었다.

"돌아가는 길이란 이유만으로 남자가 무작정 차에 태워주는 건 아니다. 잘 알아두어라."

"마음속에 깊이 새겨두겠습니다."

선화가 대답했다.

장지문이 열리고 곱게 차려입은 소녀가 조용히 들어왔다. 소녀는 선화의 앞에 찻잔과 과자가 올려진 소반을 내려놓았다. 당황해서 어쩔 줄 몰라 하는 선화의 모습을 보지 못한 척, 소녀는 태연하게 묵례한 뒤 밖으로 나갔다. 장지문이 닫히자 선화는 한숨을 내쉬고 앞에 놓인 찻잔으로 손을 뻗으려다가 머뭇거렸다. 계월이 웃음을 터트렸다.

"여전히 뜨거운 것은 잘 못 마시는 것이냐? 어린아이로구나. 몇 년이 지났는데도 아직."

"언니, 저도 이제 성인이랍니다. 고보에 다니던 건 이미 3년 전이에요."

선화가 뾰로통한 표정을 지었다. 계월은 무언가를 곰곰이 생각하듯 나직이 말했다.

"3년이라. 생각해 보니 정말로 오랜만에 널 보는 것이로구나."

"그러게나 말입니다. 고보 때 이후로는 처음 아닙니까."

선화 역시 나직이 말했다.

"네가 고보를 그만둔 자초지종을 전해 듣고, 네가 영영 네 집에서 벗어나지 않을 것 같아 걱정했었다. 그런데 뜻밖에 여기를 찾아올 줄이야."

계월의 말에 선화는 대답하지 않았다. 두 사람은 잠시 말이 없었다. 침묵을 깬 건 선화였다.

"제가 여기 온 것은 어머님의 심부름 때문입니다."

선화는 가방에서 봉투 하나를 꺼냈다.

"어머님께서 부탁하셨습니다. 옥련 언니, 이 편지를 아버님께 전해주시겠습니까?"

계월의 눈초리가 가늘어졌다. 그녀는 봉투를 건네받는 대신 부채를 집어 들었다. 나긋하게 부채를 부치며 그녀가 말했다.

"왜 나에게 그런 부탁을 하는지 모르겠구나. 나는 우연히 네 춘당[21] 어른의 편지를 건네받아서 그것을 오 선생님께 부탁드려 네게 건넨 것일 뿐이다. 네 춘당 어른께서 어디 계시는지 모르는데, 그 편지를 무슨 수로 그분께 전할 수 있단 말이냐."

"그렇군요. 알겠습니다."

선화는 내민 봉투를 소반 옆에 내려놓았다.

"그러면 이 편지는 홍성재 선생님을 찾아가 전해야 하겠군요. 그분이 언니에게 아버님의 편지를 건네셨지 않습니까."

---

21 春堂. 남의 아버지를 높여 부르는 말.

계월이 부채를 부치는 손놀림이 빨라졌다.

"누가 너에게 그걸 말한 것이냐."

이번에 침묵을 깨트린 것은 계월이었다.

"아니, 그건 아닐 테지. 선화 네가 만나는 사람은 얼마 안 될 것이고, 그중 이 일과 연관 있을 사람은 오 선생님뿐이지. 하지만 그분은 이 일을 알지 못할 터이다. 그렇다면 이는 네가 스스로 짐작한 거겠지."

선화는 고개를 끄덕였다.

"이상한 일은 이상해야 할 이유가 있기에 이상해 보이는 것이지 않습니까. 이상하다 싶은 일을 살펴본 뒤, 그 이상함이 필요해야만 할 이유를 더듬어 본 것일 뿐인걸요."

"네가 어찌하여 그런 생각을 한 것인지 연유를 듣고 싶구나."

"조금 긴 이야기가 될 것 같습니다. 괜찮으시겠습니까?"

"너야말로 괜찮으냐? 너무 오래 외출하면 자당께서 무어라 하실 거 아니니?"

"시간은 아직 넉넉하게 남아 있습니다. 경찰차를 타고 온 덕분에요."

계월은 후, 하고 탄식 같은 한숨을 쉬었다.

"그럼 말해보아라. 오랜만에 네 이야기를 들어보자꾸나."

"알겠습니다."

선화가 조용히 대답했다.

"아버님의 편지를 받았을 때, 저는 무척이나 놀라고 기뻐서 정신을 차릴 수 없었습니다. 아버님이 만주로 떠나신 뒤 신문에서 그곳 소식을 계속 확인하고 있었습니다. 최근 만주 쪽에 전운이 감돈다는 기사가 많아져서 마음 졸이고 있었는데, 뜻밖에 오 선생님이 아버님의 편지를 가져와주셨던 거지요. 아버님은 편지에서 어머님과 저의 안부를 물으실 뿐, 본인이 어떻게 지내시는지는 전혀 적어놓질 않으셨습니다. 그래도 아직 무사하시다는 것만으로 저와 어머님은……."

눈가를 급히 소매로 훔쳐내고 그녀는 다시 말을 이었다.

"그런데 정신이 들고 보니, 이 편지를 오 선생님께 건넨 게 옥련 언니라는 점이 떠올랐습니다. 사실 그뿐이었다면 이상하게 여길 것은 없었을지도 모릅니다. 하지만 오 선생님이 편지를 전달받으려다 겪으셨다는 봉변 때문에, 저는 무언가 이상하다고 생각했습니다."

"무엇이 이상했었기에?"

계월이 짧게 물었다. 선화는 바로 대답했다.

"문지기가 오 선생님의 멱살을 잡으면서 몰래 그분 품에 편지를 넣었다는 점 때문입니다. 누군가의 눈을 피하려던 이유를, 처음엔 아버님이 몸담으신 일 때문에 혹여나 편지 오가는 게 들킬 우려 때문이라고 생각했습니다. 하지만 그것만으로는 설명되지 않는 점이 있더군요."

"어떤 점이 말이냐?"

"봉투에 뜯은 흔적이 전혀 없었고, 겉봉에 아무것도 쓰여 있지

앉았기 때문입니다. 그 봉투만 보아서는 누가 보낸 것인지 알 길이 없습니다. 그리고 만약 그 봉투와 함께 은일당으로 보내 달라는 부탁을 받았거나, 그 부탁을 한 것이 제 아버님이라는 것을 안다고 해도, 그것만으로는 편지를 전하는 것 자체를 숨길 이유는 없습니다. 그렇다면 오 선생님의 멱살을 붙잡는 시늉까지 한 이유는 무엇이었을까요?"

선화는 잠시 숨을 고르고는 말을 이었다.

"저는 편지를 홍옥관으로 가져온 사람 역시 정체를 숨겨야 할 필요가 있어서란 생각을 했습니다. 편지의 실제 내용이 무엇이건, 그 사람을 통해 편지가 오가는 모습이 드러나는 것만으로도 관계된 사람들이 위험해질 수 있어서라는 짐작이었지요."

계월은 대꾸하지 않았다. 그녀의 표정을 살피며 선화는 말을 이었다.

"그런데 저는 오 선생님이 편지를 전달받은 것이 다른 점에서 이상하다고 생각했습니다."

"다른 점에서?"

"만약 제게 전해야 할 편지였다면 옥련 언니가 따로 사람을 시켜 은일당으로 직접 건네는 편이 간단했을 겁니다. 그런데 오 선생님이 우연히 홍옥관에 오자, 그런 연극까지 하면서 오 선생님께 전달자 역할을 맡긴 거지요. 그건 왜일까요?"

"……."

"옥련 언니가 그 당시 갑작스러운 굿 준비로 바빴다는 이야기를 들었습니다. 옥련 언니와 홍옥관 전체가 분주해졌으니 홍옥관 사람을 따로 시켜 은일당으로 편지를 보낼 순 없었고 비밀스러운 편지이니 외부 사람에게 전해 달라고 부탁할 수는 더더욱 없는 노릇이고요. 그 시점에 우연히 오 선생님이 찾아왔고, 옥련 언니는 제게 하루빨리 편지를 전하기 위해 그분께 편지를 건넨 겁니다."

"그때 내가 그렇게 생각했던 것도 같구나."

계월이 중얼거렸다. 선화는 웃었다.

"그 때문에 편지가 언제 옥련 언니의 손에 들어간 것인지도 짐작할 수 있었습니다. 지난주 월요일, 홍 선생님이 홍옥관을 방문한 날 편지를 받으셨지요?"

"그분의 방문과 편지가 무슨 상관이 있단 말이냐?"

"홍 선생님이 오셨던 그날에는 옥련 언니가 친히 그분을 만나셨지요. 만약 편지가 그보다 이전에 도착하였다면 옥련 언니가 편지를 받은 날 당장 사람을 제게 보냈겠지요. 그리고 그 이후였다면 굿 준비 때문에 편지를 받을 수조차 없었을 겁니다. 그러니 편지를 건네받은 건 홍 선생님이 오신 그날이라고 짐작했던 거지요."

"……."

"게다가 경찰이 홍 선생님을 주목하는 모습 또한 이상했습니다. 오 선생님과 다른 분들은 홍 선생님이 노서아와 만주 여행에서 돌아왔다고 말했지요. 하지만 오 선생님의 말에 따르면, 나가모리 경부란 사람은 홍 선생님이 '만주에서 돌아왔다.'라고만 말했다고 해요. 무언가 경찰들이 홍 선생님을 주목할 만한 일이 만주에서 있었던 게 아닐까 생각해 보니, 어쩌면 그게 아버님의 편지와도 관계가 있을 거라는 생각으로 이어졌지요. 그래서 홍 선생님이 아버님의 편지를 전달한 사람이라고 짐작한 거고요."

"선화야. 네 생각에는 큰 문제가 있단다."

미소를 지은 채 계월이 대꾸했다.

"내 듣기로 홍 선생님이 은일당에 직접 발걸음을 옮기셨다더구나. 은일당이 어디인지를 알고 두 번이나 직접 찾아간 홍 선생님이 왜 편지를 직접 전달하지 않았던 걸까? 그 모순 때문에, 네 이야기는 단지 흥미로운 상상에 불과할 뿐이다."

"그것이 전혀 그렇지 않습니다."

선화가 단언했다. 계월은 눈썹을 살짝 치켜떴다.

"홍 선생님은 은일당이라는 이름도, 주소도 알고 있었습니다. 하지만 그분은 그 두 가지를 별개의 것으로 아셨습니다. 적어도 옥련 언니에게 편지를 건네던 그 당시에는요."

"그건 무슨 이야기냐?"

계월의 물음에 선화는 오른손 검지를 세워 보였다.

"홍 선생님은 아버님 혹은 다른 분에게 편지를 건네받으며, 편지를 경성의 남산 옆 은일당에 전해 달라는 부탁을 받았을 겁니다. 하지만 이름만으로 이곳을 찾기란 쉽지 않았을 것이고, 그래서 경성의 정보에 밝은 옥련 언니에게 편지를 다시 맡겼겠지요."

선화는 이번에는 왼손 검지를 세웠다.

"한편 홍 선생님은 예전에 오 선생님이 새로 하숙을 시작한 곳

주소를 알게 되었습니다. 하지만 정작 그때는 그곳이 은일당이라는 이름인 걸 듣지 못하셨지요. 오 선생님이 이사 온 지 얼마 되지 않은 때라 집 이름이 익숙하지 않아 그 이름을 가르쳐주지 않았던 것 같다고 하시더군요. 그런 연유로 인해 세르게이 홍 선생님은 은일당이라는 이름과 은일당의 주소를 별개로 알고 계셨던 겁니다."

선화는 세운 두 손가락의 끝을 맞대며 말을 이었다.

"홍 선생님은 은일당에 직접 와보고서야 오 선생님의 처소가 편지 전달을 부탁받은 은일당이라는 걸 알았던 겁니다. 두 가지 별개의 앎이 거기서 하나로 합쳐진 것이지요."

"참으로 신기한 이야기로구나."

계월이 중얼거렸다.

"참으로 신기한 이야기이고말고요. 듣기만 해도 흥미진진한 이야기 아닌가요?"

거기서 선화는 아, 소리를 내었다.

"흥미진진하고 신기한 것 하니 생각났습니다. 홍 선생님이 상자를 여기까지 들고 오셨다고 하니, 옥련 언니도 그날 분명히 보셨을 겁니다. 상자 속 물건이 아주 그럴듯하지 않던가요? 길쭉하게 뻗은 검은 그 모습이, 사냥 경험이 있는 사람이라면 본능을 자극할 법한……."

"잠깐만!"

계월이 큰소리를 냈다. 당혹스러운 표정으로 그녀는 재차 말했다.

"네가 어떻게······. 어찌하여 그것까지 알고 있느냐?"

"무엇을 말입니까?"

선화의 대꾸에 계월은 꾹 다물었다. 선화는 미소를 지었다.

"홍 선생님이 홍옥관에 소총을 가져온 일 말입니까?"

선화가 태연히 과자를 집어 오독오독 깨무는 동안 계월의 손에 들린 부채만 빠르게 움직일 뿐이었다. 남은 과자를 접시에 내려놓으며 선화가 말을 이었다.

"역시 그랬었군요. 짐작했던 대로였습니다."

계월은 얼굴을 찡그렸다.

"나를 떠본 게로구나."

"죄송합니다, 옥련 언니. 제 짐작을 확인해 보려고 일부러 애매하게 말해보았지요."

"고보에서도 너는 그렇게 사람을 떠보았지. 지금의 넌 그때보다 더욱 교활해진 것 같구나."

계월이 반쯤은 불만에 차서, 그리고 반쯤은 체념한 목소리로 말했다.

"이왕 이렇게 된 거, 네가 왜 그렇게 생각을 했는지 이야기해 주겠니?"

선화는 적당히 식은 차를 한 모금 홀짝였다.

"홍 선생님이 본정에서 비에 잔뜩 젖은 채 가게에 들어온 뒤 상자를 의자 옆에 기대어 세우고서 차를 마셨다는 이야기를 들었거든요."

"그분 꼴이 눈에 선하구나. 가엾게도."

계월이 중얼거렸다.

"그 당시 오 선생님은 홍 선생님의 상자 안에 소총이 들었다고 생각하셨던 모양입니다. 그 직전에 포수 살인사건을 목격하셨기에 그분의 생각이 어쩌다 그렇게 흘러버린 거겠지요. 하지만 저는 그 살인사건의 정황을 전해 들었을 때부터 순사가 가장 수상하다고 의심했었습니다. 그래서 처음엔 홍 선생님의 상자에는 관심을 두지 않았었지요."

"그런데 어찌하여 그 상자에 관심을 가진 것이냐?"

"은일당 앞에서, 그 상자에서 해달의 박제가 나와서였습니다."

선화는 찻잔을 들어 다시 한 모금 홀짝였다.

"홍 선생님은 상자를 의자에 기대어 세워두었다고 하셨지요. 만약 홍 선생님이 해달 박제를 들고 경성을 거닐었다면 절대로 상자를 의자에 기대어 세우지 않으셨을 겁니다. 그랬다가 자칫 박제가 훼손될 수도 있으니까요. 그래서 저는 은하수에서 홍 선생님은 빈 상자를 들고 간 게 아닐까 생각해 보았습니다."

계월은 고개를 끄덕였다. 선화는 말을 이었다.

"그 시각 억수같이 내린 비도 제 짐작을 뒷받침했지요. 상자는 나무판으로 짜여 있었으니 그 틈으로 빗물이 스며들었을 겁니다. 박제가 물에 젖으면 동물의 털가죽 냄새가 풍겼겠지요. 하지만 카페 여급이 말한 이야기 중에 냄새에 관한 건 전혀 없었거든요."

"과연 그러한 것이냐."

"물론 상자 속에 정말로 해달의 박제가 있었을 가능성을 버릴 순 없었습니다. 그래서 저는 제가 본 해달의 모습을 일부러 두루뭉술하게 표현하면서 옥련 언니의 반응을 살폈지요. 홍 선생님이 해달 박제를 가져오셨다면 분명 옥련 언니에게도 그것을 보였을 것이니, 제 말을 들은 옥련 언니도 그 표현이 해달을 가리킨다는 걸 알고 그에 걸맞게 반응하셨겠지요."

"그 설명만으로는 충분하지 않구나. 그렇다면 너는 어째서 홍 선생님이 여기에 총을 가져왔다고 짐작한 것이니?"

계월의 물음에 선화는 다시 차를 한 모금 마시며 뜸을 들였다. 열린 창문 저편에서 기생들의 노랫소리가 아련하게 들려왔다.

"오 선생님의 이야기를 들은 누군가가 그날 홍 선생님의 행적을 추론하여 도움을 주었다고 하더군요. '홍 선생님은 인사동에서 장교를 거쳐 볼일을 보고 그 후 본정으로 간 것이다. 그래서 순사가 홍 선생님을 보지 못했다.'라는 게 그 사람의 추론이었지요."

그녀는 미간을 살짝 찡그렸다.

"그 추론을 곱씹는데 갑자기 묘한 생각이 떠올랐습니다. '홍 선생님을 본 순사가 없는 이유는 홍 선생님이 처음부터 순사를 피해 다녔기 때문이다.'라는 것이었지요. 그 생각을 계속 펼쳐 나가니, 뜻밖에도 말이 되는 것 같았습니다."

계월을 보며 선화는 말을 이었다.

"은일당에서 홍 선생님을 뵈었을 때 그분은 콧수염만 남기고 깔끔하게 면도하셨더군요. 하지만 그분은 월요일엔 수염을 덥수룩하게 기른 채였다지요. 왜 그때는 면도하지 않으셨던 걸까요? 면도하지 않은 채 조선옷을 입는다면, 카페 여급의 증언처럼 평범한 조선 사람으로만 보이기 때문이라서 아닐까요? 홍 선생님은 오 선생님 못지않게 양복 입는 데 신경을 쓰는 분이라고 들었습니다. 그런 분이 일부러 조선옷을 입고 면도도 하지 않은 건 순사의 눈을 피하기 위함이 아닐까, 그런 생각이 들었지요."

계월은 아무 대꾸도 하지 않았다.

"그렇다면 홍 선생님은 왜 순사를 피했던 걸까요? 처음에는 홍 선생님이 아버님의 편지를 지니고 있었기 때문이라고 생각했습니다. 하지만 편지 때문에 순사를 피했다고 보기엔 근거가 부족했습니다. 그런데 은일당 앞에서 상자 속에 해달의 박제가 있다고 드러나는 순간, 무언가 어긋난 게 있다는 것을 알아차렸습니다."

선화는 다시 차를 한 모금 마신 뒤 말을 이었다.

"저는 조금 전에, 본정에서 홍 선생님이 들고 있던 상자 속에 해달의 박제가 없었을 거라고 말했습니다. 그런데 은일당에 들고 오신 상자에는 해달이 들어 있었지요. 그 어긋남을 설명할 수 없어서 고민하고 있었는데, 오늘 남 순사님이 해달 박제를 보면서 '나중에 홍 선생님이 들고 돌아가기 좋도록 상자를 새로 하나 마련하는 게 어떠냐.'라고 말씀하시더군요. 그 순간 오 선생님이 목격하셨다던 어떤 모습이 머릿속에 떠오르더군요. 비가 온 다음날 홍 선생님이 불을 피웠다던 아궁이 말입니다."

"네가 무슨 생각을 한 것인지 도무지 알 수가 없구나."

"홍 선생님은 같은 모양의 나무 상자를 두 개 가지고 있었던 겁니다. 그중 하나에는 제가 본 해달 박제가, 다른 하나에는 해달이 아닌 무언가가 들어 있었던 거지요. 홍 선생님은 홍옥관에 간 날, 다른 물건이 든 상자를 들고 집을 나섰을 겁니다. 그 상자는 홍옥관에 와야 할 목적과 관련 있었을 겁니다."

선화는 차를 다시 한 모금 마셨다.

"본정에서 돌아온 뒤, 홍 선생님은 빈 상자를 처분할 방법을 궁리했습니다. 그래서 홍 선생님은 나무 상자를 장작으로 만들어 태워버렸습니다. 비를 잔뜩 맞아서 물기를 머금은 상자는 잘 타지 않기 때문에 아궁이 바깥까지 그을음과 검댕이 잔뜩 묻었겠지요. 집이 눅눅하다는 이유로 온종일 불을 지폈다는 행동의 이유가 그렇게 설명되더군요."

선화는 계월을 보며 말을 이었다.

"이제 남은 의문은 '그렇다면 다른 상자 속의 물건은 무엇이었을까?'였습니다. 그것만은 아무리 생각해도 마땅한 것이 떠오르지 않았습니다. 그런데 문득 오 선생님이 걱정하시던 것과 경찰의 계획이 떠오르면서, '정말로 상자 안에 소총이 있었다면?'이라는 생각을 해보았습니다. 그랬더니, 홍 선생님이 순사의 눈을 피해 홍옥관으로 소총을 몰래 옮겨 왔다, 라는 생각이 그럴듯해 보였지요. 하지만 그 생각만으로는 불명확했기에 조금 전에 옥련 언니에게 은근하게 여쭤본 겁니다."

"……."

"제 이야기는 여기까지입니다."

계월은 아무 말도 하지 않고 묵묵히 생각에 잠겼다. 잠시 후 계월이 입을 열었다.

"이곳 문지기가 오 선생님의 멱살을 잡았다는 걸 이상하게 여겨서 이것들을 모두 짐작한 거로구나."

"이상한 일은 이상해야 할 이유가 있기에 이상해 보이는 것이니까요."

선화가 대답했다.

다시 침묵이 흘렀다. 이번에 침묵을 깬 것은 선화였다.

"어제 신문을 보니 산리반조 총독이 사표를 낼 것 같다더군요. 궁지에 단단히 몰렸다지요."

"나도 그 이야기는 전해 들었다."

"다행입니다. 호랑이덫 같은 음모로 무고한 이를 잡으려는 시도는 당분간 없을 테니까요. 그래도 홍 선생님이 경찰의 눈에 들고 난 뒤이니, 앞으로는 그분에게 감시의 눈길이 계속 따라다니지 않을까요."

"아마도 그렇겠지."

"게다가 옥련 언니가 소총 같은 흉흉한 물건을 경성에 들여오셨지 않나요. 뭐에 쓰실 생각이신지는 저도 굳이 알고 싶은 생각이 없습니다만, 옥련 언니 역시 경찰의 감시를 각오하셔야 할 터입니다."

또다시 침묵이 흘렀다. 이번에도 침묵을 깬 것은 선화였다.

"그렇기 때문에 충고 드리겠습니다. 앞으로 연주에게 계획을 의뢰하는 건 그만두십시오."

계월은 침묵한 채 선화를 응시했다.

"그이가 자청한 것인지 아닌지는 모르겠지만, 옥련 언니의 위험한 일에 괜히 손을 거들게 했다가 그이 또한 홍 선생님처럼 경찰의 감시 아래 놓이게 할 생각은 아니실 거라 믿습니다."

"……."

"제가 연주와 피차 마주할 일이 없을 것 같기에 옥련 언니께 대신 말씀드리는 겁니다."

"내가 연주에게 계획을 의뢰했다는 것도 역시 짐작으로 알아낸 것이냐?"

"연주가 오 선생님께 들려주었다는 홍 선생님의 이동 경로에 관한 추론 때문입니다. 그 추론에 대한 자세한 이야기를 알고 계십니까? 모른다면 나중에 따로 연주에게 들어보시면 될 겁니다."

계월은 대답하지 않았다. 선화는 말을 이었다.

"연주가 들려주었다는 그 추론은 허점이 너무 컸습니다. 붙어 있는 가정도 억지스럽고 복잡한 경성의 거리를 단순하게 그린다는 것 역시 전혀 이해되지 않았습니다. 아무리 거기에 그럴듯한 이야기를 붙여도 그것은 사상누각이나 다를 바 없었습니다. 오 선생님도 그 이야기를 듣고 나서, 추론에 가정이 너무 많은 게 아닌가 의문을 가지셨던 모양입니다."

"……."

"연주는 그렇게 허술한 이야기를 할 사람이 아닐 텐데, 무언가 이상했지요. 거기서 문득 홍 선생님은 미리 정해진 이동 경로를 따라 움직였던 것이 아닐까 짐작해 보았습니다."

"미리 정해진 대로라."

"연주가 홍 선생님이 소총을 운반하는 계획을, 그분이 지나갈 경로와 그분의 차림새, 상자 두 개를 사용하는 방법까지 직접 생각했기 때문에 추론을 가장하여 오 선생님께 그분의 움직임을 설명할 수 있었던 거라는 생각이 들었습니다. 그것이 제가 알고 있는 연주의 모습에 더욱 들어맞았습니다."

계월은 침묵을 지켰다. 선화는 말을 계속했다.

"이런 계획이었지요? 경찰의 감시는 이미 홍 선생님이 경성에 도착한 순간부터 시작되었다. 그러니 홍 선생님은 면도도 하지 않아 너저분한 수염인 채 양복 대신 조선옷을 입고 곧장 소총을 배달한다. 그 옷차림으로는 나무 상자를 들고 다녀도 평범한 조선인 짐꾼으로 여길 것이다. 그리고 감시자들이 뒤늦게 눈치챈다 해도, 누구와 접촉했는지를 명확히 하기 위해 홍 선생님을 곧장 체포하지는 않을 것이다. 홍 선생님은 홍옥관에 소총을 전달한 뒤 빈 상자를 들고 경성을 배회하다 귀가한다. 그리고 적당한 시기에 그 상자를 다시 들고 외출하도록 한다. 그때 경찰이 그분을 붙잡는다고 해도 상자 속에는 해달 박제만이 있을 뿐이고, 그분의 집에도 총은 나오지 않는다."

말을 끝내고 선화는 찻잔을 들었다. 그러나 잔은 비어 있었다.

"다 마셔버렸네요."

그녀는 빈 잔을 내려놓으며 중얼거렸다. 무언가를 생각하던 계월이 말했다.

"네가 가져온 편지, 주겠니?"

선화는 소반 옆에 놔둔 봉투를 집어 계월에게 내밀었다. 그녀는 이번에는 봉투를 받아 서탁 위에 올려두었다.

"이 편지는 네 춘당 어른께 보내도록 하마. 며칠 이내로 홍 선생님이 만주로 떠나시니, 그분 편으로 부탁하면 될 것 같구나."

"그분은 경성에 돌아오신 지 얼마 되지 않았잖습니까?"

선화의 물음에 계월은 미소를 지었다.

"경찰의 감시 때문에 경성에 머물기 곤란한 모양이시더구나. 그리고 경성보다는 만주에서 할 일이 더 많다고 생각하신 듯하였다. 하기야 생각하면 잘된 일이지."

"무엇이 말인가요?"

"홍 선생님은 만주에 가시기 전에는 세상에 절망하여 더는 아무것도 할 수 없을 것만 같아 보이셨지. 내가 옆에서 달래고 얼러보았지만 아무 소용없었단다. 그런데 여행 도중 만주에서 우연히 네 춘당 어른을 만나 뵙고, 그분이 품으신 조선 독립의 열의에 감명받으셨다더구나. 그 때문에 이 위험천만한 계획에 자진해서 몸을 던지셨지."

"아버님이 홍 선생님에게……."

선화는 말을 끝내지 못했다.

"홍 선생님은 그 길이 자신이 가야 할 길이라고 생각하신 게 분명했다. 그러다 목숨을 잃는다고 해도 상관없다고 하시더구나. 네 춘당 어른 이야기를 하면서 홍 선생님이 얼마나 밝게 웃으시던지. 그래서 나는 차마 만주로 다시 가겠다는 홍 선생님을 붙잡지 못하였단다."

계월은 여전히 미소를 지은 채였다. 그 미소는 덧없이 빛났다.

그 후로도 두 사람은 잡담을 이어갔다. 주고받는 옛이야기는 별다른 것도 없었지만, 몇 년 동안 보지 못했던 회포를 풀기에는 충분했다.

뎅, 뎅, 뎅, 뎅, 뎅.

벽시계가 종을 다섯 번 울렸다.

"돌아가야 합니다. 이러다 저녁 수업에 늦겠어요!"

선화가 깜짝 놀라 소리쳤다. 허둥지둥 가방을 챙기고 옷매무새를 만지며 부산떠는 그녀를 보며, 계월이 자리에서 일어섰다. 그녀의 손을 살갑게 꼭 잡으며 계월이 말을 덧붙였다.

"종종 홍옥관에 놀러 오려무나. 이렇게 다시 이어진 인연이니 계속 이어가자꾸나."

"옥련 언니도 아시지 않습니까. 어머님께 외출 허락을 받기 어렵습니다."

선화가 대답했다. 안타까워하는 그녀의 표정을 본 계월은 깔깔 웃었다.

"이 애도 참, 그렇게나 온갖 걸 알아채는 아이가 그런 요령은 모르는 것이냐? 어머님께 이렇게 말하면 되지 않으냐. '옥련 언니가 만주와 계속 연락하고 있으니, 종종 홍옥관에 와서 아버님의 편지를 받아 가라고 하였습니다.'라고."

선화의 표정이 환히 빛났다. 계월은 그녀의 볼을 꼬집었다.
"너 같은 아이를 일러서 헛똑똑이라고 하는 거란다."
"아이라니요, 이제 저도 어엿한 성인이란 말입니다……."
볼을 꼬집힌 채 선화가 중얼거렸다.

작가의 말

안녕하세요, 작가 무경입니다. 이야기는 즐거우셨나요?

《1929년 은일당 사건 기록》시리즈의 1권 '사라진 페도라의 행방'이 봄에 일어난 사건이었다면, 2권 '호랑이덫'은 어두운 여름밤에 살인사건을 목격한 주인공이 겪는 혼란스러운 일들을 다루고 있습니다. 이 이야기에서는 여름의 찌는 듯한 무더위와 그 속에 모습을 감춘 섬뜩한 어둠을 그려보려고 했습니다.

'호랑이덫'은 시리즈의 두 번째 이야기지만, 실제로는《1929년 은일당 사건 기록》시리즈를 구상하며 가장 먼저 쓴 이야기였습니다. 미숙했던 초고의 뼈대를 다시 짜맞추고 내용을 덧붙이는 작업을 계속하면서 여러분들에게 내놓기 부끄럽지 않은 작품이 되도록 노력했습니다. 또한 이번 책으로 이 시리즈를 처음 접하는 독자에게 충분한 설명을 하면서도 앞선 이야기를 읽은 분에게는 반복되는 지루함을 주지 않는 어느 지점을 잡으려고 노력했습니다.

이번 이야기에서는 관동대지진이 언급됩니다. 처음에는 관동대지진에 얽힌 이야기를 좀 더 적극적으로 삽입하려고 했습니다만, 자료를 조사하며 사건의 실상을 접하면서 이를 차마 함부로 다룰 수 없었습니다. 관동대지진의 여파는 지금도 한일관계가 얽힌 여러 지점에 그 흔적을 남기고 있습니다. 2023년은 관동대지진과 그에 이어진 비극적인 사건이 일어난 지 100년이 되는 해입니다. 과연 지금 우리는 100년이라는 긴 시간을 지나는 동안 조금은 더 나아졌을까요? 실체 없는 편견으로 빚어낸 감정에 휘둘리지 않고, 출처도 확실하지 않은 헛소문에 사로잡히지 않고, 우리는 서로를 있는 그대로 마주하고 있는 걸까요?

　김명희, 김시정, 김진용, 서재성, 손보민, 이소희, 정대희, 진서연, 황선영 님께 감사 인사를 드립니다. 또한 오종록 사장님과 조우식 사장님께도 감사드립니다. 이 두 분이 장소를 흔쾌히 제공해주셨기 때문에 이번 이야기의 퇴고를 무사히 끝낼 수 있었습니다.

　또한 은일당의 두 번째 이야기를 여러분께 선보이기로 결정해주신 부크크의 한건희 대표님께 큰 감사 인사를 드립니다. 아울러 이번 이야기 교정에 힘써주신 편집자 유관의 님께 특별히 감사 인사를 드립니다. 제가 아픈 손가락처럼 여기고 있던 이 이야기를 읽고, 편집자님은 교정을 위한 적확한 비평과 현실적인 의견을 남겨주셨고, 그러면서도 작가의 기운을 계속 북돋아주셨습니다. '호랑이덫'이 독자 여러분께 재미있고 멋진 이야기로 기억된다면, 그 칭찬의 일부는 편집자님의 몫이 되어야 마땅합니다.

부크크에서 디자인 전반으로 힘써주신 디자이너 조은주 님께도 감사 인사를 드립니다. 본문의 지도 그림을 포함하여 다양한 작업을 섬세하게 해 주신 노고를 잊지 않겠습니다.

아울러 첫 번째 책에 이어 이번에도 훌륭한 표지를 그려주신 제딧 님께도 감사 인사를 드립니다. 작가가 상상했던 은일당의 모습이 책 표지에 생생히 그려진 걸 본 기쁨은 말로 표현하기 어려울 만큼 컸습니다.

마지막으로 이 책을 읽은 모든 독자 여러분께 다시 한번 감사드립니다. 부디 다른 이야기에서 또 독자 여러분을 만날 수 있기를.

온 세상을 뒤덮은 무더위가 얼른 가시기를 바라며
무경